Christiane Lind

Im Bann der Traumzeit

Australien-Roman

Impressum

Dalwigkstraße 17, 34130 Kassel
www.christianelind.de

2. Ausgabe 2019

Buchcoverdesign: Sarah Buhr / www.covermanufaktur.de unter Verwendung von Bildmaterial von structuresxx; kwest; Craig Sutton/ Shutterstock sowie sannie32 / depositphotos.com

Lektorat: Katrin Rodeit, www.julia-rodeit.de
Melanie Lahmer, https://www.siegerland-krimis.de/
Korrektorat: Claudia Heinen, www.sks-heinen.de
E-Book und Satz: Grit Bomhauer, https://www.grittany-design.de
unter Verwendung von:
© Shutterstock - vinap / Navalnyi

ISBN: 978-3-96698-549-9

Herstellung und Druck:
Mazowieckie Centrum Poligrafii
Mikołaja Ciurlionisa Strasse 4
05-270 Marki, Polen

CHRISTIANE LIND

Im Bann der Traumzeit

AUSTRALIEN-ROMAN

DAS BUCH

»Solange die Vergangenheit wie ein Stein auf deinem Weg liegt, wirst du nie gehen können, ohne zu stolpern.«

Hamburg 1876: Als der Mann, den Auguste liebt, ihre Schwester heiratet, flüchtet sie nach Queensland. Hier will sie ein neues Leben als Forscherin beginnen. Während der Expedition wird die mutige Frau Zeugin einer entsetzlichen Tat. Als sie einschreitet, verliert sie beinahe ihr Leben. Aborigines retten sie, doch kann sie Menschen einer fremden Kultur wirklich vertrauen?

Mehr als 100 Jahre später begibt sich die junge Deutsche Franziska auf die Suche nach Augustes Geschichte. Dabei stößt sie auf ein furchtbares Ereignis, das auch ihr Leben für immer verändern wird. Wird ein Walkabout ihr helfen, Augustes dramatisches Geheimnis zu lüften?

DIE AUTORIN

Christiane Lind hat sich immer schon Geschichten ausgedacht, die sie ihren Freundinnen erzählte, aber selten zu Papier brachte. Erst zur Jahrtausendwende erinnerte sie sich daran und ist seitdem dem Schreibvirus verfallen.

In ihren Romanen begibt sich Christiane am liebsten auf die Spur von Familien und deren Geheimnissen. Sie lebt in Kassel mit unzähligen und ungezählten Büchern, einem Ehemann und drei Katern. Die Samtpfoten erwarten von ihr, dass eine Katze in ihren Geschichten vorkommt.

1

Deutschland 1876

Die seltsamsten Tiere gibt es auf diesem Kontinent. Ein kleiner grauer Bär schläft den ganzen Tag in Eukalyptusbäumen.« Georg Ohlendorf nickte bedeutungsvoll. »Die Mütter tragen ihre Jungen erst im Beutel, dann auf dem Rücken. Das sieht gar possierlich aus.«

Vor Aufregung zog Auguste die Unterlippe zwischen ihre Zähne und beugte sich nach vorne. Das brachte ihr einen strafenden Blick der Mutter ein. *Eine hanseatische Dame benimmt sich nicht so*, sagte der unausgesprochene Vorwurf überdeutlich. *Contenance, Kind!*

Brav senkte Auguste den Kopf und setzte sich auf, bis ihr Rücken die unbequeme Lehne des Stuhls berührte. Wie alles im Speisezimmer war er von ihrer Mutter nach Schönheit und nicht nach Bequemlichkeit auserwählt worden. Repräsentativ sollte der Raum wirken, um den Erfolg der Kaufmannsfamilie Ohlendorf nach außen zu zeigen.

Um ihre Anspannung zu lösen, schnitt Auguste sich ein kleines Stück Fleisch ab, so winzig, dass es ihrer Mutter gewiss gefiel, und schob es sich in den Mund. Allerdings schmeckte sie kaum etwas von dem Braten, den die Köchin mit Mühe und Kunstfertigkeit zubereitet hatte. Zu wichtig erschien ihr jedes Wort, das ihr Onkel Georg von sich gab.

»Es ist ein wahrhaft wundersames Erlebnis, all diese außergewöhnlichen Tiere und Pflanzen zu sehen.« Obwohl Georg zum Dozieren neigte und sein Tonfall monoton klang wie der eines Predigers, fand Auguste seine Geschichten so spannend, dass sie sich erneut vorbeugte, damit ihr nichts entging. »Ich habe ein Känguru gesehen, groß wie ein ausgewachsener Mann.«

Vor wenigen Tagen war ihr Onkel aus Australien zurückgekehrt. Von einer Forschungsreise, wie er es nannte; von einer Zeitverschwendung, wie Augustes Vater meinte. Dennoch hatte es sich Julius Ohlendorf nicht nehmen lassen, ein opulentes Abendessen für seinen Bruder auszurichten. Allerdings nur im Kreise der Familie, denn vor den anderen Kaufleuten war es Augustes Vater peinlich, einen abenteuerlustigen jüngeren Bruder zu haben, der durch die Welt reiste, ohne Waren und Handelsgüter mitzubringen.

Auch Wilhelmine Ohlendorf, Augustes Mutter, fürchtete, dass Georg sich schädlich auf die Heiratsaussichten ihrer beiden Töchter auswirken könnte. Aber es gehörte sich nun einmal, als Familie ein geschlossenes Bild nach außen abzugeben. Daher hatte auch sie zugestimmt, den Australienreisenden einzuladen, allerdings nur zu einem kleinen Dinner, wie sie es nannte.

Als Einzige in der Familie hatte Auguste dem Treffen mit ihrem Onkel entgegengefiebert und unendlich viele Fragen gesammelt, die sie ihm stellen wollte. Australien, der fremdartige Kontinent am anderen Ende der Welt, faszinierte sie, seitdem sie Ludwig Leichhardts Reisebericht »Tagebuch einer Landreise in Australien von Moreton-Bay nach Port Essington während der Jahre 1844 und 1845« gelesen hatte. Als Onkel Georg vor zwei Jahren mit Forschungsreisen dorthin begonnen hatte, hätte sie ihn am liebsten begleitet. Aber für eine Frau war das kaum möglich, vor allem, wenn sie ehrbar heiraten wollte.

»Zwei von den Biestern konnten wir erschießen und nach Hamburg mitbringen«, erzählte Onkel Georg weiter.

»Lohnt sich der Aufwand, mein lieber Bruder?« In der sonoren Stimme ihres Vaters hörte Auguste deutlich die Spitze. Für den hanseatischen Kaufmann waren die Expeditionen seines jüngeren Bruders ein Spleen. »Diese lange Reiserei für ein paar tote Tiere.«

Ohnehin von kräftiger Statur hatte ihr Vater in den letzten Jahren noch zugelegt, während seine Haare sich zurückgezogen hatten. Kaum zu glauben, dass der sehnige Onkel Georg und er Brüder waren. Das Einzige, was sie gemeinsam hatten, waren die eisblauen Augen unter dunklen Brauen. Während ihr Vater langsam und in gesetzten Worten sprach, redete Onkel Georg unglaublich schnell, was er mit ausgreifenden Gesten unterstrich.

Augustes Onkel schien von einer inneren Unruhe getrieben zu sein, er blieb immer in Bewegung. Selbst jetzt am Esstisch wackelte er mit einem Bein oder trommelte mit den Fingern auf dem Tisch. Beides brachte ihm einen strafenden Blick von Wilhelmine ein, den Georg jedoch nicht bemerkte oder nicht bemerken wollte. Nun schaute er seinen Bruder an, dessen Lippen sich verächtlich kräuselten.

»Du kannst meine Arbeit nicht mit deiner Zahlenhuberei vergleichen.« Onkel Georgs Messer kratzte auf dem Teller, als er den Braten schnitt. »Jemand wie du kann nicht verstehen, was es bedeutet, ungeahnte Entdeckungen zu machen.«

Wie oft hatte Auguste sich diesen Streit anhören müssen. Ihr Vater und ihr Onkel deuchten wie Feuer und Wasser. Sie hielten es nie lange miteinander aus. Nur dank ihrer hanseatischen Höflichkeit gelang es ihnen, die Gegensätze unter der Tünche guten Benehmens und kleiner Spitzen zu verbergen.

Dennoch spürte die sensible Auguste die Spannung, die sich zwischen ihnen aufbaute wie eine Sturmflut vor dem Hamburger Hafen. Jedes Mal fürchtete sie, dass es zum endgültigen Bruch unter den Brüdern käme und sie ihren Onkel nie wiedersehen würde.

»Onkel Georg, stimmt es, dass in Hamburg ein Museum für Völkerkunde entstehen soll?«, fragte sie daher, um die beiden Streithähne auf einen anderen Weg zu führen.

Ihre Mutter sandte Auguste ein dankbares Lächeln. Sophie, ihre jüngere Schwester, verdrehte nur die Augen.

»Ferdinand Pullwermann hat mir zugesagt, meine nächste Expedition zu unterstützen.« Georg begleitete seine Worte mit einem triumphierenden Blick zu seinem Bruder, denn Pullwermann war einer der mächtigsten Hamburger Kaufleute. »Wir sollen Pflanzen und Tiere für sein Museum sammeln.«

»Das ist nur eine Marotte von Pullwermann.« Julius machte eine abwehrende Geste mit der Hand, bevor er sich ein weiteres Bratenstück auf den Teller legte. »Sein Kontorhaus steht voll mit dem Kram.«

»Alles dort ist verstaubt und alt«, warf Sophie mit ihrer zarten Stimme ein. »Das mag sich niemand ansehen.«

Ihr Vater lächelte seine jüngere Tochter an. Obwohl Auguste wusste, dass ihre Eltern ihre hübsche Schwester bevorzugten, wurde ihr jedes Mal das Herz schwer, wenn die wunderbare Sophie ein anerkennendes Nicken erhielt. In allem, was eine Frau auszeichnete, hatte Sophie ihre ältere Schwester übertroffen. Sie tanzte graziler, zeichnete voller Anmut und parlierte über Mode, Hamburg und das sommerliche Leben auf ihrem Gut vor den Mauern der Stadt. Auguste hingegen wirkte ungelenk beim Tanz, scheiterte bereits an dem einfachsten Landschaftsbild und redete über Bücher, Reisen in die Ferne und den Wunsch zu studieren. Kein Wunder, dass sich bisher noch kein Mann für sie interessierte, während die Junggesellen der besten Hamburger Familien es kaum erwarten konnten, Sophie ihre Aufwartung zu machen. Aber das scherte Auguste nicht, da sie keinen dieser Schnösel heiraten wollte. Ihr Herz gehörte einem anderen.

»Herr Pullwermann plant den Kauf eines Gebäudes für seine Sammlung.« Onkel Georg ließ sich nicht beirren. Allerdings bemerkte Auguste, wie fest seine Finger Messer und Gabel umklammert hielten. »Ich wäre stolz, wenn meine Exponate dort ausgestellt würden.«

»Warum musst du ans Ende der Welt reisen?« Wilhelmine legte die Fingerspitzen aneinander. »Hat unsere Heimat dir nichts zu bieten?«

Auguste zuckte zusammen. Hinter der zarten Fassade ihrer Mutter verbarg sich ein Kern aus Stein. Wilhelmine war schmal und zwei Köpfe kleiner als ihr Ehemann. Ihre großen tiefblauen Augen und die weißblonden Haare verliehen ihr das Aussehen einer exquisiten Porzellanpuppe. Wilhelmine wirkte so zerbrechlich, dass man kaum glauben konnte, mit welch eiserner Hand sie ihre Familie regierte.

Sophie hatte das zierliche Äußere der Mutter geerbt und die Größe des Vaters. Allerdings waren Sophies Haare von einem dunkleren Blond, was in der Sonne, die es in Hamburg viel zu selten gab, golden leuchtete.

Augustes Haare hingegen besaßen das gleiche helle Braun wie die ihres Vaters. Im Sonnenlicht schimmerten sie rötlich. Von ihrem Vater hatte sie auch die stämmige Statur geerbt und musste darauf achten, nicht zu rundlich zu werden.

»Deutsche Forscher haben von Anfang an den unbekannten Kontinent erkundet.« Onkel Georg begann wieder zu dozieren. »Johannes Reinhold Forster und sein Sohn Georg waren Teil von James Cooks zweiter Entdeckungsreise.«

»Das wissen wir, Georg.« Inzwischen klang der Tonfall ihres Vaters gereizt. »Du hast oft genug davon gesprochen. Sophie, erzähl deinem Onkel, was Herr Genssler über deine Bilder gesagt hat.«

Während die wundervolle Sophie die Lobpreisungen ihres Zeichenlehrers zum Besten gab, begannen Augustes Gedanken zu wandern. In ihrem Tagtraum sah sie sich als mutige Entdeckerin und Erforscherin des Kontinents am anderen Ende der Welt. Oder nein, besser noch, sie sah sich in Hamburg, zurückgekehrt von einer Forschungsreise. Als ihr Schiff in den Hafen einlief, ging ein Raunen durch die gewaltige Menschenmenge, die sich eingefunden hatte, um die Rückkehr der Frau zu feiern, die das *Outback* durchquert hatte.

»Felix Burchhardt macht sich überaus gut im Kontor.«

Auguste horchte auf, als sie den Namen ihres Schwarms hörte. Auch wenn sie bisher erst wenige Worte mit Herrn Burchhardt gewechselt hatte, war Auguste gewiss, dass Felix der Richtige für sie war. Bisher konnten sie ihre Zuneigung füreinander nur in verstohlenen Gesten zeigen. Jedes Mal, wenn sie, leider stets begleitet von Sophie, ihren Vater unter einem Vorwand besuchte, spähte sie ins Kontor und hoffte, dort Felix' Wust dunkler Haare zu sehen. Als spürte er ihren Blick, schaute er jedes Mal auf und lächelte sie an. Der Schalk blitzte in seinen auffallend hellen Augen. Bisher hatte Auguste nur »Guten Tag« und »Gefällt Ihnen die Arbeit?« und »Auf Wiedersehen« und ähnliche Belanglosigkeiten zu ihm gesagt, aber sie fühlte aus tiefstem Herzen, dass sie füreinander bestimmt waren.

Ihr Herz pochte laut, wenn er lächelte und das Grübchen auf der rechten Wange erschien. So sehr brannten ihre Wangen, wenn er etwas zu ihr sagte oder sich für sie interessierte. Allerdings wagte Auguste nicht, allzu viel mit ihm zu sprechen, schließlich war ihr Felix bei ihrem Vater angestellt.

Sophie hingegen handelte viel kecker. Auguste hatte ihre Schwester dabei ertappt, wie sie mit Felix tuschelte, der helle und der dunkle Schopf so nah beieinander. Was ihr Geliebter mit der oberflächlichen Sophie zu reden hatte, konnte Auguste nicht verstehen. Sicher wollte Felix nur höflich zur Tochter seines Dienstherrn sein.

Sie war sich nicht sicher, ob ihr strenger Vater den jungen Mann für gut genug für seine älteste Tochter befand. Niemandem hatte sie bisher von ihrer Liebe erzählt. Nicht einmal Sophie, obwohl es der kleinen Schwester nahezu immer gelang, Auguste ihre Geheimnisse zu entlocken.

Felix und ihre Liebe zu ihm gehörten nur ihr. Auguste hoffte, dass sie bei ihrem nächsten Besuch den Mut fände, Felix nach seiner Arbeit zu fragen und ihm von ihrer Leidenschaft für Reisen zu erzählen. Wenn sie ihm nur zeigen könnte, was für ein interessanter Mensch sie war, hielte er gewiss bei ihrem Vater um ihre Hand an. In ihrer sauberen Schrift hatte sie wohl tausendmal ihren neuen Namen nach der Hochzeit in ein altes Heft geschrieben, das sonst ihren ungelenken Zeichnungen vorbehalten war.

Auguste Burchhardt. Auguste Burchhardt. Auguste Burchhardt.

Gut sah es aus. Es fühlte sich richtig an. Warum nur lebte sie in einer Welt, in der es Frauen verwehrt war, den ersten Schritt zu machen? Auguste blieb nur zu lächeln und die wenigen Worte zu wiederholen, die sie ausgetauscht hatten. Wenn Felix bloß mutiger wäre! Bisher tanzten sie umeinander herum, beide zu schüchtern, um weitere Schritte zu unternehmen.

»Wenn ich einen Sohn hätte, sollte er sein wie Felix Burchhardt«, führte ihr Vater weiter aus, was Auguste dazu brachte, vor Spannung die Luft anzuhalten. »Ehrlich, arbeitsam und klug – hanseatische Tugenden.«

Der Blick, den er seinem jüngeren Bruder zuwarf, machte nur zu deutlich, dass er auch dies als Spitze gegen Georg gemeint hatte. Doch der Onkel starrte nur auf seinen Teller, als wären Kartoffeln, Braten und Soße das Faszinierendste, was er seit den Kängurus zu sehen bekommen hatte.

»Auguste und Sophie werden sicher junge Herren finden, die deinem wunderbaren Gehilfen ebenbürtig sind.« Wilhelmine lächelte süßlich und nickte Auguste zu, die das mit einem finsteren Blick quittierte. »Schließlich wird Auguste bald dreiundzwanzig Jahre alt.«

Warum musste ihre Mutter so etwas sagen? Als gäbe es für Auguste einen anderen Mann als Felix. Auf gar keinen Fall wollte Auguste, dass ihre Mutter sich weiter mit dieser Frage beschäftigte und sich darin verbiss wie ein Terrier in eine Ratte. Sie musste etwas finden, um Wilhelmine abzulenken.

»Bleibst du in Hamburg oder brichst du bald wieder zu einer Reise auf?«, fragte sie ihren Onkel, damit niemand auf die Idee käme, sie nach einem Liebsten zu fragen. Herablassend und spöttisch, wie es Familienmitglieder nun einmal an sich hatten. »Willst du wieder nach Australien?«

»Möchtest du mich etwa begleiten?« Georg lächelte gönnerhaft. »Eine Expedition erfordert viel Mut. Hast du genug?«

»Georg!« Wilhelmine erhob die Stimme. Ihre Gabel landete klirrend auf dem Teller. »Setz ihr keine Flausen in den Kopf.«

2

Deutschland 1876

»Aufstehen. Das Frühstück wartet.« Helene, die Zofe, trat in Augustes Zimmer und latschte zum Fenster, um die schweren Vorhänge zu öffnen. Das blasse Licht eines trüben Junitages strömte ins Zimmer und malte geheimnisvolle Zeichen auf ihre Frisierkommode. »Die Köchin wird verärgert sein, wenn das Essen kalt wird.«

Auguste streckte sich. Nur zu gerne bliebe sie noch in dem bequemen Himmelbett liegen, aber ihre Mutter wäre verärgert, wenn Auguste nicht pünktlich zum Frühstück erschiene. Auch wenn die Eltern ihr und Sophie Freiheiten ließen, was Auguste sehr zu schätzen wusste, gab es klare Regeln, an die man sich besser hielt. Das gemeinsame Frühstück gehörte dazu.

Ein letztes Mal kuschelte sie sich in die weichen Kissen, bevor sie die Decke mit Schwung zur Seite warf, was Helene mit einem Kopfschütteln beantwortete.

»Sag nichts. Ich weiß, das gehört sich nicht für eine Dame.« Auguste setzte sich auf, stellte die bloßen Füße auf den weichen Teppich und gähnte ausgiebig. Auch das fand Helenes Missbilligung.

Bevor die Zofe etwas bemerken konnte, eilte Auguste in ihr Badezimmer. Nach der Morgentoilette wartete Helene bereits mit dem Kleid, das Auguste heute tragen sollte. Schnell das schwere Nachthemd ausziehen, Unterwäsche überstreifen und das Korsett mithilfe der Zofe gebunden. Während sie sich den vertrauten Abläufen überließ, schweiften Augustes Gedanken ab zu dem gestrigen Abend.

Nach dem Essen hatte Sophie darauf bestanden, mit den Eltern allein zu sprechen, was Augustes Neugier geweckt hatte. Was mochte ihre Schwester so Wichtiges zu sagen haben, dass sie die Ältere nicht dabeihaben wollte. Einen Augenblick lang fühlte sich Auguste versucht, an der Tür zum Salon zu lauschen. Aber sie hatte davon Abstand genommen, aus Sorge, dass jemand von der Dienerschaft sie dabei ertappte. Immerhin hatte sie so lange vor der Tür getrödelt, dass sie hören konnte, wie der Vater die Stimme erhob. *Unerhört*! Obwohl das ihre Neugier nur noch weiter angefacht hatte, war sie ins Bett gegangen.

Sie musste Sophie nach dem Frühstück abpassen, um herauszufinden, womit diese den Vater verärgert hatte.

Das Klappern der schweren Haustür zog Augustes Aufmerksamkeit auf sich. Nach dem Frühstück war sie in die Bibliothek geschlendert, um ein wenig zu lesen, während Sophie Zeichenunterricht erhielt. Allerdings konnte Auguste sich nur schwer auf ihren Roman mit dem vielsagenden Titel »Glänzende Aussichten« konzentrieren. Das lag am Stil von Mathilde Raven, aber auch daran, dass sie es kaum abwarten konnte, dass der Zeichenlehrer endlich den Unterricht beendete und sie ihre Schwester nach dem Streit ausfragen konnte. War Herr Genssler nun endlich aufgebrochen?

Achtlos legte sie das Buch zur Seite und stand auf. Mit gerafftem Rock eilte sie zur Tür, vorbei an den dunklen Regalen aus Eichenholz, in denen ihre geliebten Romane standen, vorbei an dem hübschen Sofa und dem zierlichen Tischchen, auf dem Zeitschriften zur Erbauung lagen.

»Sophie?«, fragte Auguste, kaum dass sie die Tür zur Bibliothek geöffnet hatte und hindurchgeschlüpft war. Der anfänglichen Überraschung folgte tiefes Entsetzen, denn vor ihr stand nicht ihre Schwester, sondern Felix Burchhardt. Überaus elegant in seinem dunklen Anzug.

Er ist wahrhaftig ein Bild von einem Mann, dachte Auguste. Ein wenig schlaksig vielleicht, unfertig wie ein Fohlen, dem man jedoch schon ansehen konnte, was für ein edles Vollblut es einmal werden würde. Nur zu gerne würde sie mit ihren Fingern durch die dunkelblonden Haare fahren. In ihren Tagträumen malte sie sich aus, wie sie die geschwungenen Lippen küsste.

»Guten Tag, Fräulein Auguste.« Er neigte den Kopf. Sein fester Blick aus auffallend grauen Augen suchte ihren. Eine Farbe wie der Himmel Hamburgs an einem der vielen Regentage. »Ich freue mich sehr, Sie zu sehen.«

»Fel… Herr Burchhardt. Was für eine Überraschung. Wie überaus unvermutet. Ich habe nicht erwartet, Sie heute zu treffen.«

Vor Scham wäre Auguste am liebsten im Boden versunken. In ihrer Fantasie gebärdete sie sich viel eloquenter, gab Bonmots von sich, die seine Bewunderung erweckten. Aber leider war es ihr nicht möglich, diese Sprachfertigkeit in die Wirklichkeit zu übertragen.

»Die Herrschaften erwarten Sie.« Obwohl Johann ein gut geschulter Diener war, bemühte er sich nicht, seine Missbilligung zu verbergen. »Bitte folgen Sie mir.«

»Auf Wiedersehen, Fräulein Ohlendorf.« Felix' Lächeln versprach so viel, dass Auguste ihm einfach folgen musste.

Allerdings wagte sie es nicht, ihm in den Salon zu folgen, sondern wartete erneut vor der Tür. Auguste trippelte von einem Fuß auf den anderen und war wieder versucht, an der Tür zu lauschen. Es konnte nur einen Grund geben, weshalb Felix ihren Vater hier im Haus der Familie aufsuchte. Sie biss sich auf die Innenseite der Wange, bis es schmerzte, um sich davon abzuhalten, in den Salon zu stürmen. Warum nur verging die Zeit so unendlich langsam?

»Was stehst du hier vor der Tür wie eine Dienstmagd?« Wie so oft hatte Sophie sich auf leisen Sohlen herangeschlichen. »Dann geh halt hinein.«

»Felix Burchhardt ist gekommen, um mit Vater zu sprechen«, flüsterte Auguste, als könnten ihr Vater und der Mann, den sie liebte, sie durch die schwere Eichentür hören. »Es muss wohl etwas Wichtiges sein.«

»Ich weiß es.« Sophie grinste wie eine Katze, die den Sahnetopf gefunden hatte. »Aber ich verrate es dir nicht.«

»Woher willst du es wissen?«

Sophies Lächeln wurde breiter, was Auguste zur Weißglut trieb.

»Was hattest du gestern mit den Eltern zu bereden?«

»Du wirst es früh genug erfahren.«

Weiterhin lächelnd setzte Sophie sich auf das zierliche Sofa, das für Gäste bestimmt war. Da Auguste ihre Schwester kannte, fragte sie nicht weiter.

Nach einer Zeit, die Auguste unendlich vorkam, öffnete sich die Tür zum Salon. Als Erstes kamen ihre Eltern heraus, der Vater mit einem mürrischen Blick, die Mutter hingegen mit geröteten Wangen und einem vielsagenden Lächeln auf den Lippen. Was das nur zu bedeuten hatte? Felix Burchhardt folgte ihnen mit Abstand. Als er Auguste sah, nickte er ihr aufmunternd zu. Das Grübchen erschien auf seiner Wange. Nie zuvor in ihrem Leben hatte sie sich dermaßen glücklich gefühlt.

»Auguste, Sophie. Gut, dass ihr da seid.« Die ohnehin hohe Stimme ihrer Mutter überschlug sich, als könnte sie vor Aufregung nicht an sich halten. »Wir haben euch etwas Wichtiges mitzuteilen.«

Noch immer blieb die Miene ihres Vaters unbewegt, er schien das Glück seiner Frau nicht zu teilen, was Auguste verwunderte. Aber der Gedanke hielt sie nicht lange auf. Gab es doch nur eines, was sie beschäftigte: Hatte ihr Felix bei ihren Eltern um ihre Hand angehalten? War er wirklich derart forsch, dass er das gewagt hatte, ohne mit ihr zu sprechen? Wie konnte er sich ihrer Gefühle nur sicher sein?

Ach, warum stellte sie sich diese Fragen? Es wäre schöner gewesen, wenn er erst sie und dann ihre Eltern gefragt hätte. Wichtig war doch nur, dass er diesen Schritt gewagt hatte. Vor Aufregung machte Auguste kleine Geräusche, was ihr einen fragenden Blick der Mutter und ein Kichern ihrer unverständigen Schwester einbrachte. Das alles erschien ihr bedeutungslos. Sie lächelte Felix an, versuchte, ihm durch ihre Augen zu sagen, was ihr Mund nicht aussprechen durfte.

»Es wird Veränderungen geben«, sagte ihr Vater. »Veränderungen, die mich überrollten.«

Bitte, lass mich nicht länger warten, flehte Auguste stumm. *Ich ertrage es nicht, noch eine Minute auszuharren.*

»Herr Burchhardt hat mich um die Hand meiner Tochter gebeten«, brachte ihr Vater schmallippig heraus. »Da ich weiß, dass sie einverstanden ist, will ich ihrem Glück nicht im Wege stehen.«

»Ja«, jubelte Auguste. »Ja.«

Doch was geschah hier? Mit einem siegessicheren Lächeln trat Sophie neben Felix und legte ihm wie selbstverständlich die Hand auf den Unterarm. Er wandte ihr sein Gesicht mit dem markanten Kinn zu und flüsterte etwas, das Auguste nicht verstehen konnte. Zu sehr rauschte ihr das Blut in den Ohren. Die Erkenntnis traf sie wie ein Schlag, die Peinlichkeit ihres Aufjauchzens drohte sie zu überwältigen. Schnell, nur schnell musste ihr etwas einfallen, um den Fauxpas zu mildern.

»Ja«, rief sie erneut, mit gepresster Stimme. »Was für eine wunderbare Nachricht. Ich freue mich für euch.«

Es kostete sie alle Kraft, ihrer Schwester einen Kuss auf die Wange zu geben und ihr zu gratulieren und ihrem baldigen Schwager die Hand zu schütteln, die er ihr entgegenstreckte. In die Augen wollte sie beiden nicht schauen.

»Entschuldigt mich. Den ganzen Morgen plagt mich ein schlimmer Kopfschmerz.« Nur noch wenige Worte, dann bräche sie in Tränen aus. »Ich ziehe mich zurück.«

Täuschte sie sich oder sandte ihre Schwester ihr einen Blick, in dem Triumph und Mitleid um die Vorherrschaft kämpften?

Blind vor Tränen eilte Auguste die große Treppe zu ihrem Zimmer hinauf und warf sich dort aufs Bett. Getrieben von ohnmächtiger Wut trommelte sie auf das Kissen ein, doch es half nichts, der Schmerz wollte nicht vergehen. Wieder und wieder sah sie die entsetzlich peinliche Szene vor sich, hörte ihr jubilierendes Ja. Eine Dummheit, die sie den Rest ihres Lebens verfolgen würde.

Endlich hatte sie keine Tränen mehr, sondern nur noch Zorn und Traurigkeit. Ihr Blick fiel auf das Märchenbuch, das auf ihrem Nachttischchen lag. Ein bitteres Schnauben entkam ihrer Kehle, als sie daran dachte, wie viel Wahrheit in den alten Geschichten lag.

Aber die Jüngste war die Allerschönste. Wie oft hatte Auguste das in Märchen gelesen und jedes Mal voller Ärger gedacht, wie ungerecht das Leben die Schönheit verteilt hatte. Sophie hatte alles, was sie sich wünschte: goldene Locken, ein herzförmiges Gesicht, riesige Augen in der Farbe des Sommerhimmels. Als Kind war sie niedlich gewesen, als junges Mädchen zog sie die Blicke aller Burschen auf sich, sodass Auguste sich nahezu unsichtbar fühlte. Doch all das hatte ihr nichts ausgemacht, weil es nur einen Mann gab, der ihr wichtig war. Felix!

Doch leider war ihr Felix – wie jeder Märchenprinz – auf die äußere Schönheit hereingefallen und hatte die Jüngste ihr vorgezogen. Wie hatte Auguste so blind sein können, nicht zu bemerken, dass seine Blicke stets länger auf Sophie als auf ihr verweilten?

Liebe machte blind und dumm. Nie wieder würde sie sich verlieben, das schwor sich Auguste an diesem Nachmittag.

Dann eilten ihre Gedanken zu einer praktischeren Frage: Wie sollte sie es ertragen, den Mann, den sie liebte, als Ehemann ihrer Schwester zu sehen? Mit Grauen malte sich Auguste endlose Abendessen mit der Familie aus, bei denen sie Felix gegenübersitzen musste.

Fieberhaft begann sie, nach einer Lösung zu suchen.

Die Hochzeit wollte sie keinesfalls miterleben. Nicht für alles Geld der Welt wollte sie das triumphierende Lächeln auf dem Gesicht ihrer jüngsten Schwester sehen, wenn der Mann, den Auguste liebte, Sophie zum Altar führte. Weg, sie wollte nur weg, so schnell und so weit wie möglich. Alles würde sie tun, um dieser Schmach und dem Schmerz zu entgehen.

3

Australien, heute

N*ein. Tu das nicht. Wenn du das machst, verrätst du alles, was du in den vergangenen zwei Jahren aufgebaut hast.* Obwohl ihre innere Stimme sie wiederholt warnte, glitt Franziskas Hand in Rileys Jacke, die er – typisch für ihn – auf einen Küchenstuhl geworfen hatte. Als ihre Finger die kühle glatte Oberfläche des Smartphones berührten, hielt sie inne, um zu lauschen.

»My love for you never ends.« Kräftig und falsch ertönte sein Gesang. Er war also immer noch im Bad. Hastig zog sie das Telefon heraus, das ihren zitternden Fingern zu entgleiten drohte. Ihr Herzschlag raste und dröhnte in ihren Ohren, so laut, dass er beinahe Rileys schiefe Interpretation übertönt hätte. In ihrem Magen keimte ein flaues Gefühl und sie musste sich setzen.

Mit fliegenden Fingern strich sie über die dunkle Oberfläche, bis das Bild erschien, das sie aufforderte, eine PIN-Nummer einzugeben. 0909 tippte sie ein, ihren Geburtstag. Nichts geschah.

Er wird doch seinen PIN-Code nicht geändert haben! Falls ja, habe ich recht, ihm zu misstrauen.

Doch schon poppten die Messenger-Nachrichten vor ihr auf, die sie gesucht hatte. Eilig scrollte sie herunter, entdeckte nur die üblichen Anfragen, ob man gemeinsam lernen oder abends etwas unternehmen wollte. Die meisten Absender kannte sie, nur zwei Namen sagten ihr nichts. Daher öffnete sie die Nachrichten – auch nur Unikram. Ihr Herzschlag beruhigte sich, nachdem sie das Telefon in die Jackentasche zurückgesteckt hatte.

Ich muss endlich damit aufhören. Sollte Riley je mitbekommen, dass ich seine Nachrichten lese, wird er sich von mir trennen. Er ist nicht Julian. Nur weil ich einmal betrogen wurde, muss ich nicht jedem Mann misstrauen, vor allem nicht Riley. Das hat er nicht verdient.

Das schlechte Gewissen schlug über ihr zusammen wie eine Woge am Byron Bay. Schon oft hatte sie sich vorgenommen, nicht mehr in seinen Sachen zu wühlen. Leider hielten diese Vorsätze nie lange genug an. Es war wie eine Sucht. Sobald sie sich allein in der Nähe seines Smartphones befand, musste sie die Nachrichten lesen und musste sie nach Indizien suchen, dass er sie betrog. Die Erleichterung, wenn sie keine Spuren fand, hielt nur kurze Zeit an.

Riley ist zu klug, als dass er sich durch eine Messenger-Nachricht verrät.

Er braucht gar keine Mails, weil er sie sowieso an der Uni sieht.

Außerdem ist er altmodisch und wird sie eher anrufen, als ihr eine Nachricht zu schreiben.

Aber möglicherweise ist sie nicht klug genug …

Um diese These zu überprüfen, musste sie einfach sein elektronisches Postfach nach verräterischen Hinweisen durchsuchen. Nur um sich anschließend mies zu fühlen. So wie jetzt. Franziska war angeekelt von sich selbst, litt unter dem schlechten Gewissen und verspürte den Drang, davonzulaufen, bevor Riley aus der Dusche kam.

Alles hatte vor einem halben Jahr begonnen, als sie an sein Smartphone gegangen war, das er wieder einmal vergessen hatte. Noch jetzt schnürte die Erinnerung ihr die Kehle zu. Warum nur hatte sie ihn nicht direkt darauf angesprochen, sondern geschwiegen? Stattdessen suchte sie seitdem nach Beweisen, um ihn mit seiner Untreue zu konfrontieren.

Um sich abzulenken, griff sie nach der Zeitung, die Riley mitgebracht hatte. Das war eine seiner Marotten: Anstatt Nachrichten auf dem Smartphone oder dem Tablet zu lesen, hielt er altmodisch an *The Courier-Mail* in Papierform fest. Und das, obwohl ihn die reißerische Aufmachung der Brisbaner Tageszeitung immer wieder ärgerte.

Franziska hatte die *Brisbane Times* abonniert, eine Onlinezeitung, durch die sie schnell das Wichtigste über die Stadt, das Land und die Welt erfuhr.

Ihr Blick blieb an der Ankündigung einer Ausstellung im historischen Museum hängen. »Deutsche Einwanderer in Brisbane und Umgebung« begann in zwei Wochen. Flüchtig las sie den Artikel, der den Beitrag der Menschen mit deutschen Wurzeln würdigte, die im 19. Jahrhundert nach Queensland eingewandert waren.

In Brisbane gab es eine große deutsche Gemeinde, die jedes Jahr ein Oktoberfest feierte. Riley hatte ihr vorgeschlagen, dass sie das einmal anschauen sollten, aber Franziska hatte vehement abgelehnt. Sie hätte nie das Münchener Oktoberfest besucht, warum also sollte sie sich für den Brisbaner Ableger interessieren?

Mensch, die Ausstellung hätte meine Urgroßtante Ella bestimmt interessiert. Während unserer Suche nach ihren Vorfahren hat sie immer wieder gesagt, wie spannend wohl Ambers Geschichte sein mochte. Ist das ein Wink des Schicksals? Soll ich mich tiefer mit der Familiengeschichte beschäftigen?

Aber ohne Ella macht das keinen Spaß. Oder will ich mich nur vor einem großen Projekt drücken, für das mir zum Schluss der lange Atem fehlt? Noch einen Misserfolg kann ich aktuell wirklich nicht brauchen.

Vor zwei Jahren hatte sie gemeinsam mit ihrer Urgroßtante die Geschichte der Frauen von *Amber's Joy* recherchiert, der Pferdefarm bei Marburg, rund 60 Kilometer von Brisbane entfernt. Kurz danach war Ella gestorben und hatte Franziska die Farm und ihr Haus in Brisbane vermacht. Ella hatte sich gewünscht, dass Franziska ein Buch über die Geschichte von Victoria und Catherine Wagner schrieb, aber bisher fehlten Franziska dafür Zeit und Mut. Die Ausstellung bot einen Anlass, sich endlich wieder mit den Frauen von *Amber's Joy* zu beschäftigen. Oder sie suchte nur Ablenkung von ihrem erfolglosen Studium.

Bevor Franziska zu einer Entscheidung kam, trat Riley in die Küche. Barfuß, mit nacktem Oberkörper und einer eng anliegenden Jeans ließ er ihr Herz höherschlagen. Er rieb sich den Dreitagebart, hellbraun wie seine Haare, allerdings nicht so von der Sonne ausgeblichen. Riley sah aus wie ein Surfer: schlank, aber dennoch muskulös und sonnengebräunt. Das Grübchen in seinem Kinn milderte die Kanten seines Gesichts und ließ ihn sanfter wirken.

»Alles okay, Darl?« Riley frottierte sich mit einem Handtuch die Haare. »Du siehst müde aus.«

»Nenn mich nicht Darl.« Obwohl sie nun schon zwei Jahre hier lebte, konnte Franziska sich nicht an die australische Angewohnheit gewöhnen, viele Worte unglaublich schräg abzukürzen. Warum bestand eine Nation, die sich für *laid back*, für entspannt und gelassen hielt, darauf, den *Afternoon* zu einem *Arvo* zu verkürzen und das *Breakfast* zu einem *Brekkie*, was Franziska immer an Katzenfutter erinnerte? Als müssten die Australier beim Reden Zeit sparen.

Am meisten jedoch hasste sie es, wenn Riley sie mit Darl

anstatt Darling ansprach. Darl klang knapp, verkürzt, lieblos und schlicht und ergreifend doof.

»Sorry, *Babe.*« Seine blauen Augen blitzten spöttisch auf, als er sich zu ihr herunterbeugte, um ihr einen Kuss zu geben. »Mir ist es egal, wie du mich nennst. Hauptsache, du liebst mich.«

Sie drehte den Kopf zur Seite, weil sie Babe noch mehr hasste als Darl, was er genau wusste.

»Franziska, was ist los mit dir? War doch nur Spaß.«

»Ich muss mal.«

Sie stand auf und marschierte ins Badezimmer. Als Erstes hob sie den Toilettendeckel an und inspizierte ihn. Als sie ihn schließen wollte, glitt er ihr aus den Fingern und schlug klappernd auf die Keramik.

Mist!

»Suchst du wieder *Red Back Spiders*?«, rief Riley ihr aus der Küche zu. »Keine Sorge, ich habe vorhin nachgesehen.«

Der Spott in seiner Stimme ärgerte sie. Ihm mochte es übertrieben erscheinen, dass sie jedes Mal den Deckel hochklappte, um zu prüfen, ob sich dort eine giftige Spinne verbarg. Aber Franziska war nun einmal in einem Land aufgewachsen, in dem es weder tödliche Schlangen noch Spinnen gab. Die Lockerheit, mit der die Australier diese Gefahren betrachteten, brächte sie nie auf, selbst wenn sie den Rest ihres Lebens hier verbringen würde.

Immerhin gab es weder in dem Haus, in dem Riley und sie wohnten, noch auf der Farm *Carpet Snakes*, die auf dem Dachboden lebten, um Ratten und Mäuse zu jagen. Franziska hätte kein Auge zugemacht in dem Wissen, dass über ihr eine Schlange lebte. Selbst unter Aufbietung ihrer gesamten Fantasie gelang es ihr nicht, sich auszumalen, so ein Biest auf dem Dachboden zu wissen.

Manchmal hätte sie schreien können über diese australische Unbekümmertheit. *No worries*, keine Sorgen – das war das Lebensmotto. Niemals hätte Franziska erwartete, dass diese

Unbeschwertheit ihr auf die Nerven ginge. Sie war wohl deutscher, als sie sich eingeschätzt hatte.

Wo Riley und seine Freunde großartige Surfgelegenheiten sahen, dachte Franziska an weiße Haie, tödliche Seeschlangen oder mörderische Quallen. Auf *Amber's Joy* musste Riley ihr Schlafzimmer auf unerwünschte achtbeinige Besucher kontrollieren, bevor Franziska einen Fuß dort hineinsetzte.

Als sie sich die Hände wusch, schaute sie in den Spiegel. Sie hatte dunkle Ringe epischen Ausmaßes unter den graublauen Augen. Obwohl sie im *Sunshine State* lebte, wollte ihre Haut keine schöne Bräunung annehmen. Das lag sicher auch daran, dass Franziska sich jedes Mal mit Sun Blockers eincremte, bevor sie einen Fuß vor die Tür setzte. Obwohl Riley vom Ozonloch wusste und dessen Gefahren kannte, ging er nach Franziskas Meinung viel zu locker damit um. Wenn er mit seinen Freunden surfte, vergaß er oft die Zeit und holte sich einen Sonnenbrand.

Surfen – auch etwas, was ihr fremd blieb. Riley zuliebe hatte sie einen Surf-Kurs gemacht, aber sie brachte weder die Geduld noch die Balance auf, um wirklich Spaß am Wellenreiten zu finden.

»Hör auf zu jammern!« Franziska schnitt ihrem Spiegelbild eine Grimasse. »Die meisten Menschen beneiden dich um dein Leben.«

Sicher, es gab vieles, was Queensland wunderbar machte. Noch immer staunte Franziska über die Regenbogen-Papageien, die durch die Stadt streiften wie Tauben in Deutschland. Auch die Vielfalt und Farbenpracht der Blumen überraschte sie immer wieder, sodass sie stehen blieb, um ein Foto zu schießen. Als wäre sie eine Touristin und keine *Brissie*, wie sich die Einwohner Brisbanes nannten.

Es gab Tage, an denen sie sich sicher war, dass sie diese Stadt lieben und für immer in ihr leben konnte. Aber es gab auch Zeiten, in denen sie Deutschland vermisste und fürchtete, sich nie an die Besonderheiten des Lebens *Down Under* zu gewöhnen. In letzter Zeit hatten die Tage, an denen sie sich fremd fühle, eindeutig die Oberhand gewonnen, was auch daran lag, dass sie sich immer mehr von Riley entfernte. Gab es noch eine Rettung für ihre Liebe?

4

Australien, heute

Warte einen Moment«, bat sie Riley, der vorauseilte. »Ich will ein Foto schießen.«

Franziska zückte ihr Smartphone und knipste mehrere Bilder von einem *Rainbow Lorikeet,* der vor silbrig glänzenden Hochhäusern aufflatterte. Die Federn des Papageien schimmerten in den Farben des Regenbogens. Sie hatte Glück, ihn in dem Moment zu erwischen, als er die grünen Flügel ausbreitete. Ein reizvoller Kontrast zu seinem blauen Kopf und der gelb-orangen Brust.

»Hast du nicht schon Tausende davon?« Riley kam zu ihr herüber. »Was fasziniert dich an den Vögeln? Die gibt es überall.«

»Ich mag den Kontrast zwischen Natur und Architektur.«

»Vielleicht solltest du das studieren.«

Riley hatte längst mitbekommen, wie unglücklich sie mit dem Betriebswirtschaftsstudium war. Aber sie wollte Verantwortung für die Farm übernehmen – und da gehörte es dazu, sich mit Zahlen auszukennen. Auch wenn es ihr überhaupt keine Freude machte.

»Statik wäre überhaupt nicht meins.« Franziska zuckte mit den Schultern. »Ich bin nicht sicher, ob Architektur mir auf lange Sicht gefiele.«

»Oder du kommst mit mir auf die Exkursion zum *Barrier Reef* nächste Woche. Vielleicht entdeckst du, wie spannend die Unterwasserwelt ist.«

»Meeresbiologie ist bestimmt interessant, aber nichts für mich.« Manchmal beneidete sie Riley, weil er so glücklich mit seinem Studium war. »Aber möglicherweise komme ich mit.«

Riley war stolz, dass er einen Doktorandenplatz an der Universität Queensland bekommen hatte. Für Franziskas Geschmack verbrachte er deshalb viel zu viel Zeit in dem Forschungsinstitut auf Heron Island, auch wenn sie wusste, wie wichtig seine Arbeit war. Rileys Forschung beschäftigte sich mit der Korallenbleiche, die das *Great Barrier Reef* seit Jahren gefährdete.

Riley konnte unglaublich faszinierend darüber reden, welche Folgen die Erwärmung des Ozeans für die Korallen hatte. Es gelang ihm, die komplizierten Zusammenhänge einfach zu erklären.

»Worüber hältst du heute den Vortrag?« Franziska fand es unvorstellbar, dass etwas so Einzigartiges und Wunderschönes dem Untergang geweiht war. »Die Klimaerwärmung lässt sich nicht zurückdrehen.«

»Auf Hawaii gibt es ein Projekt, Super-Korallen zu züchten, die auch in wärmerem Wasser überleben.« Rileys Miene zeigte deutlich, wie wenig er davon hielt. »Niemand kann absehen, was das für das Ökosystem bedeuten würde.«

»Aber wenn die Alternative der Tod des *Barrier Reef* ist?«

Franziska begriff nicht, was gegen diese Lösung sprach. Wenn man die Außeneinflüsse nicht ändern konnte, musste man eben die Korallen stärken.

»Das Riff besteht zwar aus Korallen, aber dort leben viele verschiedene Tierarten. Was wird aus denen, wenn plötzlich

Super-Korallen eingeführt werden? Gerade wir *Aussies* sollten wissen, was für Probleme Eingriffe in Ökosysteme mit sich bringen.«

Sein Lächeln war schief, weil ihm das Thema am Herzen lag und er sich hilflos fühlte.

»Du meinst die *Aga-Kröten.*«

»Und die Kamele und Kaninchen und Katzen – all das, was Menschen ins Land gebracht haben und was immer mehr zu Problemen führt«, sagte er. »Pferde und Füchse nicht zu vergessen.«

»Die Tiere können ja nichts dafür.« Franziska hasste es, dass Tötungsaktionen als scheinbar einziger Weg gesehen wurden, die heimische Tierwelt zu schützen. »Es ist unfair, dass sie unter der Dummheit der Menschen leiden müssen.«

»Grundsätzlich ja, aber wenn man nicht eingreift, sterben die einheimischen Tiere weiter aus.«

»Lass uns nicht wieder darüber streiten.« Die Diskussion hatten sie schon so oft geführt. Dabei beharrte jeder auf seiner Meinung. Manchmal erschien es Franziska, als müsste sie als Eingewanderte aufseiten der eingeschleppten Tiere stehen, während Riley als Australier die einheimischen Arten verteidigte. Gab es wirklich keine Kompromisse? Inzwischen kam es ihr vor, als bewegten sie sich immer weiter voneinander weg, als würde das Band ihrer Liebe, das sie trotz aller Unterschiede gehalten hatte, von Tag zu Tag dünner.

»Einen Penny für deine Gedanken.« Riley griff nach ihrer Hand. Sein Blick erschien ihr schuldbewusst. »Komm, sonst kommen wir zu spät zur Uni.«

So sehr sie sich auch konzentrierte, es fiel Franziska schwer zu erfassen, was der Professor sagte. Es war etwas ganz anderes, sich im Alltag mit Englisch durchzuschlagen, als einer Vorlesung in Rechnungswesen zu folgen. Möglicherweise sollte sie das Studienfach wechseln, wie Riley vorgeschlagen hatte, hin zu etwas, das ihr leichter fiel.

Dumm nur, dass Franziska keine Idee hatte, was das sein könnte. Eine Weile hatte sie überlegt, Kurse in Design zu belegen. Aber die Studenten, die sie in der Fakultät gesehen hatte, erschienen ihr wie Wesen vom anderen Stern. Da passte sie auf keinen Fall hin.

Vielleicht sollte sie es mit Creative Writing versuchen, um endlich die Lebensgeschichte ihrer Vorfahren zu Papier zu bringen, so wie die starken Frauen es verdient hatten. Nachdem sie jedoch einen Kurs belegt hatte, hatte sie einsehen müssen, dass ihr im Moment die Stärke fehlte, ihr Manuskript der Kritik ihrer Mitstudenten auszusetzen. Es kam ihr vor, als saugte Australien ihr die Kraft aus der Seelc und verlöre sie mit jedem Tag mehr Stärke.

Was stimmt nicht mit mir? Ich lebe in einem Land, das bei vielen Menschen ganz oben auf der Wunschliste steht. Ich muss mir keine Sorgen um Geld machen. Ich liebe einen wunderbaren Mann, der mich auch liebt. Hoffe ich jedenfalls. Ich kann studieren, was mir gefällt … Anstatt mich zu freuen und dankbar zu sein, fühle ich mich von Tag zu Tag fremder und unglücklicher. Vielleicht sollte ich es Riley endlich sagen. Aber ob er das verstehen könnte? Ich kann es ja selbst nicht begreifen.

Dieses typisch australische *»No worries«* – es wird schon gut gehen – konnte sie in ihrer momentanen Stimmungslage auf keinen Fall brauchen. Inmitten des Hörsaals voll fröhlicher Studenten fühlte Franziska sich einsam wie nie zuvor. Sie schaute sich um, erblickte einige, die auf ihr Notebook einklackerten, als würden sie nach Anschlägen bezahlt, während andere gedankenverloren in die Luft starrten und sich nur mühsam ein Gähnen verkniffen. Keiner von ihnen schien Schwierigkeiten zu haben, den Worten des Professors zu folgen.

Nur ich bin falsch. Ich muss hier raus. Ich brauche jemanden, der mich versteht.

Kurz entschlossen klappte sie ihr Notebook zu, stand auf und drängelte sich mit einem geflüsterten »Sorry« an den vier Studenten vorbei, die sie von der Treppe trennten. Bevor der Professor etwas sagen konnte, lief sie die Stufen hinauf zum Ausgang. Nachdem sie die Tür hinter sich geschlossen hatte, atmete sie auf. Endlich frei. Aber wofür?

Automatisch wandte sie sich um, um zur Cafeteria zu schlendern. Doch dort bestand die Gefahr, Kommilitonen zu treffen, die gut gelaunt über die Vorlesungen, ihre Pläne und ihre Zukunft sprächen. Von der Sonne gebräunte Surfertypen, denen alles im Leben zuzufallen schien, während es Franziska vorkam, als müsste sie um jedes kleine bisschen kämpfen.

Ich bin ungerecht. Die meisten würden mich um mein Leben beneiden, aber sie sehen nur die Oberfläche: Eine Deutsche, die von ihrer Großtante eine Pferdefarm und ein Haus in Brisbane geerbt hat – das klingt wie aus einem Roman. Blöd nur, dass ich das Haus verkaufen musste, um die Farm zu retten.

Ganz zu schweigen davon, dass ich immer noch meine, das alles nicht verdient zu haben. Ich kannte Ella doch kaum.

Franziska stieß einen Seufzer aus. Erst hatten die Anwaltsgebühren wegen der Erbschaft und ihrer Einbürgerung viel Geld gefressen, dann hatte sich herausgestellt, dass Pferdezucht im einundzwanzigsten Jahrhundert ähnlich gewinnbringend war wie der Zuckerrohranbau, mit dem die Farm im 19. Jahrhundert einmal begonnen hatte. Da ihre Großtante Ella das Überleben der Farm zu einer Bedingung des Testaments gemacht hatte, war Franziska nichts anderes übrig geblieben, als das Haus zu verkaufen, das ohnehin zu groß für sie und Riley gewesen war. Franziska hätte mehr Geld für das Queensländer Haus bekommen, wenn sie nicht gefordert hätte, dass Ebony und Peach, Ellas Katzen, dort wohnen bleiben durften. Und ein Besuchsrecht hatte sie sich ausbedungen, weil sie sicherstellen wollte, dass es den beiden alten Katzendamen wirklich gut ging.

Nun lebte sie mit Riley in einer Zwei-Zimmer-Wohnung wie viele andere Studenten auch. Inzwischen erwirtschaftete die Pferdezucht genug, um zu überleben. Auch wenn Rileys Vater, der dort als Verwalter arbeitete, sich anstrengte, kamen sie gerade über die Runden. Franziska hatte vorgeschlagen, Trailritte für Touristen anzubieten, was allerdings auf wenig Gegenliebe gestoßen war. Für Andrew Chandler stand die Pferdezucht im Mittelpunkt. Auch wenn sie offiziell die Eigentümerin von *Amber's Joy* war, so hatte sie nicht wirklich etwas zu sagen.

Story of my life, dachte sie grimmig. *Alles klingt viel besser, als es im wahren Leben ist.*

Wenn sie in dieser Stimmung war, gab es nur einen Menschen, der sie wieder auf den Boden der Tatsachen zurückholen konnte.

Caro, hast du Zeit zum Skypen?, tippte sie in ihr Smartphone.

Obwohl Carolin in Deutschland lebte und höchstens einmal im Jahr für ein paar Wochen zu Besuch kam, blieb ihre Freundschaft so tief wie früher, als sie beide zusammen zur Schule gegangen waren. Niemand kannte Franziska so gut und so lange wie Caro – außer vielleicht ihre Schwester Alina, aber an die wollte Franziska im Moment nicht denken.

Hallo! Hier ist es drei Uhr morgens … Ich liebe dich, aber weck mich nie wieder vor zehn.

Sorry. XXX.

Verdammt, Franziska müsste doch wissen, dass Australien neun Stunden vor der deutschen Zeit lag, aber immer wieder passierte ihr das. Vielleicht, weil sie sich nach Hause sehnte. Andererseits – war sie in Deutschland denn wirklich noch zu Hause?

Bibliothek oder Cafeteria? Bibliothek oder Cafeteria? Känguru Bibliothek, Queen Cafeteria.

Franziska warf die Ein-Dollar-Münze in die Luft und fing sie wieder auf. Pech gehabt, Wilhelmine die Zweite lag oben.

Vielleicht treffe ich dort Riley. Wahrscheinlich nicht, er ist jetzt in seinem Doktoranden-Kolloquium. Das klingt ziemlich bedeutend. Kein Wunder, dass ich mich so unwissend fühle.

Sie hatte gerade einen Schluck des leckeren Cappuccinos getrunken, als sie im Augenwinkel jemanden wahrnahm, den sie auf den ersten Blick erkannte. Wie oft hatte sie sich darüber lustig gemacht, dass er sie erst sah, wenn er direkt vor ihr stand, während sie ihn sofort entdeckte, egal, wie viele Menschen um ihn herum standen. Das konnte nicht sein. Riley hatte ihr heute Morgen noch gesagt, dass er bis in den Nachmittag hinein Vorlesung haben würde, sodass sie nicht gemeinsam Mittagessen gehen könnten.

Ich wusste es.

Franziska spürte eine perverse Befriedigung darüber, dass ihr Gefühl sie nicht getrogen hatte. Auch wenn es sich gleichzeitig anfühlte, als hätte ihr jemand mit der Faust in den Bauch geboxt. Mit voller Wucht und ohne Vorankündigung. Sie würgte und konnte gerade noch verhindern, dass sie den Cappuccino und ihr Frühstück auf den Tisch spuckte. Obwohl es unglaublich wehtat, konnte sie einfach nicht wegsehen. Sie schaute sich Riley und die Surferfrau an, als wäre sie im Kino und folgte dem neuesten Hollywood-Blockbuster. *Riley in Love* könnte er heißen oder *Verraten – das zweite Mal.* Ein hysterisches Kichern stieg in ihr auf, so schrill und verrückt, dass Franziska die Hand vor den Mund schlug, bevor Riley sie entdeckte.

Sie rannte davon, sprang in den Bus, der in die Innenstadt fuhr und versuchte, zur Ruhe zu kommen. Vergebens. Immer wieder spulte ihr Kopf die Bilder ab. Riley und eine andere Frau – das, was sie immer gefürchtet hatte, hatte sich nun bewahrheitet. Sie war so sehr in ihre Gedanken vertieft, dass sie beinahe ihre Haltestelle verpasst hätte.

Mit gesenktem Kopf schlurfte sie durch die Straßen Brisbanes, drängte sich an Menschen vorbei, schaute in Schaufenster, ohne wahrzunehmen, was es dort zu kaufen gab. Sie wünschte sich weg von hier, zurück nach Hause, nach Deutschland.

Sie hörte das Lachen eines *Kookaburras.* Es klang, als verspottete der Vogel sie.

Flüchtig nahm sie die reißerische Schlagzeile der »Courier Mail« wahr und schüttelte darüber den Kopf, um sie sofort danach zu vergessen. Ihre Gedanken kreisten nur darum, Riley nicht wiedersehen zu wollen. Jedenfalls heute nicht und am liebsten nie wieder.

Die Lösung war so naheliegend, dass sie sich mit der Hand vor die Stirn schlug. Ohne es sich ein zweites Mal zu überlegen, bog sie in den Weg zum Busbahnhof ein.

5

Australien, heute

Sicher, es war blöd, Hals über Kopf davonzulaufen und unnötig Geld für die Busfahrt zur Farm auszugeben, aber Franziska hätte es nicht ausgehalten, mit Riley in ihrer gemeinsamen Wohnung zu sein.

Oh shit. Muss ich mir jetzt eine neue Bleibe suchen? Warum ist es in Deutschland immer noch zu früh, um Caro anzuskypen? Ist das nicht ein absoluter Notfall, bei dem ich sie auch morgens wecken darf. Hier ist es jetzt kurz nach drei, dann ist es in Deutschland … nee, das geht gar nicht. Wenn ich sie um sechs anrufe, bringt Caro mich um. Vielleicht ist es gut, wenn ich mir ein bisschen Zeit zum Nachdenken lasse.

Sollte ich Riley nicht wenigstens Bescheid sagen, wo ich hinfahre? Habe ich überreagiert? Nein, er hat mich belogen … So wie Julian.

Immer wieder kreisten ihre Gedanken um diese Fragen, was ihre Stimmung nur noch mehr trübte. Selbst der Fußweg nach Lark Hill konnte ihre Laune nicht verbessern. Obwohl die Sonne das Grün der Farne und Bäume nahezu leuchten ließ, machte die Schönheit der Landschaft sie nur traurig.

Nachher werde ich den Anwalt anrufen und fragen, wie die Bedingungen für einen Verkauf der Farm sind. Oder übertreibe ich wieder? Ich muss auf andere Gedanken kommen; ein Ausritt wird sicher helfen.

Scott, der Vorarbeiter, sagte ihr, dass sie den Verwalter in seinem Büro finden würde. Wie immer stand die Tür offen, sodass sie gegen das Holz des Rahmens klopfte.

»*G'Day*«, sagte sie. »Störe ich?«

Er schaute auf. Rileys Vater sah aus wie die ältere Version seines Sohnes. Andrew Chandler war ebenfalls hochgewachsen und schlank, allerdings hatte das Leben auf der Farm seiner Haut eine tiefe Sonnenbräune und starke Falten um Mund und Augen beschert. Heute kam es ihr vor, als wären die Linien tiefer, von Sorgen ins Gesicht eingegraben.

»Franziska, das ist eine Überraschung!« Andrew wirkte allerdings nicht sehr erfreut. »Riley hat mich gar nicht informiert, dass ihr kommt.«

Auch wenn er und Franziska sich bemühten, um Rileys willen miteinander auszukommen, fiel es ihnen schwer, eine gemeinsame Ebene zu finden. Möglicherweise lag es daran, dass sie als Ellas Erbin seine Chefin war. Oder sie kamen einfach aus zu unterschiedlichen Welten.

Franziska hatte stets den Eindruck, sie beide suchten nach einem unverbindlichen Thema, ohne wirklich erfolgreich zu sein. Die Gesprächspausen kamen ihr unendlich lang vor und zu oft redeten Andrew und sie gleichzeitig, um das Schweigen zu brechen.

»Das war eine spontane Entscheidung. Ich musste aus der Stadt raus.«

»Verstehe.« Er schien etwas fragen zu wollen, aber sagte nur: »Holly ist in Toowoomba. Essen steht im Kühlschrank.«

»Ich habe keinen Hunger.«

Obwohl Andrew lächelte, war ihm anzumerken, dass er sich lieber mit seiner Arbeit als mit ihr beschäftigen wollte. Franziska überlegte, ob sie ihm von Riley erzählen sollte, aber fand keinen Anfang.

»Willst du reiten?«, brach er schließlich das Schweigen. »Silver könnte Bewegung brauchen.«

»Ich bringe den Rucksack weg und ziehe mir die Reitsachen an.«

»Okay.« Schon schaute er wieder in die Bücher. Sein sorgenvolles Stirnrunzeln entging ihr nicht, aber sie traute sich nicht, ihn nach der Ursache zu fragen. Auch wenn sie offiziell die Eigentümerin von *Amber's Joy* war, stand außer Frage, dass Andrew Chandler die Farm leitete. Alle wichtigen Entscheidungen traf er allerdings erst, nachdem er Rücksprache mit Franziska getroffen hatte. Was in Wahrheit nur bedeutete, dass er sie über seine Pläne informierte. Ihre Vorschläge und Einwände hörte er sich mit stoischer Gelassenheit an, sagte »Yep« und tat genau das, was er sich vorgenommen hatte. Franziska schwankte zwischen Ärger – schließlich gehörte *Amber's Joy* ihr – und Erleichterung. Denn sie war klug genug, einzusehen, dass Andrew deutlich mehr davon verstand, eine Pferdezucht zu betreiben. Und trotzdem – selbst er musste einsehen, dass es der Farm nicht gut ging und dass es Zeit war, neue Wege auszuprobieren.

Dass er Rileys Vater war, machte alles nicht leichter. Bisher scheute Franziska eine Auseinandersetzung mit Andrew, weil sie Riley nicht in diesen Streit hineinziehen wollte. Vielleicht auch, weil sie fürchtete, dass ihr Freund sich auf die Seite seines Vaters stellte. Was ihre Gedanken wieder zu der Szene in der Cafeteria brachte.

Genug davon. Vorsichtig öffnete sie die Tür zu ihrem Zimmer, einem weiß gestrichenen Raum mit großem Doppelbett, Kleiderschrank und einem Schreibtisch. Sonst ließ sie Riley den Vortritt, heute musste sie selbst nach Insekten suchen.

Es geht auch ohne ihn. Allerdings weiß ich nicht, was ich getan hätte, wenn hier eine Spinne gewesen wäre.

Sie warf den Rucksack aufs Bett, auf dem eine bunt gemusterte Tagesdecke lag, die sicher Holly – Köchin und gute Seele von *Amber's Joy* – dorthin gelegt hatte. Schade, dass Holly nicht da war. Sie war ein so herzlicher Mensch, dass man sich sofort willkommen und Zuhause fühlte.

Franziska sah in den Schrank – keine Spinnen in Sicht – und nahm eines der T-Shirts heraus, die sie für ihre Besuche hier aufbewahrte. Nun noch Helm und Reithandschuhe und los gings. Trotz der Hitze bevorzugte sie Handschuhe, nachdem ihr die Zügel einmal aus den verschwitzten Händen geglitten waren.

Silver, ein zehnjähriger Schimmelwallach, schaute sie erwartungsvoll an, als sie sich ihm auf der Koppel näherte. Während er das Leckerli verspeiste, das sie ihm mitgebracht hatte, legte sie ihm das Halfter an.

Ich werde einen fiesen Muskelkater bekommen. Warum bin ich nicht öfter hier? Ich mag das Leben hier auf Amber's Joy viel mehr als das in Brisbane.

Quatsch! Was rede ich mir nur ein? Ich würde wahnsinnig werden, so abgeschieden zu leben. Kein Café in der Nähe, keine Buchhandlung und das Internet arbeitet noch analog.

Silver stampfte mit dem Huf auf, als verlangte er, dass sie sich auf ihn konzentrierte und nicht mit dem Kopf woanders war.

»Hast ja recht.« Als Entschuldigung gab sie ihm noch ein Leckerli. Beim Putzen und Satteln blieb der Schimmel artig, aber er pustete den Bauch auf, als Franziska den Sattelgurt anzog.

»Das macht er gern.« Scott kam aus dem Stall, den *Akubra*-Hut in den Nacken geschoben. Als Silver den Vorarbeiter sah, blies er die Luft aus und Franziska zog den Sattelgurt an. Sie konnte das Pferd verstehen: Scott erinnerte an einen Bären und rief allein durch seine Größe Respekt hervor.

»Sei vorsichtig. Viele Kängurus unterwegs.« Scott half ihr beim Aufsteigen, tippte mit einem Finger an die Hutkrempe. »Er mag die nicht.«

Sofort verspannte sich Franziska, worauf der Schimmel mit nervösem Tänzeln reagierte. Sie atmete tief durch, bis sie sich und das Pferd in den Griff bekommen hatte. Als Silver sich beruhigt hatte, lenkte sie ihn vom Hof ins freie Gelände.

Die Farm lag inmitten von grünen Hügeln am Rande eines Waldgebiets, das Franziskas Ziel war. Sie hoffte, dort den Fliegen zu entgehen, die Silver und sie ärgerten. Bis zum Horizont erstreckte sich ein Feldweg, umsäumt von hellem Gras und vereinzelt stehenden Bäumen. Über allem spannte sich ein leuchtend blauer Himmel. Nicht eine Wolke war zu sehen.

Die Gräser waren so hochgeschossen, dass Franziska nur die Spitzen der Zaunpfähle, die die Koppeln begrenzten, erkennen konnte. Obwohl sie nun schon zwei Jahre hier lebte, erstaunte es sie immer, wie wenig Queensland ihrem Bild von Australien entsprach. Statt roter Wüste fand man hier blühendes grünes Land.

Silver ruckte mit dem Kopf. Seiner Ansicht nach hatte er genug Geduld gezeigt.

»Hast ja recht.« Sie tätschelte dem Pferd den Hals. »Es heißt ja Ausritt, nicht Ausschleichen.«

Glücklicherweise interessierte der Schimmel sich nicht für ihren Kalauer, sondern trabte mit raumgreifenden Schritten den schmalen Weg entlang.

Nachdem sie den Wald erreicht hatten, gab Franziska Galopphilfen und genoss den kühlen Wind auf ihrer Haut. Sie wartete, bis ihr Pferd von selbst langsamer wurde, und ritt in gemächlichem Schritt an rot blühenden Büschen vorbei. Als es im Unterholz raschelte, nahm sie die Zügel auf, doch kein Känguru sprang ihnen in den Weg.

»Irgendwann einmal werde ich mich damit beschäftigen, wie die ganzen Pflanzen heißen.«

Silver schien zustimmend zu nicken. Je länger sie unterwegs waren, desto mehr verschwand der Zorn auf Riley. Wahrscheinlich hatte sie die Situation falsch interpretiert. Sie hätte ihm wenigstens die Chance geben sollen, es ihr zu erklären.

Auf einmal schrak ihr Pferd zusammen und tat einen kleinen Hüpfer zur Seite. Obwohl sie das nicht hatte kommen sehen, blieb Franziska sicher im Sattel, nahm die Zügel kürzer und beugte sich nach vorn, um beruhigend auf den Schimmel einzureden.

Als sie sich aufrichtete, entdeckte sie, was Silver erschreckt hatte. Unvermutet, als wäre er aus dem Boden gewachsen, war Sam zwischen den eng stehenden Bäumen aufgetaucht. Sehr aufrecht und vollkommen regungslos stand der Aborigine da. Er sah immer noch so aus wie bei ihrem ersten Zusammentreffen: Sein dunkles rundes Gesicht zeigte nur wenige Falten, überwiegend Lachfältchen um die Augen. Allerdings meinte sie, dass sich die Linien zwischen Nase und Mund vertieft hatten. Allein die weißen, krausen Haare gaben einen Hinweis, dass Sam schon weit über 70 Jahre alt war. Sam fungierte als *Song-man* des Aborigine-Stammes, der seit mehr als einem Jahrhundert eine Zuflucht auf *Amber's Joy* gefunden hatte.

Obwohl Franziska sich bemühte, Sam zu mögen, weil er eine wichtige Rolle in dem Clan spielte, war und blieb er ihr etwas unheimlich. Manchmal kam es ihr vor, als würden seine Augen direkt in ihre Seele blicken, als würde er etwas erkennen, was sie sonst verborgen hielt.

»*G'day*«, begrüßte sie ihn. Sam antwortete nicht, sondern sah sie nur an, sodass sich Franziska albern vorkam. Ihr Pferd tänzelte, was sie dazu nutzte, Sams durchdringendem Blick auszuweichen. Franziska beugte sich nach vorne und klopfte dem Schimmel auf den Hals.

Als sie aufschaute, erwartete sie beinahe, dass Sam verschwunden war, doch er stand noch an der gleichen Stelle. Obwohl er ein kariertes Hemd und eine abgerissene Jeans trug, erschien es Franziska für einen Moment, als wäre er nur mit einem schmalen Lederband bekleidet und hielte einen Speer in die Hand. Sie schluckte und blinzelte. Danach sah sie ihn wieder in der normalen Arbeitskleidung.

»Du bist nicht glücklich.« Sams Worte klangen wie eine Feststellung, nicht wie eine Frage, und trafen sie ins Mark.

Ach Quatsch, wahrscheinlich sieht man mir an, wie gestresst ich bin.

»Solange die Vergangenheit wie ein Stein auf deinem Weg liegt, wirst du nie gehen können, ohne zu stolpern.«

Genau deshalb ist er mir unheimlich. Weil er so kryptische Sachen sagt, die mir Angst machen.

Bevor sie antworten konnte, raschelte es im Gebüsch und Sam verschwand so leise, wie er gekommen war.

Eines Tages, ja eines Tages lasse ich ihn nicht mehr damit davonkommen, sondern will wissen, was er mir zu sagen hat. Immer diese Andeutungen …

Sie war so in ihren Gedanken versunken, dass sie beinahe vom Pferd gefallen wäre, als Silver ohne ersichtlichen Grund scheute. Der Schimmel riss den Kopf hoch und brach zur Seite aus.

Nur mit Mühe hielt sie sich auf seinem Rücken. Ihr rechter Fuß rutschte aus dem Steigbügel und sie angelte danach, während das Pferd nervös tänzelte und angaloppieren wollte. Endlich bekam sie Silver in den Griff, er beruhigte sich langsam.

Alles wird gut. Hier ist nichts, vor dem ich mich fürchten muss.

In dem Moment sprang der Schimmel überraschend los und galoppierte wie von Sinnen durchs Unterholz. So sehr sie auch an den Zügeln zog, der Wallach war einfach nicht zu bremsen. Franziska klammerte sich am Sattelknauf fest. Sie betete, dass Silver nicht in ein Loch im Boden trat oder über einen Ast stolperte.

Der Wind trieb ihr Tränen in die Augen, die Franziska wegblinzelte. Wieder rutschte ihr Fuß aus dem Steigbügel. Verzweifelt kämpfte sie dagegen an, aus dem Sattel zu fallen. Endlich kamen sie auf eine Lichtung, eine Chance, die sie sofort nutzte. Mit aller Kraft zog sie den rechten Zügel zu sich heran, sodass Silver in eine Wendung gehen musste. Sie behielt den Druck bei, bis der Kreis so eng wurde, dass der Wallach automatisch langsamer wurde. Schnaubend kam er zum Stehen.

»Ist gut, mein Junge. Hier ist nichts. Wir beide sehen Gespenster«, sprach sie beschwichtigend auf ihn ein. Sie atmete tief ein und aus, um sich zu beruhigen, aber ihr Herz schlug rasend schnell, als wäre sie gerannt. In ihrem Magen wuchs ein flaues Gefühl, und ihre Hände zitterten.

Silver tänzelte, aber er schien sich langsam zu entspannen. Auf einmal riss er den Kopf hoch und starrte nach vorn. Franziska verengte die Augen und erkannte einen Reiter, der auf sie zukam. Der weiche Waldboden verschluckte das Geräusch der Hufe.

Als Pferd und Reiter nur noch wenige Meter entfernt waren, erkannte sie beide: Riley auf seinem Liebling Big Red, einem gewaltigen Fuchs mit vier weißen Beinen. Wegen der breiten Blesse, die sich über Big Reds Gesicht zog, nannte man ihn auf der Farm liebevoll Faceman.

Entspannt trabten sie heran, woraufhin Silver erneut zusammenzuckte. Es lag an ihr und ihrer wachsenden Nervosität, das wusste Franziska nur zu gut. Sie hatte nicht erwartet, Riley so bald schon wiederzusehen. Am liebsten hätte sie ihr Pferd gewendet, um in vollem Galopp vor Riley zu fliehen. Stattdessen wartete sie und bemühte sich um einen unbeschwerten Gesichtsausdruck.

6

Australien, heute

Ist alles in Ordnung?« Riley musterte sie von oben bis unten. Auf seiner Miene konnte sie Sorge ablesen. »Ich habe gesehen, wie Silver durchging.«

»Alles okay. Wahrscheinlich haben Faceman und du ihn erschreckt. Oder Sam. Der ist eben hier aufgetaucht.«

»Wollen wir zur Farm zurück oder willst du noch bleiben?«

»Ich habe genug für heute.« Franziska versuchte, ihr Lächeln aufrechtzuhalten, aber ihre Unterlippe begann zu zittern. Verdammt, nur nicht heulen.

Bevor Riley ihre Tränen sehen konnte, wendete sie Silver und schlug einen Weg ein, der so eng war, dass die Pferde nicht nebeneinander trotten konnten. Außerdem war es steinig, sodass sie sich voll und ganz auf das Reiten konzentrieren musste. Endlich versiegten die Tränen, und langsam wurde sie etwas ruhiger. Von Entspannung war sie jedoch noch weit entfernt. Zu viel stand zwischen Riley und ihr; außerdem gingen ihr Sams Worte nicht aus dem Kopf.

Als der Weg sich verbreiterte, trieb Riley seinen Fuchs neben

Silver. Ihr Pferd legte die Ohren an, beruhigte sich aber, weil Big Red sich überhaupt nicht stören ließ.

»Ich habe mir Sorgen gemacht, als du nicht zu Hause warst.« Es kam ihr vor, als bemühte Riley sich, bloß keinen Vorwurf in seine Stimme zu lassen. »Warum hast du mir keine SMS geschickt?«

Kurz überlegte sie, eine Ausrede zu erfinden, um dem Konflikt auszuweichen, aber dessen war sie müde. Franziska wandte sich Riley zu. Sein Blick war voller Liebe und Sorge um sie. Sie brachte es nicht über sich, einen Streit vom Zaun zu brechen. Hier waren weder Zeit noch Ort, um mit Riley über die Frau in der Cafeteria zu streiten.

»Ich wollte dir nachher schreiben. Irgendwie musste ich raus. Die Vorlesung war furchtbar.« Ihre Stimme klang beinahe wie immer. »Außerdem wollte ich schauen, ob ich etwas über Amber herausfinden kann. Wegen der Ausstellung.«

Als Riley sie weiterhin ansah, wandte Franziska den Blick ab und sah stur geradeaus. Je mehr sie darüber nachdachte, desto unbedachter fand sie ihre Flucht.

»Es tut mir leid. War blöd von mir.«

»Vielleicht solltest du wirklich das Fach wechseln.«

»Das habe ich schon überlegt. Aber ich trage Verantwortung für die Farm.«

»Ella hat meinen Dad eingestellt, damit er sich um alles kümmert.«

»Ich bin halt so. Ich *muss* wissen, wie man eine Farm führt.« Franziska zuckte mit den Schultern. »Das ist wahrscheinlich typisch deutsch.«

Eine Woche später waren alle guten Vorsätze vergessen: Franziska saß an Rileys Notebook und scrollte durch seine Mails. Erstaunlich, wie wenig SPAMs er bekam. Noch erstaunlicher fand sie, wie gut er seine Mails organisiert hatte. Sie zählte siebzehn Unterordner, in die er wahrscheinlich automatisch seine Nachrichten einsortierte. Bei ihr gab es nur ein Fach, das sie alle zwei Wochen einmal durchsuchte, um wenigstens einen groben Überblick zu behalten.

Nichts. Nichts. Und wieder nichts! Es gab nicht eine Mail, die ihr Anlass zur Besorgnis gab.

Entweder ist Riley der schlaueste Fremdgeher der Welt oder ich bin die neurotischste Freundin der Welt. Warum kann ich ihm nicht vertrauen? Liegt es an mir, wenn das mit uns nicht funktioniert? Trage ich allein die Verantwortung, wenn wir uns verlieren?

»Ich hatte gehofft, mich zu irren«, erklang Rileys Stimme leise hinter ihr. »Ich hatte es so sehr gehofft.«

Verdammt!

Franziska klappte das Notebook zu, zwang sich zu einem Lächeln und wandte sich langsam zu ihm um, als wäre sie sich keiner Schuld bewusst. Als hätte sie seinen Computer nur genutzt, um nach etwas für die Uni zu suchen. Doch nachdem sie sich zu ihm umgedreht hatte, wusste sie, dass sie damit nicht durchkäme. Riley lehnte im Türrahmen, in einer Haltung, als stände er dort schon längere Zeit.

»Ich … ich …« Fieberhaft überlegte Franziska, wie sie aus dieser dummen Situation herauskommen könnt. »Ich wollte nur schnell etwas nachschauen.«

»In meinen Mails.«

»Das Fach war offen.«

»Ich würde das niemals tun.«

»Ich war nur an dem verdammten Mailfach. *No big deal.*«

Er seufzte und kam näher. Sie streckte die Hand nach ihm aus, aber Riley blieb außerhalb ihrer Reichweite. So weit war es also schon mit ihnen gekommen.

»Es tut mir leid. Okay?«

»Franziska.« Riley wich ihrem Blick aus. Er leckte sich die Lippen und zuppelte mit der Hand an seinem Ohrläppchen.

Alles Anzeichen, die sie nur zu gut kannte. »So kann es nicht weitergehen.«

»Du willst dich von mir trennen?«

Ich habe es befürchtet. Warum tut es nur so weh?

»Natürlich nicht.« Er schaute auf, verwirrt und traurig. »Aber wenn das hier funktionieren soll, musst du etwas tun.«

»Wieso ich?« Wut stieg in ihr hoch. »Zu einem Paar gehören immer zwei.«

Himmel, was gebe ich nur für Sprüche von mir!

Der Schock über Rileys Worte war so immens, dass sie sich fühlte, als beobachtete sie die ganze Szene. Als schaute sie zu, wie ein Mann und eine Frau sich trennten. Weil die Frau ihm nicht vertraute. Wenn Franziska das in einem Film gesehen hätte, wäre sie sicher aufseiten des Mannes gewesen. Dumm nur, dass hier kein Film lief, sondern ihr Leben. Ihr Leben, das sie systematisch durch ihre Handlungen vor die Wand gefahren hatte.

»Es … es tut mir leid«, brachte sie mühsam heraus. »Das war blöd von mir.«

»Es tut dir jedes Mal leid. Aber du änderst nichts.«

»Was kann ich machen?« Erneut wollte die Wut sich ihrer bemächtigen. »Du hast leicht reden!«

Warum spreche ich ihn nicht auf das Telefonat an? Warum frage ich ihn nicht, wer die Frau gewesen ist? Weil ich zu feige bin.

Am liebsten hätte sie ihre Kaffeetasse gegen die weiße Wand der Küche geworfen. Einen Moment lang stellte sie sich vor, wie das Porzellan daran zerschellte, wie sich die hellbraune Flüssigkeit auf dem Weiß verteilte, bevor er auf die anthrazitfarbene Arbeitsplatte tropfte.

Riley und sie hatten die Küche gemeinsam gestrichen, da wäre es doch passend, wenn Franziska das leuchtende Weiß trübte, so wie sie ihre Beziehung getrübt hatte. Dennoch brachte sie es nicht über sich. Stattdessen trank sie einen Schluck Kaffee, der trotz Milch bitter schmeckte.

»Franziska.« Ein Seufzer begleitete das Wort. »Stell dich deiner Vergangenheit.«

»Du hörst dich an wie in einer Daily Soap.«

»Du benimmst dich wie in einer.«

»Übertreibst du nicht etwas?«

»Deine Eifersucht ist nicht normal.«

»Super konstruktive Kritik, immer schön Du-Botschaften benutzen.«

»Lenk nicht ab. Ich bin nicht wie Julian. Ich liebe dich, aber …«

Ihr erster Impuls war es, erneut wütend zu reagieren, aber dann entdeckte sie die Sorge in seinen Augen. Warum verschwieg sie ihm, was vor einem halben Jahr geschehen war? Wie sollte er sie verstehen, wenn sie ihm nicht die Wahrheit sagte?

»Ich wünschte, ich könnte mich ändern.«

»An der Uni gibt es Therapeuten.«

»Auf keinen Fall. Ich bin nicht krank.«

»So kann es nicht weitergehen.« Er streckte die Arme nach ihr aus. »Ich möchte dich nicht verlieren.«

Sie zögerte kurz, was die Traurigkeit in seinem Blick vertiefte. Dann floh sie in die Sicherheit seiner Umarmung. Durch den dünnen Stoff des T-Shirts spürte sie seinen Herzschlag. Laut und schnell, als würde ihn das Gespräch anstrengen wie ein Zehn-Kilometer-Lauf. Das konnte sie gut nachempfinden – auch Franziska fühlte sich völlig zerschlagen und müde. Alles schmerzte und sie wünschte sich, endlich weinen zu können, aber ihre Augen blieben trocken.

Eine Weile standen sie schweigend da und hielten sich aneinander fest, als könnte dadurch alles ungeschehen gemacht werden. Franziska begann zu hoffen, dass Riley ihr verzeihen würde, doch er schob sie sanft zurück.

»Wenn du so weitermachst, zerstörst du alles, was wir haben.«

»Was soll ich denn tun?«

»Warum sagst du mir nicht endlich, was mit dir ist?«

Mist! Jetzt begannen die Tränen zu fließen. Wütend wischte Franziska sie mit den Händen weg. Riley wollte sie wieder an sich ziehen, aber sie wehrte ihn ab.

»Weil ich es verflucht noch mal selbst nicht weiß. Ich bin nicht glücklich.«

»Man muss kein Genie sein, um das zu bemerken.«

»Mein Leben fühlt sich falsch an. Ich … ich habe die Farm nicht verdient.« Sie konnte ihn nicht ansehen. »Ich kannte Ella kaum. Sie hätte dir und Andrew alles vererben sollen.«

»Deshalb bist du so mies drauf?«

»Was ist daran so witzig?«

»Ella mochte Dad und mich, aber sie hätte uns nie als Erben eingesetzt. Wir sind nicht ihre Familie. Eher hätte sie das Geld dem Tierschutz gegeben.«

»Vielleicht sollte ich das machen.«

»Vielleicht solltest du dich erst einmal allem stellen, was dir auf der Seele brennt.«

»Na los, du hast bestimmt einen Plan.«

»Flieg nach Deutschland und sprich mit Alina.«

»Willst du mich loswerden?«

»Ich möchte dich zurückbekommen.«

»Ist es nicht übertrieben, für ein Gespräch so viel Geld auszugeben?« Nach dem Tod ihrer Eltern hatte Franziska die Verantwortung für sich und ihre Schwester übernommen und sparsam leben müssen. Davon kam man nicht so schnell wieder los. »Ich könnte mit Alina skypen.«

Riley schüttelte den Kopf. »Manche Sachen sagt man sich besser ins Gesicht.«

»Es tut mir leid. Ehrlich.« Franziska holte tief Luft. »Aber ich bin mir sicher, dass eine Deutschlandreise nicht hilft.«

Sie hätte wetten können, dass ihre jüngere Schwester überhaupt nicht begreifen würde, warum Franziska immer noch unter dem Betrug litt. Dass ihr damaliger Freund Julian fremdgegangen war, hätte Franziska verkraftet. Aber dass ihre Schwester etwas mit ihrem Freund angefangen hatte, das nagte an ihr. Gleichzeitig fühlte sie sich immer noch für Alina verantwortlich und wusste nicht, ob sie ihr wirklich Vorwürfe machen könnte.

Mal abgesehen davon, dass Alina so etwas sagen würde wie »Warum machst du eine große Sache daraus? Ist doch ewig her.« Ihre Schwester besaß eine viel australischere Lebenseinstellung als Franziska. *No drama* – das würde Alina ihr vermitteln und Franziska käme sich spießig und langweilig vor.

»Nutz die Reise für ein Treffen mit Caro und recherchiere über Amber. Versuche es wenigstens.« Er verzog das Gesicht, als ob er Zahnschmerzen hätte. »Merkst du nicht, dass du einen Keil zwischen uns treibst?«

»Ich?! Ich?« Laut stieß sie den Atem aus, nicht bereit, weiter zurückzustecken und freundlich zu bleiben. Es war ja nicht so, dass Riley völlig unschuldig war. »Was war mit der Blondine, mit der du in der Cafeteria gesprochen hast, als du angeblich Seminar hattest?«

»Welche Blondine?«

Rileys Gesichtsausdruck war so verwirrt, dass sie ihm beinahe geglaubt hätte. Doch sie hatte die beiden zusammen gesehen und sich das nicht eingebildet.

»Letzte Woche, bevor ich zu *Amber's Joy* gefahren bin.«

»Deshalb bist du abgehauen.«

»Lenk nicht vom Thema ab. Wie soll ich dir glauben, wenn du mich belügst?«

»Die Vorlesung ist ausgefallen und …«

»Dann hättest du mir eine SMS schicken können«, unterbrach sie ihn. »Aber du wolltest ja lieber mit ihr einen Kaffee trinken.«

»Mit Chelsea?« Riley stieß ein schnaubendes Lachen aus. »Wir sind nur Freunde.«

»Danach sah es nicht aus.«

»Chelsea ist in einer Beziehung. Glücklich.«

»Das bist du auch. In einer Beziehung. Ob du glücklich bist, weiß ich nicht.«

Nachdem sie die Worte ausgesprochen hatte, bemerkte sie, wie wahr diese waren. Sie wusste weder, ob Riley glücklich war, noch, ob sie glücklich war. Ihre verfluchte Eifersucht überschattete alles. Langsam taumelte sie zurück, tastete mit der Hand nach dem Stuhl und ließ sich darauf fallen.

»Vielleicht hast du recht«, flüsterte sie. »Vielleicht muss ich mich Alina und meiner Wut auf sie stellen. Egal, wie es ausgehen wird.«

7

Deutschland 1876

Alle waren gekommen, um Auguste zu verabschieden. Ihr Vater, dessen Gesicht immer noch vor Groll verdüstert war. Ob sein Zorn mehr ihr oder Onkel Georg galt, hatte Auguste nicht herausfinden können. Ihre Mutter, flatterig wie ein kleiner Vogel im Winter, rang wieder und wieder die Hände. Sophie, deren Mund ein Siegeslächeln umspielte, und Felix, der seine Verlobte anhimmelte.

Er hätte wenigstens den Schneid besitzen können, heute nicht aufzutauchen. Bestimmt hat ihm Sophie befohlen, sie zu begleiten. Ich bin mir sicher, sie weiß es. Sophie hat immer gespürt, wie sie andere Menschen am besten verletzen kann. Warum schmerzt mein Herz immer noch, wenn ich ihn mit ihr zusammen sehe? Warum kann ich ihn nicht aus meinem Herz reißen, Verräter, der er ist?

Trotz ihrer bitteren Gedanken flüsterte sie Dankesworte, wehrte Einwände ab und versprach zu schreiben, sobald sie das andere Ende der Welt erreicht hatte. Die ganze Zeit lächelte sie, so falsch, dass es beinahe schmerzte. Nur Sophie nicht merken lassen, wie tief verletzt sie war. Egal, wie viel Kraft es sie kostete, sie gäbe sich keine Blöße, sondern spielte sich und ihrer Familie vor, sich auf dieses Abenteuer zu freuen.

Vor lauter Konzentration auf Felix und Sophie hätte Auguste beinahe nicht mitbekommen, wie fest ihre Mutter ihre Hände umklammert hielt, als könnte sie Auguste dadurch von ihrem Vorhaben abbringen.

»Ich werde schreiben, sobald es eine Möglichkeit gibt, einen Brief an euch zu senden«, versprach Auguste erneut. »Macht euch keine Sorgen. Onkel Georg ist auch heil zurückgekehrt.«

»Aber es ist entsetzlich gefährlich.« Verzweifelt rang ihre Mutter die Hände. Sie vergaß vor Aufregung die Contenance, auf die sie sonst so viel Wert legte. »Auguste, überlege es dir noch einmal. Bleib bei uns. Alles wird gut.«

»Genug. Die Reise ist sicher. Wir werden uns in einigen Monaten ja wiedersehen«, sprach Onkel Georg schließlich ein Machtwort. »Komm, Auguste.«

In dem Augenblick brach ihre stets beherrschte und kühle Mutter in Tränen aus. Ihre Hände, die immer noch Augustes umklammerten, begannen zu zittern. Erschrocken entzog ihr Auguste die Finger und schaute ihren Vater hilfeheischend an.

»Wilhelmine, mäßige dich.« Julius Ohlendorf drückte Augustes Hand. Selbst vor einer Reise ans andere Ende der Welt brachte er es nicht über sich, sie zu umarmen. »Georg, ich nehme dich in die Pflicht, dafür zu sorgen, dass alles der Schicklichkeit entspricht.«

Zu Augustes Glück bedeutete ihrem Vater die Schicklichkeit alles. Sie hatte ihm gedroht, eine gewaltige Szene auf Sophies Hochzeit zu machen, falls er Auguste nicht erlaubte, mit Onkel Georg nach Australien zu reisen. Da es bereits schlimm genug war, dass seine Jüngste einen Angestellten heiratete, wollte Julius Ohlendorf einen weiteren Skandal auf jeden Fall vermeiden.

»Auf Wiedersehen, Mutter. Auf Wiedersehen, Vater.«

Bevor Auguste handeln konnte, hatte sich Sophie an der

weinenden Mutter vorbeigeschoben und zog Auguste in ihre Arme. Diese erwiderte die überraschende Umarmung nicht, sondern blieb stocksteif und wünschte sich, sie könnte dem entkommen.

»Du hättest wenigstens unsere Hochzeit abwarten können«, flüsterte ihre Schwester Auguste ins Ohr. »Aber das hat dein Neid nicht zugelassen. Nicht wahr, Schwesterchen.«

Laut sagte sie: »Ich wünsche dir alles Glück und dass sich deine Träume erfüllen.«

»Es tut mir so leid, dass ich die Hochzeit verpasse«, heuchelte Auguste und schob ihre Schwester von sich. »Aber wir mussten dieses Schiff erreichen, um im Frühling in Australien anzukommen.«

Im Oktober sollte die »Reichstag« in Brisbane eintreffen, was in Deutschland der Herbst, in Australien jedoch der Frühling war. Daran musste Auguste sich erst noch gewöhnen.

Obwohl sie immer noch traurig darüber war, dass ihr geliebter Mann eine andere – und nicht irgendeine, sondern ihre verräterische Schwester – heiratete, verspürte Auguste bei diesen Worten Aufregung und Hoffnung. Hätte ihr vor wenigen Wochen jemand gesagt, dass sie ans andere Ende der Welt reisen würde, hätte sie lachend abgewehrt. Nun wurde dieser Traum wahr. Mehr noch, sie nahm an einer Expedition teil. Vielleicht fand man bald ihren Namen in einer Zeitung oder einer wissenschaftlichen Abhandlung.

»Alles Gute.« Felix streckte ihr seine Hand entgegen. Für einen Augenblick war Auguste versucht, sie zu ignorieren, aber dann ergriff sie seine Rechte. Schlapp und kühl wie ein Fisch vom Hamburger Markt fühlte diese sich an. Vielleicht war er gar nicht dermaßen wunderbar, wie sie es sich ausgemalt hatte. »Es gehört Mut dazu, in die Fremde zu reisen.«

»Es gehört Mut dazu, meine Schwester zu heiraten«, sagte sie und lachte leise, als wäre dies nur ein Scherz. Der kalte Blick, den Sophie ihr zuwarf, zeigte, dass ihre Schwester sehr wohl verstanden hatte, wie ernst diese Worte gemeint waren. »Ich wünsche euch alles Glück der Welt. Möglicherweise bringe ich euch ein Känguru als Hochzeitsgeschenk mit.«

»Wo sollten wir das denn unterbringen?« Der Schrecken zeichnete sich deutlich auf Felix' attraktivem Gesicht ab. Auguste musste an sich halten, um nicht undamenhaft aufzulachen. »Gute Reise.«

»Komm, Nichte.« Onkel Georg legte ihr die Hand. »Es wird Zeit.«

Nun, da sie ihre Familie für eine lange Zeit verließ, überkam Auguste plötzlich eine große Liebe zu ihren Eltern, ja, selbst zu ihrer Schwester. Hastig trat sie zu ihnen und nahm jeden kurz in den Arm, auch ihren Vater, der sichtlich irritiert über diesen Gefühlsüberschwang war. Dann reckte sie das Kinn hoch, straffte die Schultern und begab sich auf die schaukelnde Gangway, ohne sich einmal umzudrehen. Die genagelten Sohlen ihrer Stiefel klapperten, als sie forschen Schrittes ihren Weg auf das Schiff nahm.

Frei. Endlich frei, schien das Klappern ihr zu sagen. Ein letzter wehmütiger Gedanke an den Mann, den sie liebte. Dann war Auguste bereit, das Abenteuer ihres Lebens zu wagen.

Eine überraschend große Zahl von Menschen stand an der Reling, sichtlich entschlossen, endlich die Reise anzutreten. Auguste hatte nicht erwartet, dass so viele Passagiere auf der »Reichstag« reisen würden. Eigentlich, das musste sie eingestehen, hatte sie sich wenige Gedanken über die Reise nach Australien gemacht. Ihr war es nur wichtig gewesen, möglichst schnell von Felix und aus Hamburg wegzukommen. Dass ihre Reise mehr als drei Monate dauern würde, war ihr damals als Wink des Himmels erschienen. Nun jedoch fragte sie sich, womit sie sich die ganze Zeit beschäftigen wollte. Auch wenn sie etliche Bücher mit an Bord gebracht hatte, kamen ihr drei Monate sehr lang vor. Vielleicht fände sie ja Freunde unter den anderen Passagieren, Menschen, die Australien kannten und von denen sie mehr über das Land erfahren konnte, das auf sie wartete.

»Haben alle diese Menschen eine Kajüte gebucht?« Das konnte sie sich kaum vorstellen, hatte sie doch von ihrem Onkel erfahren, wie viel Geld die Überfahrt kostete.

»Das sind Glücksritter. Die reisen in der dritten Klasse.«

»Dritte Klasse?«

»Dort, wo auf der Fahrt von Australien nach Hamburg die Wolle transportiert wird. Auf der Reise von Hamburg nach Australien stopft man Menschen in die Lagerräume.«

Das klang verheißungsvoll.

»Ich muss mit ihnen reden, um zu erfahren, was sie sich von der Reise erhoffen.«

»Halte dich von der dritten Klasse fern.« Onkel Georg klang ungewohnt ernst. »Das sind arme Menschen ohne Bildung, die ihre ganze Hoffnung auf einen Neuanfang setzen.«

»Gewiss, Onkel«, antwortete sie, beschloss jedoch, ihre eigenen Erfahrungen zu machen. Schließlich unternahm sie eine Expedition, um Neues zu lernen.

Obwohl es an die steinerne Kaimauer gebunden war, schaukelte das Schiff bedenklich. Hoffentlich wurde sie nicht seekrank. Bisher beschränkten sich Augustes Erfahrungen mit Schiffsreisen auf Dampferfahrten auf der Alster und Ausflüge mit dem Ruderboot. Nun wurde ihr doch mulmig, als sie daran dachte, was für eine gewaltige Reise ihr bevorstand.

Wenn ich mich jetzt umentscheide, kann ich in Hamburg bleiben. Nein! Auf keinen Fall. Ich bin nicht feige. Eine Gelegenheit wie diese bekomme ich nie wieder in meinem Leben.

Sie drängte den Kloß zurück, der sich in ihrer Kehle gebildet hatte, und stellte sich an die Reling, um ihrer Familie zum Abschied zu winken. Ein Matrose eilte die Gangway herauf, in seinen Armen hielt er eine Fellmütze, was Auguste verwunderte, schließlich reisten sie in ein Land, in dem stets die Sonne schien.

Noch überraschter war sie, als die vermeintliche Mütze sich zu bewegen begann und versuchte, aus den Armen des Mannes zu entkommen. Als der Matrose sie beinahe erreicht hatte, hörte man deutlich das wütende Zischen und Fauchen einer empörten grauweißen Katze.

»Das arme Tier«, echauffierte sich Auguste. »Sie haben ihm die Beine zusammengebunden.«

Der Mann wollte die Katze doch nicht etwa ertränken, aus einem archaischen Brauch heraus, dass eine sichere Überfahrt ein Opfer forderte.

»Werden sie die Katze töten?«, wandte sie sich an ihren Onkel. »Das musst du verhindern.«

»Das brauche ich nicht.« Georg lachte dröhnend. »Die Katze ist viel zu wertvoll, als dass sie jemand ertränkte.«

Zu Augustes Erstaunen war bereits eine ganze Menagerie an Bord gebracht worden: Hühner, Gänse und Schweine. Lebender Proviant, hatte Onkel Georg ihr erklärt. Auch wenn Augustes Verstand begriff, warum es klug war, Tiere mit auf die Reise zu nehmen, schmerzte ihr weiches Herz bei dem Gedanken, welches Schicksal die armen Viecher erwartete.

»Das ist Tradition.« Onkel Georg hob die Hand zum Abschiedsgruß. »Die Katze kommt immer zum Schluss an Bord. Als Rattenjäger.«

»Ratten?«

»Wo man Lebensmittel verstaut, finden sich Nagetiere.«

»Hoffen wir, dass die Katze ein guter Rattenfänger ist.« Auguste schauderte. Ratten waren ihr unheimlich und die Vorstellung, gemeinsam mit den Nagern zu reisen, gefiel ihr nicht.

»Warum hat man sie nicht schon früher geholt und erprobt, ob sie ein guter Jäger ist?«

»Katzen reisen nicht gern. Sie flüchten, sobald sich eine Gelegenheit ergibt.«

»Das arme Tier. Wie gemein, dass es *shanghait* wurde.«

Den Begriff dafür, dass man Matrosen gewaltsam in den

Dienst presste, hatte sie einmal in einem Roman gelesen und sofort behalten, weil er wunderbar exotisch klang.

Onkel Georg lachte dröhnend. »Du kannst dich ja um die Katze kümmern, wenn sie dir leidtut.«

»Das werde ich.« Auguste winkte ein letztes Mal, weil ihre Familie sich umdrehte und wohl gehen wollte. »Wo ist meine Kabine? Oder heißt es Kajüte?«

Sie hatte sich einen festen Plan erstellt, wie sie die Reise angehen wollte. Erst würde sie auspacken, dann das Schiff erkunden und schauen, was für Menschen mit ihr an Bord waren. Schließlich würden sie eine lange Zeit gemeinsam verbringen.

Onkel Georg winkte einen mageren Schiffsjungen heran, dem er etwas zuflüsterte und ihm eine Münze in die dreckige Hand steckte.

»Kommense mit«, sagte das Kind zu Auguste und eilte so schnell davon, dass sie sich sputen musste, um mit ihm mitzuhalten. Obwohl das Schiff gerade erst abgelegt hatte, spürte sie bereits das ungewohnte Schlingern und musste um ihr Gleichgewicht ringen. Auch ihrem Magen behagte das Rollen der »Reichstag« nicht. Er fühlte sich flau an und sie war froh, als der Schiffsjunge endlich vor einer Holztür anhielt.

Obwohl der Türrahmen hoch genug war, zog Auguste den Kopf ein, als sie hindurchtrat. Das also wäre ihr Zuhause für die nächsten Wochen. Neugierig schaute sie sich in dem winzigen Raum um. An der gegenüberliegenden Seite erspähte sie die Koje, die wesentlich schmaler war als ihr Himmelbett. Mit zwei Schritten hatte sie den Raum durchquert und setzte sich auf das Bett. Hart fühlte sich die Matratze an, das Bettzeug erschien ihr rau und ausgeblichen. Auf einem Tischchen lag ein Buch, sicher die Bibel. Auf einer kleinen Holzkommode stand Waschgeschirr aus Emaille. Auguste begann, ihre Reisekiste auszupacken. Die beiden Kleider hängte sie an die Leine, die quer durch die Kajüte gespannt war.

Nachdem sie alles verstaut hatte, setzte sie sich auf den einzigen Stuhl und holte tief Luft. Überraschend laut war es hier, die Planken knarrten und knirschten. Hoffentlich hatte das nichts Übles zu bedeuten. Auguste lauschte, aber sie vermochte es nicht, das Meer und das Anrollen der Wellen zu hören. Zu stark arbeitete das Holz des Schiffes.

Sollte sie etwas von ihrem guten Parfüm versprühen, um den Geruch zu vertreiben, der ihre Nase erreichte? Feuchtes Holz meinte sie zu schnuppern und den Gestank von gepökeltem Fisch.

8

Auf dem Weg nach Australien 1876

Expeditionsjournal Auguste Ohlendorf im Jahr 1876, schrieb sie mit großen, geschwungenen Buchstaben auf die erste Seite des schwarzen Heftes, das ihr Reisebegleiter sein sollte. Auguste hatte sich vorgenommen, die Geschehnisse jeden Tages festzuhalten. Schließlich erlebte sie ein Abenteuer, von dem die Nachwelt erfahren sollte. Ärgerlich war nur, dass sie sich bereits seit drei Wochen auf See befanden und sie noch kein einziges Wort in ihr Journal geschrieben hatte. Die erste Woche hatte sie entsetzlich seekrank darniedergelegen. Die Übelkeit hatte sie so sehr geplagt, dass sie lieber sterben wollte, als weiter auf der »Reichstag« zu bleiben. Ihr war derart schlecht gewesen, dass sie selbst das trockene Brot und das Wasser, das ihr Onkel ihr gebracht hatte, sofort wieder ausgespien hatte.

Glücklicherweise hatte sich Emilie Schulze, die Frau eines Pastors, der die Heiden Australiens bekehren wollte, ihrer angenommen. Pastor Schulze war vor einem halben Jahr bereits vorausgereist und hatte dafür gesorgt, dass seine Ehefrau in der Bethesda-Mission ein Zuhause finden würde. Nachdem sie die ganze Zeit gefürchtet hatte, er wäre den Wilden zum

Opfer gefallen, konnte die Frau es kaum erwarten, ihren Ehemann endlich wiederzusehen.

Als gute Christin hatte Emilie Schulze Auguste unbeirrbar den Schweiß von der Stirn getupft, ihr Wasser eingeflößt und einen Eimer gereicht, wenn das Wasser nicht in Augustes Magen bleiben wollte.

Obwohl Auguste ihr unendlich dankbar gewesen war, wünschte sie sich nichts mehr, als dem Strom der Worte Einhalt zu gebieten, die unermüdlich aus dem breiten Mund ihrer Helferin flossen. Frau Schulze entpuppte sich als Muster an Tugend und Frömmigkeit. Sie konnte es kaum erwarten, gemeinsam mit ihrem Gemahl Gottes Wort an die Gottlosen zu verkünden.

Als es ihr besser ging, fühlte Auguste sich versucht, Emilie Schulze zu fragen, ob sie sicher war, dass die Australneger missioniert werden wollten. Aber sie hielt diese Worte zurück. Sie wollte die Frau nicht verletzen und war dankbar für deren Hilfe in schwieriger Zeit. Onkel Georg hatte sich als untauglich für die Krankenpflege erwiesen. Sobald Auguste zu würgen begann, war sein Gesicht dunkel angelaufen und er war aus ihrer Kajüte geflohen.

Nachdem sie endlich die Seekrankheit überwunden hatte, hatte Auguste sich daran gemacht, das Schiff und ihre Mitreisenden auszukundschaften. Eine echte Forscherin – und als solche betrachtete Auguste sich – beobachtete alles um sich herum, um Schlussfolgerungen daraus zu ziehen. Die ungewohnte Bewegung des Schiffes, die Seeluft und die vielen auf sie einprasselnden Eindrücke hatten dazu geführt, dass sie abends sofort erschöpft eingeschlafen war, nachdem sie in ihre schmale Koje gesunken war. Jeden Morgen, wenn sie erwachte, fiel ihr Blick auf Notizbuch und Füllfederhalter, die sie auf dem Nachttisch abgelegt hatte. Jeden Morgen nahm sie sich vor, heute endlich ein paar Seiten zu füllen – und jeden Tag entdeckte sie etwas anderes, das ihre Aufmerksamkeit fesselte.

Nie hatte sie etwas Schöneres gesehen als die schlanken silbernen Leiber der Delfine, die um das Schiff herumtollten und hoch in die Luft sprangen. Glücklicherweise war es der Mannschaft nicht gelungen, eines der glitzernden Geschöpfe zu fangen. Auguste hätte es niemals über sich gebracht, einen Delfin zu verspeisen, obwohl ihr Abwechslung auf dem Speiseplan durchaus gefallen hätte.

Auch die gewaltigen Albatrosse, die schwerelos durch die Luft glitten, hatten es Auguste angetan. Ein Matrose erzählte ihr, wie ungeschickt diese eleganten Flieger sich bei Start und Landung anstellten, und sie bedauerte, dass sie das nicht zu sehen bekam.

Mehrfach hatte sie versucht, sich mit der Schiffskatze, die sich als Kater entpuppte, anzufreunden. Allerdings stieß sie keineswegs auf Gegenliebe. Selbst als sie ihm Fleisch brachte, das sie heimlich beim Mittagessen für ihn zur Seite gelegt hatte, knurrte der Kater sie nur an. Gierig verschlang er die Leckerbissen, wobei er Auguste misstrauisch anstarrte und bei jeder ihrer Bewegungen zurückzuckte.

»Ich wäre auch vorsichtig, wenn man mich entführt und auf dieses Schiff gebracht hätte«, sagte sie mit sanfter Stimme. »Schade, dass du nicht mein Freund sein willst.«

Trotz seiner Unnahbarkeit brachte sie ihm jeden Tag eine Leckerei. Aus Mitleid mit dem armen Tier, das es sich nicht ausgesucht hatte, an Bord zu sein.

So verging ein Tag nach dem anderen, ohne dass sie auch nur eine Seite ihres Expeditionsjournals beschrieben hatte. Heute nutzte sie die Gelegenheit und zog sich nach dem Mittagessen, das sie mit Onkel Georg in seiner Kajüte eingenommen hatte, in ihre Kammer zurück.

Vorsichtig glättete sie mit der Hand das Papier, nahm den Füllfederhalter und hielt inne. Was sollte sie schreiben? Gab es wirklich Berichtenswertes, das sie der Nachwelt unbedingt hinterlassen musste? Klänge sie nicht wie ein übereifriger Backfisch, wenn sie in ihrem seriösen Forschungsjournal begeistert über Delfine, fliegende Fische und Albatrosse schrieb oder ihre Gedanken über die Mitreisenden zu Papier brachte? Nein, das gehörte in ein Tagebuch, wie sie es früher geführt hatte, bis sie Sophie dabei ertappt hatte, wie sie es heimlich gelesen hatte.

Sophie! Der Name ihrer Schwester führte Auguste zwangsläufig zu Felix und sofort war ihr miserabler zumute als während der schlimmsten Seekrankheit. Wie hatte sie sich nur derart in ihm täuschen können? Wie hatte sie nicht bemerken können, was sich zwischen ihrer Schwester und dem Mann, den Auguste liebte, anbahnte? Eine solche Blindheit passte nicht zu einer Forscherin, die aufmerksam für Details sein musste – jedenfalls hatte Onkel Georg das gesagt.

Als hätte er gespürt, dass sie über ihn schreiben wollte, klopfte es plötzlich an ihrer Tür. Onkel Georg schaute herein und lächelte, als er sie mit ihrem Journal sah.

»Kann ich dich zu einem Spaziergang überreden? Frau Schulze meint, frische Luft tut dir gut.«

»Ich fühle mich schon viel besser.« Mit leisem Bedauern schlug sie das Heft zu. So gern sie etwas geschrieben hätte, so wichtig war es ihr, endlich einmal Zeit mit ihrem Onkel allein zu verbringen, um ihn über die Expedition auszufragen. Bisher hatte Georg seine Zeit im Gespräch mit dem Kapitän oder anderen Reisenden verbracht, sodass Auguste ihn nur bei den gemeinsamen Mahlzeiten gesehen hatte.

Als sie das Deck erreichten, über das eine frische Brise wehte, hakte sich Auguste bei ihrem Onkel unter.

»Ich habe so viele Fragen an dich. Wie viele Menschen werden mit uns auf die Reise gehen? Werden wir ins *Outback* reisen?«

Der ungewohnte Begriff kam ihr schwer über die Zunge, aber sie fragte sofort weiter: »Sehen wir Eingeborene? Was für Tiere erwarten uns? Wie lange werden wir unterwegs sein?«

»Halt ein!« Onkel Georg gab lachend vor, von der Vielzahl ihrer Fragen erschlagen worden zu sein. »Gedulde dich. In Brisbane wirst du alle Antworten erhalten, sobald wir unsere Mitreisenden treffen.«

»Wer sind sie? Kannst du mir das wenigstens sagen, bitte?«

Onkel Georg blieb stehen und schwieg, als wollte er sie zappeln lassen wie einen Fisch am Haken. Auguste setzte einen bettelnden Blick auf und hoffte, dass er sich erweichen ließ.

»Wenn alle Planungen sich erfüllen, werden Professor Lennsing und sein Assistent Dalman mit uns reisen.« Onkel Georgs Miene verdüsterte sich. »Und dieses furchtbare Weib. Das hat Pullwermann von mir verlangt. Ohne Dorothea Aurich hätten wir kein Geld bekommen.«

Auguste glaubte, ihren Ohren nicht zu trauen. Dorothea Aurich! Die einzige Frau, die den fremden Kontinent bereiste und erforschte. Eine Wissenschaftlerin, deren Arbeit so bedeutend war, dass man Insekten und Pflanzen nach ihr benannt hatte. Niemals hätte Auguste zu hoffen gewagt, dieser Lichtgestalt jemals zu begegnen.

»Du kennst sie?«

»Zu meinem Missvergnügen.« Onkel Georg machte ein Gesicht, als hätte er Bauchgrimmen. »An ihr solltest du dir kein Beispiel nehmen.«

»Aber sie ist die einzige Frau, deren Name in der Wissenschaft etwas gilt.«

»Nun, eine Frau kann man sie wahrlich nicht nennen.«

»Bist du mit ihr gereist? Wo hast du sie kennengelernt? Stimmt es, dass sie allein mit einem Handwagen in die wildesten Regenwälder gereist ist?«

Nun wandte ihr Onkel sich ab, auf seinem Gesicht trug er

immer noch die leidende Miene, aber Auguste war viel zu aufgeregt, als dass sie schweigen konnte.

»Wird sie uns in Brisbane erwarten? Werden wir mit ihr zusammenwohnen?«

»Auguste! Genug!« Georgs Tonfall war so harsch, wie sie ihn nie zuvor gehört hatte. »Ich verlange, dass du dich von dieser Frau fernhältst. Was immer du auch über sie gehört haben magst, sie ist keine Dame.«

Nun, eine Dame würde wohl kaum den Mut aufbringen, sich den Gefahren einer Reise allein zu stellen, dachte Auguste, aber sie wollte ihren Onkel nicht verärgern. Sonst kam Georg womöglich noch auf den Gedanken, seine Nichte in Brisbane zurückzulassen, während er selbst auf Reisen ging.

»Halte dich an den Professor und an mich. Das schickt sich.«

»Ja, Onkel.«

Wenn wir erst auf der Expedition sind, werde ich mehr Freiheit haben und mir aussuchen können, mit wem ich meine Zeit verbringe. Wenn es nur endlich so weit wäre.

Oh, diese Langeweile, diese furchtbare Langeweile – das hatte sie gestern noch gedacht. Inzwischen kannte sie alle Geschichten der Mitreisenden ihrer Klasse und nach unten – wo die Armen ihre Überfahrt nahezu im Dunkeln und beengt verbrachten – wagte sie sich nicht. Der Mut einer Forschungsreisenden kannte Grenzen. Also konnte sie es kaum abwarten, endlich Australien zu erreichen, um ein wahres Abenteuer zu erleben.

Heute schien das Schicksal sie für ihre Gedanken bestrafen zu wollen. Von einem Augenblick zum anderen hatte sich der Himmel verdunkelt, als hätte jemand ein dunkles Tuch darübergelegt. Starr vor Angst blieb Auguste stehen, während an Deck plötzlich eine wilde Geschäftigkeit ausbrach.

»In Ihre Kajüte, sofort.« Hätten nicht Angst und Besorgnis

die Stimme des Matrosen zittern lassen, hätte sich Auguste über diese harschen Worte entrüstet. »Ein Sturm zieht auf. Ein schlimmer.«

Auch die anderen Seeleute eilten über das Deck, zurrten Fässer fest und scheuchten Passagiere nach unten. Das erschreckte Auguste so sehr, dass sie sofort dem Befehl folgte und die schmale Stiege hinabkletterte. Weil sie nicht allein sein wollte, klopfte sie an die Tür von Onkel Georgs Kabine. In dem Augenblick setzte ein Prasseln ein, als hätten sich die Schleusen des Himmels geöffnet. Der Boden schien sich zu senken und Augustes Hand suchte nach Halt.

Vergebens.

9

Australien 1876

Expeditionsjournal Auguste Ohlendorf
Wo ist nur die Zeit geblieben? Es kommt mir vor, als wären wir erst gestern aus Hamburg abgereist und heute schon – heißt es – sollen wir unseren Zielhafen erreichen. Noch immer ist es mir nicht gelungen, meinem Vorsatz zu folgen, eine tägliche Chronik meiner Abenteuer anzulegen.

Aber das ist nicht schlimm, beginnt es erst dann, wenn wir auf Expedition in die unerforschten Weiten der australischen Wüsten beginnen. Meine Reise ist sicher von geringem Interesse, gibt es doch kaum Bedeutsames zu vermelden.

Glücklicherweise mussten wir nur den einen Sturm auf dieser Fahrt überstehen. Noch nie in meinem Leben hatte ich solch gewaltige Angst. Niemals zuvor habe ich mir bewusst gemacht, was für eine Macht das Meer hat. Die Wellen türmten sich so hoch auf, dass unser Schiff hin und her geworfen wurde, als spielte der wütende Poseidon mit ihm. Ich dachte wirklich, mein letztes Stündlein hätte geschlagen.

Einen Augenblick hielt sie inne, gefangen in der Erinnerung, wie sie hilflos zu Boden geplumpst war, als das Schiff sich zur Seite neigte. Beim Sturz hatte sie sich nur ihren Stolz verletzt. Nachdem Auguste sich mühsam aufgerappelt hatte, hatte sie gemeinsam mit Onkel Georg und Frau Schulze in deren Kajüte gesessen und gebetet, dass sie den Sturm überlebten.

Aber unser Schiff erwies sich als stärker als der Ozean. Auch wenn es für eine Weile den Anschein hatte, als müsste sich die »Reichstag« den Gewalten von Wind und Wellen geschlagen geben. So plötzlich, wie der Sturm entbrannt war, legte er sich auch wieder.
Glücklicherweise gab es nur kleinere Verletzungen bei den Seeleuten, und ein Kind aus der dritten Klasse hat sich den Arm gebrochen. Wie gut, dass wir einen fähigen Arzt an Bord haben.
Nachdem das Meer uns gezeigt hatte, welche Macht ihm innewohnt, erwies es sich für die weitere Fahrt als überaus friedlich. Ich kann es kaum erwarten, endlich Land zu betreten. Nur noch wenige Stunden, meint der Kapitän, dann erreichen wir Australien.

Ihr Herz pochte schneller, als sie die Worte niederschrieb. Wer hätte je gedacht, dass sie – Auguste Ohlendorf aus Hamburg – einmal ans andere Ende der Welt reisen würde. Gewiss, es war hart gewesen, diese Reise den Eltern abzutrotzen, aber es war ihr gelungen. Mit Fug und Recht konnte Auguste stolz auf sich sein. So viel Mut wie sie brachte ihre Schwester nicht auf. Sophie würde eine brave Ehefrau werden und mit Felix Burchhardt ein langweiliges Leben führen, während Auguste die Welt bereiste.

Wenn das die Wahrheit war, warum tropften Tränen auf ihr Journal? Schnell schob Auguste es zur Seite, damit die Tinte nicht verschmierte. Nachdem sie ihre Fassung wiedergewonnen hatte, beendete sie den heutigen Eintrag.

Auf einmal herrscht eifrige Geschäftigkeit an Bord: Frauen waschen ihre Kleider, Männer rasieren die sonnenverbrannten Gesichter und der Kapitän hat Rum für die Besatzung ausgeteilt. Ich habe bereits meine Kleider und Bücher verpackt und werde gleich an Deck eilen und hoffe, die Erste zu sein, die Australiens Küste entdecken wird.

Leider war sie nicht die Erste, die Land entdeckt hatte. Nahezu alle Passagiere standen an der Reling und suchten den Horizont nach Anzeichen ab, dass ihre Reise bald ein Ende fände. Auguste beschattete ihre Augen mit der Hand, aber das Licht der Sonne spiegelte sich so gleißend auf den Wellen, dass sie nur Helligkeit erkennen konnte.

»Land! Land!«, rief ein Junge neben ihr. Sofort pflanzte sich der Ruf von Passagier zu Passagier fort. Eine Aufregung lag über den Menschen, so stark, dass sie sich beinahe mit Händen greifen ließ. Auguste ließ sich davon anstecken und stellte sich auf die Zehenspitzen, damit sie auch sehen konnte, was der Junge erblickt hatte.

Ja, dort vorn meinte sie, Grün zu entdecken, sah Möwen kreisen und dunkle Vögel, deren Namen sie nicht kannte,

Australien. Endlich Australien. Ich kann es kaum fassen, dass mich das Schicksal wirklich hierhergeführt hat.

So mussten sich die ersten Siedler gefühlt haben, als sie nach einer mehrmonatigen Reise endlich Land am Horizont erspähten. Obwohl, fragte sich Auguste, hatten sie überhaupt an Deck gedurft, um ihre neue Heimat zu sehen? Schließlich waren es Sträflinge gewesen, die man aus England hierhergeschickt hatte, damit sie Terra Australis für die britische Krone in Besitz nahmen. Das hatte sie nachgelesen, damit sie nicht gänzlich unvorbereitet das Expeditionsabenteuer anging.

Aufgeregt trippelte sie von einem Fuß auf den anderen. Sie konnte es kaum erwarten, endlich das schwankende Schiff zu verlassen und die Wunder Australiens zu entdecken. Sicher, die »Reichstag« hatte unterwegs mehrmals geankert, um frischen Proviant aufzunehmen, aber diese Zwischenhalte waren nur kurz gewesen. Außerdem hatte Onkel Georg ihr verboten, dabei an Land zu gehen, wusste man doch nicht, welche Wilden einen erwarten mochten.

Inzwischen fragte sich Auguste, warum ihr Onkel sich auf Forschungsreisen begab, wenn er den Menschen in den fremden Ländern so ablehnend gegenüberstand. »Wilde« nannte er sie, »Halbmenschen«, »Primitive«.

»Auguste, was auch geschehen mag, nimm dich vor den Australnegern in Acht.« Onkel Georg hatte sich voller Ekel geschüttelt. »Die befinden sich auf einer viel niedrigeren Entwicklungsstufe als wir. Manche Wissenschaftler fragen sich, ob das überhaupt schon Menschen sind.«

Als sie ihn ungläubig ansah, zeigte er ihr die Fotografie von drei schwarzen Männern, die nur mit einem winzigen Stück Stoff bekleidet waren. Schamhaft wendete Auguste den Blick ab, aber die Neugier erwies sich als stärker als die Schicklichkeit. Eine Forscherin durfte sich nicht durch so etwas ins Bockshorn jagen lassen. Also schaute sie sich das Bild genau an.

Einer der Männer hielt einen krummen Stock – einen Bumerang hatte ihr Onkel den genannt – in der Hand. Damit gingen die Schwarzen auf die Jagd, erklärte Georg. Wie das vonstattengehen sollte, konnte Auguste sich selbst mit viel Fantasie nicht ausmalen.

Die Schwarzen wirkten kleiner als selbst Auguste, ihre Gesichter wurden beherrscht von großen Mündern und breiten Nasen. Die Haare waren ein Wust schwarzer Locken, die Augen dunkel und unergründlich.

Auguste konnte sich eines Schauders nicht erwehren bei der Vorstellung, den Ureinwohnern im Busch gegenüberzutreten. Doch diese Ängste hatte sie ihrem Onkel gegenüber nicht eingestehen wollen. Sonst würde sie ihn wirklich auf den Gedanken bringen, dass eine Forschungsexpedition nichts für eine junge Dame wie seine Nichte war.

Plötzlich bockte das Schiff wie ein wütendes Pferd. Unvermutet schlingerte es von einer Seite zur anderen.

Suchte sie etwa ein weiterer Sturm heim? So kurz vor ihrem Ziel durften sie nicht scheitern! Vorsichtig, in dem schwankenden Gang, den sie sich auf See angewöhnt hatte, tastete sie sich über das Deck, suchte am Himmel nach Anzeichen drohender Gefahr. Nichts war zu sehen, in einem tiefen Blau erstrahlte der Horizont über ihr. Trotzdem gab es einen weiteren Stoß, so heftig, dass sie beinahe den Halt verlor und hilfesuchend nach der Reling griff.

»Das ist die Brandung von Moreton Bay. Sie ist bei den Kapitänen gefürchtet.« Ihr Onkel trat neben Auguste. »Nun müssen wir uns nur noch den Brisbane River hochkämpfen und dann sind wir am Ziel.«

Georg legte ihr seine breite Hand auf den Unterarm. Braun gebrannt war sie durch die Tage auf See. Auch Auguste hatte Farbe bekommen, obwohl sie versucht hatte, sich mit einem Sonnenschirm davor zu schützen.

»Es ist die Reflexion der See«, hatte ihr Emilie Schulze erklärt. »Davor kann man sich nicht schützen.«

Es hatte Auguste überrascht, was die Frau alles wusste. Vielleicht hatte sie die Pastorengattin unterschätzt, aber für ein Bedauern war es nun zu spät. Heute würden sich ihre Wege trennen. Frau Schulze reiste weiter zu ihrem Mann, während Auguste und ihr Onkel in Brisbane blieben.

»Wo werden wir wohnen?«

»In dem Haus eines Freundes, der auf einer Forschungsreise

ist.« Onkel Georg lachte leise. »Zum Glück hat er eine deutsche Haushälterin. Die sind zuverlässiger als die Australneger.«

»Ich kann mir kaum noch vorstellen, wie es ist, wenn der Boden nicht mehr schlingert, das Holz nicht mehr knarrt und die Wellen ans Schiff schlagen.«

»Es wird eine Zeit dauern, bis wir uns wieder an festen Boden gewöhnt haben. Ein oder zwei Tage bestimmt.«

»Was meinst du?« Auguste wollte sich nicht an etwas gewöhnen, sie wollte hinaus, das Abenteuer suchen. »Reisen wir erst übermorgen ab?«

Sein polterndes Lachen ärgerte sie. Natürlich musste sie Fragen stellen! Woher sollte sie wissen, wie eine Expedition sich gestaltete? Bisher hatte sie gedacht, dass sie ihr Leben in Hamburg verbringen würde, mit Felix verheiratet, dem sie eine gute Ehefrau und noch bessere Mutter seiner Kinder wäre. Das zu denken, versetzte ihr nur einen leichten Stich. Je weiter die »Reichstag« sie von Hamburg weggetragen hatte, desto weicher war der Schmerz geworden, beinahe als verblasste die Erinnerung.

Je näher sie Brisbane gekommen waren, desto mehr wuchs die Aufregung in Auguste. Sie fühlte sich wie ein junges Pferd vor seinem ersten Rennen, das mit den Hufen scharrte und es nicht erwarten konnte, endlich sein Können unter Beweis zu stellen.

»So schnell schießen die Preußen nicht.« Erneut stieß Onkel Georg sein polterndes Gelächter aus, gefolgt von einem tiefen Schnauben. »Wir werden zwei Wochen in der Stadt bleiben. Je besser eine Expedition ausgerüstet und vorbereitet ist, desto eher wird sie gelingen.«

»Zwei Wochen?«

»Wir wollen doch nicht, dass es uns ergeht wie der Leichhardt-Expedition vor achtundzwanzig Jahren und wir im Landesinnern verschollen bleiben.« Ihr Onkel wiegte bedächtig den Kopf. »Bis heute weiß niemand, was aus den Menschen geworden ist. Nicht einmal ihre Leichen hat man gefunden.«

Oh nein, diesen Tonfall kannte sie. Gleich würde er zu dozieren beginnen und ihr so die Ankunft in Brisbane verderben.

»Schau mal, dahinten winkt jemand nach dir.« Auguste deutete vage nach backbord, wo inzwischen Gepäck aufgestapelt wurde. »Nicht, dass unseren Koffern etwas passiert ist.«

Sofort drehte ihr Onkel sich um und eilte mit raumgreifenden Schritten über das Deck, wobei er etwas murmelte, das sich sehr wie ein Fluch anhörte. Auguste konnte sich ein Grinsen nicht verkneifen. Sie schaute sich um, ob sonst noch jemand ihre erste Begegnung mit dem neuen Kontinent stören würde, aber alle Passagiere und auch die Besatzung waren damit beschäftigt, sich für die Ankunft vorzubereiten. Also beschattete sie ihre Augen mit der Hand und blinzelte. Kam es ihr nur so vor oder war der Himmel hier wirklich weiter und von einem tieferen Blau als zu Hause?

»Was immer auch geschehen wird, es wird besser sein als in Hamburg«, flüsterte sie, als der Hafen von Brisbane immer deutlicher zu erkennen war. Ihr Herz schlug schneller, ihre Gedanken flogen, als sie sich fragte, was für Abenteuer sie erwarten mochten. Sie fächelte sich Luft zu, um der ständigen Hitze ein wenig zu entgehen.

Für jemanden, der das Hamburger Wetter gewöhnt war, erwies sich die ständige Sonne erst als eine angenehme Überraschung und später als ein Ärgernis. Auguste beneidete die Matrosen um deren bequeme Kleidung, während sie durch ihr Korsett und das schwere Kleid eingeengt war. Im *Outback* würde sicher niemand von ihr verlangen, ein Korsett zu tragen. Wer sollte sich in Brisbane schon um gutes Benehmen scheren?

10

Australien 1876

Es war schlimmer als auf ihrem Debütantinnenball. Auguste hatte das Gefühl, dass sich alle Augenpaare auf sie richteten und alle Anwesenden ihr Benehmen beurteilten. Doch sie machte gute Miene zu diesem Spiel, denn Onkel Georg schien den Abend zu genießen. Niemals hätte Auguste auf einem Fest der Deutschen in Brisbane, das für die Forschungsreisenden gegeben wurde, so viele Menschen hier erwartet.

»Das ist meine Nichte Auguste Ohlendorf. Sie wird uns auf der Expedition begleiten.« In Georgs Stimme schwang Stolz mit, als wäre er nicht nur ihr Onkel, sondern ihr Vater. »Auguste, das ist Frau Landmann, die schon seit 20 Jahren in Brisbane lebt.«

»Erfreut, Sie kennenzulernen«, sagte Auguste zum bestimmt einhundertsten Mal und machte einen höflichen Knicks vor der alten Dame, die sie aus Adleraugen musterte. Es kam ihr vor, als wollte ihr Onkel sie mit wahrhaft jedem Deutschen bekannt machen, der in Brisbane und Umgebung lebte. Ihr Kopf schwirrte von all den Namen und Informationen, die auf sie einprasselten wie der unvermeidliche Regen in Hamburg. Heimweh ergriff sie bei dem Gedanken, so unvermutet und so tief, dass sie den Namen des älteren Herrn, den ihr Onkel ihr nun vorstellte, überhörte.

Nachdem sie sich höflich verabschiedet hatte, zog sie ihren Onkel sanft zur Seite.

»Ist denn niemand von unserer Expedition hier? Ich möchte gern Frau Aurich kennenlernen.«

»Die jagt ihre Pflanzen. Wir können froh sein, wenn sie am Tag der Abreise zurück aus dem Busch ist.« Onkel Georg wirkte missmutig, wie immer, wenn Auguste ihn auf Dorothea Aurich ansprach. Das verhieß eine interessante Reise zu werden. »Aber du hast recht. Dort hinten entdecke ich Professor Lennsing.«

Augustes Herz schlug spürbar schneller. Sie wischte die vor Aufregung nassen Handflächen am Rock ihres Kleides ab und drängte sich hinter ihrem Onkel durch die Menschenmenge.

Immer wieder musste sie lächeln und nicken, wobei sie versuchte, Onkel Georgs schmalen Rücken nicht aus den Augen zu verlieren. Ohne ihn, der nahezu jeden hier zu kennen schien, wäre sie vollkommen verloren.

»Professor Lennsing!« Onkel Georgs tiefe Stimme brachte einen der Herren dazu, sich umzudrehen.

Der Expeditionsleiter sah nicht aus, wie Auguste sich einen Wissenschaftler vorstellte. Er überragte die anderen Männer. Seine Schultern waren breit wie die eines Mannes, der den ganzen Tag körperliche Schwerarbeit leistete, nicht wie von jemandem, der seine Zeit mit Büchern verbrachte. Das erste Wort, was ihr zu seinem Gesicht einfiel, war Arroganz. Professor Viktor Emil Lennsing schaute auf die Männer und Frauen, die ihn umringten, herab. Nicht nur, weil er größer war als sie, sondern weil er sich für etwas Besseres hielt. Dafür hätte Auguste ihre Hand ins Feuer gelegt. Seine schmalen Lippen waren zu einem spöttischen Lächeln verzogen, der Blick seiner grünen Augen schweifte durch den Raum, als suchte er nach jemandem, der seiner Aufmerksamkeit wert war.

Die Geheimratsecken seiner mittelbraunen Haare verliehen ihm ein distinguiertes Äußeres.

»Herr Ohlendorf. Ich fürchtete, Sie wären dem Meer zum Opfer gefallen.« Sein blasierter Gesichtsausdruck strafte die Worte Lügen. Dieser Mann sorgte sich um niemanden außer sich selbst.

»Darf ich Ihnen Auguste Ohlendorf vorstellen? Meine Nichte, die uns begleiten wird.«

Ein kühler Blick glitt über Auguste hinweg, die sich fühlte, als wäre sie ein Ausstellungsstück in einem Museum. Wollte sie wirklich mit diesem Menschen eine lange Zeit verbringen? Trotz ihrer spontanen Antipathie bemühte sie sich um ein Lächeln.

»Guten Abend, Professor Lennsing. Ich freue mich, Sie kennenzulernen.«

»Können Sie reiten?«

»Selbstverständlich.«

Von Kindheit an hatten Auguste und ihre Schwester Reitstunden gehabt. Körperliche Ertüchtigung gehörte ebenso zu ihrer Ausbildung wie der musikalische und künstlerische Unterricht.

»Im Herrensattel?«

»Selbstverständlich nicht!«

»Dann lernen Sie es besser bis zu unserer Reise, damit Sie uns nicht noch mehr zur Last fallen.«

Empört über eine derartige Unverschämtheit fehlten Auguste die Worte. Sie öffnete den Mund, aber ihr wollte keine passende Erwiderung einfallen. Außerdem hatte sich der Professor bereits wieder den ihn bewundernden Männern zugewandt und ließ Auguste und ihren Onkel stehen wie zwei Dienstboten.

Onkel Georg lächelte ihr zu, aber sie konnte den Ärger in seinen Augen erkennen.

»Komm, ich stelle dich ein paar Freunden vor.«

Wie eine aufgezogene Puppe folgte sie ihm zu einer Gruppe älterer Menschen, die sich auf Deutsch unterhielten. Ihre Gedanken kreisten immer noch um die Frechheit, die sie eben hatte erdulden müssen.

Ich muss hier raus. Ich muss für mich sein und Zeit zum Nachdenken haben.

»Entschuldigen Sie.« Sie nutzte die Gelegenheit, als ihr Onkel sich mit dem älteren Herrn in ein Gespräch über Zuckerrohr vertiefte, und schlüpfte hinaus. In dem engen Raum hatte sie nicht mehr atmen können. Erschöpft lehnte sie sich an die Wand und fächelte sich Luft zu. Sie schloss die Augen und versuchte, sich die Namen und Gesichter ihrer Lieben in Hamburg hervorzurufen, doch sie blieben blass wie alte Fotografien.

»Dort hinten steht eine Bank, wenn Sie sich setzen möchten.« Als plötzlich eine angenehm dunkle Stimme erklang, schrak sie zusammen. »Es tut mir leid. Ich wollte Ihnen keine Angst einjagen.«

Sie öffnete die Augen, um herauszufinden, wer ihre Ruhe störte. Verlegen hielt der junge Mann, vielleicht ein wenig älter als sie, einen runden Hut in den Händen. Sie konnte ihm geradewegs in die Augen schauen, weil er nur wenig größer war als sie. Keck musterte sie sein Gesicht, das von strubbeligen Haaren umrahmt war, die zwischen blond und braun changierten. Auf den ersten Blick fiel ihr die schiefe Nase auf, die aussah, als wäre sie bei einer Schlägerei gebrochen und nicht richtig zusammengewachsen.

Ihr Herzschlag beschleunigte sich, als sie sich der Gefahr bewusst wurde. Sie war allein mit diesem Halunken. Ob jemand ihre Hilferufe hören würde?

Nach einem Blick in seine sanften graublauen Augen war sich Auguste sicher, dass ihr von diesem Mann keine Gefahr drohte.

»Entschuldigung. Ich … ich wollte nur freundlich sein.«

»Sie haben mich nur überrascht. Wovor sollte ich mich fürchten?«

»Vor Braunschlangen.« Er kam näher. »Obwohl die eher scheu sind.«

Schlangen! Obwohl sie bisher noch keine gesehen hatte, ekelte sich Auguste vor den Reptilien. Vor allem, weil es – wenn man den Erzählungen glauben konnte – hier überaus giftige Exemplare gab, deren Biss einen Menschen binnen kurzer Zeit töten konnte.

»*Wollen* Sie mir Angst einjagen?«

»Ich möchte Sie nur auf Gefahren aufmerksam machen, die in diesem Land lauern.«

»Woher wollen Sie wissen, dass mir diese nicht bekannt sind?«

Er lächelte, was winzige Fältchen um seine Augen mit sich brachte. Seine Haut war sonnengegerbt, als verbrächte er viel Zeit an der frischen Luft. Unauffällig glitt ihr Blick zu seinen Händen, die ebenfalls Spuren harter Arbeit zeigten. Seine Sprache jedoch klang gewählt. Dieser Widerspruch machte sie neugierig genug, ihn nicht einfach stehen zu lassen, sondern das Gespräch fortzusetzen.

»Jeder weiß es, wenn Neuankömmlinge in der Stadt eintreffen.« Er deutete eine leichte Verbeugung an. »Vor allem wenn diese jung und schön sind wie Sie, Fräulein Ohlendorf.«

»Das ist unhöflich«, erwiderte sie spöttisch. »Sie wissen, wer ich bin und haben sich mir nicht einmal vorgestellt.«

»Mein Name ist Wagner. Joseph Wagner.« Sein Blick war so intensiv, dass sie die Augen niederschlug. »Ich bin aus Marburg angereist, um Sie kennenzulernen.«

»Aus Marburg? Bei Kassel?«

Nun lachte er, ein volltönendes, angenehmes Geräusch.

»Nein, nur sein Namensvetter, hier in Queensland. Es ist einen halben Tagesritt entfernt.«

»Das haben Sie auf sich genommen, nur um mich kennenzulernen, Joseph Wagner aus Marburg.«

Auch wenn sie diesen Mann kaum kannte, fühlte Auguste sich geschmeichelt, dass jemand so viel Mühe auf sich nahm, nur um sie zu treffen. Ob Felix das auch für Sophie tun würde? Warum musste sie immer noch an ihn denken, obwohl er das nicht verdiente?

»Leider muss ich eingestehen, dass mich auch profane geschäftliche Gründe in die Stadt führten.«

»Was ist Ihr Geschäft, Joseph Wagner aus Marburg?«

»Was meinen Sie, Auguste Ohlendorf aus Hamburg?«

»Sie sprechen wie ein Professor, aber haben die Hände eines Arbeiters. Ich kann mir darauf keinen Reim machen.«

Bevor er antworten konnte, ging die Tür auf und ein sichtlich angetrunkener Mann taumelte heraus. Als er Auguste und Joseph Wagner sah, blieb er stehen, wobei er nach rechts schwankte und zu fallen drohte. Er starrte sie an, kniff ein Auge zu und schien etwas sagen zu wollen, doch da ging die Tür erneut auf und jemand zog ihn wieder ins Haus.

»Wollen wir ein Stück spazieren gehen, bevor ihm einfällt, was er uns mitteilen wollte?«

»Ist das nicht gefährlich wegen der Braunschlangen?«

»Ich werde Ihnen Schutz gewähren.« Mit einem Lächeln bot er ihr seinen Arm an. Bevor Auguste sich bei ihm unterhaken konnte, öffnete sich die Tür erneut.

»Joseph, wo bleibst du nur? Du kannst mich nicht da drin allein lassen. Bei all den Fremden.«

Die Frau kam mit trippelnden Schritten näher. Mit ihren braunen Locken, die sich um ein rundes Gesicht mit auffallend großen braunen Augen ringelten, erinnerte sie Auguste an einen Spaniel, den ihre Patentante gehalten hatte.

Ruckartig zog Auguste ihren Arm zurück. Dass er verheiratet war, hatte der überaus redegewandte Herr Wagner ihr verschwiegen. Verschnupft wendete Auguste sich ab.

»Warten Sie bitte, Fräulein Ohlendorf, ich möchte Ihnen meine Schwester Constance vorstellen.«

Erleichterung durchflutete Auguste. Joseph Wagner war also kein Glücksritter, der etwas Abwechslung neben seiner Ehe suchte.

»Sehr erfreut.« Constance Wagner legte beim Sprechen den Kopf ein wenig schief, was die Ähnlichkeit zu einem Spaniel vertiefte. »Entschuldigen Sie, ich wollte nicht stören.«

Flugs wandte sie sich um und lief so schnell zurück in den Ballsaal, als wäre Auguste ein böser Geist.

»Ich fürchte, ich muss ihr folgen, damit sie nicht allein ist.« Bedauernd wandte er sich ab. »Ich hoffe, Sie wiedersehen zu dürfen.«

»Ich bin nicht mehr lange in Brisbane.« Weshalb spürte auch sie Traurigkeit? Sie kannte diesen Mann erst wenige Minuten.

»Was wollen Sie tun?«

»Ich werde mit Professor Lennsing und Dorothea Aurich ins Outback reisen. Auf eine Expedition.«

»Das ist entsetzlich gefährlich. Denken Sie nur an die Wilden, die Ihnen begegnen werden.«

»Ich bevorzuge es, an die Abenteuer zu denken. Ich fürchte, wir sehen die Welt zu unterschiedlich.«

»Ich würde mich freuen, wenn Sie mir die Gelegenheit bieten, Sie vom Gegenteil zu überzeugen.«

11

Deutschland, heute

Den ewig langen Flug nach Hannover und die beiden Zwischenstopps in Dubai und München hatte Franziska gut überstanden, obwohl sie zwei der drei Bordfilme bereits kannte. Da sie jedoch Material über Amber auf Papier und dem Notebook mitgenommen hatte, war ihr die Zeit nicht lang geworden. Die Mutter von Victoria und Catherine musste eine erstaunliche Frau gewesen sein, die es Franziska allerdings schwer machte, hinter ihre Geheimnisse zu kommen. Es hatte Franziska etliche Zeit im Stadtarchiv gekostet, bis sie herausgefunden hatte, dass Amber unter dem Namen Auguste Ohlendorf von Hamburg nach Australien gekommen war.

Mehr hatte Franziska bisher nicht herausfinden können und sie bedauerte es, ausgerechnet jetzt nach Deutschland zu fliegen, während sie die spannenden Informationen sicher in Brisbane finden würde. Andererseits bot die Reise ihr die Chance, in Hamburg nach Amber-Auguste zu suchen.

Wenn ich Auguste heißen würde, würde ich mich auch umbenennen, aber warum gerade Amber? Ob sie bernsteinfarbenes

Haar hatte? Wie viel einfacher wäre die Suche, wenn Amber-Auguste ein Tagebuch geführt hätte.

Aber das gibt es wohl nur in Filmen oder Büchern. Im wahren Leben muss man sich durch Archive kämpfen und akzeptieren, nur die Spitze des Eisbergs zu entdecken.

In Hamburg werde ich wahrscheinlich nicht viel finden, was kann eine junge Frau damals schon erlebt haben?

Aber sie hatte Riley versprochen, endlich an ihrem Problem zu »arbeiten«, wie er es nannte. Außerdem freute sie sich, Caro wiederzusehen, die in Hamburg studierte. Franziska plante, zwei Wochen in Deutschland zu bleiben, mehr Zeit wollte sie an der Brisbaner Uni nicht fehlen. Nun fragte sie sich, was sie mit dieser Zeit anfangen sollte. Während sie auf ihr Gepäck wartete, schrieb sie eine Liste in ihr Smartphone.

- Alina treffen / mit Alina reden
- Zeit mit Caro verbringen

Mehr hatte sie nicht vor. Damit ließen sich keine vierzehn Tage füllen.

Nach einem Blick zum Gepäckband, das immerhin begonnen hatte, sich zu drehen, obwohl noch kein Koffer auf ihm zu sehen war, überlegte sie weiter. Gab es sonst keine Freunde oder Verwandten mehr, die sie besuchen konnte? Hatte sie in zwei Jahren alle anderen Kontakte verloren? Was war mit ihren früheren Kolleginnen? Nein, so verzweifelt war sie nicht. Sie hatte ihre Kolleginnen im Amt gemocht, aber sie waren nie Freundinnen geworden. Ihre Großeltern, die von der Seite ihres Vaters, lebten nicht mehr; Oma und Opa befanden sich auf Weltreise und aktuell in der Mongolei.

Tja, es scheint so, als würde ich in Australien mehr Menschen kennen als hier. Oder sind das alles Freunde von Riley und ich bin nur sein Anhang? Was hätte ich *für ein Leben, wenn ich mich von Riley trenne oder er sich von mir? Will ich überhaupt ein eigenes Leben Down Under? So richtig als Aussie fühle ich mich nicht, sondern eher als Deutsche.*

Als die Menschen neben ihr aufsprangen, sah sie hoch. Endlich kam das Gepäck auf dem Band angefahren. Sie steckte ihr Smartphone ein und ging an den Rand. Ein stämmiger Mann stieß ihr seinen Ellenbogen in die Seite, als er sich vorbeidrängelte, um nach seiner riesigen Ledertasche zu greifen.

»Die klaut schon keiner«, konnte sie sich nicht verkneifen und ärgerte sich, dass er sich nicht einmal entschuldigte. *Das* hätte es in Brisbane nicht gegeben: Weder diese hektische Drängelei noch die Unhöflichkeit. Vielleicht war sie in den vergangenen zwei Jahren doch australischer geworden, als sie dachte, und brauchte eine Reise nach Deutschland, um das zu merken.

Endlich kam ihr Koffer angefahren, ein schwarzer unter vielen dieser Farbe. Franziska griff danach und begab sich am Zoll vorbei auf den Weg nach draußen. Das Wetter war so grau und nieselig wie ihre Stimmung. Sie fröstelte unter der dünnen Sommerjacke, die eher für den Queenslander Winter als für den deutschen Sommer geeignet war. Vielleicht hätte sie sich vorher bei Alina melden sollen, damit ihre Schwester sie abholte. Aber das hatte sich falsch angefühlt, ebenso wie die Überlegung, bei ihrer Schwester zu wohnen. Dafür gestaltete sich der Kontakt zwischen ihnen zu schwierig. Nachdem Alina ihr Studium begonnen hatte, waren ihre Skype-Anrufe seltener geworden.

»Ich habe eben nicht viel Zeit, denn *ich* muss arbeiten, um mir das Studium leisten zu können«, hatte ihre Schwester bei einem der letzten Anrufe spitz gesagt. »Nicht jeder hat eine große Erbschaft gemacht.«

Dieser Vorwurf hatte Franziska schwer getroffen, weil Alina ebenfalls Geld von ihrer Großgroßtante bekommen hatte. Außerdem war das Erbe nicht so gewaltig, wie ihre Schwester es darstellte. Die Erinnerung an dieses Gespräch gab ihr Grund genug, nicht mit Alina zusammen wohnen zu wollen, auch wenn Franziska an ihrem Elternhaus hing. Aber sie fühlte sich nicht stabil genug, sich Vorwürfen und Neid-Diskussionen auszusetzen. Daher hatte sie online ein günstiges Hotelzimmer gesucht, in dem sie vier Tage bleiben wollte, bevor sie zu Caro nach Hamburg fuhr.

Alina besuche ich morgen. Heute muss ich erst einmal ankommen und mich an die Zeitumstellung gewöhnen. Soll ich meine Schwester vorher anrufen oder überrasche ich sie? Beim letzten Mal hat das ja prima geklappt.

Der alte, überwunden geglaubte Groll wallte in ihr auf, als sie sich daran erinnerte, wie sie Alina und Julian in einer überaus eindeutigen Situation erwischt hatte. Konnte es einen schlimmeren Verrat geben, als wenn der Freund und die Schwester eine Affäre begannen? Anstatt ihre Prüfung abzulegen, war Franziska Hals über Kopf nach Brisbane geflohen.

Eigentlich hatte sie gedacht, dass sie die Wut auf Alina überwunden hatte. Schließlich war der Verrat ihrer Schwester der Anstoß dafür gewesen, ein neues Leben anzufangen.

Tja, irgendwie hatte die ganze Sache auch ihr Gutes, dadurch bin ich nach Australien und zu Riley gekommen.

Ohne ihn zu sein, fühlte sich an, als fehlte ihr ein Körperteil. Wie hatte sie nur so dumm sein können, ihn durch ihre unbegründete Eifersucht beinahe zu vertreiben? Sie liebte ihn so sehr, dass es wehtat, wenn sie an die kommende Zeit dachte, die sie allein in Deutschland verbrächte.

Ich hätte nicht auf ihn hören sollen, ich hätte mit Alina alles per Skype klären sollen oder wie auch immer. Ich vermisse Riley.

Aber so einfach war es leider nicht. Ihre dumme Eifersucht ließ sich nicht zum Schweigen bringen, sondern erinnerte sie daran, dass Franziska durch ihren Flug nach Deutschland den blonden Surfergirls in Queensland die Chance gegeben hatte, sich an Riley heranzumachen. In diese düsteren Gedanken versunken, eilte Franziska zum Bahnhof, wo glücklicherweise nur wenige Minuten verblieben, bis eine S-Bahn sie zum Hannoveraner Bahnhof bringen würde. Von dort aus musste sie nur wenige Minuten bis zum Hotel zu Fuß gehen. Während der S-Bahn-Fahrt ergänzte sie ihre Liste: Mehr über Auguste herausfinden?

Zwei Tage später saß sie in einem Café in der Nähe ihres Hotels, gönnte sich eine heiße Schokolade mit gewaltiger Sahnehaube und schrieb eine Textnachricht an Riley.

Darling,
heute bin ich nach Hause gefahren. Also meinem früheren Zuhause, um mich mit Alina auszusprechen. Als ich dort angekommen war, habe ich bemerkt, dass ich das nicht möchte. Ich will nicht mit ihr reden, ich will sie auch nicht mehr sehen. Findest du das schlimm? Hältst du mich für feige?
Ich vermisse dich.
Kuss
Franziska

Franziska, my Love,
wie Sam sagen würde: Dein Herz muss erst heilen und entscheidet weise. Oder so ähnlich. Du kennst ihn ja. :-)
Komm zurück zu mir. Ich brauche dich. Gemeinsam schaffen wir alles.
Kuss
Riley

Darling,
morgen buche ich meinen Flug um, wenn das möglich ist. Caro werde ich besuchen, sie erwartet mich und ich freue mich auf sie.

Wie geht es Ebony und Peach? Hast du sie besucht?
Viele Küsse
Franziska

Sie werden klapperig und vermissen dich. Wie ich.
Gute Nacht, my Heart

Franziska kämpfte gegen Tränen an. Was stimmte mit ihr nicht, dass sie 16.000 Kilometer fliegen musste, damit sie bemerkte, wie sehr sie Riley liebte? Alles hatte sie aufs Spiel gesetzt. Ein schlechterer Mann als er hätte sie einfach ziehen lassen, weil sie ihm keinen Grund gegeben hatte, um sie zu kämpfen.

Alina. Mit Bitterkeit dachte sie an den Verrat ihrer Schwester, der beinahe dazu geführt hatte, dass Franziska Riley für immer verloren hätte. Nur weil ihr Ex Julian sie mit Alina hintergangen hatte, bedeutete das nicht, dass alle Männer so handelten. Und nicht alle Schwestern waren wie Alina. Jetzt, mit dem zeitlichen und räumlichen Abstand zu den Geschehnissen in Brisbane musste Franziska sich eingestehen, dass vor zwei Jahren alles viel zu schnell gegangen war.

Die Ereignisse hatten sie überrollt, sie hatte nur reagiert und ihrem Herzen keine Chance gelassen, alle Erlebnisse zu verarbeiten. Als sie vor Alina und Julian nach Brisbane geflohen war, hatte sie nicht geplant, sich zu verlieben. Wahrscheinlich wäre es besser gewesen, erst alles zu bewältigen. Aber dann kam Riley und Franziska hatte sich Hals über Kopf verliebt.

Ich muss ihm unbedingt sagen, wie dankbar ich ihm bin, dass er mich nicht verlassen hat. Ich muss ihm so vieles erzählen. Aber das Problem bleibt: Wie gehe ich mit meiner Eifersucht um? Muss ich eine Therapie machen?

Die Vorstellung, einem völlig fremden Menschen ihr Innerstes zu offenbaren, behagte ihr nicht. Aber was wäre die Alternative? Allein würde sie es nicht schaffen, sondern Riley irgendwann vertreiben. Da war sie sich inzwischen sicher.

Der erste Schritt ist wohl, mit Alina zu reden, auch wenn ich mir lieber einen Zahn ziehen lassen würde. Sogar ohne Betäubung.

Aber sie wollte ihrer Schwester nicht in dem Haus begegnen, das Franziska vor zwei Jahren fluchtartig verlassen hatte. Seitdem dachte sie mit gemischten Gefühlen an ihr Zuhause. Einerseits war sie dort aufgewachsen, bei ihren geliebten, viel zu früh verstorbenen Eltern, und hing daher an dem Haus. Andererseits verband sie es immer mit dem Bild, wie Alina und Julian sie schuldbewusst anschauten. Selbst nach zwei Jahren war sie noch nicht darüber hinweg, immer, wenn sie sich daran erinnerte, spürte sie einen fauligen Geschmack im Mund.

Möglicherweise ist es keine gute Idee, sie zu überraschen. Ich fände es auch nicht prickelnd, wenn sie plötzlich bei mir in Brisbane vor der Tür stünde.

Ich brauche einen neutralen Boden. So als wären wir zwei verfeindete Staaten, die diplomatische Beziehungen miteinander aufnehmen wollen. Ob Alina sich auch so viele Gedanken über mich macht?

12

Deutschland, heute

Am Morgen hatte Franziska sich zur Uni aufgemacht. Falls sie sich richtig erinnerte, trafen sich die Studenten in der zentralen Cafeteria. Franziska suchte sich einen abgeschiedenen Tisch, holte sich einen Latte macchiato und versteckte sich hinter der Tageszeitung. Nach und nach füllten sich die Tische, die Vorlesungen und Seminare schienen zu Ende zu sein. Zweimal meinte sie, Alinas Stimme erkannt zu haben, und lugte hinter ihrer Zeitung hervor, aber sie hatte sich getäuscht.

Es war eine blöde Idee. Jetzt sitze ich hier wie in einem schlechten Spionagefilm, während Alina womöglich frei hat oder in der Bibliothek ist oder sich woanders verabredet hat.

»Ich hätte nie gedacht, dass Marketing so ist.«

Erneut ließ Franziska die Zeitung sinken, um darüberzuschauen. Ja, dieses Mal hatte sie die Stimme wirklich erkannt. Alina kam mit einer Gruppe herein, drei Männern und einer Frau. Franziska schob ihren Stuhl weiter zurück, sodass der gewaltige Ficus Benjamina sie ganz verdeckte. Dann ließ sie die Zeitung sinken und spähte zwischen den Blättern der Pflanze hindurch. Sofort zuckte sie zurück, denn Alina hatte sich zwei Tische entfernt hingesetzt.

Wann hat sie sich die Haare abgeschnitten und blond gefärbt? Die Frisur steht ihr gut.

Alina trug ihre Haare kinnlang; durch die Blondierung fielen ihre Sonnenstudiobräune und die tiefblauen Augen deutlich auf. Sie hätte perfekt an die Surferstrände in Queensland gepasst.

Das zweite Mädchen, rundlich, mit mausfarbenen Haaren, stellte sich in die Schlange, um Getränke für alle zu holen, während Alina Hof hielt. Es ging um die Vorlesung, die sie gerade gehört hatten und die sie als langweilig beurteilte, sodass die jungen Männer sich beeilten, ihr zuzustimmen.

»Ich bin fast eingeschlafen.« Der hübsche Blonde schmachtete Alina an. »Wie kann man nur so leiern?«

»Der Prof hätte Pastor werden sollen«, versuchte der neben ihm, ihn zu übertrumpfte. Er zerzauste seine braunen Wuschelhaare, während er auf Alinas Reaktion wartete.

»Wir hätten unsere Zeit besser in der Bibliothek verbracht.« Der Dritte hatte eine angenehm dunkle Stimme, die Franziska an Riley erinnerte, was ihr einen Stich versetzte.

»Ich hätte ausschlafen sollen«, sagte Alina schließlich. »Für so was verzichte ich nicht noch einmal auf meinen Schönheitsschlaf.«

»Den hast du doch nicht nötig.« Glaubte Blondie ernsthaft, er könnte mit einem billigen Spruch landen?

»Hier, ein Cappuccino und drei schlichte Kaffee.«

»Mensch, Leonie.« In Alinas Stimme klang ein Lächeln mit, das Franziska nur zu gut kannte. »Ich hab kein Kleingeld dabei. Ich gebe den nächsten Kaffee aus, okay?«

»Ja, klar«, antwortete Leonie. Deutlich leiser fügte sie hinzu: »Das hast du die letzten drei Male auch gesagt.«

Franziska konnte es nicht fassen. Selbst wenn Alina für ihr

Studium arbeiten musste, konnte sie sich einen Kaffee leisten, oder?

Je länger sie die ganze Sache beobachtete, desto weniger Lust verspürte Franziska, in die Gruppe zu platzen und Alina zu begrüßen. Ihre Schwester genoss die Aufmerksamkeit der Männer, die sie mit geschickt eingestreuten Bemerkungen dazu brachte, dass sie einander zu übertrumpfen versuchten. Die zweite Frau steuerte nur wenig zur Unterhaltung bei. Selbst wenn sie etwas sagte, erhielt sie keine Antwort, da sich alle auf Alina konzentrierten.

Himmel, ich mag sie nicht. Alina ist die am meisten ichbezogene Person, die ich kenne. Was haben unsere Eltern nur falsch gemacht? War Alina immer schon so und ich wollte es nicht bemerken oder habe ich mich in Brisbane vollkommen verändert?

Was immer es auch ist, hoffentlich verschwinden die fünf bald, damit ich aufbrechen kann.

»Hallo.«

Ertappt schaute sie auf. Vor ihrem Tisch stand ein schmaler, dunkelhaariger Junge, sicher ein Erstsemester.

»Ja?«

»Sind Sie fertig mit der Zeitung? Kann ich die haben?«

Autsch! Sah sie so alt aus, dass er sie siezte, oder war er nur besonders gut erzogen?

»Bitte.«

Hoffentlich hatte Alina das nicht mitbekommen. Franziska flüchtete tiefer in die Sicherheit ihres Ficus Benjamina. Glück gehabt! Ihre Schwester und ihr Hofstaat waren gerade im Aufbruch begriffen.

Jetzt oder nie. Wenn ich sie jetzt nicht anspreche, dann reise ich nach Brisbane zurück, ohne mich bei ihr zu melden.

Franziska erhob sich halb aus ihrem Stuhl, um sich dann wieder zurücksinken zu lassen.

Ich muss es mir eingestehen, ich fühle mich nicht in der Lage, mit ihr zu reden. Morgen fahre ich zu Caro. Die kann mir be-

stimmt einen Tipp geben, wie ich mit Alina ins Gespräch kommen kann.

»Franziska, was ist los? Du weißt, du kannst Tante Caro alles erzählen.« Ihre Freundin setzte sich hinter den Schreibtisch, nahm einen Bleistift und einen Block und blickte Franziska erwartungsvoll an. »Wenn du für deine Beichte allerdings eine Couch benötigst, müssen wir ins Wohnzimmer umziehen.«

»Manchmal bist du echt blöd.«

»Nein, ich bin deine beste Freundin und mir kannst du nichts vormachen.«

Obwohl es ihr schwerfiel, über das gestrige Beinahe-Zusammentreffen mit ihrer Schwester zu sprechen, gab sie Caro eine knappe Zusammenfassung. Ihre Freundin hatte bemerkt, wie schlecht Franziskas Stimmung war, sobald sie einander umarmt hatten. Also hatte Caro ihr den Koffer abgenommen, Franziska in ihr Zimmer gelotst und Kaffee gekocht.

»Warum wolltest du mit Alina reden? Bist du etwa *deshalb* nach Deutschland geflogen?«

»Ich habe noch ein paar Sachen wegen der Erbschaft zu regeln.« Die Worte klangen exakt wie die Ausrede, die sie waren. »Und ich wollte schauen, ob ich im Stadtarchiv etwas über Auguste erfahre.«

»Versuch nicht, mich abzulenken.«

»Du kennst mich zu gut.«

»Eben – und ich liebe dich trotzdem.« Caro stand auf, kam zu Franziska und wuschelte ihr durch die Haare. »Jetzt sag schon, hat es mit Julian zu tun?«

»Nein, ja, ach ich weiß nicht.«

Obwohl Franziska es zu unterdrücken versuchte, kamen ihr die Tränen. Caros Anteilnahme war der Tropfen, der den Damm zum Brechen brachte.

»Ach du Scheiße, das ist ja schlimmer als befürchtet. Hier hast du ein Taschentuch.« Caro drückte ihr eine Packung davon in die Hand. Dann zog sie Franziska in ihre Arme und strich ihr über den Rücken. »Kann ich helfen?«

»Sorry, ich weiß auch nicht, was mit mir los ist.« Endlich gelang es ihr, die Fassung einigermaßen wieder zu erlangen. »Kochst du uns noch einen Kaffee, bitte?«

»Beruhigungstee wäre besser.« Obwohl ihre Freundin diesen blöden Spruch riss, konnte sie nicht darüber hinwegtäuschen, wie sehr Caro sich um Franziska sorgte. »Komm, wir setzen uns in die Küche.«

»Und wenn einer der anderen nach Hause kommt?«

»Tina ist an der Uni und Tasha bei ihrem Pferd. Uns stört keiner.« Caro nahm sie noch einmal in die Arme. »Ich bin immer für dich da, meinetwegen auch nachts um drei, das weißt du.«

»Hör auf, verständnisvoll zu sein. Sonst fange ich gleich wieder das große Heulen an.«

»Kekse oder Schokolade?« Caros Stimme klang dumpf, weil ihr Kopf im Vorratsschrank verschwunden war. »Nein, ich weiß etwas Besseres.«

Sie holte zwei blau gemusterte Müslischalen aus dem Schrank und kniete sich vor den Kühlschrank. »Wehe, wenn eine der anderen mir das weggefressen hat.«

Wie habe ich es nur so lange ohne Caro aushalten können? Mit ihr ist alles einfacher als mit Riley.

Oh nein, was mochte dieser Gedanke bedeuten? War ihre Liebe zu Riley vorbei, hatte sie den verflixten Alltag nicht überstanden? Aber sie stritten selten, vor allem nicht über Banalitäten wie herumliegende Socken oder unverschlossene Zahnpastatuben. Lag es vielleicht daran? Gehörten Streits nicht zu einer Beziehung? Hatten sie alle Konflikte einfach weggeschoben, bis sie irgendwann explodieren mussten?

»Hier! Salted Caramel Eis. Wenn das nicht hilft, ist dir nicht mehr zu helfen.«

Caro fuhrwerkte mit einem riesigen Löffel in der gefrorenen Masse, bis sie einen gewaltigen Brocken in Franziskas Schüssel fallen ließ.

»Ich habe keinen Hunger.«

»Iss. Der Kaffee ist auch gleich fertig.«

Da Franziska ihre Freundin gut genug kannte, wusste sie, wie zwecklos Widerstand war. Also probierte sie von dem Eis, obwohl ihr eine heiße Schokolade lieber gewesen wäre.

»Lecker. Coole Mischung.«

»Sag ich ja.« Caro stand auf, um ihnen zwei Tassen Kaffee einzugießen, und setzte sich dann schräg neben Franziska. »Also jetzt erzähl schon. Warum bist du hier?«

»Rileys Idee.« Franziska rührte den Kaffee um, nahm sich noch von dem Eis und seufzte. »Ich habe mich idiotisch benommen.«

»Du? Das kann ich mir kaum vorstellen.«

»Hey, es ist ernst.«

»Ich weiß. Aber manchmal bleibt einem nur der Humor.« Caros Lächeln war so liebevoll, dass Franziska wieder einen Kloß im Hals spürte und gegen eine weitere Tränenflut ankämpfte. »Nun beichte schon. Ich kenn dich so lange, mich kann nichts mehr erschrecken.«

»Sag das nicht.« Franziska schaute ihre Freundin an. »Bitte keine Sprüche klopfen, okay?«

»Indianerinnenehrenwort.«

»Vor einem halben Jahr hat es angefangen.« Franziska pustete den Atem laut aus. »Wie in einem miesen Film.«

Sie klapperte mit dem Löffel an der Wand der Müslischale, bis ihr Caro beides mit einem Ruck wegzog.

»Mach es nicht so spannend.«

»Riley war Essen holen und hatte sein Smartphone liegen lassen.«

Wie von selbst flogen ihre Gedanken zurück zu dem verhängnisvollen Tag. Wäre sie nur nicht ans Telefon gegangen!

Als eine von Schluchzern unterbrochene Frauenstimme »Riley? Riley, bist du es?« gesagt hatte, wäre Franziska fast das Smartphone aus der Hand gefallen. Mühsam hatte sie herausgebracht: »Riley ist unterwegs. Kann ich ihm etwas ausrichten?«

»Nein. Ist okay.« Immer noch schniefend hatte die Frau aufgelegt. Franziska hatte sofort nachgesehen, aber die Rufnummer war unterdrückt.

Selbst jetzt noch spürte sie die Leere, in der sie nach dem Anruf gefangen war. Riley gegenüber hatte sie vorgegeben, ihre Tage zu haben, und war ins Bett geflüchtet.

»Und dann?« Caro beugte sich vor und tätschelte Franziskas Hand.

»Ich habe angefangen, seine Mails zu lesen, seine Smartphone-Nachrichten, einfach alles. Bis er mich erwischt hat.«

»Was hat er gesagt? Wer war die Frau?«

»Ich habe ihn nicht gefragt.«

Jetzt, mit 16.000 Kilometern und einem halben Jahr Abstand klang das ziemlich … dämlich. Damals war es ihr als das einzig Richtige erschienen.

»Das muss ich jetzt nicht verstehen.«

»Wahrscheinlich wollte ich es nicht wissen. Keine Ahnung.«

»Und wenn es eine einfache Erklärung gibt?« Caro zog eine Schnute. »Sicher ist jedenfalls, Riley ist nicht Julian. Zum Glück.«

»Aber er ist ein Mann. Und diese australischen Frauen …«, Franziska wickelte eine Haarsträhne um den Finger, »… sind alle schlank, blond, braun gebrannt. Warum sollte er bei mir bleiben wollen?«

»Hallo! Erde an Franzi.« Caro holte das Eis erneut aus dem Kühlschrank und stellte die Müslischale wieder vor Franziska hin. »Wenn er eine von ihnen gewollt hätte, wäre er mit einem Surfergirl zusammen und sie würden gemeinsam auf ihren Brettern in den Sonnenuntergang reiten. Und dann …«

Caro löffelte Eis auf und summte: Dedededede. Die Melodie von »Der weiße Hai«.

Obwohl Franziska sich elend fühlte, musste sie lachen.

»In Brisbane wäre es eher ein Bullenhai.«

»Meinetwegen.« Caro zuckte mit den Achseln. »Ich habe ja nur sechs Wochen mit euch verbracht, aber: Erstens liebt Riley dich, was ich nicht verstehen kann.«

»Hey!« Spielerisch boxte Franziska ihrer Freundin auf den Oberarm.

»Zweitens sind nicht alle Männer solche Doofchen wie Julian.«

»Doofchen?«

Nun seufzte Caro.

»Franzi, eigentlich halte ich dich für eine schlaue Frau, aber …« Ihre Freundin spielte mit dem Löffel in der Müslischale.

»Sag schon. Schlimmer als meine Beichte kann es nicht sein.«

Caro fasste sich in den Nacken, eine typische Geste, wenn sie etwas unangenehm fand. Das überraschte Franziska, denn normalerweise nahm ihre Freundin kein Blatt vor den Mund.

»Ich will Julian nicht verteidigen.« Sie verdrehte die Augen. »Ich war nie ein Fan von ihm und seinem Sportkram, aber es gibt immer zwei Schuldige.«

»Ich hab damals nur an mein Examen gedacht.«

»Dann sprechen wir von drei Schuldigen.« Caro gab ein schnalzendes Geräusch von sich. Wieder klapperte sie mit dem Löffel. »Franzi, wenn es um Alina ging, hast du immer weggesehen.«

»Was meinst du?«

»Nachdem eure Eltern verunglückt waren, hast du Alina alles durchgehen lassen.« Ein schiefes Grinsen begleitete die Worte. »Nicht, dass sie nicht schon vorher verwöhnt war.«

»Mir ist schon klar, dass sie nicht unschuldig ist.«

»Genau darum geht es. Sie ist nicht …« Caro zeichnete mit Zeige- und Mittelfinger zwei Anführungszeichen in die Luft. »… nicht unschuldig.«

»Bitte?«

»Ich habe das Ganze ein paar Mal beobachtet. Deine süße kleine Schwester hat Julian massiv angebaggert.«

»Warum hast du mir das nicht gesagt?«

Eine tolle Freundin war Caro, wenn sie das gesehen hatte, ohne etwas dagegen zu unternehmen.

»Ich habe versucht, es anzusprechen, aber Alina war ja für dich unfehlbar.«

»Quatsch!«, reagierte Franziska, aber kam ins Nachdenken. Sie erinnerte sich dunkel an eine Situation, wo sie Caro beinahe die Freundschaft gekündigt hätte, weil diese etwas Negatives über Alina gesagt hatte. »Ich … ich hatte immer das Gefühl, ich müsste mich um sie kümmern.«

»Aber du hast sie stattdessen verwöhnt. Dankbar war sie nie.«

»Sie ist meine Schwester.«

»Und?« Caro tippte sich an ihre Stupsnase. »Macht es das besser oder schlimmer?«

13

Deutschland, heute

Kurz nachdem Franziska sich alles von der Seele geredet hatte, waren Caros Mitbewohnerinnen nach Hause gekommen und sie hatten gemeinsam gekocht.

Nun war es kurz nach Mitternacht, die anderen schliefen, nur Franziska war einfach nicht müde. Das konnte am Jetlag liegen oder daran, dass sie sich immer noch fragte, ob sie nicht doch die Konfrontation mit Alina suchen sollte. Hatte Caro recht damit, dass Franziska Alina alles durchgehen ließ? War sie wirklich zu nachgiebig ihrer kleinen Schwester gegenüber?

Von Julian hatte sie sich sofort getrennt und ihm keine Chance gegeben, sich zu erklären oder sich zu entschuldigen. Alina hingegen hatte Franziska verziehen, nachdem ihre Schwester nach Brisbane gekommen war. Ella hatte das eingefädelt, in dem Wissen, dass sie bald sterben würde. Wie hätte Franziska ihrer sterbenden Großtante den Wunsch abschlagen sollen, sich mit Alina zu vertragen?

Verdammt! Warum muss alles immer kompliziert sein?

Solange sie nicht schlafen konnte, konnte sie ihre Mails prüfen und versuchen, etwas über Amber-Auguste herauszufinden. Neben den üblichen Newsletters und obligatorischen SPAMs entdeckte sie eine Nachricht von Alina und erschrak.

Hatte ihre Schwester sie heute etwa gesehen und wollte Franziska nun zur Rede stellen?

Ich will das nicht wissen. Ohne zu zögern, schloss Franziska ihr Mailfach, aber ihre Neugier war größer.

> *Hallo Zissa,*
> *es werden irgendwelche Abwassersachen am Haus gemacht, was 12.000 € kosten soll. Ich habe die nicht. Wenn du mir nicht aushelfen kannst, muss ich unser Elternhaus verkaufen. Das willst du bestimmt nicht, oder?*
> *Melde dich per Skype.*
> *Ciao*
> *Alina*

Lag es an der Szene in der Cafeteria oder an dem, was Caro ihr gesagt hatte? Was auch immer der Grund war, in Franziska schoss rasende Wut hoch. Wie typisch für ihre Schwester! Alina hielt sich nicht mit den üblichen Höflichkeitsfloskeln auf, sondern kam gleich zur Sache. Nahezu automatisch tippte Franziska ihre Antwort.

> *Alina, ich kann dir nicht verzeihen. Was Julian und du mir angetan haben, das kann ich nicht einfach vergeben und vergessen …*
> *Ich werde dir kein Geld geben und lasse mich nicht erpressen.*

Wie hundertmal vorher löschte Franziska die Worte sofort, nachdem sie sie geschrieben hatte. Stattdessen sandte sie ihrer Schwester eine belanglose Mail, in der sie vorgab, weiterhin in Queensland zu sein und sich bald darum kümmern würde, was es mit dem Haus auf sich hatte.

Feige, du bist total feige, sagte eine Stimme in ihrem Hinterkopf, die sich nicht zum Schweigen bringen ließ.

Dann bin ich eben feige. Ich brauche einfach mehr Zeit, über alles nachzudenken und eine Entscheidung zu finden. Egal, welche ich treffe, es wird weitreichende Konsequenzen haben.

»Willst du ernsthaft den ersten Sonnentag deines Besuchs im Museum verbringen?« Gespielt erschüttert schüttelte Caro den Kopf, sodass man ihr sommersprossiges Gesicht hinter dem Wust roter Haare nicht mehr sehen konnte. »Komm, wir setzen uns in ein Café an der Alster und beobachten, wer vorbeiläuft.«

»Kompromissvorschlag.« Franziska zwinkerte ihr zu. »Den Vormittag verbringe ich im Museum. Heute Nachmittag lade ich dich zu einem Rieseneis ein.«

»Deal.« Caro tippte auf ihre Uhr. »Du hast fünf Stunden. Ab jetzt.«

»Immer dieser Druck.« Franziska legte mit theatralischer Geste ihre Hand an die Stirn. »Ich kann so nicht arbeiten.«

»Vier Stunden, 59 Minuten.«

»Bis später.«

Begonnen hatte die Suche nach Amber-Auguste als Versuch, sich von der Krise mit Riley abzulenken, aber je mehr Franziska über die Gründerin von Amber's Joy erfuhr, desto spannender erschien ihr deren Leben. Außerdem machte es ihr Spaß, ins Museum zu gehen und nach weiterem Wissen zu forschen.

Im Museum für fremde Kulturen, wie das frühere Museum für Völkerkunde inzwischen hieß, gab es leider nur einen winzigen Bereich, der sich mit Australien befasste. Erschüttert entdeckte Franziska dort neben Bumerangs, *Woomeras* und *Bullroarers* eine Sammlung menschlicher Schädel und Knochen. Es kam ihr nicht richtig vor, die Skelette von Aborigines neben einem ausgestopften Koala auszustellen. Daher wandte sie sich ab und flüchtete in die Bibliothek des Museums.

Der Lesesaal wirkte mit seinen hohen Decken und der Vielzahl schwarzbrauner Regale und ebenso dunkler Tische beeindruckend wie eine Kathedrale. Während Franziska auf das Material wartete, das sie bestellt hatte, schaute sie immer wieder auf die Uhr. Verflixt. Die Zeit rann dahin, obwohl sie noch keinen Schritt weitergekommen war. Über Amber-Auguste Wagner, geborene Ohlendorf, fand sich nichts im Internet. Nun ruhte Franziskas ganze Hoffnung auf den uralten Zeitungsbänden, die sie im Archiv und Magazin bestellt hatte.

Rechne nicht mit allzu viel, versuchte sie, sich selbst zu beruhigen. Schließlich war nicht zu erwarten, dass ihre Urururwas auch immer Großtante so bedeutend gewesen wäre, dass sie es in die Zeitung geschafft hatte. Dank des Schifffahrtmuseums wusste sie, wann Auguste Ohlendorf aus Hamburg abgereist und auf welchem Schiff sie gefahren war. Außerdem war sie von einem Georg Ohlendorf begleitet worden. Ob das ihr Ehemann gewesen war? Das könnte erklären, warum Auguste ihren Namen geändert hatte.

Franziska hoffte nun, in den Zeitungen wenigstens eine kleine Notiz über die Abreise zu finden. Andererseits, warum sollte es deren Fahrt nach Australien in die Zeitung schaffen? So selten waren Auswanderungen Deutscher damals nicht gewesen.

Franziskas Finger trommelten auf das Holz des Tisches, was ihr ein wütendes Zischen des älteren Herrn einbrachte, der ihr gegenübersaß und vorsichtig in einem alt aussehenden Buch blätterte.

Sie grinste und schaute zum Tresen, ob dort neue Bände aufgestapelt waren. Nichts. Erneut wollte sie trommeln, aber zückte lieber ihr Smartphone und schrieb Riley eine kurze Nachricht. Dem Augenrollen ihres Gegenübers nach zu urteilen, empfand er auch das als zu laut. Sie gab vor, seine entnervte Miene nicht zu bemerken, und schrieb weiter.

Endlich nickte der Mann am Ausleihtresen ihr zu. Franziska sprang auf, so hektisch, dass ihr Stuhl umfiel. Das war für den Mann auf der anderen Seite zu viel. Grummelnd schnappte er sich sein Buch, wohl um sich einen ruhigeren Platz zu suchen.

»Bitte sehr, die ›Hamburger Nachrichten‹.«

Die entpuppten sich als ein gewaltiger Brocken Papier, eingebunden in feste Pappe, die bereits vergilbt war. Als Franziska den Deckel des Buches öffnete, strömte ihr der typische Geruch alten Papiers entgegen: staubig, muffig und zum Husten reizend.

Vorsichtig blätterte sie weiter, bis sie zum Tag von Amber-Augustes Abreise kam. Nichts, nur Meldungen über die Börse, den britischen Botschafter und Ähnliches. Als sie frustriert aufgeben wollte, fiel ihr Blick auf eine kurze Notiz.

> *Am heutigen Tage begeben sich Herr Georg Ohlendorf, begleitet von seiner Nichte Auguste – Aha, also nichts mit verheiratet – an Bord der »Reichstag«, um nach Brisbane zu reisen. Dort werden der mutige Hamburger und seine ebenso mutige Begleiterin im Auftrag des Kaufmanns Ferdinand Pullwermann nach Objekten für dessen Ausstellung suchen.*

Mensch, Amber-Auguste war also Forscherin, dachte Franziska. Mit dem Zeigefinger fuhr sie über die Zeilen.

»Verdammt!« Nicht einmal die Kirchenatmosphäre der Bibliothek konnte verhindern, dass Franziska laut fluchte. Einfach unglaublich, was sie hier las. Warum war sie nicht schon vorher auf diese unheilige Verbindung gestoßen? »Mist!«

Als wäre das Ganze nicht bereits übel genug, piepte in diesem Moment ihr Smartphone. Sie schaute auf das Display und entdeckte Caros Nummer. War sie etwa zu spät zu ihrer Verabredung? Nein, ihr blieb noch knapp eine Stunde.

Sorry, Liebes, muss zur Uni. Wir sehen uns heute Abend, ich koche als Entschuldigung. Küsse. Caro

Wie konnte es sein, dass sie über diesen Caro-typischen Text lächelte, nachdem sie etwas so Furchtbares erfahren hatte?

Alles gut. Habe gerade Unglaubliches entdeckt. Mehr heute Abend. Kuss. Franziska

Ihre Finger zitterten, als sie weiter durch die Zeitung blätterte. Aber es fand sich nichts mehr über Auguste. Vielleicht gab es in späteren Ausgaben noch etwas über ihren Onkel Georg, aber Franziska fehlten Zeit und Geduld, sich mit ihm zu beschäftigen. Ihre Gedanken überschlugen sich.

Riley. *Ich rufe Riley an! Beruhige dich, Franzi, so wichtig ist das nicht. Nein, es ist nur unglaublich.*

Sie atmete tief durch, nahm sich Zettel und Stift und schrieb eine Liste all dessen, was ihr durch den Kopf schoss.

Recherche in den Zeitungen – zu aufwendig

Nachfragen Auswandererhaus Bremerhaven – muss ich planen

Noch mal im Internet suchen

Sie tippte sich mit dem Stift gegen die Zähne, was ihr ein Schnauben von einer Frau zwei Tische weiter einbrachte.

»Sorry.« Aber das nagende Gefühl, dass sie etwas Wichtiges und vollkommen Naheliegendes vergessen hatte, blieb. Wahrscheinlich lag das an dem Schock. Inzwischen hatte sie die Nachricht zum siebten Mal gelesen, gehofft, sich verlesen zu haben, aber die Buchstaben standen weiterhin in der gleichen Reihenfolge und weigerten sich, freundlicher zu werden. Ihr Blick blieb an vier Worten hängen: »Ausbau des Culturhistorischen Museums«.

»Mist! Verdammter!«

Erneutes Zischen.

»Entschuldigung.«

Wie doof bin ich eigentlich? Natürlich ist das am naheliegendsten. Aber kann ich da einfach anrufen und Fragen stellen? Warum nicht!

Sie brachte die gebundenen Bände zurück zur Ausleihe, bedankte sich und eilte hinaus. Sobald sie die Tür zum Lesesaal hinter sich geschlossen hatte, suchte sie im Internet nach der Seite des Museums für fremde Kulturen. Obwohl sie liebend gern einen Cappuccino auf den Schreck getrunken hätte, fehlte ihr dafür die Geduld. Allerdings würde sie keinen guten Eindruck machen, sollte sie am Telefon abgehetzt sprechen.

Ganz ruhig. Entspann dich und vergeige es nicht. Überlege dir vorher, was du sagen willst.

»Guten Tag, mein Name ist Franziska Lindhoff.« Sie zögerte kurz, wartete, bis die Frau am anderen Ende »Guten Tag« gesagt hatte und redete schnell weiter, bevor sie es sich anders überlegen konnte. »Ich muss ein bisschen ausholen. Normalerweise lebe ich in Brisbane und bin nur für wenige Tage in Hamburg auf der Suche nach der Geschichte meiner Ururur-großtante. Eben habe ich gelesen, dass sie mit Georg Ohlendorf 1876 auf eine Australien-Expedition ging.«

Das »Ja?« als Antwort, nachdem sie kurz Luft geholt hatte, kam zögernd und abwartend.

»Ich weiß, es ist überraschend, aber ich bin nur noch wenige Tage hier und es wäre toll, also, ich fände es klasse, auch wenn es plötzlich ist …«

»Nun sagen Sie schon.«

»Hätten Sie in den nächsten Tagen Zeit, mir etwas über die Expedition damals zu erzählen?« Sie überlegte kurz. »Sie sind doch die richtige Ansprechpartnerin?«

»Wie wäre es mit gleich?«

»Jetzt? Sie meinen sofort?«

Ich muss mich doch noch vorbereiten! Sonst stehe ich ziemlich blöd da und sie hält mich für Zeitverschwendung.

»Sie haben Glück. Vor zehn Minuten hat jemand abgesagt. Sonst bin ich ziemlich ausgebucht.«

»Ich bin im Lesesaal.«

»Das passt. Sie finden mich im vierten Stock, Zimmer 424. Bis gleich.«

14

Australien 1876

Auguste, du solltest Zeit auf dem Pferderücken verbringen. Zur Vorbereitung auf unsere Expedition.« Onkel Georg sah aus, als hätte er Magenschmerzen. »Ich habe dir ein Pferd satteln lassen. Allerdings …«

Kam es ihr nur so vor oder lief sein Gesicht noch dunkler an? Stimmte mit dem Reittier etwas nicht?

»Ja?«, fragte sie sanft, weil sie ihren Onkel nicht noch mehr in Verlegenheit bringen wollte.

»Professor Lennsing verlangt, dass du …« Onkel Georg schien sich kaum fassen zu können. »Du sollst reiten wie ein Mann. Ein Damensattel wäre zu gefährlich, sagt er.«

»Da hat er wahrscheinlich recht.« Auguste musste sich das Lachen verkneifen. Wenn ihr Onkel wüsste, wie viel Zeit sie als Kind auf dem Pferderücken im Herrensitz verbracht hatte! Jeden Sommer hatte sie auf dem Landgut der Familie in Dockenhuden viel mehr Freiheiten genossen als während der Wintermonate in der Stadt.

»Ich brauche ein Reitkleid.«

»Frau Gerber kann mit dir heute Nachmittag nach Brisbane

zum Schneider gehen. Warte nicht zu lange. In wenigen Tagen wollen wir aufbrechen.«

Endlich war es so weit. Auguste konnte es kaum erwarten, Dorothea Aurich und die Wunder des *Outbacks* kennenzulernen. Dafür würde sie auch den arroganten Professor in Kauf nehmen. Es musste möglich sein, sich auf der Expedition von ihm fernzuhalten.

»Ich suche nach einem Kleid, das ich umarbeiten lassen kann.« Auguste sprang auf. Sie musste sich bewegen, um ihre Aufregung in den Griff zu bekommen. Undamenhaft schnell eilte sie in ihr Zimmer und breitete die beiden Kleider, die sie auf die Reise mitgenommen hatte, auf dem Bett aus. Sollte sie eines von ihnen umarbeiten lassen oder lieber einen der Röcke?

Eine schwierige Entscheidung, denn noch immer wusste sie nicht, was sie auf der Reise erwartete. Würden sie in die rote Wüste ziehen, wo es heiß und lebensfeindlich war? Oder führte ihr Weg sie in die Regenwälder, in denen unbekannte Tiere und Pflanzen ihrer Entdeckung harrten?

Sie hatte sich noch nicht zu einer Entscheidung durchgerungen, als ein Klopfen an der Tür ertönte. Bevor sie »Herein« sagen konnte, trat ihr Onkel in das Zimmer.

»Auguste, draußen wartet ein junger Mann. Er hat sich als Joseph Wagner vorgestellt.« Georg musterte sie, deutliches Missfallen zeichnete sich auf seinem runden Gesicht ab. »Du weißt, dass ich deinen Eltern versprochen habe, auf dich aufzupassen.«

Zu ihrer Überraschung freute sich Auguste sehr, dass Joseph Wagners Abschiedsworte nicht nur Floskeln gewesen waren, sondern dass er sie wirklich aufsuchte. War es unschicklich, wenn sie mit ihm allein spazieren ging? Galten in Brisbane die gleichen Anstandsregeln wie zu Hause oder nahm man alles etwas hemdsärmeliger? Konnte sie ihm trauen? Sie hatte ja nur wenige Worte mit ihm gewechselt.

Nein, diese Sorgen waren gewiss unbegründet. Die deutsche Gemeinde in Brisbane kannte einander und viele Menschen hatten Joseph Wagner und sie tanzen sehen. Wäre etwas unrecht mit ihm, hätte sie sicher jemand gewarnt. Sie sprang auf, griff nach Hut und Handschuhen und küsste ihren Onkel auf die Wange. Seine Haut fühlte sich heiß an, Schweiß lief ihm über das Gesicht, obwohl es draußen angenehm war. Sicher war der Oktober in Queensland deutlich heißer als in Hamburg, aber nicht so drückend, wie Auguste erwartet hatte. Warum also litt ihr Onkel so sehr unter der Hitze?

»Ich stelle schon nichts an«, rief sie Georg über die Schulter hin zu. »Aber du kannst ihn ja bedrohlich anstarren, wenn du möchtest.«

»Was für ein Mädchen«, hörte sie ihren Onkel murmeln, während sie die Tür hinter sich schloss.

Nur nicht zu sehr eilen, sonst denkt Joseph Wagner aus Marburg noch, er könnte mehr von mir erwarten. Ich kann ihm nur Freundschaft anbieten. Mein Herz leidet noch unter Felix' Verrat. Außerdem gehe ich in wenigen Tagen auf eine Expedition. Meine Gedanken sollte ich darauf konzentrieren. Ich darf Onkel Georg nicht blamieren. Professor Lennsing war nicht angetan davon, eine weitere Frau mit auf die Reise zu nehmen.

»Fräulein Ohlendorf.« Seine Augen leuchteten auf, als er sie sah. Joseph Wagner sollte besser nie Poker spielen. Sein Gesicht verriet sofort, was er dachte. »Darf ich Sie zu einem Ausflug entführen?«

»Solange Sie mich heute Nachmittag wieder zurückbringen. Mein Onkel wirkte nicht erfreut, dass Sie mich ablenken könnten.«

»Ich werde mich bemühen, die Ablenkung in Grenzen zu halten.«

»Was hat Brisbane zu bieten?« Ungezwungen hakte sich Auguste bei Joseph Wagner unter. Das Leben in Queensland erschien ihr viel freier als in Hamburg, sodass sie sich wagemutig zeigte. »Es wird hier wohl eine Post geben?«

Sie winkte mit dem Brief, den sie an ihre Familie geschrieben hatte. Mehr als eine Seite war es nicht geworden – und selbst das hatte sie nahezu eine Stunde gekostet. Was sollte sie ihren Eltern schon mitteilen, die Augustes Reise für eine Narretei hielten? Noch weniger hatte sie ihrer jüngeren Schwester oder deren Ehemann zu sagen. Daher hatte Auguste sich darauf beschränkt, allgemeine Floskeln über die Hitze in Brisbane und die ungewöhnliche Vielfalt der Flora und Fauna aufs Papier zu bringen und einen unverbindlichen Gruß an Sophie und Felix anzuhängen.

»Selbstverständlich besitzen wir ein Post Office.« Joseph Wagner wandte sich ihr zu. Ein Lächeln erhellte sein Gesicht. »Brisbane verfügt des Weiteren über ein Theater und sogar eine Philharmonie. Sicher nicht von der Güte, wie Sie es aus Hamburg gewöhnt sein werden.«

»Das interessiert mich nicht.« Auguste schüttelte den Kopf, was sein Lächeln vertiefte. »Ich möchte etwas Ungewöhnliches sehen.«

Auch wenn sie vorgab, sich ganz auf das Gespräch zu konzentrieren, bemerkte sie sehr wohl die Blicke der Menschen, die ihnen entgegenkamen. Einige meinte sie von der großen Feier wiederzuerkennen und grüßte freundlich, ebenso wie Joseph Wagner.

»Wie lebt es sich in Brisbane?«, fragte sie ihn, nachdem sie den Brief nach Hamburg aufgegeben hatte. »Gefällt Ihnen die Stadt?«

»Ich wohne in Marburg.«

»Entschuldigung, das hatten Sie mir erzählt. Ist Marburg so groß wie Brisbane?«

»Keinesfalls. Alle Orte im Hinterland sind deutlich kleiner als die Hauptstadt Queenslands.«

»Warum leben Sie dann dort?«

»Ich arbeite als *Cutter*. So nennt man in diesem Land die Menschen, die Zuckerrohr schneiden.«

»Ich kenne nur Zuckerrüben.«

»In diesem Teil unserer schönen Welt stellt man Zucker aus Zuckerrohr her.« Joseph Wagner fuchtelte mit den Händen. »Ich lerne den Anbau von der Pike an und werde eines Tages meine eigene Farm haben.«

Einen Bauernhof zu führen, fand Auguste weder erstrebenswert noch interessant. Hoffentlich würde er nicht den ganzen Spaziergang von etwas dermaßen Langweiligem reden. Doch er schien bemerkt zu haben, dass sie schwieg, und wechselte das Thema.

»Das ist die St. Stephen Kathedrale«, erklärte Joseph Wagner und zeigte auf eine gewaltige Kirche. »Vor sechzehn Jahren wurde hier die erste Messe gelesen.«

»Aha«, sagte Auguste, die sich mehr darauf konzentrierte, Schatten zu finden, um der Hitze zu entgehen.

»Möchten Sie das Parlament und das Regierungsgebäude sehen?« Joseph Wagner schien die Temperatur nichts auszumachen. Ob ihr das auch gelingen würde, sollte sie länger hier leben?

Sie schwieg einen Augenblick, als hätte sie sich nicht genau überlegt, was sie besuchen wollte, sondern als folgte sie einer spontanen Eingebung. Männer mochten flatterhafte Frauen lieber als zielstrebige, das hatte sie bitter erfahren.

»Als wir ankamen, habe ich nur wenig vom Hafen gesehen. Als Hamburgerin interessiert mich der natürlich ungemein.«

»Das ist kein Ort für eine Dame.« Aus dem Augenwinkel sah sie, wie erschüttert seine Miene war. Auch Joseph Wagner gehörte also zu den Männern, die genau wussten, was sich für eine Dame geziemte. Würde sie immer und immer wieder gegen die Mauern der Schicklichkeit anrennen müssen, selbst hier am anderen Ende der Welt?

Auguste seufzte.

»Aber ich würde Sie beschützen«, beeilte er sich, ihr zu Gefallen zu sein. »Lassen Sie uns eine Kutsche nehmen.«

»Ich bin kein zartes Pflänzchen und sehr gut zu Fuß.«

Eine knappe Stunde später bereute sie ihre Worte zutiefst. Obwohl inzwischen eine Wolke vor die gleißende Sonne gezogen war, tat dies der brütenden Hitze keinen Abbruch. Hätte sie nur an einen Sonnenschirm gedacht oder einen Fächer! Auguste bemühte sich, ihre Schritte dem raumgreifenden Gang ihres Begleiters anzupassen. Vor Anstrengung war sie gewiss rot im Gesicht. Ihre Frisur hatte sich aufgelöst und Schweißtropfen glitten an ihrem Haaransatz hinab bis zum Hals. Immer wieder tupfte sie diese mit einem Taschentuch ab, das bereits durchgeweicht war.

Der Weg führte sie am Fluss entlang, was jedoch keine Abkühlung, sondern nur lästige Mücken mit sich brachte. Hätte sie nur daran gedacht, einen Hut mit Schleier zu tragen!

»Dort ist der Hafen.« Sie war Joseph Wagner dankbar, als er stehen blieb. »Der Wind vom Meer ist kühl und erfrischend.«

Wie peinlich! Hätte er nicht höflich und stillschweigend über Augustes undamenhaftes Schwitzen hinwegsehen können?

»Gibt es dort auch etwas zu trinken? Ich verdurste.« Das waren gewiss keine Worte, die ihre Mutter gern gehört hätte, aber das war Auguste im Augenblick vollkommen gleichgültig. Ihr war heiß, ihr Mund fühlte sich ausgedörrt an wie das *Outback* und der ganze Spaziergang war eine dumme Idee gewesen.

»Dort finden sich nur Spelunken, in denen Sie bestimmt nicht einkehren wollen.« Er überlegte kurz. »Wir könnten zurückgehen. Im Stadtzentrum finden sich einige akzeptable Tea Rooms.«

»Auf gar keinen Fall!«

Die Vorstellung, den Rückweg anzutreten, ohne vorher etwas trinken zu können, ließ Auguste alle Höflichkeit vergessen. Sie wollte kühlen Wind und ein noch kühleres Getränk, egal, ob sich das für eine Dame anstand oder nicht.

»Entschuldigung«, flüsterte sie. »Ich bin die Hitze nicht gewöhnt.«

»Kommen Sie.« Joseph Wagner winkte eine Kutsche heran, die man *Hansom Cab* nannte. Inzwischen hatte Auguste sich an deren ungewöhnliches Aussehen gewöhnt. Der Kutscher stand auf einer schmalen Plattform hinter dem Passagierbereich, sodass er das Pferd durch lange Zügel, seine Stimme und eine Peitsche lenkte.

Es tat ihr leid, dass Joseph Wagner Geld für eine Mietkutsche ausgeben musste, nur weil sie ihren Kopf durchgesetzt hatte. Aber sie konnte ihm schlecht anbieten, die Kosten zu übernehmen. Das wäre wirklich ein Affront gewesen.

Als sie in die Kutsche einsteigen wollte, spürte sie einen Blick, so intensiv, dass sie sich umdrehte. Nahezu verborgen im Schatten einer Holzhütte stand ein dunkelhäutiger Mann, der sie anstarrte.

»Trägt er wirklich eine Krinoline?«, entfuhr ihr, bevor sie nachdenken konnte. Sie blinzelte zweimal, aber der Reifrock tragende Australneger war kein Trugbild.

»Wer?«

»Dort.« Auguste deutete mit dem Finger auf den Mann, der mit den Schatten zu verschmelzen schien. »Ein Schwarzer.«

»Man hat ihnen verboten, unbekleidet in die Stadt zu kommen.« Joseph bot ihr seinen Arm, damit sie in die Kutsche klettern konnte. »Nun ziehen sie einfach an, was sie finden.«

»Warum glotzt er uns so an?« Auguste bemühte sich, einen letzten Blick auf den Schwarzen zu werfen, war er doch der erste Eingeborene, den sie zu sehen bekam.

»Vielleicht hofft er, dass wir ihm Geld geben.« Joseph verzog das Gesicht. »Die meisten von ihnen sind arm und nur am Alkohol interessiert.«

»Ich möchte ihm etwas geben.« Auguste nestelte in ihrer Tasche und suchte ihre Geldbörse. Bevor sie fündig wurde, tauchte ein kleiner Mann mit gelblicher Haut auf, der laut schimpfend den Australneger vertrieb.

Was für ein Tag, dachte Auguste. *Ich habe meinen ersten Schwarzen und meinen ersten Chinesen gesehen. Australien ist wahrlich ein wundersames Land.*

15

Australien 1876

Drei Tage später ertappte sich Auguste dabei, wie sie immer wieder auf die Uhr sah und hoffte, dass Joseph Wagner bald käme. Auch wenn sie ihn erst wenige Tage kannte, fiel es ihr schwer, sich von ihm zu verabschieden. Jeden Tag seit ihrem ersten Treffen hatte der junge Deutsche sie besucht, sehr zu Onkel Georgs Missmut, wovon Auguste sich jedoch nicht aufhalten ließ.

Joseph Wagner hatte ihr kleine Geschenke mitgebracht und war mit ihr in Brisbane spazieren gegangen. Erst fühlte sie sich nur geschmeichelt, dass sich ein Mann so sehr für sie interessierte, doch nun musste sie einsehen, dass sie ihn mochte. Sehr mochte.

Warum nur? Es hatte keinen Sinn. Morgen würde sie mit der Expedition aufbrechen. Aber das bedeutete ja nicht das Ende der Welt. Sie würde gewiss zurückkehren, denn ihre Reise war weitaus besser geplant als die Leichhardt-Expedition. Außerdem sollte sie das Abenteuer nicht allzu tief in die gefährlichen Weiten des *Outbacks* führen. Zu Augustes Enttäuschung würden sie nur das Hinterland von Brisbane bereisen, um dort unentdeckte Flora und Fauna zu erforschen.

Während Onkel Georg auf dem Sofa im Wohnzimmer ein Schläfchen hielt, stand Auguste am Küchenfenster und schaute hinaus, argwöhnisch beobachtet von Klara Gerber. Die Haushälterin mochte Auguste aus unerfindlichen Gründen nicht, was sie ihr durch missfallendes Schweigen überaus deutlich zeigte. Aber Auguste ließ sich davon nicht beirren, sondern suchte weiter mit ihrem Blick die Straße ab.

Zu ihrer Überraschung entdeckte sie eine *Molly Brown,* eine zweirädrige Kutsche. Erst als der Wagen vor ihrem Haus anhielt und der Kutscher heruntersprang, erkannte sie Joseph Wagners unverwechselbare Gestalt.

»Ist es wieder der junge Mann?« Onkel Georg klang tadelnd. Musste er ausgerechnet jetzt aufwachen? Sicher hätte er noch mehr gesagt, wenn ihn nicht ein Husten geschüttelt hätte.

»Geht es dir nicht gut?«

»Das ist nur das Klima hier. Da muss ein alter Mann wie ich sich erst dran gewöhnen.« Onkel Georg hustete erneut. »Nun geh schon.«

Sie eilte zur Tür, während er ihr mit schlurfenden Schritten folgte.

»Ich wünsche Ihnen einen wunderbaren Tag, Fräulein Ohlendorf. Erfreut Sie zu sehen, Herr Ohlendorf.«

Onkel Georg nickte nur knapp zur Begrüßung.

»Darf ich Ihre Nichte und Sie auf einen Ausflug zu den J C Slaughter Falls einladen? Es sind landschaftlich ausnehmend schöne Wasserfälle.«

»Nehmt Frau Gerber mit.« Onkel Georg winkte ab. »Ich fühle mich etwas müde und muss noch einiges für die Expedition vorbereiten.«

»Wären Sie einverstanden?«, wandte sich Auguste an die Haushälterin.

»Und wer wird sich um das Abendessen kümmern?« Sowohl

ihr Tonfall als auch die in die Hüfte gestemmten Fäuste trugen die schiere Entrüstung in sich. »Ich kann nicht einfach mein Tagewerk verlassen.«

»Gehen Sie ruhig.« Augustes Onkel schien nicht unglücklich darüber zu sein, einen Tag ohne Frau Gerber verbringen zu können. »Für heute Abend reichen Brot und kalter Braten.«

»Niemals. Wir sind nicht bei den Hottentotten.«

»Meine Schwester leistet uns Gesellschaft.« Joseph Wagner deutete zur Kutsche, aus der Constance ihnen fröhlich zuwinkte. »Damit dürfte der gute Ruf Ihrer Nichte gewahrt bleiben.«

»Viel Vergnügen!«

»Wie schön, Sie wiederzusehen«, plapperte Constance Wagner drauflos, sobald Auguste Platz genommen hatte. »Ist es nicht eine wunderbare Idee, einen Ausflug zu machen? Joseph hat sogar an ein Picknick gedacht.«

»Constance!«

»Oh, das sollte ich ja nicht verraten.« Neugierig musterte Joseph Wagners Schwester Auguste. »Werden Sie wahrhaftig auf eine Expedition gehen? Mir fehlte dafür gänzlich der Mut.«

In leichtem Geplauder verging die Zeit wie im Flug. Mit sicherer Hand lenkte Joseph Wagner das hellbraune Pferd aus der Stadt heraus in ein Waldgebiet hinein. Nachdem er angehalten hatte, schirrte er das Pferd ab und band es an einem Baum locker an, sodass es grasen konnte.

»Bevor wir uns stärken, sollten wir uns das Essen verdienen.« Er bot ihr seinen Arm und Auguste hakte sich unter. »Ich kann es nicht glauben, dass Sie mir Ihre geschätzte Gegenwart entziehen wollen.«

»Unsere Expedition wird wohl nur sechs Wochen dauern«, versuchte sie, ihn und auch sich zu beruhigen. Sechs Wochen erschienen ihr auf einmal wie die Ewigkeit. Als der Weg sich verengte, ging Joseph Wagner voran. Auguste vermisste seine Wärme, was sie erstaunte. Bedeutete Felix ihr gar nichts mehr?

»Schauen Sie. Habe ich zu viel versprochen?«

Über graue Felsen, die Schiefer sein mochten, ergoss sich ein schmales Rinnsal, das in einem winzigen Wasserfall in die Tiefe stürzte. Überall auf den Felsen krallten sich Grasbüschel in den kargen Boden. So sehr Auguste auch spähte, sie konnte keinen Fisch in dem Flüsschen entdecken. Aber sie bemerkte Moos auf den Felsen und entdeckte unterschiedlichste Schattierungen von Grau im Stein. Über ihren Köpfen sangen helle Stimmen, die Vögel hielten sich verborgen im Laub der Bäume.

»Wie schön es hier ist.« Am liebsten hätte sie ihre Finger durch das kühle Nass gleiten lassen. »Nicht so, wie ich mir Australien vorstellte, aber dennoch wunderbar.«

»Sie müssen nach der Regenzeit noch einmal hierherkommen.« Joseph Wagner reichte ihr seinen Arm, als der Weg unebener wurde. »Dann ist der Fluss wahrlich beeindruckend.«

»Ist denn noch nicht Regenzeit?« Gestern hatte es einen kurzen Schauer gegeben, der allerdings nicht ausgereicht hatte, um eine wirkliche Abkühlung mit sich zu bringen.

»Oh nein, davon sind wir noch einige Zeit entfernt. Im Dezember beginnt sie.« Joseph Wagner ließ ihren Arm wieder los, mit Bedauern, wie es ihr schien. »Es bleibt zu hoffen, dass Sie dann wieder heil und gesund und um vielfältigste Erfahrungen reicher von Ihrer Expedition zurückgekehrt sind.«

»Möglicherweise feiere ich Weihnachten im Busch«, versuchte Auguste zu scherzen, aber die Vorstellung gefiel ihr nicht. Weihnachten sollte man mit Menschen verbringen, die man liebte. Das wäre ja nur Onkel Georg. »In einem Zelt voller Regen und Schlamm.«

Joseph Wagner schwieg einen Augenblick und schien zu überlegen, ob er es wagen sollte, die nächsten Worte zu sagen.

»Ich hoffe, Sie wiederzusehen, wenn Sie Ihr Abenteuer überstanden haben.«

»Ich hoffe das ebenso.« Sie blieb stehen und schaute ihn an.

Er beugte sich zu ihr herüber, um durch ein lautstarkes Räuspern seiner Schwester aufgehalten zu werden.

Arm in Arm gingen sie weiter, plauderten über Brisbane und Australien, aber Auguste kam nicht umhin, sich Constances störender Gegenwart bewusst zu bleiben.

»Was ist das?« Auguste deutete auf eine gelbe Blume, die vorwitzig zwischen den Gräsern hervorlugte. »Sie ähnelt einem Kleeblatt, nur hübscher.«

»Es tut mir leid.« Joseph Wagner hob die Hände in einer Geste gespielter Verzweiflung. »Meine Kenntnisse der Flora beschränken sich zu meinem Bedauern auf Zuckerrohr.«

»Ob Ihre Schwester das weiß?«

Constance war auf einmal stehen geblieben.

»Keinen Schritt gehe ich weiter!« So panisch klang ihre Stimme, dass Auguste zusammenzuckte und sich zu ihr umdrehte. Constance hielt eine Hand auf ihrem Herzen und deutete mit der Spitze ihres Schirms in Richtung der Bäume vor ihnen.

Erst erkannte Auguste nicht, was sie so in Schrecken versetzt hatte. Dann jedoch entfaltete sich das Bild vor ihren Augen und auch sie schauderte. Zwischen zwei Baumstämmen, die in mehr als zwei Armlängen Abstand voneinander standen, glitzerten Regentropfen wie Diamanten auf dem wunderschönen Diadem eines gewaltigen Spinnennetzes. Hätte es die Tropfen nicht gegeben, wären sie sicher in die Fäden hineingeraten. Auguste schüttelte sich bei der Vorstellung.

»Sehen Sie …«, brachte sie flüsternd heraus. »Sehen Sie irgendwo die Spinne, die diese Fäden erstellt hat?«

»Nein, aber wir sollten besser nicht warten, bis sie zurückkehrt und sich entschließt, uns als mögliche Beute zu betrachten.« Er bot ihr erneut seinen Arm und wollte sich umwenden.

»Lauf nicht weg. Zerstöre das Ding«, kreischte seine Schwester und fuchtelte wild mit ihrem Sonnenschirm.

»Constance, was denkst du, wie lange das Tier gesponnen hat, um ein dermaßen gigantisches Netz zu erstellen?« Joseph

Wagner schüttelte den Kopf. »Nur weil wir nicht verständig genug sind, die Schönheit einer Spinne zu begreifen, werde ich deren Werk nicht vernichten.«

Auguste lächelte ihm zu, während seine Schwester etwas murmelte, was sicher nicht freundlich gemeint war. Constance war so blass, dass Auguste fürchtete, sie würde gleich in Ohnmacht fallen.

»Wir haben kein Glück mit unseren Ausflügen«, flüsterte sie Joseph Wagner zu. »Lassen Sie uns in die Stadt zurückkehren. Das Picknick verschieben wir bis zu meiner Heimkehr.«

Auf der Rückfahrt hing Auguste ihren Gedanken nach, während Constance sich Luft zufächelte und ein nach Kampfer riechendes Tuch vor ihre Nase hielt.

Als sie am Haus ankamen, erwartete Frau Gerber sie bereits auf der Veranda. Die sonst so ruhige Frau rang die Hände und murmelte vor sich hin, bis sie Auguste und die Wagners erspähte.

»Da sind Sie ja endlich!«

»Was ist geschehen?« Gab es schlimme Nachrichten aus Hamburg? Aber nein, wie sollten sie diese so schnell erreichen? »Nun sagen Sie schon.«

»Ihr Onkel …« Ein weiteres verzweifeltes Händeringen begleitete die Worte, was Auguste in tiefe Angst versetzte. »Er musste ins Hospital gebracht werden.«

»Ein Schlangenbiss?«, fragte Joseph Wagner. Als gäbe es keine anderen Gefahren in diesem Land. »Was ist passiert?«

Anstatt ihm zu antworten, brach Frau Gerber in Tränen aus.

»Fassen Sie sich.« Normalerweise war Auguste nicht so barsch, aber die Sorge trieb sie in Ungeduld. »Sagen Sie schon, wie es ihm geht.«

»Er brach zusammen«, stieß die Haushälterin unter Schluchzern hervor. »Mit Schüttelfrost, so schlimm, dass seine Zähne aufeinanderschlugen. Dann fiel er auf einmal in einen tiefen Schlaf.«

Onkel Georg! Auguste spürt Tränen, als sie an das Schicksal ihres armen Verwandten dachte. *Was wird aus mir und der Expedition*, lautete ihr zweiter Gedanke, über dessen Eigennutz sie sich sofort schämte.

»In welches Krankenhaus?« Jetzt war weder Zeit für Schicklichkeit noch Tränen, jetzt galt es, Vernunft walten zu lassen. »Nun sagen Sie schon.«

»Das Bowen Hospital. Sie haben eine Fieberstation.«

Sofort dreht sich Auguste um und wollte zu ihrem Onkel eilen, als Joseph Wagner sie aufhielt. »Warten Sie, ich fahre Sie.«

»Warum?« Ärgerlich schüttelte sie seine Hand ab. Sie wollte schnell zu Onkel Georg, nicht ihre gemeinsame Fahrt verlängern.

»Das Krankenhaus liegt in Herston, auf dem Land. Kommen Sie.« Sanft griff er nach ihrer Hand. Mit entschlossener Stimme sagte er zu Frau Gerber: »Schauen Sie nach, ob Herr Ohlendorf Medikamente besitzt.«

»Danke«, flüsterte Auguste, zutiefst beeindruckt von seiner Ruhe und Tatkraft.

»Das Tropenfieber. Ich hoffte, es überwunden zu haben.« Onkel Georg schloss einen Moment die Augen, dann schaute er sie müde an. »Aber es holt mich immer wieder ein.«

»Schsch, sprich nicht so viel. Du musst dich erholen.« Augustes Stimme zitterte. Ihr Onkel wirkte viel elender, als sie es sich vorgestellt hatte. »Nur ein paar Tage, und dann kommst du wieder auf die Beine.«

Ob er ihrem Gesicht ansehen konnte, dass sie selbst nicht an ihre Worte glauben konnte? Georg sah aus, als wäre er dem Tod näher als dem Leben. Es blieb nur zu hoffen, dass er wieder so weit gesund wurde, dass sie beide nach Hamburg zurückreisen konnten. Auch wenn sie sich erneut für ihren

Eigennutz schämte, spürte Auguste ein tiefes Bedauern, dass sie nun niemals das Abenteuer erleben würde.

»Versprich mir, dass du mit ihnen reist.« Seine fieberheißen Finger umklammerten ihre Hand, so fest, als wollte er sich so ans Leben halten. »Jemand muss ihn aufhalten.«

»Was? Wie bitte? Ich verstehe nicht.«

Ein Schatten zog über das Gesicht ihres Onkels, als hätte er bereits zu viel gesagt. Auguste musste sich getäuscht haben, denn bisher hatte Georg nie davon gesprochen, jemandem Einhalt zu gebieten, was immer das auch bedeuten mochte. Plötzlich wurden seine Augen klar und er fixierte sie mit seinem Blick.

»Geh für mich mit auf diese Reise. Ich will nicht, dass Lennsing den Ruhm allein erntet.«

»Aber ...« Fieberhaft überlegte sie, wie sie dieser Verpflichtung entkommen konnte. »Ich kann nichts dazu beisteuern.«

So bitter sich die Worte auch anfühlten, so waren sie doch wahr. Sicher hätte Auguste mit allen Kräften versucht, etwas Nützliches zur Expedition beizutragen, aber ihr war bewusst, dass sie eher ein Hemmschuh als eine Hilfe wäre. Es gab nur einen Grund, warum sie an der Erforschung des Kontinents hätte teilhaben dürfen – ihren Onkel.

»Es wird sich etwas finden. Bitte, Auguste, bitte.« Seine Stimme und sein Gesichtsausdruck waren so eindringlich, dass sie es nicht übers Herz brachte, ihm seinen Wunsch abzuschlagen. »Versprich es mir.«

»Nur, wenn du mir zusagst, dass du gesund wirst, solange ich im Busch weile.«

»Pass auf dich auf, Kind.« Onkel Georgs Stimme verklang und er schlief ein.

Auguste blieb neben seinem Bett sitzen, während ihre Gedanken davoneilten. Sie sollte allein auf die Reise gehen. Ohne ihren Onkel. Auch wenn sie es sich nur ungern eingestand, drohte der Mut sie zu verlassen. Mit Georg auf eine Forschungsreise zu gehen, war ihr wie ein großes Abenteuer vorgekommen. Nun jedoch konnte sie nur an die Gefahren und Schrecken denken, die in der Fremde auf sie lauerten. Aber sie hatte es Onkel Georg versprochen …

16

Australien 1876

»Auf Wiedersehen, Joseph Wagner aus Marburg.« Augustes Stimme versagte. »Ich danke Ihnen für Ihre Hilfe und …«

Wie konnte es geschehen sein, dass er sich in ihr Herz geschlichen hatte, obwohl sie geschworen hätte, dass dies immer noch dem verräterischen Felix gehörte? Auf jeden Fall erschien er es ihr wert, dass sie tiefe Gefühle für ihn hegte. Wäre nicht das Versprechen gegenüber Onkel Georg, Auguste hätte alle Gedanken an die Expedition hinter sich gelassen, um mit Joseph Wagner nach Marburg zu reisen. Stattdessen musste sie sich von ihm verabschieden.

»Ich muss es tun. Für meinen Onkel«, versuchte sie, ihm ihr Handeln zu erklären. »Es sind ja nur wenige Wochen.«

»Mein liebes Fräulein Ohlendorf.« Sein kantiges Gesicht wurde weicher. »Erlauben Sie mir, auf Sie zu warten. Egal, wie lange es dauert.«

»Sie … Sie kennen mich doch kaum.« Sie räusperte sich. »Ich weiß nicht einmal, wie lange ich weg sein werde.«

»Für mich sind Sie die Richtige, die, auf die es sich zu warten lohnt.« Er lächelte. »Sie werden umsichtig sein, nicht wahr?«

»Ich werde mich bemühen«, versuchte sie einen Scherz, aber immer wieder irrlichterte ihr Blick zu der Gruppe, die nur wenige Schritte entfernt auf sie warteten. Die Menschen, mit denen sie die nächsten Wochen verbringen und auf die sie sich verlassen musste. Auguste fühlte sich hin- und hergerissen. Es fiel ihr schwer, sich von Joseph Wagner zu verabschieden, gleichzeitig trieb die Neugier sie zur Expedition. Professor Lennsing nahm ihr die Entscheidung ab.

»Fräulein Ohlendorf, wir wollen aufbrechen!« Allzu deutlich schwang in diesen Worten die Ungeduld mit. »Sie halten alles auf. So wichtig sind Sie nicht.«

Professor Lennsing war weder ein freundlicher noch ein geduldiger Mensch, wie Auguste bei ihren Treffen bereits hatte feststellen können. Damals hatte sie wenig darauf gegeben, schließlich würde Onkel Georg schon dafür sorgen, dass der Professor sich ihr gegenüber mäßigte. Nun ohne den Schutz des Onkels konnte sie es nicht wagen, den Professor zu verärgern und musste daher schweren Herzens Abschied nehmen. Weil sie sich von ihren Reisegefährten beobachtet fühlte, reichte sie Joseph Wagner nur die Hand.

»Ich komme zurück, so schnell es möglich ist.«

»Seien Sie vorsichtig im *Outback* und …«

Es erschien ihr, dass Joseph Wagner noch mehr sagen wollte, aber dann drückte er nur ihre Hand und wandte sich ab.

Sie schaute ihm nach, hoffte, dass er sich umdrehte. Aber weitere ungeduldige Rufe zwangen sie dazu, sich ebenfalls umzuwenden und zu der kleinen Gruppe zu eilen, mit der sie die nächste Zeit verbringen musste.

Die Reisegesellschaft war größer, als Auguste erwartet hatte. Neben Lennsing, Dalman und einer Frau, gewiss Dorothea Aurich, erwarteten sie noch vier raubeinig aussehende weiße Männer, *Stockmen*, wie man sie hier nannte. Der Schwarze, der sich ein wenig abseits von den anderen hielt, war gewiss der Scout, der alle Wege durch das unerforschte Hinterland kannte. Hoffentlich war er zuverlässiger als die Australneger, die die Leichhardt-Expedition begleitet hatten.

Neben den Reitpferden führten sie noch Packpferde mit sich, wohl für Vorräte. Mit energischen Schritten, die mehr Selbstsicherheit ausstrahlen sollte, als sie wirklich spürte, stolzierte Auguste auf ihre Begleiter zu.

Nun endlich würde sie Dorothea Aurich kennenlernen. Seitdem sie die Reise geplant hatte, fieberte sie dieser Begegnung entgegen. Auguste bewunderte die Frau, der es gelungen war, sich durch Fleiß und Lernen so viel Wissen über Pflanzen anzueignen, dass selbst wissenschaftliche Koryphäen sie bewunderten. Dorothea Aurich war einen weiten Weg gegangen, aus einem kleinen Ort in Sachsen bis in den australischen Busch. Seit sechs Jahren lebte die Frau bereits im Nordosten Australiens. Sie hatte Mann und Kind verlassen, um ihrer Berufung zu folgen. Onkel Georg spottete über die Heimarbeitertochter, die mit ihrem Handwagen übers Land zog, um Pflanzen und Tiere einzuladen wie ein Lumpensammler.

»Manchmal denke ich, sie war zu lange der Sonne ausgesetzt. Das arme Weib kann nur über seine Sammlungen reden.« Onkel Georg hatte den Kopf geschüttelt. »Für Herrn Pullwermann würde sie alles tun.«

Auguste war sich sicher, dass er nur neidisch war, weil sein reicher Gönner die Frau ebenfalls förderte. Mehr noch, inzwischen hatte man zwei Wespenarten und zwei Pflanzen nach ihr benannt.

Die Einschätzungen über Dorothea Aurich waren dermaßen widersprüchlich, dass Auguste sich darauf freute, sich endlich ein eigenes Bild zu machen.

»Sie sind gewiss Dorothea Aurich.« Auguste streckte die Hand aus, um die Frau zu begrüßen. »Ich bin Auguste Ohlendorf.«

»Ich weiß. Lassen Sie uns nicht noch mehr Zeit verschwenden.« Brüsk wandte Dorothea Aurich sich ab. Verhärmt sah sie aus, scharfe Falten zogen sich von der Nase zu den Mundwinkeln und deuteten, ebenso wie die Tränensäcke unter den verwaschen-braunen Augen, darauf hin, wie schwer ihr Leben gewesen sein musste. Die schmalen Lippen wirkten verkniffen. Auguste konnte sich nicht ausmalen, dass sie einmal lächelten. Die Frau hatte das mittelbraune Haar so streng nach hinten gebunden, dass ihr Mittelscheitel wie mit einem Lineal gezogen wirkte und mindestens einen Finger breit war.

Das dunkle Kleid sah sauber aus, aber abgewetzt. Hätte Auguste die Frau in Hamburg gesehen, hätte sie Dorothea Aurich für eine Marktfrau oder eine Wäscherin gehalten, aber niemals für eine berühmte Forschungsreisende.

Die Hand immer noch ausgestreckt, stand Auguste da wie ein begossener Pudel. Die *Stockmen* und der Schwarze schwangen sich auf ihre Pferde, ohne sich ihr vorzustellen. Auguste fühlte sich verloren, bis ein Mann auf sie zukam, der der Assistent von Professor Lennsing sein musste.

»Entschuldigen Sie unsere Barschheit.« Er lächelte und streckte ihr die Hand entgegen. »Albert Vincent Dalman. Erfreut, Sie kennenzulernen.«

Als Erstes fielen Auguste die großen Ohren des Assistenten auf, die von mittelblonden Haaren eingerahmt wurden. Irgendwie erschien es Auguste, als wollte Dr. Dalman durch seinen Bart ein fliehendes Kinn verbergen. Seine Nase war lang und spitz, die Augen von einem wässrigen Blau. Er hielt sich sehr gerade, als wollte er dadurch und durch seine Freundlichkeit seine geringe Körpergröße wettmachen. Auf eine jungenhafte Weise sah er gut aus.

»Ich freue mich.« Erleichtert lächelte sie ihn an. »Lassen Sie uns aufbrechen.«

Unelegant schwang sie sich auf ihr Pferd, eine braune Stute, die sich sofort in Bewegung setzte. Wahrscheinlich wollte sie den anderen Tieren folgen. Auch Dalman stieg auf.

»Ist es Ihnen recht, wenn ich mein Pferd neben Ihres lenke?« Er ließ seinen Worten sofort Taten folgen, ohne Auguste die Gelegenheit zu geben, ihm zu antworten. Irgendetwas sagte ihr, dass er ein Nein wahrscheinlich nicht akzeptiert hätte. Ein selbstsicherer Mann wie er war es sicher gewohnt, dass sich Frauen freuten, sobald er ihnen Aufmerksamkeit widmete. Auguste hingegen hatte ihn mehrfach im Stillen mit Joseph Wagner verglichen, wobei der Forscher schlecht abgeschnitten hatte. Aber so bot sich ihr die Möglichkeit, ihn über ihre Reise auszufragen.

»Wohin reiten wir? Werden wir heute Kängurus sehen? Oder Eingeborene?«

»Wahrscheinlich nicht.« Er beugte sich zu ihr und sprach mit leiser Stimme, als wären sie einander wohlvertraut. »Unsere zweite Dame besteht darauf, dass wir auf den Mount Coottha reiten, angeblich, weil es nur dort Pflanzen gibt, die sie zu sammeln wünscht.«

»Was für ein seltsamer Name.«

Auch wenn sie seinem Charme nicht zum Opfer fallen wollte, kam sie nicht umhin zu bemerken, wie sicher er auf seinem Pferd saß.

»Es bedeutet ›Platz des Honigs‹ in einer der seltsamen Sprachen der Schwarzen.«

»Haben die Australneger mehr als eine?«

Bisher hatte Auguste nur wenige von ihnen gesehen. Elende Gestalten, die auf Brisbanes Straßen bettelten und Opfer des Alkohols waren. Mit stolzen Wilden hatten diese armen Gesellen wirklich nichts gemein. Einer von ihnen hatte Auguste und Onkel Georg angesprochen und um etwas zu trinken gebeten. Sein Akzent war so stark gewesen, dass sie ihn kaum verstanden hatte. Bevor sie dem abgerissen gekleideten Mann antworten konnte, hatte ihr Onkel sie fortgezogen und etwas über »Dumme Wilde« gemurmelt. Es fiel Auguste schwer, sich vorzustellen, dass diese Menschen nicht nur eine Sprache beherrschten, sondern gleich mehrere.

»Bevor Captain Cook das Land für die Briten entdeckte«, es zeigte sich deutlich, dass Dalman wenig Sympathie für England hegte, »lebten hier wohl Tausende von Australnegern in vielen Stämmen. Sie alle besaßen eigene Sprachen. Nur noch wenige sind übrig. Eine aussterbende Rasse.«

»Was sie überaus wertvoll macht«, mischte sich Professor Lennsing ein. »Jedes Museum wünscht sich ein Exemplar.«

Bevor Auguste etwas dazu sagen konnte, wandte sich der Expeditionsleiter an seinen Assistenten: »Dalman, Sie und ich sollten Frau Aurich begleiten, damit die Dame sich nicht in ihren Pflanzen verliert.«

»Warten Sie hier.« Mehr Worte war sie Professor Lennsing nicht wert.

Während die Männer und Dorothea Aurich tiefer in das Unterholz hineinritten, blieb Auguste brav auf dem Weg. Das war ihr ganz recht, da sie sich noch an ihr Pferd gewöhnen musste. Die Braune schien überaus gutmütig, aber das Reiten im Herrensattel fühlte sich seltsam an. Was ihre strengen Eltern sagen würden, wenn sie ihre Tochter so sähen?

Die Männer, die als Träger mitreisten, und der eingeborene Scout würdigten sie kaum eines Blickes, geschweige denn eines Wortes. Das ließ ihr die Gelegenheit, sich hier in der Wildnis umzusehen, die allerdings zu ihrer Enttäuschung weder wild oder außergewöhnlich wirkte. Sicher, die Bäume mochten Eukalyptus sein und im Unterholz mochten sich überaus und seltsame exotische Pflanzen verbergen, hinter denen Dorothea Aurich herjagte, aber im Großen und Ganzen ähnelte dieser Wald den Laubwäldern ihrer Heimat.

Ich hätte mehr über Flora und Fauna lesen sollen, vielleicht könnte ich diesen Ort dann besser würdigen.

Vor ihr führte ein schmaler Pfad zwischen Bäumen entlang,

deren Stämme von einem ähnlich langweiligen Braun wie der Weg waren. Ob sie jemals rote Erde zu sehen bekäme?

Ich muss geduldiger sein. Noch haben wir uns nicht weit von Brisbane entfernt. Im Hinterland gibt es gewiss fremdländische Tiere und Pflanzen zu entdecken. Heute Abend versuche ich, etwas von Dorothea Aurich zu erfahren. Bis dahin präge ich mir möglichst viel von der Umgebung ein, damit ich sie später in meinem Journal beschreiben kann.

Nur leider gab es nur Grün zu sehen: spitzes, langstieliges Gras, dazwischen Farne und Moose. Einmal meinte Auguste, ein graues Tier davonhuschen zu sehen, aber sie war sich nicht sicher, ob da nicht der Wunsch Vater des Gedankens gewesen war.

Auguste wandte den Blick nach oben und betrachtete die Baumwipfel. Die Blätter waren feiner und gefiederter als die Bäume, die sie aus Deutschland kannte.

Ich sollte aufhören, nach Ähnlichkeiten mit meiner Heimat zu suchen, und Australien mit mehr Neugier begegnen. Nicht umsonst bezahlt Herr Pullwermann diese Expedition, damit wir die Wunder dieser Welt sammeln und sie den Menschen in Hamburg und anderen Städten zeigen.

Als der Professor, sein Assistent und Dorothea Aurich zurückkehrten, waren ihre zornigen Stimmen schon von Weitem zu hören.

»Es reicht. Für Ihre Pflanzen interessiert sich kein Mensch!« Scharf und bissig klangen die Worte Professor Lennsings. »Wir wollen seltsame Tiere und Vögel finden, die wir nach Hamburg senden.«

»Mich hat unser Gönner beauftragt, ihm Pflanzen und Insekten zu schicken.« Dorothea Aurichs tiefe Stimme war ebenfalls unverkennbar. Die Frau klang immer ein wenig beleidigt. »Ich werde ihm berichten, wie wenig Sie mich unterstützen.«

»Machen Sie das. Bevor Sie eine Antwort erhalten, sind wir wieder in Brisbane.«

»Herr Professor.« Inzwischen war die Gruppe so nah herangekommen, dass Auguste Dalman sehen konnte. Er rollte mit den Augen. »Lassen Sie uns einen Kompromiss finden. Australien bietet genug Exponate für uns alle.«

»Ich leite diese Expedition. Wem das nicht passt, hat die Möglichkeit, nach Brisbane zurückzukehren.«

Einen Augenblick lang erwartete Auguste, dass Dorothea Aurich sich widersetzen würde, aber sie nickte nur.

Angeführt von dem Scout folgten sie einem Flusslauf, den man in Australien Creek nannte. An einer Seite des Ufers standen massive graue Felsen, die andere Seite säumten tiefgrüne Bäume und Farne. Der Fluss wurde schmaler, bis er beinahe nur noch ein Rinnsal bildete, das zwischen den Pflanzen versickerte. Die Blätter schimmerten silbrig, was dem Bild vor ihnen ein märchenhaftes, geheimnisvolles Aussehen verlieh. Es gehörte nicht viel Fantasie dazu, sich auszumalen, dass gleich ein ungewöhnliches Tier oder Kriegsgeheul ausstoßende Eingeborene aus diesem verwunschenen Wald hervorbrächen.

Da der Fluss nur wenig Wasser führte, mussten sie nicht lange nach einer Furt suchen, sondern konnten ihre Pferde einfach durch das flache Gewässer führen. Wie es hier wohl nach der Regenzeit aussah, fragte sich Auguste, während ihre Stute vorsichtig über einen mächtigen Stein stieg, der ihr im Weg lag.

Sie folgten dem Flusslauf durch den Wald, in Richtung Nordwesten. Auguste hoffte bereits nach kurzer Zeit, dass sie eine Pause einlegten, doch Lennsing und Dalman trieben die Gruppe weiter, als blieben ihnen nur wenige Tage, um das Land zu erkunden. Durch die Hügel und Wälder erwies sich der Ritt als kräftezehrender und langwieriger, als sie gedacht hatte.

»Gibt es keinen Weg um die Berge herum?« Auguste trieb ihre braune Stute an, damit diese neben den Fuchswallach gelangte, auf dem Dalman ritt.

»Das sind nur Hügel.« Er lächelte ihr zu. »Wir würden Zeit verlieren, wenn wir versuchten, sie zu umgehen.«

»Wann erreichen wir unser Ziel?«

»Ich hoffe, vor Sonnenuntergang. Damit wir ein noch paar Exemplare finden.«

»Ich hoffe es auch.« Allerdings aus anderen Gründen als er.

17

Australien 1876

Die Landschaft vor ihnen blieb grün und hügelig, beides Dinge, die Auguste nicht erwartet hatte. Obwohl sie den Bericht von Ludwig Leichhardt gelesen hatte, hatte sie sich Australien immer als unendliche karge rote Wüste vorgestellt. Nun, als sich ein tiefgrüner Wald vor ihr erstreckte, ärgerte sie sich über ihre naive Annahme. Wie hätten denn all die wundersamen Beuteltiere und farbenprächtigen Vögel in einer lebensfeindlichen Wüste existieren sollen?

Nachdem die Gruppe den steilen Pfad bezwungen hatte, konnten sie weit über das Land schauen. Sanfte Hügel, bewachsen mit Bäumen, deren Namen Dorothea Aurich sicher alle hätte nennen können, zogen sich bis zum Horizont. Ein tiefblauer Himmel, der Auguste weiter erschien als der in Hamburg, erstreckte sich darüber. Wie eine Schlange wand sich das helle Grau eines Pfades durch die Wälder.

Der gelbbraune Sandstein, auf dem sie standen, wirkte verwittert und zerfurcht wie das Gesicht eines alten Menschen, der das Leben gesehen und sich ihm gestellt hatte.

Endlich hob Professor Lennsing die Hand als Signal, dass

sie ihre Rast einlegen wollten. Noch nie in ihrem Leben hatte Auguste sich derart erschöpft gefühlt. Wenn es nach ihr gegangen wäre, hätten sie den Ritt schon vor Stunden beendet, aber der Professor schien einem Plan zu folgen, von dem er nicht abweichen wollte.

Ihr Körper fühlte sich wund an. Ob sie sich die Haut an den Schenkeln aufgeritten hatte? Oder schmerzten nur die Muskeln? Auguste musste zugeben, dass sie die Anstrengung eines langen Rittes unterschätzt hatte. Da ihre Reisegefährten offenbar nicht litten, verkniff sich Auguste jeden Schmerzenslaut, als sie sich langsam aus dem Sattel gleiten ließ.

Nachdem ihre Füße den Boden berührt hatten, verließ sie jede Kraft und sie plumpste auf ihren Hintern. Einer der *Stockmen* reichte ihr seine Hand und zog sie hoch. Sie musste sich an den Sattel lehnen, um nicht wieder umzufallen.

»Wenn Sie einen Tee getrunken haben, geht es Ihnen gleich besser.« Vincent Dalman lächelte sie an. »Gehen Sie ein paar Schritte, sonst werden ihre Muskeln sauer.«

Obwohl jede Bewegung brannte, folgte sie seinem Rat und humpelte zu den Pferden und zurück. Zu ihrer Überraschung tat ihr die Bewegung wirklich gut. Als sie am Lager ankam, hatte einer der Männer bereits ein Feuer entzündet und die Stäbe aufgestellt, an denen der Topf für den *Billy Tea* hing.

Nachdem das Wasser kochte, warf der Mann Teeblätter hinein. Nach wenigen Minuten nahm er den Topf vom Feuer, schwenkte ihn und goss allen Tee ein.

In friedlichem Schweigen saßen sie ums Feuer und tranken das bitter schmeckende Getränk. Auguste atmete auf.

»Wann reiten wir morgen früh los?« Hoffentlich gönnte der Professor ihnen ein wenig Ruhe.

»Sie werden sich erholen können. Wir bleiben zwei Tage hier.« Dalman zwinkerte ihr zu. »Man unterschätzt die Anstrengung eines Rittes.«

»Wenn ich nicht so hungrig wäre, könnte ich sofort einschlafen.«

»Wenn Sie wollen, können Sie mich morgen begleiten.«

»Sehr gern. Was kann ich tun?«

»Wir werden schon eine Aufgabe für Sie finden.«

»Ich bin zum Essen wieder zurück.« Dorothea Aurich erhob sich. »Herr Pullwermann erwartet, dass ich ihm eine Vielzahl von Präparaten sende.«

Auch wenn ihr das Wesen von Dorothea Aurich fremd war, bewunderte Auguste die Frau, die nach dem anstrengenden Ritt noch die Kraft aufbrachte, im Wald nach Pflanzen zu suchen.

Nachdem Dorothea Aurich davongestapft war, fiel Auguste auf, was sie gesagt hatte. Jemand würde das Abendessen zubereiten müssen. Hoffentlich erwartete man nicht, dass Auguste das erledigte. Zu ihrer Erleichterung stellte sich heraus, dass dies Aufgabe der *Stockmen* war.

Daher entspannte sie sich und schaute sich um. Der Scout kümmerte sich um die Pferde, die sich um ihn drängten. Die *Stockmen* saßen abseits, als interessierten sie sich nicht für die Expeditionsgruppe. Dalman und Professor Lennsing flüsterten miteinander, sodass Auguste ihr Buch und ihren Füllfederhalter suchte. Bevor sie etwas aufschreiben konnte, kehrte Dorothea Aurich zurück, beladen mit einer Vielzahl von Pflanzen. Auguste entdeckte rote und weiße Blüten, silbrig schimmernde Blätter und Farne. Neugierig stand Auguste auf und sah der anderen Frau über die Schulter. Akribisch notierte Dorothea Aurich ihre Funde, deren Farbe und Umgebung in ihrem Feldjournal. Sie schaute hoch und wirkte wenig erfreut über Augustes Anwesenheit.

»Warum schreiben Sie so viel?«, versuchte Auguste, mit ihr in ein Gespräch zu kommen. »Reicht es nicht, den Fundort zu benennen?«

Der Blick, mit dem Dorothea Aurich sie bedachte, ließ Ärger in Auguste aufkommen. Ihrer Meinung nach hatte sie eine legitime Frage gestellt, die diese arrogante Herablassung nicht verdiente.

»Durch das Pressen verlieren die Objekte Farbe und Duft. Illustrationen und Aufzeichnungen helfen, ein Bild zu vermitteln.« Dorothea Aurich wandte sich wieder ihrem Journal zu. »Als Sammlerin bemühe ich mich, den Wissenschaftlern so viel Informationen wie möglich weiterzugeben.«

»Ach so.« Auguste blieb nicht anderes übrig, als sich abzuwenden. Nach dem Essen, das überraschend schmackhaft war, zog sie sich in das Zelt zurück, das sie mit Dorothea Aurich teilte. Bereits nach kurzer Zeit fiel Auguste in den tiefen Schlaf der Erschöpfung.

»Begleiten Sie mich«, sagte Vincent Dalman nach dem Frühstück zu ihr und reichte Auguste seine Hand. »Ich habe etwas entdeckt, das Ihnen sicher gefallen wird.«

»Ist das schicklich?«, platzte sie heraus, bevor sie darüber nachdenken konnte. Oh nein, sie klang wie ihre Mutter. Das lag gewiss an der Müdigkeit. Obwohl Auguste bis zum frühen Morgen geschlafen hatte, fühlte sie sich zerschlagen und sah bestimmt fürchterlich aus.

»Auf Expeditionen leben wir etwas freier. Kommen Sie. Vertrauen Sie mir.«

Was ist meine Alternative? Hier herumsitzen, während der Professor und die Pflanzenjägerin ihren ach so wichtigen Aufgaben nachgehen?

»Danke.« Sie nahm seine Hand und folgte ihm einen schmalen Pfad entlang in den Wald. Erstaunlich, wie gewandt sich Dr. Dalman bewegte, fast, als wäre er hier aufgewachsen. Im Licht der Sonne glitzerten die Blätter. Vor ihnen türmten sich Felsbrocken im Fluss auf, als hätte ein Riese mit ihnen Murmeln gespielt. Nachdem Dalman ihr geholfen hatte, über die Brocken auf die andere Seite zu gelangen, führte sie ihr Weg tiefer in den Wald. Über ihnen versuchten sich Vögel, mit ihren Morgengesängen zu übertreffen.

»Schließen Sie die Augen. Ich führe Sie.«

So wie Joseph Wagner sie geführt hatte. Nun allerdings zögerte Auguste. Konnte sie diesem Fremden wirklich vertrauen? Nun, sie hatte sich auf den Weg gemacht, ein Abenteuer zu erleben – hier stand es vor ihr. Sie schloss die Augen und folgte ihm blind. Der weiche Waldboden federte unter ihren Schuhen, um sie herum erklangen Geräusche. War das das Plätschern von Wasser?

»Wo kommen Sie her? Was hat Sie nach Australien geführt?«, fragte sie ihren Begleiter, um ihn näher kennenzulernen.

»Aus Braunschweig. Das Abenteuer.«

»So wie mich. Allerdings ist unsere Reise bisher eher ermüdend.«

»Aber sie bietet die Möglichkeit, etwas so Wunderschönes zu sehen.« Er blieb stehen. »Nun dürfen Sie die Augen öffnen.«

Dalman griff nach Augustes Arm und dirigierte sie zur Seite. »Das ist meine Überraschung für Sie.«

»Wie wunderschön«, hauchte Auguste. Sie hielt den Atem an, als sie auf die Lichtung trat. Der Anblick war so bezaubernd, dass sie alle Unbill der Reise vergaß und ihr Herz voller Freude jauchzte. Sonnenstrahlen lugten durch die Baumwipfel und malten goldene Lichter auf den tiefgrünen Waldboden. Blumen, deren Namen sie nicht kannte, erblühten in den schönsten Farben. Auguste schloss die Augen und sog tief die Luft in sich ein, um die vielfältigen Düfte zu genießen. Was für ein Paradies! Helle Vogelgesänge begleiteten ihre Freude. *Bellbirds* hießen die unauffällig gefärbten Sänger mit den wunderbaren Stimmen – das hatte Joseph Wagner ihr gesagt.

»Schauen Sie dort.« Vincent Dalman griff Augustes Taille und drehte sie nach links. Sie wollte sich gerade gegen diese Frechheit verwehren, als sie entdeckte, worauf er deutete.

Die Sonne glitzerte auf einem kleinen See. Die Felsen am Uferrand spiegelten sich auf der ruhigen Oberfläche des Teiches. Ein sanfter Windhauch brachte die Oberfläche zum Zittern und verzerrte die Spiegelung. Erneut erinnerte sie sich an den Ausflug mit Joseph Wagner und seiner Schwester. Ob er wohl an Auguste dachte?

»Etwas weiter oben ist ein Wasserfall.« Dalman wandte sich um. »Aber ich dachte, Sie freuen sich über die Gelegenheit, sich zu erfrischen.«

Wie konnte er so etwas nur ansprechen? Augustes Wangen brannten vor Scham und sie suchte nach einer passenden Zurechtweisung. Dann jedoch überlegte sie, dass eine Expedition durch Australien einfach nicht mit einem Nachmittagstee in Hamburg vergleichbar war. Wenn sie hier bestehen wollte, musste sie Abstriche machen und sich mit den neuen Gegebenheiten arrangieren.

»Ich danke Ihnen.« Auguste konnte es kaum fassen, wie unglaublich schön dieser Ort war.

»Genießen Sie die Zeit hier.« Er nickte ihr zu. »Den Weg zurück finden Sie, nicht wahr?«

»Wollen Sie mich allein lassen? Gibt es hier nicht Krokodile?«

»Die *Freshies*, die Süßwasserkrokodile, müssen Sie nicht fürchten. Ich dachte, Sie würden sich erfrischen wollen.«

»Danke.« Auch wenn sich Auguste immer noch etwas fürchtete, zog das klare Wasser des kleinen Sees sie magisch an. Es lud förmlich dazu ein, sich in ihm zu aalen, den Schmutz der Reise von sich abzuspülen, ihre Haare zu waschen, die sich verfilzt anfühlten.

»Wenn Sie in einer Stunde nicht wieder zurückgekehrt sind, werde ich Sie suchen. Viel Vergnügen.«

»Danke.« Auguste wartete, bis er nicht mehr zu sehen war, dann hob sie den Rock und lief los, auf das gewiss kühle Nass zu. Am Ufer angekommen, begann sie, die Schnüre zu lösen, die ihr Kleid banden. Doch dann hielt sie inne. So verlockend der See auch war, so unschuldig und liebreizend er auch wirkte, sie konnte nicht wissen, welche Gefahren seine Tiefen bargen. Selbst wenn Vincent Dalman etwas anderes gesagt hatte.

Mit einem Seufzer der Enttäuschung zog sie ihr Kleid wieder fest. Es musste einen Weg geben, zu einem Bad zu kommen. Auguste schaute sich um. Kein Tier war zu sehen, weder an Land noch im Wasser. Sie ließ ihren Blick zu den Bäumen wandern, getrieben von der Sorge, dort Schlangen zu finden, die schließlich zu einem Paradies gehörten. Aber auch hier erspähte sie nur weitere *Bellbirds*, deren Gesang lauter wurde.

Wenigstens meine Füße möchte ich eintauchen und meine Haare waschen.

Auguste rieb sich mit der Fingerspitze über den Nasenrücken. Endlich kam ihr eine Idee. Vorsichtig nahm sie einen Stein hoch, der am Ufer lag. Sie spähte auf den Boden, ob eine Spinne darunter ihr Versteck gefunden hatte. Doch die Lichtung meinte es gut mit ihr. Mit aller Kraft warf sie den Stein in den Teich, so weit, wie es ihr möglich war. Laut platschend tauchte er in die Mitte ein und sank schnell zu Boden. Auguste zählte bis hundert, aber kein Krokodil tauchte auf. Also wagte sie es, setzte sich auf den weichen Boden, löste die Bänder ihrer Stiefel, zog die Strümpfe aus und tauchte ihre Füße ins Wasser.

Was für ein Genuss! Auguste spielte mit den Zehen, zog die Füße nach vorn und zurück und überlegte, ob sie ein Bad wagen sollte. Das Wasser war so klar, dass sie ihre Zehen sehen konnte. Allerdings musste der Teich sehr tief sein, denn sie konnte den Grund nicht erkennen. Das hielt sie davon ab, mehr als nur die Füße ins Wasser zu halten. Außerdem wuchsen am gegenüberliegenden Ufer Schlingpflanzen, in denen sich etwas verbergen konnte, was sie durch ihren Steinwurf nicht hatte aufschrecken können.

Aber meine Haare werde ich waschen. Mit einem Laut des Bedauerns zog sie die Füße aus dem See und ließ sie in der warmen Sonne trocknen. Nachdem sie ihre Schuhe wieder angezogen hatte, löste sie ihre Frisur und beugte sich nach vorne. Schwer zogen die nassen Haare ihren Kopf nach unten und sie musste aufpassen, nicht kopfüber ins Wasser zu purzeln. Mit beiden Händen schöpfte sie Wasser und goss es sich über den Kopf.

Schade, dass sie ihre Seife nicht dabeihatte, aber bereits jetzt fühlte sie sich besser. Auf einmal erschien ihr die Reise wieder wie ein Abenteuer. Als Auguste sich aufrichtete, um ihr Haar in der Sonne trocknen zu lassen, erklangen Schüsse.

18

Deutschland, heute

Du musst dich nicht für alles verantwortlich fühlen.« Caro rollte mit den Augen. »Soweit ich weiß, haben die Briten Australien erobert. Du bist weder Engländerin noch damals dabei gewesen.«

Obwohl Franziska ihre Freundin liebte, war ihr Caro manchmal zu pragmatisch. Vielleicht lag darin das Geheimnis ihrer Freundschaft: Sie ergänzten einander und konnten gleichzeitig die Unterschiede akzeptieren.

Nachdem sie ihrer Freundin vollkommen aufgewühlt von dem Ergebnis des Museumsbesuchs erzählt hatte, zuckte Caro nur mit den Schultern.

»Immerhin haben auch Deutsche in Australien großes Unrecht begangen.« Je mehr Franziska sich mit der Geschichte des Landes beschäftigte, desto mehr Gräueltaten und Schrecken entdeckte sie. »Die wohlmeinenden Missionare, die den Ureinwohnern ihren Glauben aufzwingen wollten. Im Tausch gegen Mehl und Zucker …«

»Das klingt für mich nicht nach Zwang.« Caro war immer

die Rationalere von ihnen beiden gewesen. »Da gibt es Schlimmeres, oder?«

»Lebensmittel gab es nur für den Besuch von Gottesdienst und Sonntagsschule«, antwortete Franziska. »Dadurch trieben die Missionare einen Keil zwischen die Kinder und die Älteren eines Clans.«

»Aber die Aborigines konnten frei entscheiden, ob sie das wollten oder nicht.«

»Ich weiß nicht, ob es so einfach ist.« Warum fiel es ihr so schwer, Caro zu erklären, was für Folgen das Handeln der Missionare gehabt hatte? Oder musste sie die Frage anders stellen: Warum ging ihr etwas nahe, was vor ewigen Zeiten geschehen war? »Die Zuckerrohrfarmer haben ihren Reichtum auf der Sklaverei aufgebaut. Wo man hinschaut, gibt es nur Grausamkeit und Elend.«

»Willst du nach Deutschland zurückkommen? Für mich hört es sich so an, als hättest du mit Australien abgeschlossen.«

»Im nächsten Jahr könnte ich den Citizenship-Test ablegen und die australische Staatsbürgerschaft beantragen.« Franziska bemühte sich um ein Lächeln, aber sie fühlte sich eher nach Weinen. »Und ich müsste auf Freiheit und Demokratie schwören.«

»Das ist super, oder?« Carolin stand auf. »Ich beneide dich. Was ist los?«

»Ich weiß nicht mehr, ob ich dort je zu Hause sein werde.« Franziska presste die Lippen zusammen. »Aber irgendwie gehöre ich auch nicht mehr nach Deutschland.«

»Leben ist das, was passiert, während du Pläne schmiedest.«

»Na danke. Von meiner besten Freundin habe ich mehr erwartet als Kalendersprüche.«

»Hey, der ist von Facebook.«

»Macht ihn nicht besser.«

Caro sprang auf, umarmte Franziska und gab ihr einen Kuss auf die Wange.

»Liebes, ich weiß manchmal nicht, wieso du dir so viele Gedanken machst. Vertrau darauf, dass das Leben es gut mit dir meint.«

»Ja klar, schließlich hatte ich sooo unglaublich viel Glück, als meine Eltern gestorben sind.«

»Das war unfair.«

»Tut mir leid.«

»Schon okay. Pass auf, wir probieren mal spontane Assoziationen.«

»Hast du auf Psychologie gewechselt?«

»Ich gucke viel Netflix. Nun mach schon.«

»Weil du es bist.«

»Alina.«

»Soll mich in Ruhe lassen.«

»Riley.«

»Will ich nicht verlieren.«

»Hannover.«

»Kalt und grau.«

»*No worries.*«

»Nervt mich.«

»Brisbane, St. Lucia, Ironside Street.«

»Zuhause. Das zählt nicht, weil du die Adresse genannt hast.«

»Sch.« Caro hob einen Zeigefinger. »*Amber's Joy.*«

»Belastung. Zu viel Verantwortung.« Franziska stutzte. »Ich meine das nicht so.«

»Warum kannst du dir das nicht eingestehen?«

»*Amber's Joy* ist Ellas Vermächtnis.«

»Aber nicht deins.«

»Ich brauch was zu trinken.«

»Bin gleich wieder da.«

Während Caro nach Wein oder Bier suchte, dachte Franziska über das Ergebnis der spontanen Antworten nach. Nun, wo es ausgesprochen war, konnte sie es sich eingestehen. Auch wenn sie die Farm liebte und sehr gerne Zeit mit Riley dort verbrachte, fühlte die Verantwortung für *Amber's Joy* sich an wie ein riesiger Fels, mindestens der Uluru, der sie niederdrückte. Das konnte Ella nicht gewollt haben, oder? Und nun, nachdem sie herausgefunden hatte, welche furchtbare Schuld Amber-Auguste auf sich geladen hatte, wünschte sie die Farm und deren bittere Geschichte zum Teufel.

»Oder bin ich völlig bescheuert, weil ich rumjammere, anstatt mich darüber zu freuen, dass mir eine Pferdefarm gehört?«

»Jedes vierzehnjährige Mädchen beneidet dich.« Caro kam herein, einen Cocktailshaker in der rechten Hand, eine Flasche mit blauer Flüssigkeit in der linken und eine weitere mit durchsichtigem Inhalt unter die Achsel geklemmt. »Nimm mir mal was ab.«

Nur noch eine Flugstunde. Je näher sie Brisbane kam, desto zappeliger wurde Franziska. Die ersten 21 Stunden der Reise waren okay gewesen, aber nun wollte sie einfach nur noch nach Hause, und zwar so schnell wie möglich. Den vierstündigen Zwischenstopp in Dubai hatte sie für ein Skype-Telefonat mit Riley genutzt, aber es war ruckelig und anstrengend gewesen, sodass sie das Gespräch beendet hatte.

»Möchten Sie noch etwas trinken?« Die blonde Stewardess sah so müde aus, wie Franziska sich fühlte. »Letzte Chance vor der Landung.«

»Einen Tomatensaft, bitte.«

Der Mann neben ihr, der furchtbar geschnarcht hatte, wählte einen Gin Tonic und prostete ihr zu. Sie erwiderte den Gruß mit einem verkniffenen Lächeln und widmete sich wieder den Kopien, die sie im Museum bekommen hatte. Inzwischen hatte sie die Textstellen bestimmt fünfmal gelesen und konnte – oder wollte – immer noch nicht glauben, was sie über Amber-Augustes Expedition herausgefunden hatte.

In dem kurzen, aber informativen Gespräch mit der Museumsangestellten hatte Franziska erfahren, wo sie weiter recherchieren konnte. Zu Caros Missfallen hatte Franziska ihren Aufenthalt in Hamburg mit der Suche nach diesen Büchern verbracht. Wenn Caro nicht darauf bestanden hätte, dass sie etwas gemeinsam unternahmen, wäre Franziska bestimmt tiefer in das Thema eingestiegen, das ihr Amber auf einmal in ganz anderem, leider sehr düsterem Licht zeigte.

Caro war nicht so schockiert wie Franziska gewesen. Daher konnte Franziska es kaum erwarten, endlich mit Riley zu sprechen. Als Australier könnte er bestimmt nachvollziehen, warum Franziskas Entdeckung sie zutiefst erschütterte.

Franziskas Sorge, dass Riley sie für eine blonde Surferin verlassen wollte, konnte Caro ebenfalls nicht teilen. Nach einer langen Nacht mit viel Rotwein hatte Franziska zugeben müssen, dass Caro wahrscheinlich richtig lag.

»Liebes, der Junge ist einer der Guten.« Caros Worte klangen etwas verschwommen, unterbrochen von Schluckauf. »Wenn ich auf Kerle stünde, würde ich ihn dir wegschnappen.«

»Da hab ich ja Glück gehabt.« Auch Franziskas Aussprache war schon artikulierter gewesen. »Du muscht uns unbedingt bald besuchen kommen.«

»Versprich mir, dass du mit ihm über den Anruf redest. Mach dir nicht das Leben kaputt.«

»Ehrenwort!«

Ich musste bis ans andere Ende der Welt reisen, um zu erkennen, wie wertvoll es ist, was in Brisbane auf mich wartet. Aber nun geht es mir gut. Es war richtig, nach Deutschland zu fahren. Sicher, es war feige, Alina aus dem Weg zu gehen. Aber was hätte sich geändert, wenn ich mit ihr geredet hätte? Hätte sie mich verstanden? Bestimmt nicht. Caro hat recht gehabt, Alina interessiert sich nur für sich.

Riley bekommt eine fette Entschuldigung von mir. Ich hoffe, er kann verzeihen, wie dumm ich war.

Die blechern klingende Stimme des Flugkapitäns informierte sie, dass sie ihr Ziel früher als geplant erreichen würden. Rund um Franziska begann ein hektisches Zusammensammeln von Büchern, Smartphones, Notizzetteln und Stiften. Auch sie stopfte die Kopien in den Umschlag.

Während des Landeanflugs trommelte sie mit den Fingern auf die Armlehne, was ihr einen entnervten Blick ihres Sitznachbarn einbrachte. Sie lächelte ihn an. Er sollte sich wirklich nicht so haben, schließlich hatte er mit seinem lautstarken Schnarchen selbst Menschen drei Sitzreihen vor und hinter ihnen wach gehalten.

Nachdem der Flieger sicher gelandet war, kam die obligatorische Durchsage, dass bitte alle sitzen bleiben sollten, bis die Maschine geparkt hätte. Wie ebenfalls üblich hielt sich kaum jemand an die Anweisung. Stattdessen sprangen die Passagiere auf, öffneten die Gepäckfächer, zerrten ihre Handgepäckstücke heraus und standen im Gang, sichtlich nervös. Franziska ließ sich davon anstecken, holte ihren Rucksack ebenfalls aus dem Fach und trommelte wieder nervös mit den Fingern auf dem Sitz herum.

Endlich hielt das Flugzeug an, die Türen öffneten sich und die Passagiere drängelten sich heraus. Franziska ließ sich mit dem Strom treiben, bis zum Gepäckband. Während sie dort wartete, versuchte sie, Riley anzurufen, aber erreichte nur seine Mailbox.

Die ersten Koffer zogen an ihr vorbei, ihrer war nicht zu sehen. Während sie wartete, tippte sie erneut Rileys Nummer ein. Verdammt, warum ging er nicht an sein Telefon? Er wusste doch, dass sie heute in Brisbane eintraf.

Nein, davon will ich mir den Tag nicht verderben lassen. Vielleicht ist er gerade in einem Tunnel oder noch im Auto unterwegs. Alles wird gut.

Endlich kam ihr Koffer, einer der letzten. Franziska zog ihn vom Band, nahm den kleinen Rucksack in die Hand und machte sich auf den Weg hinaus. Sie stürmte aus dem Zollabfertigungsbereich und hätte vor Freude am liebsten gesungen. Bis zu dem Moment, als sie Riley sah. Franziska blieb stehen, als wäre sie aus vollem Lauf gegen eine unsichtbare Wand geprallt.

19

Australien, heute

Mit einer Mischung aus Unglauben und Zorn starrte sie Riley an, der sich angeregt mit einer schlanken Brünetten unterhielt, die aussah wie ein Model oder eine Nachwuchsschauspielerin. Jetzt schüttelte sie ihre dunkle Mähne, lachte und legte Riley die Hand auf den Unterarm. Er war so vertieft in das Gespräch, dass er nicht einmal bemerkte, wie nahe Franziska ihm war.

Ich hätte ihn sofort gespürt. Ich glaub, das Essen kommt mir hoch. Nicht einmal hier und jetzt kann er es lassen, mit anderen Frauen zu flirten. Warum muss er so verdammt gut aussehen?

Franziska war, als würde sich alles drehen. Wie früher, wenn sie als Kind zu lange Brummkreisel gespielt hatte.

Reiß dich zusammen. Das hat er nicht verdient. Ich werde keine Szene machen und mich schwach zeigen. Ich warte, bis wir in der Wohnung sind, selbst wenn es mir schwerfällt, ihn anzulächeln und vorzuspielen, ich wäre glücklich.

Blöd nur, dass ihre Beine anderer Meinung waren. Mit letzter Kraft taumelte sie auf eine Stuhlreihe zu und ließ sich fallen. Den Koffer ließ sie stehen, wo er war.

Tränen der Wut stiegen in ihre Augen und sie senkte den Kopf in die Hände. Am liebsten wäre sie sofort umgedreht und wieder nach Deutschland zurückgeflogen. Zurück zu Caro, dem einzigen Menschen auf der Welt, dem sie vertrauen konnte.

Ich könnte mir einen Rückflug leisten, aber würde mir das wirklich helfen? Ich bin zu oft weggelaufen. Langsam wird es Zeit, mich allem zu stellen und endlich Klarheit zu schaffen.

Sie spürte eine sanfte Berührung an der Schulter, aber reagierte nicht, sondern ließ den Kopf hängen.

»Franziska. Darling.« Rileys Tonfall klang besorgt, aber sie glaubte ihm das nicht mehr. Er entpuppte sich als besserer Schauspieler, als sie je gedacht hatte.

Noch immer hielt sie den Kopf in den Händen und weigerte sich, aufzusehen. Die Stuhlreihe knarzte, als er sich neben sie setzte. Warm spürte sie seinen Arm, der sich um ihre Schulter legte.

»Liegt es am Flug? Soll ich dir Wasser holen?«

Seine vorgeschobene Besorgnis gab ihr die Kraft, ihm ohne Tränen entgegenzutreten. Als Erstes schüttelte sie seinen Arm ab, dann drehte sie den Kopf, bis sie Riley in die Augen sehen konnte. Sein Blick wirkte verwirrt, aber ehrlich.

»Gib dir keine Mühe. Ich habe euch gesehen.«

»Du hast mir gesagt, du wärst über deine Eifersucht hinweg.«

»Gib nicht mir die Schuld.« Ihre Stimme war so laut, dass sich andere Passagiere nach ihnen umdrehten. »Willst du behaupten, da war nichts?«

Zorn verdunkelte seine Augen. So wütend hatte sie ihn noch nie erlebt.

»Doch …«, grollte er. »Doch, da war etwas.«

Ihr Herz fühlte sich an, als würde jemand mit High Heels darauf herumtrampeln. Riley gab endlich zu, dass es keine Einbildung gewesen war, dass sie keine neurotische, grundlos eifersüchtige Frau war. Warum nur tat es so verflucht weh?

Ich werde nicht heulen. Nicht vor ihm.

»Seit wann?«, fragte sie, als wäre das wichtig. Aber alle anderen Fragen hätten nur noch mehr Schmerz und Traurigkeit mit sich gebracht.

»Seit fünf Minuten.« Seine Stimme klang schneidend und er verzog den Mund. »Darling, das war eine Touristin, die mich nach dem Weg gefragt hat.«

»So sah es nicht aus.«

»Sie wollte ein bisschen flirten. Wohl, weil ich ihr erster *Aussie* war.«

»Du hättest nicht darauf eingehen müssen.« Warum nur geriet sie in die Defensive? Wie gelang es ihm nur, dass sie sich schuldig fühlte, obwohl er Mist gebaut hatte? Riley sprang auf. Erschreckt bemerkte sie, dass er die Hände zu Fäusten geballt hatte. Er wandte sich ab und ging ein paar Schritte. Tief atmend blieb er stehen, rang sichtlich um Fassung, bevor er zu ihr zurückkehrte.

»Ich bin auf nichts eingegangen. Komm.« Er hielt ihr seine Hand entgegen, die sie nach kurzem Zögern nahm. »Hier ist nicht der Ort für solche Gespräche.«

Sie konnte nur nicken. Nachdem der grundlose Zorn verschwunden war, trat eine gewaltige Traurigkeit an seine Stelle. So sehr es ihr auch widerstrebte, sie musste sich eingestehen, dass die Reise nach Deutschland eine Zeit- und Geldverschwendung gewesen war. Jedenfalls, was ihre verfluchte Eifersucht anging. Über Amber-Auguste – warum und wann hatte sie wohl ihren Namen geändert – hatte sie einiges erfahren. Leider ließ nichts davon ihre Ururgroßtante in einem freundlichen Licht erscheinen.

Auf der Fahrt zu ihrer Wohnung schwiegen sie. Es war eine drückende Stille, die Franziska gern durch eine Anekdote von ihrer Reise oder einen Spruch von Caro durchbrochen hätte. Aber sie fürchtete, dass sie weinen würde, sobald sie den Mund aufmachte. Außerdem erschien ihr alles zu banal für diese Situation.

Ab und zu schaute Riley sie von der Seite an, schien etwas sagen zu wollen, hielt dann aber den Mund. Seine Anspannung zeigte sich deutlich in seinem Gesicht und seinem Fahrstil. So rücksichtslos kannte Franziska ihn nicht. Riley nutzte winzige Lücken, um die Spur zu wechseln, was andere Fahrer mehr als einmal mit empörtem Hupen quittierten.

Endlich waren sie angekommen. Er stieg aus und nahm ihren Koffer. Sie folgte ihm, hin- und hergerissen zwischen Zorn und Traurigkeit. Sollte das wirklich das Ende ihrer Beziehung sein? War es ihre Schuld? Oder seine? War es überhaupt von Bedeutung, wer Schuld hatte? Himmel, sie liebte ihn und er liebte sie. Warum konnten sie nicht miteinander glücklich sein, so wie am Anfang?

Riley stellte den Koffer im kleinen Flur ab und marschierte in die Küche. Er schaute sich nicht einmal um, ob sie ihm folgte, was mehr schmerzte als sein Schweigen.

»Tee oder Kaffee?« Seine Stimme klang rau. »Oder was Stärkeres?«

»Kaffee, bitte.«

Seit wann gingen sie nur noch höflich miteinander um, wie Fremde, die sich eben am Flughafen getroffen hatten und nicht wussten, wohin sie dies führte?

Nein, das stimmt nicht. Ich weiß genau, wie das Gespräch enden wird. Vielleicht kann ich es noch ein bisschen hinauszögern. Warum fällt mir nichts ein, was ich sagen kann?

Während Riley Kaffee kochte, griff Franziska nach ihrer Post, die auf dem Küchentisch lag. Nicht, weil es sie interessierte, sondern um sich mit irgendetwas zu beschäftigen. Eine Karte aus der Mongolei von ihren Großeltern, amtlich aussehende Briefe von ihrem Anwalt und von der Universität. Ein paar Werbeschreiben. Nichts, was sie jetzt lesen wollte.

Der Duft des frisch aufgebrühten Kaffees ließ sie aufschauen. Riley stellte eine Tasse vor sie hin. Ihre Lieblingstasse mit den bunten Katzen. Für sich selbst nahm er den Aquaman-Becher, den sie ihm zum Geburtstag geschenkt hatte. War das Zufall oder eine bewusste Wahl?

Er holte Milch aus dem Kühlschrank, wartete, bis der Kaffee durchgelaufen war und goss die Tassen voll. Schließlich setzte er sich ihr gegenüber und sah sie schweigend an. Sie erwiderte den Blick, bis sie weinen musste. Auch seine Augen glänzten.

Mit zitternden Fingern goss sie Milch in ihren Kaffee und trank sofort einen Schluck. Der heiße Kaffee verbrannte ihr die Zunge, aber das war egal. Immerhin lenkte sie der körperliche Schmerz ein wenig ab.

»Ich weiß nicht mehr weiter«, sagte Riley schließlich. »Ich liebe dich. Sehr. Aber …«

»Ich stoße dich weg. Weißt du, das Schlimme ist …« Sie griff nach seiner Hand und hielt sie fest. »Ich kann selbst nicht erklären, warum die blöde Eifersucht immer wieder hochkommt. Ich kämpfe mit aller Kraft dagegen an. Das musst du mir glauben.«

»Ich bin nicht Julian.«

»Das weiß ich. Ich … ich wünschte, ich wäre anders. Wirklich.«

Nun zog er ihre Hand zu seinem Mund und hauchte einen Kuss in ihre Handfläche.

»Ich glaube dir, aber dieses ständige Misstrauen zerrt an mir. Verstehst du das?«

»Nur zu gut. Es tut mir leid, aber das hilft nicht, nicht wahr?«

»Verdammt, du verschweigst mir etwas. Sag es mir endlich.«

»Ein Anruf. Vor einem halben Jahr.« Jedes einzelne Wort fühlte sich an wie Stacheldraht, der Kehle und Mund zerschnitt. »Eine weinende Frau.«

»Vielleicht hat sie sich verwählt.«

»Sie hat nach dir gefragt. Wer war sie?«

»Ich weiß es nicht. Ehrlich. Glaubst du mir?«

»Sie hat nicht noch einmal angerufen?«

»Du musst mir schon vertrauen.«

Erneut schwiegen sie. Was war noch zu sagen? Inzwischen hatten sie diese oder eine ähnliche Diskussion so oft geführt, dass alles angesprochen worden war, ohne dass sie eine Lösung für das Problem gefunden hatten. Würde es so weitergehen? Schweigende Stunden nach ihren Eifersuchtsanfällen bis zu dem Tag, an dem Riley endgültig genug hatte. Was sie ihm nicht verdenken konnte.

»Lass uns nach *Amber's Joy* fahren«, sagten sie beide fast gleichzeitig und lächelten. Für einen kurzen Moment war die Vertrautheit zwischen ihnen wieder da. Als ob sie gemeinsam alles bewältigen könnten. Aber Franziska war sich bewusst, dass es nur eine Frage der Zeit war, bis sie wieder etwas Dämliches sagte, was ihr hinterher leidtäte. Wie so oft. Wie viel zu oft.

»Ich packe aus und um. Gibst du Andrew Bescheid, bitte?«

Sie hörte ihn mit Andrew telefonieren, als sie ihre Kleidung aus dem Koffer holte und sortierte. Ob Riley seinem Vater davon erzählt hatte, wie sehr ihm Franziskas Eifersucht das Leben zur Hölle machte? Hätte sie ihrer Mutter davon erzählt? Franziska hielt inne, strich über ein T-Shirt, das sie nicht getragen hatte. Ja, sie hatte mit ihr über alles reden können. Möglicherweise hätten sie gemeinsam eine Lösung gefunden. Oder – das war wahrscheinlicher – es wäre nie zu der Situation gekommen, weil Alina nichts mit Julian angefangen hätte.

Wahrscheinlich würde es ihr guttun, ein paar Tage auf der Farm in Ruhe nachzudenken. Vielleicht fänden sich auf *Amber's Joy* oder in Marburg sogar weitere Hinweise, die Licht in das Dunkel um Victorias und Catherines Mutter brachten.

Sie liebte es, Riley beim Autofahren zu beobachten, weil er entspannt und sicher wirkte. Außerdem bemerkte er nicht, wie intensiv sie ihn anschaute, da er sich auf die Straße konzentrierte. Die Anspannung, die ihn vorhin so rücksichtslos hatte fahren lassen, war seinem alten, lockeren *Aussie*-Selbst gewichen.

»Darling, was hast du in Hamburg herausgefunden?« Seine dunkle, angenehme Stimme holte sie aus ihren traurigen Gedanken. »Hat sich die Reise dafür gelohnt?«

»Du weißt, wer Dorothea Aurich ist?«

Riley stieß ein Schnauben aus. »Wer kennt sie nicht? Den *Thief of Ancestors.*«

»Diebin der Ahnen« – unter diesem Namen war die deutsche Forscherin in Australien unrühmlich bekannt.

»Amber, damals noch Auguste, hat an Dorothea Aurichs letzter Expeditionen teilgenommen.«

»Was?« Riley bremste so scharf, dass die Fahrer hinter ihnen wütend hupten. Er fuhr an den Straßenrand. »Catherines und Victorias Mutter war eine Mörderin? Das kann nicht sein.«

»Ich wollte es auch nicht glauben.« Franziska seufzte. »Aber ich habe in Hamburg mit jemandem vom Naturkundemuseum gesprochen und Briefe über die Expedition entdeckt.«

Riley schüttelte den Kopf. »Wenn Amber zu denen gehört hätte, dann würde Sams Familie bestimmt nicht seit Generationen auf der Farm leben, oder?«

»Das hat mich auch verwundert.« Bereits in Deutschland hatte Franziska nach einer Erklärung gesucht. »Vielleicht sind sie von einem anderen Clan. Dorothea und Auguste sind bis zu den Bunya Mountains gereist.«

Riley rieb sich das Kinn, eine Geste, die sie so gut kannte und liebte.

»Das kann es sein. Die *Yaggera* haben in der Gegend von Brisbane und der Moreton Bay gelebt.«

Riley stieß den Atem laut aus. Dann schaltete er den Motor

wieder ein und fädelte sich geschickt in den laufenden Verkehr ein.

»Möglicherweise haben sie auf dieser Expedition keine Skelette gesammelt.«

»Glaubst du das wirklich?«

»Leider nein. Alle Museen waren damals scharf auf Knochen von ›Urmenschen‹.« Franziska gruselte sich immer noch bei der Erinnerung an die furchtbaren Sachen, die sie gelesen hatte. »Und nicht nur die Museen, auch Wissenschaftler, die damit ihre Theorien beweisen wollten.«

»Du solltest Sam fragen. Wenn jemand die Geschichte seines Clans kennt, dann er.«

»Das habe ich befürchtet.« Franziska seufzte. »Du weißt doch, wie er ist. Immer nur Andeutungen und Geheimnisse. Außerdem …«

»… ist es kein Thema, über das man so einfach sprechen kann.«

»Genau.«

Er schaute sie an und lächelte, was sie erwiderte. Schweigend hingen sie ihren Gedanken nach.

»Manchmal glaube ich wirklich, dass er zaubern kann.«

»Bitte?« Rileys Worte verwirrten sie, bis Franziska dorthin sah, wohin er deutete. Auf der Veranda von *Amber's Joy* stand Sam und schaute ihnen entgegen, als ob er sie bereits erwartete.

20

Australien heute

»Die Frauen meines Stammes haben mich geschickt.« Sam schaute Franziska aus unergründlich dunklen Augen an. Einerseits jagte er ihr einen Heidenrespekt ein, andererseits wünschte sie sich, er würde sich weniger geheimnisvoll geben. Aber als Bewahrer der Lieder und Traditionen seines Clans musste Sam sich wohl mit einem Nimbus umgeben.

»Was möchten sie?« Bisher hatte Franziska kaum Kontakt zu den Aborigines gepflegt, weil sie unsicher war, wie sie mit ihnen umgehen sollte. Riley handelte viel unbefangener, weil er mit dem Clan, dessen Wanderungen ihn immer wieder nach *Amber's Joy* führten, aufgewachsen war.

»Du sollst mit ihnen gehen. Auf einen *Walkabout*.«

»Ich? Auf gar keinen Fall. Dafür habe ich keine Zeit. Das ist nicht meine Welt.«

Mit Grausen erinnerte sie sich an ein Buch, das sie vor Jahren gelesen hatte, von einer US-Amerikanerin, die mit Aborigines auf eine spirituelle Wanderung gegangen war. Monatelang war die Frau barfuß durch den Busch gewandert, hatte Maden gegessen und Schlimmeres. Durch eine Internetrecherche hatte

Franziska erfahren, dass alles erfunden war, aber trotzdem verband sie Dornen in den Füßen und weiße, sich windende Maden mit einer Reise mit den Ureinwohnern.

»Tara wartet auf dich.« Sam drehte sich um und verschwand, bevor Franziska etwas sagen konnte.

»Wie ich das hasse«, grummelte Franziska. »Wenn er glaubt, ich würde morgen zu ihnen gehen, hat er sich geschnitten.«

»Sprich mit den Frauen«, sagte Riley. »Was hast du schon zu verlieren?«

»Schlangen, Krokodile, Spinnen, giftige Kröten«, zählte Franziska die Gefahren des *Outbacks* auf, die ihr spontan in den Sinn kamen. Wenn sie sich etwas Zeit zum Nachdenken nähme, käme da sicher noch viel mehr. »Abgesehen davon bin ich kein Wandertyp.«

»Vielleicht hilft es.« Riley knetete seine Unterlippe mit den Zähnen.

So wie immer, wenn er nicht weiß, wie er sich ausdrücken soll, dachte Franziska.

»Sam weiß mehr, als du denkst.«

»Wenn ich Hilfe bei meinen Problemen brauche, besuche ich einen Psychologen, nicht den Busch.«

Kaum hatte sie die Worte ausgesprochen, bedauerte sie deren Schärfe und Bitterkeit. Vor allem, als Rileys Gesicht sich verdüsterte.

»Hauptsache, du gehst dein Problem endlich an.« Von dieser Seite kannte sie ihn nicht, was ihr Angst machte.

»Außerdem«, fuhr er fort. »Hast du nicht immer gesagt, man sollte mehr auf die Weisheit der Ureinwohner hören.«

»Das meinte ich eher für euch *Aussies*.«

»Für dich gilt es nicht? Bist du jemand Besonderes?«

»Was soll das? Sag, was du mir zu sagen hast.«

»Darling, ich liebe dich, aber ich ertrage es nicht, wenn wir uns weiter fertigmachen.«

»Glaubst du ernsthaft, ein *Walkabout* hilft? Soll ich vor Erschöpfung eine Vision erhalten, die mich heilt?«

»Ich weiß es nicht. Mir haben die Aborigines das noch nicht angeboten.«

»Moment mal. Es ist eine Ehre?«

»Für dich anscheinend eine Zumutung.«

»Es tut mir leid. Das wusste ich nicht.«

»Du entschuldigst dich so oft. Vielleicht wäre es besser, endlich etwas zu ändern.«

»Ich rede mit den Frauen.«

»Versprichst du es mir?«

»Ehrenwort.«

»Ich habe Dad versprochen, ihm bei den Jährlingen zu helfen.«

»Dann gehe ich gleich zu den Aborigines.«

Riley ging, ohne ihr einen Kuss zu geben. Das war das erste Mal und es schmerzte so sehr, dass sie ihm nachlaufen und sich entschuldigen wollte. Sie wünschte sich einen Zauber, der alles gut machte, der ihr eine Zeitreise ermöglichte. Aber in welche Zeit wollte sie zurückreisen? In die Zeit vor dem Unfall ihrer Eltern, um diese zu warnen? In die Zeit vor Alinas Betrug – dann wäre Franziska immer noch mit Julian liiert, aber wäre sie glücklich? In die Zeit vor dem ersten heimlichen Stöbern in Rileys Smartphone?

Die Vergangenheit kann ich nicht ändern, aber ich kann mir eine Zukunft schaffen. Warum ein Spaziergang ins Outback *mir dabei helfen soll, weiß ich nicht.*

Froh, eine Entscheidung getroffen zu haben, machte sie sich einen Cappuccino in der modernen Maschine, die ihr Beitrag in der Küche von *Amber's Joy* war. Alles andere war noch so, wie Rileys Familie es gestaltet hatte. Mit einer Mischung aus Amüsement und Frust hatte Franziska beobachtet, wie Andrew sich weiterhin seinen Kaffee in der altersschwachen Maschine zubereitete, die bestimmt 20 Jahre auf dem Buckel hatte. Gab es ein deutlicheres Zeichen, dass sie und ihre Änderungen hier nicht erwünscht waren?

Langsam schlenderte Franziska zu den kleinen Häusern, in denen Sams Clan lebte. Wie bei jeder Begegnung mit den australischen Ureinwohnern fürchtete sie, einen Fauxpas zu begehen. Möglicherweise lag es daran, dass Sam sich so geheimnisvoll gab. Oder sie fühlte sich als Weiße schuldig für das, was die Europäer den Aborigines über Hunderte von Jahren angetan hatten. Ihr fiel nie etwas ein, was sie sagen konnte. Daher mied sie die Begegnungen, was wiederum dazu führte, dass sie deswegen ein diffuses Schuldgefühl entwickelt hatte.

Nun, da sie wusste, dass Amber-Auguste mit Dorothea Aurich gereist war, wuchs ihre Unsicherheit. Wie sollte sie den Nachkommen des Clans entgegentreten, der unter der Expedition der Deutschen gelitten hatte?

Da winkte ihr eine Frau zu, die mit zwei anderen auf den Stufen zur Veranda eines alten Holzhauses saß. Zum Glück war Sam nicht zu sehen. Franziska kannte die beiden Sitzenden, die dritte hatte sie bisher noch nicht getroffen. Sie war deutlich älter, auf jeden Fall war sie die Wortführerin der kleinen Gruppe. Obwohl sie ein schreiendbuntes Kleid trug, das Franziska an eine Kittelschürze erinnerte, wirkte sie hoheitsvoll.

»G'day.« Franziska lächelte. Wie von selbst schob ihr Fuß den rotbraunen Sand hin und her, während sie auf eine Antwort wartete.

»Hallo.« Die ältere Frau antwortete mit einem Lächeln. »Möchtest du eine Limonade?«

»Danke, ich hatte gerade einen Kaffee.« Oder war das unhöflich? Durfte sie die Einladung ablehnen oder hatte sie die Frauen beleidigt? »Sam hat mich gebeten, mit euch zu sprechen.«

Sie war dankbar, dass die englische Sprache nicht zwischen »Du« und »Sie« unterschied wie im Deutschen, sonst hätte sie wahrscheinlich noch mehr gestammelt.

»Setz dich zu uns in den Schatten. Mein Name ist Tara, das sind Claire und Lisa.«

Sehnig und zäh – das waren die ersten Worte, die Franziska in den Sinn kamen, als sie Tara musterte. Deren Arme waren dünn wie Zweige, wirkten aber nicht zerbrechlich, sondern als wären sie in jahrelanger harter Arbeit gestählt. Auch ihr Körper war hager wie der einer Marathonläuferin, was Franziska überraschte. Bisher waren die älteren Aborigine-Frauen, die sie auf *Amber's Joy* oder in Brisbane kennengelernt hatte, rund und gemütlich gewesen, so wie man sich Großmütter vorstellte. An Tara war nichts weich, nur die hellen Strähnen in ihrem schwarzen Haar und die scharfen Falten um Mund und Augen verrieten ihr Alter.

Franziska kletterte die Treppenstufen hoch, die im Schatten des Daches lagen. Sie streckte die Beine aus und wandte ihr Gesicht der Sonne zu.

Die Frauen schwiegen, was Franziska normalerweise kribbelig gemacht hätte, heute jedoch fühlte sie einen unverhofften, lange nicht erlebten Frieden.

»Ich habe Sam gebeten, mit dir zu reden«, sagte Tara schließlich. »Du solltest mit uns kommen.«

Schlagartig verschwand das Gefühl des Friedens. Schlangen, Krokodile, Spinnen und noch eine Reihe tödlich giftiger Tiere kamen ihr in den Sinn.

»Kommt ihr alle mit auf den *Walkabout*?«

»Never.« Lisa lachte so heftig, dass ihr runder Körper wackelte. »Ich habe mich einmal von Tara durch die Berge scheuchen lassen. Nie wieder.«

»Ich kann nicht.« Claire hob das Bein ihrer Jeans etwas an, sodass Franziska die Schiene an ihrem Unterschenkel aufblitzen sehen konnte. »Es wird sicher großartig.«

»Das glaube ich gern, aber ich möchte nicht auf einen *Walkabout* gehen.«

»Die Ahnen rufen nach dir«, antwortete Tara mit gelassener Selbstverständlichkeit. »Du solltest auf sie hören.«

»Ich habe über Wanderungen im *Outback* gelesen. Ehrlich, so was ist mir zu heftig.«

Tara, Claire und Lisa wechselten einen Blick und fingen an zu lachen.

»Das *Outback* wäre uns auch zu hart. Wir wollen mit dir dem Pfad von Amber folgen.«

»Amber?« Franziska verschluckte sich fast an dem Namen. Das neu erworbene Wissen drückte sie nieder. »Ihr kennt ihre Geschichte?«

»Deine Familie, dein Erbe.« Tara blieb weiterhin freundlich. »Sam sagt, du sollst mich begleiten.«

Sollte Amber-Auguste doch nicht so schlimm sein, wie Franziska meinte? Langsam war ihre Neugier geweckt. Wer konnte schon von sich sagen, von den Aborigines zu einem *Walkabout* eingeladen worden zu sein?

»Wie lange wird das dauern?«

»So lange es braucht.« Tara hob die Hände, während Lisa kritisch schaute, als hätte Franziska eine äußerst unpassende Frage gestellt. »Packe für eine Woche ein.«

»Wird es in den Urwald gehen? Ich … ich mag keine Schlangen.«

»Sag das nicht, bevor du eine probiert hast.« Claire zwinkerte ihr zu. »Sie schmecken wie Hühnchen.«

Franziska sah wohl sehr entgeistert aus, weil die drei Aborigines in ein lautes Lachen ausbrachen.

»War nur Spaß«, sagte Lisa. »Ihr Weißen denkt doch, dass wir Maden und Schlangen essen, oder?«

»Selbst, wenn wir wollten, würden wir in Queensland kein *Witchetty Grub* finden.« Tara zwinkerte ihr zu. »Die gibt es nur im roten Herz des Landes, an den *Witchetty*-Bäumen.«

»Oder in einem teuren Restaurant in Brisbane.« Claire zuckte mit den Schultern. »Eine Weile galt es als schick, unsere Nahrung nachzukochen.«

Erneut fühlte Franziska sich fremd und meinte, sich dafür entschuldigen zu müssen, dass die Briten vor mehr als 200 Jahren in dieses Land eingefallen waren und behauptet hatten, es wäre unbewohnt.

»Ist ein *Walkabout* nicht eigentlich etwas für junge Männer?« Franziska hatte sich im Internet schlaugemacht, was sie möglicherweise erwartete. »Zur Initiation.«

»In den Zeiten vor dem weißen Mann ja.« Taras freundliches Gesicht verdüsterte sich. »Heutzutage jedoch wird jeder längere Spaziergang *Walkabout* genannt, weil das viel spannender klingt.«

»Aber warum machst du das, wenn du es ablehnst?«

»Wärst du gekommen, wenn wir dich auf eine Wanderung eingeladen hätten?« Auf einmal wirkte Lisa nicht mehr fröhlich.

Da sie sich ertappt fühlte, konnte Franziska das nicht einmal leugnen. Allerdings wurde ihr nun noch mulmiger, wenn sie sich fragte, was für Späße sich die Frauen wohl noch mit ihr erlauben würden.

»Ich bin dabei«, sagte sie, bevor ihre Vorbehalte und Ängste die Oberhand gewannen. »Wann soll es losgehen?«

»Übermorgen.«

»Das bekomme ich hin. Was muss ich einpacken?«

21

Australien 1876

Expeditionsjournal Auguste Ohlendorf, Mount Pleasant
Eine Woche sind wir bereits unterwegs und ich habe jeden meiner Mitreisenden besser kennengelernt, als ich es mir ausmalen konnte. Um ehrlich zu sein, weiß ich nicht, ob ich es noch Wochen mit ihnen aushalte.
Wie kam ich nur auf die Idee, die Expedition könnte ein Abenteuer sein? Habe ich mir wirklich nur wenige Gedanken gemacht? Ob die anderen auch darunter leiden? Die unglaubliche Hitze, der grässliche Gestank, das grausige Töten. Bei jedem Schuss zucke ich zusammen, weiß ich doch, was er mit sich bringt.

Auguste hielt inne, als sie Schritte hörte. Das war das Schlimmste an dieser Reise: Das Gefühl, dass ständig jemand in ihrer Nähe war, sie beobachtete, und ihr keine Zeit für sich blieb. Auguste hatte sich immer für einen zugänglichen Menschen gehalten, der mit anderen gut auskam. Nun hatte sie schmerzhaft erfahren müssen, dass sowohl ihre Geduld als auch ihre Menschenfreundlichkeit Grenzen kannten.

Die Schritte entfernten sich glücklicherweise von ihrem behelfsmäßigen Zelt, sodass sie weiterschreiben konnte.

Ich wage nicht einmal, alles aufzuschreiben, aus Sorge, dass einer der anderen meine Aufzeichnungen liest.

Auguste ließ den Füllfederhalter sinken. Was für einen Sinn hatte ein Journal, wenn man ihm nicht die Wahrheit anvertraute? Das überlegte sie seit Tagen – ebenso wie sie sich fragte, wie sie dermaßen naiv hatte sein können. Auch wenn es schmerzte, wollte sie in ihrem Reisebuch ehrlich sein.

Wie oft habe ich den armen Onkel Georg inzwischen verflucht, weil er mir dieses Versprechen abgenommen hat! Ich weiß nicht einmal mehr, was ich mir in Hamburg gedacht habe, wie eine Expedition verläuft. Inzwischen hasse ich alles. Dieser ständige Blutgeruch, dieses dauernde Knallen, wenn Lennsing und Dalman wieder ein unschuldiges Tier töten, nur damit Menschen in Deutschland etwas zu sehen bekommen.

Was hatte sie erwartet? Hatte sie überhaupt vorher nachgedacht, wie eine Expedition verlaufen würde? Auf jeden Fall war ihr nicht bewusst gewesen, wie viel Blut und Leid sich mit einer Forschungsreise verband. Anstatt die exotischen Tiere Australiens zu studieren, ihr Verhalten zu beobachten und zu beschreiben, erschossen der Professor und sein Assistent sie lieber kaltblütig. Jeden Tag schleppten die Männer leblose Geschöpfe an, die sie in ihrem Zelt ausweideten und zu konservieren versuchten, damit sie die Expedition und später die Schiffsreise nach Hamburg überstünden.

Nun wusste Auguste auch, wofür die vier Holzkisten gedacht waren, die die Packpferde schleppten. In ihnen sammelten die Männer das, was sie als Exponate bezeichneten, was Auguste hingegen ermordete Tiere nannte.

»Warum fotografieren oder zeichnen wir die Tiere nicht?«, hatte sie vor ein paar Tagen voller Zorn gefragt, nachdem Professor Lennsing ein Känguru erschossen hatte, in dessen Beutel ein Junges lebte. Verschüchtert hatte das *Joey* sie mit großen Augen angesehen. Ohne Mitgefühl hatte Lennsing das Tierchen erschlagen und der wachsenden Ausstellung des Grauens hinzugefügt.

Nichts hatten die ausgestopften Wesen gemeinsam mit den lebendigen Geschöpfen, die es in unermesslicher Vielfalt gab. Sie blieben blasse Abbilder, die den Menschen ihrer Heimatstadt nur eine vage Idee davon vermitteln konnten, was für Wunder sich in Queensland fanden.

Sicher, es lauerten hier auch etliche Gefahren, aber nachdem sie die Ängste der ersten Tage und vor allem Nächte überwunden hatte, konnte Auguste nur staunen. Jeder Tag brachte neue Zauber, neue Wesen, neue Unglaublichkeiten. Reiste sie nur allein oder mit jemandem, der sie verstand – Joseph Wagner vielleicht –, dann hätte sie jeden Tag genossen.

So jedoch begann der Morgen bereits mit der Sorge, welche und vor allem wie viele Tiere Lennsing und Dalman heute töten würden. Auguste erfreute sich nicht einmal mehr am Anblick eines gewaltigen Schwarms grüngelber Vögel, weil sie auf den unvermeidlichen Knall eines Schusses lauerte, der eines der farbenprächtigen Tiere vom Himmel holte.

Mit ihrem Grauen war Auguste allein – Dorothea Aurich empfand kein Mitgefühl für die Geschöpfe Australiens. Bisher kam es Auguste vor, als hätte die Pflanzenjägerin kein Herz im Leibe. Sicher, die Frau schrieb ihrer Tochter alle paar Tage einen Brief, aber der eine, den Auguste gelesen hatte – die Neugier hatte ihr keine Ruhe gelassen –, kam ihr eher vor wie eine Anweisung der Lebensführung denn wie das Schreiben einer Mutter an ihr einziges Kind. Auch die Art, wie die Frau kaltherzig die niedlichsten Tiere tötete und abbalgte, machte es Auguste schwer, Dorothea Aurich nahezukommen.

Von daher hatte es sie überrascht wie ein Regentag im ewig heißen Australien, als die Mitreisende gestern Abend am Feuer voll Sehnsucht von ihrer Mieze erzählte, die sie in Brisbane zurückgelassen hatte.

»Sie ist mir beinahe so sehr ans Herz gewachsen wie Hector, der treue Gefährte meiner Reisen in Deutschland.«

»Ihr Ehemann?«

»Mein Hund natürlich. Ein braver Kerl, der treu den Handwagen zog, egal wie viel ich aufgeladen hatte.«

»Sie haben die Katze vor einen Wagen gespannt?«

»Das kluge Tier ist oft mit mir gereist.« Ein seltenes Lächeln spielte auf den dünnen Lippen. »Und sie hat für mich gesammelt. Jede Nacht brachte sie mir Echsen und anderes Kleingetier. Wenn Mieze erfolgreich gejagt hatte, hat sie mich sanft geweckt.«

»Das ist herzallerliebst.«

»Ach was.« Das Lächeln verschwand. »Das dumme Tier hat nur gewöhnlichen Kram gebracht. Ich konnt ihr nicht beibringen, was ich brauchte.«

Bevor Auguste etwas antworten konnte, hatte sich Dorothea Aurich abgewandt und mit dem Professor über den weiteren Weg diskutiert.

»Wir brechen auf.« Dr. Dalman schlug mit der flachen Hand auf die Wand von Augustes Zelt. »Beeilen Sie sich. Wir haben eine große Wegstrecke vor uns.«

Seufzend schlug Auguste ihr Journal zu und versteckte es zwischen ihrer Kleidung. Sie packte ihre Sachen zusammen und verließ das Zelt, das einer der *Stockmen* abbauen würde. Da sich die Männer weiterhin abseits hielten, kannte Auguste weder ihre Namen noch hatte sie mehr als ein *»G'day«* mit ihnen gewechselt. Auch der Scout, Charly hieß er, hatte nur kurz geantwortet, als Auguste versuchte, mit ihm zu reden.

Mühsam zog sie sich in den Sattel, ihre Muskeln schmerzten noch immer, aber sie ahnte, dass die anderen keine Rücksicht darauf nehmen würden. Also biss sie die Zähne zusammen, auch wenn sie am liebsten geschrien hätte.

Jetzt kamen sie schneller voran, weil die Berge einer grasbewachsenen Ebene gewichen waren, auf der nur wenige Bäume standen. Ein Teil von ihnen erblühte in einem hellen Lila. In einiger Entfernung erhoben sich Hügel, die mit Wäldern begrünt waren.

Langsam fragte sich Auguste, ob sie auf ihrer Reise einmal eine andere Landschaft zu sehen bekam als diese, die sie immens an Deutschland erinnerte. Als sie Dalman danach fragte, sagte er: »Ich weiß, dass sie für unsere englischen Kollegen ihrer Insel gleicht. Wohl jeder sucht hier ein Stück Heimat.«

»Aber ich wünschte mir, die rote Wüste zu sehen.«

»Wir befinden uns nicht hier wegen der Sehenswürdigkeiten, sondern für die Wissenschaft.« Leichter Tadel klang aus seiner Stimme, sodass sie sich ärgerte, das Gespräch mit ihm gesucht zu haben. Aber er war der Einzige, der wenigstens ein wenig freundlich zu ihr war.

Hatte Auguste gehofft, dass es nach der Plauderei über Mieze zwischen Dorothea Aurich und ihr ein Band gab, geknüpft aus dem Frausein und dem Wunsch, die Welt zu entdecken, so zeigte sich auf der Reise schnell, wie wenig die andere von ihr hielt. Für Dorothea Aurich war Auguste nur ein verwöhntes Mädchen, das ein Abenteuer erleben wollte. Sobald Auguste es wagte, ihr eine Frage nach Flora und Fauna zu stellen, lachte die Pflanzenjägerin sie nur aus.

»Spielen Sie sich nicht als Wissenschaftlerin auf. Forschung ist meine Angelegenheit.« Immer wieder überraschte Auguste die tiefe Stimme von Dorothea Aurich.

»Aber Sie haben auch einmal angefangen«, wagte Auguste, einzuwenden. »Ich möchte doch nur lernen.«

»Wissen Sie, wie bitter mein Weg war?« Eiskalt wirkten die dunklen Augen, wie zwei Kiesel, hart und ohne Gefühl. »Mein Kind musste ich aufgeben. Meinen Mann. Gehungert habe ich. Für die Wissenschaft. Für die Anerkennung.«

Was konnte Auguste ihr antworten?

»Auch ich habe alles hinter mir gelassen«, sagte sie schließlich. »Meine Familie, alles, was mich ausmacht.«

»Haben Sie ein Kind?«

»Nein.«

»Dann erzählen Sie mir nichts von Verlust.« Abrupt wandte sie sich um und ließ Auguste stehen.

Sie biss die Zähne zusammen, auch wenn sie der Frau am liebsten ein paar passende Worte gesagt hätte.

Als spürte Dorothea Aurich Augustes Gedanken und Zorn, zügelte sie ihr Pferd. Hatte sie etwa laut gedacht?, fragte sich Auguste, aber die Pflanzenjägerin war auf der Suche nach weiteren Exemplaren für ihre Sammlung.

Wieselflink sprang Dorothea Aurich von ihrem Pferd und schnitt mehrere Stängel eines Grases ab, an dem Auguste nun wirklich nichts Besonderes erkennen konnte. Es erinnerte sie an vertrockneten wilden Hafer, aber wenn man Dorothea Aurichs leuchtenden Augen glaubte, musste es der Heilige Gral unter den Gräsern sein. Wie bereits Dutzende vor ihm.

»Wissen Sie, was das ist?«, wandte Auguste sich an Dalman, der ebenso wenig erfreut über den erneuten Halt wirkte wie sie. »Wie viele Gräser gibt es in diesem Land?«

»Zu viele«, antwortete er trocken. »Und unsere Mitreisende scheint jedes davon erfassen, pressen und katalogisieren zu wollen.«

»Man nennt es hier *Stout Bamboo Grass.*« Peinlicherweise schien Dorothea Aurich ihre Worte gehört zu haben. »Sein botanischer Name ist *Austrostipa ramosissima.*«

Dann wandte die Pflanzenjägern sich ab, um Näheres zum

Fundort und zur Umgebung in ihr Forschungsjournal einzutragen.

»Das wird dauern.« Dalman stieg von seinem Pferd. »Vielleicht haben wir Glück und finden ein paar Vögel. Wollen Sie mich begleiten?«

»Nein! Danke, ich … ich werde mich ausruhen.« Auch Auguste glitt aus dem Sattel. Sie ärgerte sich, eine höfliche Lüge gewählt zu haben. Warum fehlte ihr der Mut, ihm zu sagen, wie entsetzlich sie das Morden an den wunderschönen Vögeln und exotischen Tieren fand?

»Frauen sind für Forschungsreisen einfach nicht geeignet. Ihre Konstitution ist zu zart«, mischte sich Professor Lennsing ungefragt ein. »Bis auf unsere Dorothea, die ist eine Ausnahme.«

Dalman und er stießen ein bellendes Lachen aus, das Wut in Auguste weckte. Auch wenn sie Dorothea Aurich seltsam und leicht versponnen fand, erkannte Auguste an, wie viel diese Frau leistete. Die Pflanzenjägerin kannte sich gewiss besser mit Flora und Fauna dieses Kontinents aus als der Herr Professor und sein Assistent. Bevor Auguste allerdings etwas sagen konnte, verschwanden die beiden Männer im Wäldchen.

Vor Ärger trat Auguste nach einem Stein, was ihren Zorn vertiefte, weil es wehgetan hatte.

Wenn Dorothea Aurich nur ein wenig zugänglicher wäre, könnten wir uns gegen die Männer verbünden. Ich könnte ihr helfen. Was habe ich schon zu bieten außer meiner Neugier und einer guten Handschrift?

Als Lennsing und Dalman zurückkehrten, zwei Vogelleichen in den Händen, wandte Auguste sich ab, um in den Busch zu spazieren. Nur fort von diesen kaltherzigen Männern, die Morde im Namen der Wissenschaft begingen.

»Laufen Sie nicht so weit weg«, rief ihr Professor Lennsing nach. »Wir befinden uns sehr weit draußen. Hier lauern die Australneger. Wilde.«

»Was die mit Ihnen machen, möchten Sie nicht erfahren«, ergänzte Dalman, begleitet von einem meckernden Lachen.

Wie hatte sie ihn nur jemals angenehm finden können?

»Wir haben keine Zeit, auf Rettungsmission zu gehen.«

Wie immer schwieg Dorothea Aurich. War es ihr egal, wie roh die beiden Männer sich verhielten, oder empfand sie genauso? Bisher hatte die Frau nur Pflanzen gepflückt und gepresst, aber Auguste war sicher, dass ihre Reisegefährtin, ohne nachzudenken, ein Tier töten würde.

Lag es an Auguste? War sie zu zimperlich für eine Expedition? Hatte sie zu wenig erlebt und ein behütetes Dasein geführt? Das alles mochte stimmen, aber dennoch konnte sie zwischen richtig und falsch unterscheiden. Und Tiere zu töten, ohne ihr Fleisch zu essen, war auf jeden Fall falsch.

In Gedanken versunken schlenderte sie tiefer in den Wald, der hier eine unvermutete Pracht verbarg. Wie gut, dass sie sich allein auf eine Entdeckungsreise begeben hatte. Diese Schönheit wollte sie nicht mit ihren Mitreisenden teilen. Staunend blieb Auguste vor riesigen Orchideenblüten stehen, die scheinbar schwerelos neben Bäumen schwebten. Erst bei näherem Hinsehen offenbarte sich, dass sie von zierlichen Fäden getragen wurden.

Dorothea Aurich hätte den Anblick nicht genossen, sondern sofort damit begonnen, die roten, rosafarbenen und gelben Blüten auszureißen, um sie dann in ihr Herbarium zu pressen. Dalman und Lennsing würden sich gewiss nur auf die Suche nach Lebewesen begeben, die sie dann umbrächten und präparierten, was Auguste dieses Paradies für immer verleidet hätte.

Aber diese düsteren Überlegungen hatten auch ihr Gutes. Sie wurde vorsichtiger und schaute genau, wohin sie ihre Füße setzte. Wenn sie nur endlich ein Abenteuer erlebte, das die Strapazen wert war!

22

Australien 1876

Die Tage kamen Auguste immer gleichförmiger vor. Sie ritten eine Weile und richteten ein Lager ein. Dalman und Lennsing verschwanden in den Wäldern oder Berghängen, Schüsse ertönten und die Männer kehrten mit toten Vögeln oder Beuteltieren zurück, die sie präparierten. Dorothea Aurich schlug sich ebenfalls in die Büsche, allerdings jagte sie Pflanzen.

Augustes Angebot, ihr zu helfen, hatte die Frau hochmütig ausgeschlagen, als traute sie Auguste nicht zu, eine Pflanze von der anderen unterscheiden zu können. Obwohl dies Auguste brüskierte, musste sie eingestehen, dass die Forscherin recht hatte. In den Wäldern Queenslands herrschte eine immense Vielfalt von Flora und Fauna, dass man sie schon studieren müsste, um sie benennen zu können.

Daher blieb Auguste nichts anderes zu tun, als in ihr Journal zu schreiben, Briefe an Onkel Georg, die Familie und an Joseph Wagner zu verfassen, in denen sie ihre Reise viel, viel interessanter und bunter darstellte, als sie in Wirklichkeit war. Damit sie überhaupt etwas berichten konnte, verbrachte sie mehr und mehr Zeit auf Streifzügen allein in den Wäldern.

Auch heute hatte sie die Gelegenheit genutzt, schnell in das Grün zu flüchten, bevor Lennsing auf die Idee kam, Auguste wäre für das Abendessen zuständig. Denn zwei *Stockmen* waren auf dem Weg nach Brisbane, um die Tierpräparate dort zu lagern.

Nicht einmal kochen kann ich. Ich bin wahrlich zu nichts nütze. Alle haben ihre Aufgaben, sodass ihnen die Tage schnell vergehen. Nur ich bin allein und langweile mich.

Wenn sie wenigstens Schwarze angetroffen hätten! Dann hätte Auguste etwas zu erzählen gehabt. Inzwischen kam es ihr so vor, als wären die Expeditionsteilnehmer die einzigen Menschen, die es hier gab. Nur ab und zu zeigte eine Feuerstelle, dass sich Eingeborene dort befunden hatten. Sie schienen ihnen aus dem Weg zu gehen, wohl in Furcht vor den Gewehrschüssen, die so oft zu hören waren.

Trotzdem blieb sie stehen. Auch wenn sie nicht wusste, ob sie Lennsings und Dalmans Warnungen wegen der Eingeborenen trauen konnte, wagte sie es nicht, sich denen allein entgegenzustellen. Also kehrte sie zu den anderen zurück, die inzwischen ein Lager errichtet hatten, wo sie ihrem Tagwerk nachgingen. Nur Auguste hatte keine Aufgabe. Um sich zu beschäftigen, sammelte sie Holz hinter den Zelten. Sie hörte, wie die beiden Männer sich mit ihren Schießfertigkeiten brüsteten.

Als sie plötzlich flüsterten, war Augustes Neugier geweckt. Sie sah über ihre Schulter, aber Dorothea war weiterhin ins Pressen ihrer neu entdeckten Blumen vertieft. Also schlich Auguste näher an das Zelt heran und lauschte.

»Ist es nicht zu früh?« Dalman klang zögernd. »Ich will nicht … damit Wochen durchs Land reisen.«

»Wenn wir das haben, können wir umkehren.« Lennsing redete beschwörend auf seinen Assistenten ein. »Dann müssen wir uns nicht mehr mit Beuteltieren und Vögeln plagen.«

»Aber …« Dermaßen zögerlich kannte sie Dalman nicht. Was mochten die beiden nur vorhaben?

»Gut. Dann nicht.« Selbst Auguste zuckte vor dem scharfen Tonfall Lennsings zusammen. »Ich ahnte, dass Sie einen Rückzieher machen.«

Bevor Dalman antwortete, stolperte Auguste über einen Stein, stieß einen spitzen Schrei aus und ließ die Äste und Zweige, die sie gesammelt hatte, fallen.

»Was ist denn nun schon wieder?« Lennsing steckte seinen Kopf aus dem Zelt. Als er sie sah, kräuselten sich seine Lippen voller Verachtung. »Sind Sie denn zu gar nichts nutze?«

Seitdem Auguste Zeugin des Disputs zwischen dem Professor und seinem Assistenten geworden war, ließ es ihr keine Ruhe, herauszufinden, worüber die Männer gestritten hatten. Unauffällig rückte sie am Lagerplatz näher an den Professor heran, der wieder auf seinen Assistenten einredete. Vorsichtig beugte sie sich vor.

»Wir brauchen Skelette.« Obwohl Lennsing es Dalman zuflüsterte, konnte Auguste die gezischten Worte verstehen. »Irgendwo müssen die verdammten Wilden ihre Toten bestatten.«

»Menschliche Gebeine? Sie wollen Leichen fleddern?« Diese Worte rutschten Auguste heraus, getrieben von unglaublichem Entsetzen. »Das können Sie nicht tun!«

»Halten Sie den Mund!« Lennsing ballte die Hände zu Fäusten, als ob er sie schlagen wollte. »Ihre naive Humanität ist hier fehl am Platz.«

Er sprang auf, griff nach seinem Gewehr und stürmte in den Wald. Sicher würde ein armes Tier seinen Zorn zu spüren bekommen.

Dalman beugte sich zu Auguste. Wie hatte sie sein Lächeln

nur einmal freundlich finden können? Nun wirkte er verschlagen und hinterhältig.

»Uns erreichen Anfragen von Museen aus aller Welt.« Sein Ton klang ölig. Auguste spürte den Wunsch, sich zu waschen, als er seine Hand auf ihre legte. »Der Australneger wird aussterben. Wir werden die Letzten sein, die das lebende Fossil erblicken.«

»Es sind Menschen!«

»Wenn Sie die Aborigines gesehen haben, werden Sie Ihren Irrtum erkennen.« Dalman lächelte, als wäre Auguste ein dummes Kind, das nicht bereit war, auf die klugen Erwachsenen zu hören. »Die Schwarzen sind dem Tier näher als dem Menschen.«

»Sagen Sie auch mal etwas«, herrschte Auguste Dorothea Aurich an, die ungerührt Pflanzen in ihr Herbarium klebte. »Sie sind eine Frau, Sie müssen Mitgefühl empfinden.«

Dalman lachte laut auf. Ein Geräusch, das in Auguste den Wunsch weckte, ihm ins Gesicht zu schlagen.

»Ihre Freundin hat selbst mehrfach Skelette und Schädel nach Hamburg geschickt.« Sein Lachen wurde lauter und lauter, bis Auguste sich die Ohren zuhalten wollte. »Wenn der Pullwermann Knochen wünschte, ist sie vor nichts zurückgeschreckt, nicht wahr?«

»Halten Sie den Mund.« In Dorothea Aurichs Blick lag so viel Wut, dass Augustes Nackenhaare sich aufstellten. »Und Sie, wertes Fräulein Ohlendorf, Sie werden auch noch von Ihrem hohen Ross heruntersteigen.«

»Egal, was Sie mir auch androhen, ich werde mich nicht an Leichenraub beteiligen.«

Vor Wut zitternd ging Auguste in ihr Zelt. So sehr sie auch nach einer Lösung suchte, ihr wollte nichts einfallen. Keiner der anderen Reisenden würde ihr zur Seite stehen, da war sie sich gewiss.

Charly. Der Scout muss ebenfalls meine Ansicht teilen, sind es doch Menschen seines Stammes, die geraubt werden sollen.

Nein, Charly wird es, wie Dorothea Aurich, nicht wagen, sich gegen den Professor zu stellen. Ich muss beten und hoffen, dass wir nie einen Friedhof oder etwas Ähnliches finden.

Als Dorothea Aurich kurze Zeit später ins Zelt trat, gab Auguste vor zu schlafen. Sie wollte kein Wort mehr mit dieser Person wechseln.

Am nächsten Morgen benahmen sich alle, als hätte es den Streit nie gegeben, aber es kam Auguste vor, als würde Lennsing sie heimlich beobachten. Sie erwartete eine höhnische Bemerkung von ihm, aber er schwieg.

Nachdem sie der Straße, die sich durch das verstaubte Grün schlängelte, eine Weile gefolgt waren, tauchte überraschend ein Haus auf, nahezu verborgen hinter drei großen Bäumen, Akazien, die Auguste inzwischen erkennen konnte.

Neben der Farm weidete eine Schafherde, weiße Wölkchen auf braunem Gras, wie hingetupft sahen sie aus. Nachdem sie herangeritten waren, erkannte Auguste jedoch, wie mager die Tiere unter der schweren Wolle waren. Das dürre Gras bot ihnen kaum Nahrung, braun und verbrannt wirkte es. Nur ein schmaler Streifen am Ufer eines Flüsschens, das nur wenig Wasser führte, zeigte ein kräftiges Grün.

»Wir sollten Herrn Walker fragen, ob es hier Schwarze gibt.« Dorothea Aurich deutete auf die Farm.

»Sie kennen den Mann?« Lennsing schien zu überlegen. »Kann man ihm trauen?«

»Ich habe hier auf einer meiner Reisen Rast gemacht«, antwortete Dorothea Aurich.

»Warum nicht?« Lennsing wendete sein Pferd in Richtung des Gebäudes.

»Sie sehen aus, als könnten Sie eine Erfrischung gebrauchen.« Der Farmer, ein braun gebrannter, von harter Arbeit gebeugter Mann um die vierzig Jahre, stand auf der Veranda seines hellen Holzhauses. »Willkommen. Mein Name ist Karl Walker.«

Auguste erwartete, dass der Professor ablehnte, da sie erst vor Kurzem aufgebrochen waren, aber Lennsing gab das Signal zum Halt. Auguste, Lennsing, Dalman und Dorothea Aurich folgten dem Farmer ins Haus, in dem es überraschend und angenehm kühl war.

Nachdem sie die üblichen Höflichkeitsfloskeln ausgetauscht hatten, beugte sich Lennsing vor, ein verräterisches Glänzen in den Augen.

»Gibt es Australneger hier in der Gegend?«

»Wir bemühen uns, mit den Schwarzen in Frieden zu leben.« Obwohl er deutsche Vorfahren hatte, sprach Herr Walker Deutsch mit starkem Akzent. »Ab und zu stehlen sie uns ein Schaf. Mehr Ärger gibt es nicht.«

»Wissen Sie, wo Begräbnisstätten sind?«, insistierte Lennsing. »Wir suchen Knochen von Männern, Frauen und Kindern.«

Für einen Augenblick verengten sich die hellblauen Augen, die buschigen weißen Brauen zogen sich zusammen, dann jedoch fing Mr. Walker sich wieder. Mit der Hand strich er durch seinen grauen Bart.

»Für die Schwarzen sind ihre Toten heilig. Das sollten Sie wissen.« Sein Blick glitt von Lennsing zu Dorothea Aurich. »Sie weiß es.«

»Wir sind Wissenschaftler. Wir können auf deren Aberglauben keine Rücksicht nehmen.«

»Solange Sie sich auf meinem Land aufhalten, lassen Sie sie in Ruhe.«

»Wir müssen weiter.« Brüsk erhob sich Lennsing, den Mund höhnisch verzogen. »Auf uns warten bedeutsamere Dinge.«

»Entschuldigung«, flüsterte Auguste dem Farmer zum Abschied zu. »Danke für Ihre Gastfreundschaft.«

»Passen Sie auf sich auf.« Er drückte ihre Hand. »Es sind keine guten Menschen, mit denen Sie reisen.«

»Ich weiß.«

Einen Augenblick lang fühlte sie sich versucht, bei ihm zu bleiben, um nicht weiter mit Lennsing und Konsorten reiten zu müssen, aber sie hatte ihrem Onkel ein Versprechen gegeben.

Auf der kommenden Strecke trieb der Professor die Pferde scharf an, als wollte er die Zeit gutmachen, die er auf der Farm verschwendet hatte. Mehr als einmal fürchtete Auguste, den Halt zu verlieren und vom Pferd zu fallen. Zu ihrer Erleichterung rief Dorothea Aurich: »Halt!«

»Jetzt ist Schluss mit Ihren verdammten Pflanzen!«, fuhr Lennsing sie an.

»Dort hinten finden wir Knochen.« Dorothea Aurich zeigte auf eine Gruppe gewaltiger Bäume. »Da begraben sie ihre Kinder.«

Bevor einer der anderen reagieren konnte, trieb die Frau ihr Pferd auf das Wäldchen zu. Auguste, Dalman und Lennsing blieb keine andere Wahl, als ihr zu folgen. Als sie an der Baumgruppe ankamen, war Dorothea Aurich bereits vom Rücken ihres Braunen gesprungen und zu einem Baum gegangen, dessen silbergrauer Stamm gespalten war. Die Forscherin drehte ihnen den Rücken zu und verschwand mit dem Oberkörper im Spalt. Als sie sich ihnen zuwandte, hielt sie etwas zwischen den Händen, das aussah wie eine Bastrolle.

»Ist das etwa eine Kinderleiche?«, fragte Lennsing ungläubig. Endlich zeigte der grobe Klotz Gefühl. »Woher wollen Sie das wissen?«

»Ich kenne die Rituale der Schwarzen.«

»Gibt es hier noch mehr?«

Mit Entsetzen erkannte Auguste, wie sehr sie sich geirrt

hatte. Der Professor klang nicht ungläubig vor Schrecken, sondern vor Begeisterung. Wie hatte sie nur erwarten können, dass er auch nur annähernd über Menschlichkeit verfügte? Machte sie sich nicht mitschuldig an der Leichenfledderei, wenn sie nicht einschritt? Aber was konnte sie tun? Sie konnte nicht einmal die Reise abbrechen, weil sie nicht wusste, wie sie zurück nach Brisbane reiten sollte. Wäre sie nur bei dem Farmer geblieben!

23

Australien 1876

»Auch wenn es beschwerlich wird, müssen wir auf den Mount Kiangarow reiten.« Dorothea Aurich hielt die Hände zu Fäusten geballt wie ein trotziges Kind. Es hätte Auguste nicht gewundert, wenn sie sich auf den staubigen Boden geworfen und mit den Fäusten getrommelt hätte. »Dort gibt es Grasbäume.«

»Nun gut. Ausnahmsweise.« Da die Pflanzenjägerin ihm Kinderskelette besorgt hatte, zeigte sich der Professor ihr gegenüber großzügig. »Aber lange werden wir uns in den Bunya Mountains nicht aufhalten.«

Niemand außer Auguste schien es grauenerregend zu finden, dass Dorothea Aurich ein Grab geschändet hatte. Nur auf Charlys Gesicht hatte Auguste ebenfalls Entsetzen gesehen, allerdings nur für einen Augenblick, dann hatte der Scout sich abgewandt. Ob es Zweck hätte, mit dem Professor zu sprechen und ihn zu bitten, die Leiche zurückzubringen? Vielleicht später, wenn sie eine Rast einlegten.

Als sie endlich den Berg erklommen hatten, waren Menschen und Pferde schweißgebadet, aber der Anblick, der sich vor ihnen auftat, machte all die Anstrengungen wett. Üppig grün standen Eukalyptusbäume dicht an dicht. Aus palmähnlichen Gewächsen ragten grüne Speere in den tiefblauen Himmel.

»Yaccas oder Grasbäume, im Englischen *Grass Trees*«, sprach Dorothea Aurich sie unvermutet an. »Wegen ihres Harzes nennt man sie Xanthorrhoea, golden-fließend.«

»Was sind diese lanzenartigen grünen Stäbe, die aus ihnen wachsen?« Noch immer verblüfft, stellte Auguste die erste Frage, die ihr in den Sinn kam.

»Blütenstände. Wenn wir näher heranreiten, werden Sie sehen, dass diese weiß sind.«

Dorothea Aurich nickte ihr zu, trieb ihr Pferd an und schien zum ersten Mal im Einklang mit sich und der Welt zu sein. Für eine Pflanzenjägerin musste dieser Ort ein Paradies sein. Selbst Auguste, deren Wissen über Queenslands Flora begrenzt war, erkannte den Zauber dieses Ortes. Staunend sah sie sich weiter um, während Dorothea Aurich mit einem scharfen Messer rosafarbene Orchideenblüten von den Bäumen schnitt. Endlich hatte sie genug Pflanzen und Blumen gesammelt, sodass die Gruppe weiterreiten konnte.

Zielsicher führte Charly sie durch die eng stehenden Eukalyptusbäume zu einer Lichtung, die mit Gras bewachsen war. Eine erstaunlich weite Ebene erstreckte sich vor ihnen, auf der nicht ein einziger Baum stand.

»Feuer«, sagte Charly, der Augustes Verwunderung wohl bemerkt hatte. »Viele *Grassy balds* hier.«

»Lassen Sie uns rasten. Dalman und ich werden auf die Jagd gehen«, sagte Professor Lennsing und gab das Signal zum Anhalten.

Dankbar glitt Auguste aus dem Sattel und gewährte ihrem Pferd die Freiheit, sich am Gras gütlich zu tun. Von der Schönheit des Ortes überwältigt, schaute sie sich um. So viele Schattierungen von Grün zeigten sich auf dem Boden und in den Bäumen, die am Rand der Lichtung standen.

Täuschte sie sich oder klammerte sich dort oben ein graues Bärchen, Koalas hießen sie, in eine Astgabel? Auguste verengte die Augen, um besser sehen zu können. Gleichzeitig achtete sie darauf, ihre Entdeckung nicht zu verraten. Sie wollte nicht, dass dieses niedliche Kerlchen ausgestopft oder in Spiritus eingelegt in einem Museum landete.

Doch darüber musste sie sich keine Sorgen machen. Dorothea Aurich war von ihrem Pferd gestiegen und beugte sich über einen Farn. Dalman und Professor Lennsing achteten weder auf sie noch auf Auguste, sondern tuschelten miteinander. Immer wieder zog der Assistent am Arm des Professors, deutete nach unten, und redete sich in Rage. Etwas sagte Auguste, dass dies nichts Gutes bedeuten konnte. Dalmans Aufregung sprach dafür, dass er gewiss ein besonders jagenswertes Wild erspäht hatte. Wenn Auguste nur mutiger wäre, dann würde sie einem der Männer die Waffe entreißen, einen Schuss in den Himmel abgeben und alle Tiere dieses Waldes vor der drohenden Gefahr warnen. Weil ihr die Traute fehlte, konnte sie nur lautstark durch das Gehölz stapfen und hoffen, dadurch wenigstens einige von ihnen zu retten. Endlich schien Dalman den Professor überzeugt zu haben, der sich wieder und wieder durch seinen Bart strich.

»Charly!« Mit befehlsgewohnter Stimme rief Professor Lennsing den Schwarzen zu sich. »Du nimmst das Packpferd und reitest nach Brisbane.«

»Was soll das?«, erklang Dorothea Aurichs tiefe Stimme. »Erst vorgestern haben wir den letzten *Stockman* losgeschickt.«

»Charly, tu, was ich dir sage.« Der Professor wandte sich ab. Doch dann schien er es sich anders überlegt zu haben. »Ich entscheide, wann Ausstellungsstücke versandt werden, Frau Aurich.«

Obwohl man ihrer Miene ablesen konnte, wie sehr Dorothea Aurich sich ärgerte, scheute sie auch dieses Mal den Konflikt. Mit gesenktem Kopf schlurfte sie zu ihrem Pferd, um ihr Pflanzenbuch aus der Satteltasche zu holen.

Auch wenn Auguste die Frage, was Dalman wohl entdeckt hatte, noch immer beschäftigte, kam sie nicht umhin, die unglaubliche Fülle dieses Waldes zu bestaunen. Auf einem moosbewachsenen Baumstamm stritten ein Farn, eine Palme und ein kriechendes Gewächs um ihren Platz, als wollte jeder von ihnen möglichst viel Sonnenlicht ergattern.

»Eine Stunde, nachdem Charly losgeritten ist, brechen wir auf.« Lennsing klang begierig und aufgeregt. Sein Bart zitterte ebenso wie seine Stimme.

»Niemals!« So laut rief Dorothea Aurich, dass sich eine Schar bunter Vögel lauthals kreischend aus den Bäumen in die Luft erhob. »Ich werde hier mindestens zwei Tage bleiben.«

»Wie ich sagte, in einer Stunde brechen wir auf.«

Bevor Dorothea Aurich etwas erwidern konnte, nahm Dalman sie am Ellenbogen und zog sie abseits. Dort flüsterte er ihr etwas ins Ohr. Auguste wäre gern näher geschlichen, aber der Professor stellte sich ihr in den Weg.

»Wenn Sie Briefe haben, können Sie die Charly mitgeben.«

»Danke.« Auguste versuchte, an Lennsing vorbei zu gelangen, aber er ließ das nicht zu. So konnte sie nur beobachten, wie Dorothea Aurichs finstere Miene sich urplötzlich aufhellte, wie nach einer Lobeshymne ihres Gönners. Was war es nur, was die anderen vor ihr verbergen wollten?

Langsam näherte sich die Sonne dem Horizont, was mit einer angenehmen Kühle einherging. Wollten sie wirklich jetzt noch aufbrechen, kurz vor der Dämmerung? Welches Tier war es wert, so überhastet ihre Pläne über den Haufen zu werfen und diesen Ort zu verlassen, der so wunderbar für eine Rast geeignet war? Ein Gedanke kroch in ihren Kopf, so furchtbar und düster, dass sie ihn nicht zu Ende denken wollte.

»Auf geht's.« Lennsing schwang sich auf sein Pferd, sodass ihnen keine Wahl blieb. »Wir haben nicht viel Zeit.«

Plötzlich sprang ein grauer Schatten aus dem Unterholz, Augustes Pferd scheute. Sie zog die Zügel an und klopfte beruhigend auf den Hals der Braunen. Der Schatten hüpfte über den Weg und blieb stehen. Neugierig beäugten zwei Augenpaare Auguste und ihre Mitreisenden. Ihr Herz ging auf, als sie das Gesichtchen des Baby-Kängurus entdeckte. Sein Kopf lugte aus dem Beutel, die großen Augen und spitzen Ohren musterten Auguste prüfend.

»Ksch, ksch«, flüsterte sie und wedelte mit der Hand, was ihr Pferd erneut in Aufregung versetzte. »Los, verschwindet.«

Doch die dummen Beuteltiere blieben einfach stehen, nicht ahnend, welcher Gefahr sie sich aussetzten. Auguste trieb ihren Braunen in Richtung der Kängurus und hoffte, Mutter und Kind zu vertreiben, bevor einer der Männer oder Dorothea Aurich die beiden entdeckte. Zu spät!

»Ein Känguru mit einem *Joey.*« Dorothea Aurich beugte sich vor. »Auf so eine Gelegenheit habe ich schon lange gewartet.«

»Nein!«, riefen Auguste und – zu ihrer Verblüffung – Professor Lennsing gleichzeitig.

»Wir haben keine Zeit dafür.« Der Tonfall des Professors klang schneidend und kühl. »Wir haben bereits ein Exemplar davon.«

Für einen Augenblick schien Dorothea Aurich ihm widersprechen zu wollen, aber dann wendete sie ihr Pferd mit einem heftigen Zug am Zügel. Unbehelligt blieben Kängurumutter und Kind zurück, was Augustes Verwirrung und Sorge wachsen ließen.

Als sie in der Ebene angekommen waren, hieß der Professor sie anzuhalten. Auf seinem Gesicht und dem von Dalman zeichnete sich eine Erregung ab, die Auguste äußerst abstoßend fand.

»Die Frauen bleiben hier.« Lennsing sprang schwungvoll vom Pferd. »Fräulein Ohlendorf, Sie können Feuerholz sammeln oder Frau Aurich bei den Präparaten helfen.«

Ich lasse mir von niemandem sagen, was ich zu tun habe.

Zornig trat sie einen Ast, der auf dem Boden lag.

Augenblick, bisher hat er mir noch nie etwas befohlen. Hier stimmt etwas ganz und gar nicht.

Nachdem die beiden Männer zu Fuß in den Busch marschiert waren, erhob sich Auguste.

»Wir sollen hierbleiben.« Dorothea Aurich schaute auf. »Haben Sie den Professor nicht gehört?«

»Ein menschliches Bedürfnis. Sie verstehen sicher«, log Auguste schamlos. Bevor die Pflanzenjägerin reagieren konnte, war Auguste ebenfalls im Unterholz verschwunden.

Vorsichtig, auf Abstand bedacht, aber dennoch in Sichtweite, schlich Auguste den beiden Männern nach. Etwas in deren Tonfall hatte ihr Misstrauen geweckt, sodass sie ihnen folgen musste. Verflucht! Schon wieder war sie mit dem Kleid an einem dornigen Strauch hängen geblieben. Warum gab es für Frauen keine Kleidung, die expeditionstauglicher war? Hastig riss sie sich los, in Sorge, Professor Lennsing und Dr. Dalman aus den Augen zu verlieren. Dann musste sie heute Abend eben wieder den Stoff flicken. Die Reise hatte ihr längst die letzten Reste von Eitelkeit ausgetrieben.

Plötzlich blieben die beiden Männer stehen, Auguste ebenso. Sie hielt den Atem an und fürchtete, dass der Professor sie entdeckt haben könnte. Stattdessen hörte sie Stimmen in einer Sprache, die sie nicht erkannte. Ob sie wohl endlich ihre ersten Australneger zu Gesicht bekommen würde? Echte Eingeborene, nicht die armen Gestalten, die sie in Brisbane gesehen hatte, sondern schöne, stolze Menschen.

Nachdem sie sich vergewissert hatte, dass ihre Reisegefährten sie nicht wahrnahmen, wagte sie sich weiter vor. Sie schlich in der Deckung mehrerer Büsche, deren Namen Dorothea Aurich sicher gekannt hätte, näher heran. Lachen und laute Stimmen schwirrten durch die Luft. Vorsichtig hob Auguste den Kopf und spähte in Richtung der Stimmen. Ja, dort waren sie. Echte Wilde. Halb nackte schwarze Menschen – achtzehn Männer, Frauen und Kinder zählte sie – hatten sich an einem Wasserloch versammelt. Die Männer saßen in einem Kreis und schienen über etwas zu diskutieren, während die Frauen eine Mahlzeit zubereiteten. Die Kinder spielten am Ufer und bespritzten sich lärmend mit Wasser.

Es war eine so harmonische und fröhliche Szene, dass Auguste es bereute, ihren Skizzenblock nicht mitgenommen zu haben. Wie glücklich diese Menschen über die kleinen Freuden des Daseins waren, wie wundervoll einfach ihr Leben sein musste. Sicher strebten sie nicht verbissen nach Ruhm wie der Professor oder Dorothea Aurich oder suchten nach einem Abenteuer wie sie.

Ob es möglich wäre, sich mit ihnen zu verständigen? Vielleicht mit Handzeichen – oder einer von ihnen hatte bereits Kontakt mit weißen Australiern gehabt und verstand ein wenig Englisch. Auguste biss sich auf die Fingerknöchel, um sich nicht durch einen Laut des Entzückens zu verraten. Denn weder sollten der Professor und sein Assistent sie entdecken noch wollte sie die Eingeborenen erschrecken. Eines der Kinder hatte etwas am Ufer gefunden und lief lachend auf die Männergruppe zu.

In dem Moment knallte ein Schuss, so laut und überraschend, dass Auguste erschreckt aufkreischte. Ihr Schrei wuchs sich aus zu einem des Entsetzens, als einer der Männer plötzlich vornüberfiel und die ganze Gruppe laut rufend aufsprang. Die armen Menschen schienen nicht zu begreifen, was ihnen geschah. Die Kinder kreischten, eine der Frauen stand so hastig auf, dass sie ins Feuer trat und vor Schmerz aufjaulte. Die Männer neben dem Erschossenen wandten sich ihm zu und versuchten, ihn zum Leben zu erwecken. All das beobachtete Auguste, starr vor Grauen.

Da fiel ein zweiter Schuss. Auguste erwachte aus der Erstarrung und wollte zu Lennsing und Dalman laufen, wollte sie davon abhalten, weitere Mordtaten zu begehen. Doch etwas bremste. War sie etwa wieder mit dem vermaledeiten Kleid an einem Strauch hängen geblieben? Hastig wandte sie sich um. Dorothea Aurich hatte sie mit der rechten Hand am Rock gepackt. Die linke hatte sie erhoben und hielt den Zeigefinger vor den Mund. Auguste stutzte einen Augenblick, aber dann riss sie sich los.

Was waren das nur für Menschen, mit denen sie gereist war? Ohne ein Gefühl zu zeigen, legten Professor Lennsing und Dr. Dalman erneut seelenruhig auf die Gruppe der Schwarzen an.

»Nein!« Auguste drohte die Stimme zu versagen. »Um Himmels willen, nein!«

Obwohl ihr Ruf den Professor und seinen Assistenten überrascht hatte, änderte er nichts. Auguste konnte nur schreckensstarr zusehen, wie ein alter Mann mit hellgrauen Haaren und ein jüngerer Schwarzer, kaum dem Kindesalter entwachsen, umfielen. Die anderen liefen schreiend und wehklagend davon, nachdem sie erkannt hatten, dass ihre Verwandten nicht mehr zu retten waren.

»Halte doch den Mund, dummes Weib!«, fuhr Lennsing sie an. »Wie sollen wir sonst an unsere Skelette kommen?«

Er erhob sich und kam auf sie zu, in seinem Blick stand so viel Wut, dass sie sich duckte. Es dauerte einen Augenblick, bis Auguste begriff, was er ihr gesagt hatte.

»Friedhöfe. Ich dachte, Sie sammeln Leichen auf Friedhöfen.«

»Diese dreckigen Wilden rücken ihre Toten nicht heraus.« Er stieß ein böses Lachen aus. Der Mann erschien ihr vollkommen verrückt. Wie hatte sie das nicht merken können? »Also müssen wir sie uns selbst besorgen.«

Kannte er denn die Worte der Bibel nicht? Kein gottesfürchtiger Christ durfte andere Menschen töten. Die Unsäglichkeit und Grausamkeit seiner Untat ließ sie am ganzen Körper zittern. Sie wollte ihm so viel sagen, brachte aber keinen Ton heraus.

»Es ist für die Wissenschaft, Fräulein Ohlendorf«, mischte sich Dorothea Aurich ein, die ihr gefolgt war. Sie sprach in einem Tonfall, als wollte sie ein trotziges Kind beruhigen. »Das müssen selbst Sie begreifen.«

»Das … das …« Vor Grauen fehlten Auguste die Worte. Wie konnte eine Frau nur so kaltherzig über den Mord an unschuldigen Menschen reden? »Es sind Menschen.«

»Halbmenschen, viel weniger entwickelt als wir.« Dorothea Aurich schüttelte den Kopf. Ihre kalten Augen starrten Auguste an, als wäre die eines der exotischen Tiere, die man studieren konnte, ohne sie je zu begreifen.

»Haben Sie nicht gesehen, wie glücklich die Familie war?« Vor Verzweiflung kippte Augustes Stimme.

»Es sind Wilde, unterentwickelt. Nicht besser als der Koala, den ich gestern geschossen habe.« Lennsing lachte. »Der war immerhin niedlich.«

Sie wusste nicht zu sagen, woher der Zorn kam, woher sie den Mut nahm, sich auf ihn zu stürzen und mit den Fäusten auf ihn einzuprügeln.

»Schämen Sie sich! Schämen Sie sich!«

Erst lachte er sie weiter aus, doch dann erwischte ihn ein Hieb auf der Nase, die sofort zu bluten begann.

»Du dummes Stück.« Er holte mit der Faust aus und schlug ihr ins Gesicht.

Auguste stolperte und stürzte. Sie spürte einen scharfen Schmerz, als ihr Kopf auf einen Stein fiel. Dann … Dunkelheit.

24

Australien 1876

Auguste fröstelte, als sie ihr Bewusstsein wiedererlangte. Ihr Mund fühlte sich trocken an, mit einem Geschmack, der an Eisen erinnerte. Sie musste sich auf die Zunge gebissen haben, als Professor Lennsings Faust sie getroffen hatte. Ihr Kopf dröhnte, als schmetterte eine Marschkapelle zackige Lieder. Viel fröhlicher, als ihr zumute war, sobald die Erinnerung zurückkehrte. Wie sollte sie nur mit diesen Unmenschen weiterreisen? Nicht einmal Dorothea Aurich hatte sich für die Schwarzen eingesetzt. Fehlte ihr denn jegliches Mitgefühl, das doch die höchste Tugend der Frauen war?

Vorsichtig öffnete Auguste die Augen und richtete sich auf. Als sie bewusstlos war, hatte jemand sie zurück zum Lagerplatz gebracht. Wo waren die anderen? Suchend blickte sie sich um. Sie vermisste das Schnauben der Pferde, das Stampfen der Hufe. Ihr Herz setzte einen Schlag aus, als sie entdeckte, dass die Zelte verschwunden waren.

Fröstelnd rieb sie sich die Arme. Das Feuer war heruntergebrannt. Nur noch kalte graue Asche befand sich im Kreis der Steine. Langsam bildete sich ein Gedanke. Niemand außer ihr war hier. Die Erkenntnis traf sie wie zuvor der Fausthieb des Professors.

Ihr entrang sich ein Schreckenslaut und sie sprang so rasch auf, dass ihr übel wurde. Mit letzter Kraft taumelte sie aus dem Lager, um ihr Essen von sich zu geben. Was hätte sie für einen Schluck Wasser gegeben, um den gallebitteren Geschmack auszuspülen. Doch sie hatte weder Wasser noch Nahrung. Ihre Reisegefährten waren weitergezogen und hatten sie einfach ihrem Schicksal überlassen.

Nein, das kann nicht sein. Bestimmt wollen sie mir nur einen Schrecken einjagen, damit ich niemandem von ihren Verfehlungen berichte. Sie würden mich niemals zurücklassen, Tagereisen von jeder menschlichen Ansiedlung entfernt.

Hektisch lief sie erst in eine Richtung, dann in die andere. »Professor Lennsing!«, rief sie mit sich überschlagender Stimme. »Doktor Dalman! Frau Aurich!«

Nur ein Vogel flatterte auf, wohl gestört durch ihre Schreie. Nein, es konnte nicht sein. Ihre Reisegefährten wären nicht so grausam, nicht wahr? Während ihr Kopf die bittere Wahrheit nicht wahrhaben wollte, wusste ihr Herz bereits um ihr Schicksal. Sie war allein, ohne auch nur die geringste Vorstellung, wo sie Wasser oder Menschen finden konnte.

Hätte sie nur mehr Fragen an Dorothea Aurich gestellt, dann wüsste sie wenigstens, welche Pflanzen essbar waren. Auf einmal fühlte Auguste sich hundsmiserabel; ihre Beine konnten sie nicht mehr tragen und sie sank zu Boden. Als die Tränen flossen, schlug sie die Hände vors Gesicht und schluchzte haltlos. Die Aussichtslosigkeit ihrer Lage legte sich wie eine Last auf ihre Seele. Sicher, der Professor war ein Mann, kälter als die Fische, die in Hamburg auf dem Markt verkauft wurden, aber selbst er musste genug Herz haben, sie nicht ihrem Elend zu überlassen, nicht wahr?

Dorothea Aurich! Sie wischte sich mit den Fingern die Tränen ab und richtete sich auf. Ja, die Frau würde sich für Auguste aussprechen und sie retten. Und wäre es nur aus dem Grund der Schicklichkeit, weil sie nicht allein mit zwei Männern weiterreisen wollte. Ein bitteres Lachen entkam Auguste bei diesem Gedanken. Wie naiv war sie nur! Als scherte sich eine Frau wie Dorothea Aurich um Anstand oder Augustes Schicksal. Die seltsame Forscherin lebte nur für ihre Pflanzen und ihre Wissenschaft. Menschlichkeit war von ihr so wenig zu erwarten wie von einem der grauen Felsen, an denen sie ihr Weg vorbeigeführt hatte.

Vincent Dalman – auf ihn würde Auguste zählen können. Schließlich hatte er zu Beginn der Reise mit ihr geflirtet. Vielleicht war das jetzt seine Art, sich an ihr zu rächen, weil sie ihn abgewiesen hatte. Auguste hatte den Geruch von Blut, der ihn umgab wie ein Mantel, einfach nicht ertragen können. Warum also sollte der Mann sich für sie aussprechen?

Nachdem ihr das bewusst geworden war, ließ sich Auguste auf den Boden sinken. Mit einem Zweig stocherte sie in der Asche, in der vergeblichen Hoffnung, noch einen Funken zu entzünden. Doch die Asche war kalt, das Feuer tot. So tot, wie auch sie es bald sein würde.

Auguste presste die Lippen zusammen und kämpfte gegen Tränen und Verzweiflung an, die sie zu überrollen drohten. Sie war klug genug, die Aussichtslosigkeit ihrer Lage zu erkennen. Einsam, zurückgelassen in einem Urwald, den sie nicht kannte. Umgeben von wilden Tieren, tödlichen Schlangen und was immer auch hier lauerte. Es war nur eine Frage der Zeit, bis sie den Bedrohungen dieser lebensfeindlichen Welt zum Opfer fallen würde.

Würde sie verdursten, erfrieren oder zur Beute eines wilden Tieres werden? Wenn wenigstens das Feuer brennen würde! Das gäbe ihr einen winzigen Schutz vor den Gefahren des Waldes. Auguste klopfte ihre Taschen ab, aber da war nichts. Sie hätte schwören können, dass sie Streichhölzer eingesteckt hatte, nachdem sie das Feuer entfacht hatte. Das ließ nur einen Schluss zu. Jemand musste ihre Taschen durchwühlt haben, solange sie bewusstlos war.

Hatten ihre Reisegefährten ihr wirklich alles genommen? Nachdem sie einmal tief durchgeatmet hatte, verengte Auguste die Augen, um im Dämmerlicht etwas zu erkennen. Dort! Da lag etwas! Ihr Herz schlug schneller, Freude und Hoffnung gaben ihr die Kraft, aufzuspringen und mit großen Schritten an den Rand ihres Lagers zu eilen.

Ihr Blick verschwamm vor Freudentränen, aber dennoch gelang es ihr, ihre Tasche mit zittrigen Fingern zu ergreifen.

Die Freude wich Unglauben und Zorn, als sie erkannte, dass die anderen ihr nahezu alles genommen hatten, was Auguste auf die Reise mitgenommen hatte. Um wirklich sicher zu sein, schüttete sie die Tasche aus, beobachtete, wie die beiden Teile auf den Boden fielen.

Vorsichtig nahm sie jedes Stück einzeln auf, staubte es ab und verstaute es wieder in dem Beutel. Die anderen hatten ihr nur das Expeditionsbuch gelassen und einen nahezu stumpfen Bleistift. Aus unerfindlichen Gründen ärgerte es Auguste, dass jemand der anderen ihr den wunderschönen Füller gestohlen hatte. Als wäre das jetzt von Bedeutung.

Erneut drohten ihr die Sinne zu schwinden, erschüttert von der Boshaftigkeit der Menschen, mit denen sie so viel gemeinsame Zeit verbracht hatte. Nicht nur, dass die Wissenschaftler sie hier zurückgelassen hatten, nein, sie hatten ihr auch jede Möglichkeit genommen, allein im Busch zu überleben. Auguste schluckte trocken. Ihre Kehle fühlte sich rau an, ihre Zunge schien angeschwollen zu sein. War das ein Symptom des Verdurstens?

Ich muss mich zusammenreißen. So will ich nicht sterben. Feuer! Das Wichtigste ist jetzt, ein Feuer zu entzünden. Den Durst werde ich bewältigen, aber die Kälte oder die Tiere der Nacht, die werden mich umbringen. Steine! So hat man früher Funken hervorgerufen. Indem man Steine aufeinanderschlug.

Doch so sehr sie auch Felsstücke aufeinanderprallen ließ, es wollte sich kein Fünkchen einstellen. Tränen der Verzweiflung und des Zorns rannen warm über ihre Wangen.

Denk nach! Denk nach! Es muss eine andere Möglichkeit geben. Die Schwarzen, sie haben an einem Feuer gesessen, bis Professor Lennsing sie kaltblütig ermordet hat. Vielleicht brennt es noch.

Von neuer Hoffnung getrieben taumelte sie in Richtung des Rastplatzes der Eingeborenen. Sie stolperte über eine Baumwurzel und fing sich mühsam ab. War das überhaupt der richtige Weg? Von Trostlosigkeit überwältigt, ließ sie sich auf den weichen Boden fallen. Auguste riss Grasbüschel aus und schrie ihre Verzweiflung in den weiten Himmel.

Wie dumm bin ich? Ein Feuer hätte ich schon längst gesehen, wenn es eines gäbe. Ich werde sterben. Irgendwo mitten im Busch, allein und unbetrauert. Warum habe ich Hamburg nur verlassen?

Sie sackte zusammen, ließ den Kopf auf die übereinander gelegten Hände sinken und schluchzte, bis ihre Augen brannten. Als etwas sie an der Schulter berührte, schrie sie auf. Wild schlug sie um sich, bereit, ihr Leben teuer zu verkaufen.

»Verschwinde«, kreischte sie, wobei sich ihre Stimme überschlug. »Hau ab. Ich … ich habe eine Waffe.«

Ihr Angreifer trat einen Schritt zurück und antwortete ihr in der seltsam schnatternden Sprache der Schwarzen.

»Ich. Verstehe. Dich. Nicht«, sagte Auguste, jedes Wort einzeln betonend. »I do not understand. Je ne comprends pas.«

Nun, wo er etwas von ihr entfernt war, musterte sie ihn genauer. Sein nahezu faltenloses Gesicht war rund, geprägt von den großen dunkelbraunen Augen und tiefschwarzen Brauen. Unter der flachen, breiten Nase wuchs ein dichter grauweißer Bart, der den Mund beinahe verbarg. Auch in seinem Haar sprenkelten wenige dunkle Strähnen das helle Grau der dichten Locken. Wie konnte es sein, dass seine Augen so jung wirkten? Auguste hätte nicht sagen können, wie alt ihr Angreifer wohl war. Sie hätte nicht einmal sagen können, ob er wirklich ein Feind war oder möglicherweise ihr Retter.

Erst auf den zweiten Blick erkannte Auguste, dass das, was sie für ein ausgefallenes Hemd gehalten hatte, eine Bemalung seines Körpers mit weißer und gelber Farbe war. Die Striche, Wellenlinien und Punkte waren so kunstvoll ausgeführt, dass sie die dunkelbraune Haut annähernd vollständig bedeckten. Als sie feststellte, dass er nur einen schmalen Lendenschurz trug, wandte sie den Blick ab. So nahe war sie einem beinahe unbekleideten Mann bisher noch nie gewesen.

Zu ihrer Verwunderung bewegte er sich nicht, sondern ließ stillschweigend zu, dass sie ihn betrachtete.

Nachdem Auguste den Mut gefunden hatte, sich seiner Nacktheit zu stellen, entdeckte sie Narben auf seiner muskulösen Brust. Auch auf den Oberarmen waren alte Verletzungen zu erkennen, zu regelmäßig angeordnet, als dass sie in einem Kampf entstanden sein konnten. Auguste überlegte einen Augenblick, versuchte, sich an etwas zu erinnern, was Onkel Georg einmal gesagt hatte. Muster in den Körper zu ritzen, war bei vielen Schwarzen Teil ihrer Initiationsriten. Ob das auch für Mädchen galt?

Gab es wahrhaftig keine wichtigeren Fragen als die? Hier stand sie in der Fremde, verlassen von den Menschen, denen sie vertraut hatte, einem Mann ausgeliefert, dessen Familie Dalman und Lennsing ermordet hatten.

Bitte lass mich schnell sterben. Bitte lass mich nicht lange leiden. Bitte lass ihn mich nur töten.

Als der Mann sich ihr mit erhobenen Händen näherte, schloss sie die Augen und hoffte, dass ihr stummes Gebet Erfüllung fände.

25

Australien, heute

Nur noch ein Tag blieb ihr, bevor Franziska auf eine Wanderung startete, von der sie weder Weg noch Ziel kannte. Je näher der Zeitpunkt ihrer Abreise rückte, desto stärker meldeten sich die Zweifel, ob sie nicht einen Riesenfehler beging. Noch konnte sie zurück, konnte Tara anrufen und sich unter einem Vorwand – Krankheit, Verpflichtungen an der Uni oder etwas Ähnliches – abmelden. Aber Franziska war sich sicher, dass ihr diese Feigheit ihr Leben lang nachhängen würde. Sie würde sich immer wieder fragen, wie ihr Schicksal verlaufen wäre, hätte sie diesen Rückzieher nicht gemacht.

Außerdem war sie neugierig, was Tara ihr über Amber-Auguste erzählen konnte. Gleichzeitig fürchtete Franziska sich davor, zu erfahren, dass ihre Ururgroßtante eine Grabschänderin und möglicherweise sogar Mörderin gewesen war. Dann wiederum hätte sie schwören können, dass Amber-Auguste ein guter Mensch gewesen war. Schließlich lebte Sams Clan seit mehr als einhundert Jahren auf *Amber's Joy*. Das würden sie nicht tun, sollte Amber-Auguste eine üble Rolle in der australischen Geschichte gespielt haben. Oder Amber-Auguste hatte ihnen das Land als Wiedergutmachung angeboten.

Frustriert stöhnte sie auf. »So viele Fragen und keine Antworten.«

»Überfalle Tara bloß nicht mit allen auf einmal.« Riley nahm ihre Hand. »Versuch, geduldig zu sein.«

»Willst du nicht wissen, was mit Amber war?«

»Natürlich, aber du solltest dich an Tara anpassen.«

»Ich komm schon klar.«

»Das habe ich nicht bezweifelt.«

»Nur weil ich hier nicht geboren bin, heißt das nicht, dass ich wie ein Elefant im Porzellanladen herumtrampele.«

»Das habe ich nicht behauptet.«

»Sorry. Ich bin einfach nervös.«

»Das wäre ich auch.«

»Du? Du hättest doch keine Probleme, einen *Walkabout* zu bewältigen.«

»Das weiß ich nicht. Auch wenn ich auf einer Farm aufgewachsen bin, das ist ein Unterschied. Die Temperaturen dort, die Tiere …«

»Ich gehe ja nicht allein.«

»Mir musst du nichts beweisen.«

»Aber vielleicht mir.«

Eine Weile schwiegen sie beide, ein unangenehmes Schweigen wie die Ruhe vor einem Sturm oder einem Buschfeuer. Konnten sie nie über etwas reden, ohne dass es zu Missverständnissen und einem Streit kam? Manchmal kam es ihr vor, als müsste jeder zweite Satz ein »Es tut mir leid« enthalten.

War das ein schlechtes Zeichen oder erlebten sie schlicht den normalen Alterungsprozess einer Liebe? In einer Frauenzeitung hatte Franziska gelesen, dass es biologisch bedingt war, dass die Phase der ersten Verliebtheit endete. Angeblich war das nötig, weil man sonst nicht arbeitsfähig wäre und sogar das Überleben der Spezies auf dem Spiel gestanden hätte. Damals hatte sie das spannend gefunden und sich überlegt, wie wohl eine Welt aussähe, in der alle Paare auf Dauer rosarote Brillen trügen.

Sie selbst konnte leider auf keine Erfahrungswerte zurückgreifen. Mit Julian hatte sie solche Situationen nicht erlebt, ihn hatte sie aber auch nicht so sehr geliebt wie Riley.

»I am sorry«, sagten sie beide gleichzeitig, stoppten einen Moment und begannen zu lachen.

»Lass mich erst«, bat Riley. »Ich bewundere es, dass du dich ins *Outback* wagst, aber gesteh mir zu, dass ich mich sorge.«

»Ich bin nur hochgegangen, weil ich unglaublich Schiss habe. Du weißt ja, wie sehr ich Schlangen, Spinnen und Krokodile fürchte.«

»Und Giftkröten. Riesige Giftkröten.« Er beugte sich zu ihr und gab ihr einen Kuss. »Du schaffst das. Ich bin mir sicher.«

»Ich mir auch.«

Hoffentlich bemerkt er nicht, wie wenig ich selbst an meine Worte glaube. Zählen Notlügen zu den Lügen, an denen eine Liebe zerbricht? Was sagt das über unsere Liebe aus, dass ich ihm meine Schwäche nicht zeigen kann oder will?

Dunkel erinnerte Franziska sich an einen Spruch auf einer Postkarte, der ihr sehr gut gefallen hatte und ihr daher im Gedächtnis geblieben war. Irgendwas wie: Liebe erfährst du, wo du schwach sein kannst, ohne beim anderen Stärke hervorzurufen.

Riley würde es sicher nicht ausnutzen, wenn ich meine Ängste zugebe.

»Haben sie dir gesagt, wo eure Tour startet?« Riley schaute Franziska fragend an. »Es ist schon ein Unterschied, ob du tief ins *Outback* fährst oder an dessen Rand bleibst.«

»Tara hat versprochen, mir eine Mail zu schicken.« Sie grinste. »Es sind ja nur ein paar Tage.«

Als der Abreisemorgen kam, fühlte sie sich überhaupt nicht mutig. Von Rileys Warnungen überwältigt, hatte sie sich im Internet schlaugemacht und intensiver über das *Outback* informiert. Die Hitze und mögliche Buschfeuer nahmen mehr Raum in den Warnungen ein als die Tiere, vor denen sie einen tiefen Respekt hatte. Schlangen und Spinnen standen eindeutig nicht auf der Liste ihrer Lieblingstiere, auch wenn immer betont wurde, dass es dank der Gegengifte kaum Todesfälle gab. Denn Gegengifte waren ja nur nötig, *wenn* man gebissen wurde.

Ich kann absagen, ich muss mir nur einen Vorwand ausdenken. Nein, ich muss mich nicht dafür entschuldigen, falls ich es mir anders überlege. Wenn es zu schlimm wird, kann ich die Wanderung ja abbrechen, aber wenigstens versuchen will ich es.

»Woran denkst du?« Riley hatte darauf bestanden, sie zum Treffpunkt zu fahren.

»An das Übliche: Giftschlangen, Giftspinnen, Krokodile«, versuchte sie zu scherzen, aber ihre Stimme klang eher belegt als fröhlich. »Und ich frage mich, warum ich mir immer nur das Schlimme ausmale.«

»Wenn es besser werden sollte, wirst du positiv überrascht. Wenn es genauso übel kommt, behältst du recht.«

»So kann nur ein *Aussie* denken.«

»Nee, wir würden nur das Abenteuer sehen und alles gaaaanz *laid back* angehen.«

»Da vorne müssen wir links rein.«

Das Navi sagte, dass es nur noch wenige Kilometer waren. Franziska leckte sich die trockenen Lippen. Sie verschränkte die Finger ineinander, um das Zittern ihrer Hände zu unterdrücken.

»Pass auf dich auf.« Riley schaute sie an. »Darling. Wir … wir bekommen das mit uns wieder hin, oder?«

Der Ausdruck seiner blauen Augen war so traurig, dass sie ihn trösten wollte, aber ihr fiel nichts ein. Sie wusste selbst, wie zerbrechlich ihre Liebe geworden war. Erschien es ihr wirklich als gute Idee, ihn erneut für mehrere Tage allein zu lassen? Konnte es einen größeren Vertrauensbeweis geben oder war sie naiv zu glauben, dass er diese Chance nicht nutzen würde?

Er bog auf einen Parkplatz ein, wo drei Frauen neben einem *Ute*, dem australischen Pick-up, standen. Nun wurde es ernst. Eine Frau löste sich aus der Gruppe und kam auf sie zu. Franziska stieß den Atem aus und öffnete die Tür und stieg aus. Riley stand bereits neben dem Kofferraum und reichte ihr ihren Rucksack.

»Danke fürs Herbringen.« Sie wandte sich in dem Moment zu Tara um, als Riley ihr einen Abschiedskuss geben wollte. Daraufhin lachte sie, etwas verlegen wegen des missglückten Kusses. Auch Riley schien nicht zu wissen, was er sagen sollte.

»Ich ruf dich an, sobald ich kann.« Franziska bemühte sich um ein tapferes Lächeln. Hoffentlich gelang ihr das besser als ihre Stimme, die piepste.

»Sorry, aber Smartphones funktionieren nicht, da wo wir hingehen.« Tara zuckte mit den Schultern, was Franziskas Besorgnis nicht minderte. »Riley, du kennst mich. Vertrau mir.«

»Trotzdem, seid bitte vorsichtig.«

Franziska konnte sich ein Grinsen nicht verkneifen, als sie ihn da so stehen sah, wie er mit dem Stiefel im Sand scharrte und die Schultern hängen ließ. So richtig schien es ihm nicht zu gefallen, der einzige Mann zu sein.

»Wir passen schon auf. Und nun geh.« Tara nickte.

Er öffnete den Mund, als ob er noch etwas sagen wollte, aber dann drehte er sich um und schlenderte zurück zu seinem Auto. Sein Abgang hatte etwas von einer Flucht. Franziska überfiel das schlechte Gewissen, weil es keinen richtigen Abschiedskuss gegeben hatte.

»Entschuldige. Ich bin gleich wieder da.« Sie lief los. »Riley!«

Er blieb stehen, wandte sich ihr zu und beschattete die Augen mit der Hand. Sein Lächeln erwärmte ihr Herz und sie fragte sich – bestimmt zum tausendsten Mal –, warum sie ihm nicht vertraute. Selbst für jemanden mit ihrer Geschichte war es offensichtlich, wie sehr er sie liebte. Aber das hatte sie von Julian auch gedacht.

»Es tut mir leid.« Sie warf sich in seine Arme. »Ich will nicht ohne einen Abschiedskuss gehen. Eben, da war ich … neben der Spur. Ich bin wohl nervöser, als ich mir eingestehen wollte.«

»Es wird schon gut gehen.«

Als er noch mehr sagen wollte, zog sie ihn zu sich heran und küsste ihn leidenschaftlich, voller Versprechen und Hoffnung.

»Du willst unbedingt, dass ich dich vermisse.« Sein tiefes, dunkles Lachen verscheuchte alle düsteren Gedanken. »Sieben Tage erscheinen mir unendlich lang.«

»Mir auch, aber die Wiedersehensfreude ist dann umso größer.«

Ein letzter, schneller Kuss und sie musste gehen. Zu den drei Aborigine-Frauen, die ihre Abschiedsküsse mit Pfiffen und Gelächter begleitet hatten. Bis auf Tara waren sie Franziska unbekannt.

»Hallo, ich bin Ruby.« Ein breites Lächeln begleitete die Worte. »Schön, dich kennenzulernen.«

Rubys Gesicht kam Franziska vage vertraut vor, aber es fiel ihr nicht ein, woher. Die Frau war etwa zehn Jahre älter als Franziska und ziemlich stämmig. Ob sie fit genug für die Wanderung war? Alles an ihr wirkte rund und weich, ihr Gesicht war breit, dominiert von vollen Lippen und einer flachen Nase. Ihre fast schwarzen Augen schauten Franziska freundlich an.

»Sorry, hallo. Ich hab gerade überlegt, woher ich dich kenne.«

»Ruby ist Malerin«, sagte Tara. »Eine der bekanntesten Aborigine-Künstlerinnen.«

»Das kann es sein.«

»Wie lange wollen wir noch hier rumstehen?«

Die dritte Frau wäre eine unglaubliche Schönheit gewesen, wenn sie nicht so eine verbiesterte Miene aufgesetzt hätte. Sie war Ende 20, hochgewachsen und schlank. Ihre hellbraunen Locken endeten in blonden Spitzen. Sie musterte Franziska aus großen tiefbraunen Augen von oben bis unten, der volle Mund schürzte sich verächtlich.

»Warum nehmen wir eine *Gubbah* mit?«, fragte die Schönheit mit überraschend dunkler Stimme. »Wollten wir nicht unter uns bleiben?«

26

Australien, heute

Das fängt ja super an, dachte Franziska, während sie ein bissiges Lächeln versuchte.

»Faith.« Nur dieses eine Wort von Tara und die unfreundliche Frau senkte den Blick, aber es blieb deutlich, dass sie nicht mit Franziskas Anwesenheit einverstanden war.

»Pack deinen Rucksack mit drauf.« Ruby sprang überraschend leichtfüßig auf die Ladefläche des Wagens, der aussah, als hätte er schon eine Menge Touren durch anspruchsvolles Gelände hinter sich. »Gib her. Wir beide müssen im Freien sitzen.«

Warum darf Faith vorn mitfahren?, ging Franziska durch den Kopf, aber sie wollte sich nicht streiten.

»Danke.« Franziska reichte Ruby den Rucksack und kletterte ebenfalls auf die Ladefläche, wo das Gepäck der anderen Frauen bereits verstaut war. Sie stellte ihren Rucksack an die Wand des Wagens und lehnte sich dagegen. Als Tara anfuhr, prallte Franziskas Ellenbogen gegen die Wand.

Verdammt!

Der Wagen ruckelte über eine Piste, die aussah, als würde sie selten befahren. Tara drosselte das Tempo, als die Schlaglöcher größer wurden.

»Ich dachte, wir gehen zu Fuß.« Auch wenn sie es sich ungern eingestand, wurde ihr langsam mulmig zumute. Sie fuhr mit Frauen, die sie nicht kannte, an einen Ort, den man ihr nicht mitgeteilt hatte. Riley würde sie nicht erreichen können, sollten Smartphones dort wirklich nicht funktionieren.

»Wir haben nur ein paar Tage Zeit. Wollten wir dorthin und zurück laufen, bräuchten wir Wochen.«

»Wohin fahren wir?«

»Hat Tara es dir nicht gesagt?« Ruby beugte sich nach vorn und flüsterte: »Was Geheimniskrämerei angeht, kann sich Sam eine Scheibe von ihr abschneiden.«

»Das habe ich gehört«, rief Tara von vorn gegen den Fahrtwind an. »Ruby, du weißt es besser!«

»Was meint sie?«

»Tara sagt: Mach dir keine Sorgen über das Ziel, dein Weg bringt dich dorthin.«

»Das hilft nicht wirklich weiter.«

»Würde es dir etwas nützen, wenn wir den Namen einer Stadt sagen?« Leider war der Fahrtwind nicht stark genug, um Faiths patzige Worte wegzuwehen. »Wenn du mit uns reisen willst, pass dich uns an.«

»Sei nicht so übellaunig, Faith.« Tara und streckte den Kopf aus dem Wagenfenster. »Die Weißen denken mit dem Kopf, nicht mit dem Herzen. Sie müssen immer wissen, nicht erleben.«

Als die Frauen lachten, wusste Franziska nicht, ob es ein gutmütiges oder ein spöttisches Lachen war. Sie fühlte sich unwohl, auf ihre Hautfarbe reduziert und mit allen Weißen in einen Topf geworfen zu werden. Andererseits mussten die drei bestimmt oft die Erfahrung machen, dass man sie nicht als Individuen wahrnahm, sondern als Aborigines.

Wenn sie ehrlich war, hatte Franziska auch genau das getan.

Für sie stand es im Vordergrund, einen *Walkabout* mit Aborigines zu machen. Bisher hatte sie sich wenig bemüht, ihre Mitreisenden kennenzulernen.

»Was treibt euch auf die Reise?«, fragte sie daher. »Oder ist das wieder so eine Weiße-wollen-alles-wissen-Frage?«

»Gut gekontert«, rief Tara. »Ich wusste, dass du zu uns passt.«

»Da weißt du mehr als ich«, murmelte Franziska, was ihr einen skeptischen Blick von Ruby einbrachte.

»Ich gehe jedes Jahr mit Tara auf einen *Walkabout*«, sagte Ruby. »So behalte ich den Kontakt mit meinen Ahnen.«

Während sie noch überlegte, was sie darauf sagen konnte, entdeckte Franziska ein Hinweisschild zum *Crows Nest* Nationalpark. Enttäuschung machte sich in ihr breit.

In ihrer Fantasie hatte sie sich gemeinsam mit den anderen Frauen durch die überlebensfeindliche Wüste geschlagen, nicht eine Wanderung durch einen gut ausgebauten und touristenfreundlichen Nationalpark vor sich gehabt.

Riley und sie hatten im letzten Jahr überlegt, eine Tour durch den Park zu machen, aber dann war ihnen irgendetwas dazwischengekommen, wohl seine Doktorarbeit oder ihr Studium. Aber Franziska hatte sich über den Park informiert, in Sorge, dass es dort Giftschlangen gäbe. Wie nahezu überall waren auch in *Crows Nest* einige Arten zu finden. Zum Ausgleich konnte man hier allerdings auch Ameisenigel und mehrere Känguruarten entdecken, wenn man Glück hatte.

»Wir sind da.« Tara bremste ab und bog in einen schmalen Weg ein, der sie zu Franziskas Überraschung auf einen Parkplatz führte. Sie parkte den *Ute* ein und stieg aus, ebenso wie Faith, deren Mundwinkel weiterhin herabhingen.

»Ich dachte, wir gehen ins *Outback*?«, sagte Franziska. »Auf den Spuren von Amber und der Traumzeit.«

Faith verdrehte die Augen und öffnete den Mund, sicher, um etwas Unfreundliches zu sagen, aber ein Blick von Tara brachte sie zum Schweigen.

»Das *Dreaming* ist immer und überall«, erklärte die Führerin gelassen. »*Songlines*, die Traumpfade, führen uns zu heiligen Orten, aber die Traumzeit spürst du als Aborigine um dich und in dir.«

»Keine Sorge, unser Weg wird anstrengend genug.« Ruby verdrehte spielerisch die Augen. »Obwohl ich mich jedes Jahr auf die Reise freue, verfluche ich jede Stunde, die wir in den Bergen kraxeln.«

»Du bist verweichlicht«, spottete Faith, allerdings in freundlichem Ton und begleitet von einem Lächeln.

»Schwester, wir sprechen uns heute Abend wieder, wenn du Muskelkater hast.«

»Hier erfahre ich etwas über Auguste, äh, ich meine über Amber?« Franziska wunderte sich, wie es die Gründerin von *Amber's Joy* so weit weg von Marburg und Lark Hill verschlagen hatte.

»Hier beginnt unsere Reise«, lautete Taras kryptische Antwort. »Wir müssen erst unsere Köpfe und Herzen frei werden lassen. Dafür ist die Wanderung gedacht.«

Ich will weder Kopf noch Herz befreien, sondern erfahren, ob Amber tatsächlich ein entsetzliches Verbrechen begangen hat. Aber es wird mir nicht helfen, wenn ich Tara verärgere. Außerdem tut es mir bestimmt gut, dem Stress und allen Fragen davonzuwandern.

»Ich habe gleich gesagt, sie wird es nicht verstehen.« Ob es Faith auch in freundlich gab?

»Genug.« Tara schnappte sich einen Rucksack. »Ab jetzt gilt die Kein-Wort-Regel.«

»Entschuldigung?« Erneut fühlte Franziska, als wüssten alle Bescheid, nur ihr hatte niemand gesagt, worum es ging. »Habe ich etwas verpasst?«

»Ich wollte es dir gleich erklären.« Tara schaute sie mit schief gelegtem Kopf an. »Etwas Geduld würde dir guttun.«

»Ich weiß.« Franziska zuckte mit den Schultern. »Bei meiner Geburt war die Geduldsfee im Urlaub.«

Der Blick, den Tara ihr auf diese scherzhaft gemeinten Worte hin zuwarf, ließ Franziska wünschen, sie hätte die Klappe gehalten.

»Sorry«, murmelte sie. Mit dem Fuß malte sie Muster in den Staub, als könnte sie dadurch ihren Fauxpas ungeschehen machen.

»Entschuldige dich nicht, gedulde dich lieber.« Tara schien ihr verziehen zu haben. »Auf der Wanderung selbst schweigen wir. Erst abends am Feuer sprechen wir. Der Tag dient dem Nachdenken. Jede von uns hat eine Frage, die sie den Ahnen stellen will.«

Aber meine Vorfahren leben nicht hier. Wie können Wesen und Geister der Traumzeit mir helfen, wo ich aus einem vollkommen anderen Kulturkreis komme? Na ja, immerhin tue ich etwas für meine Fitness. Und Zeit zum Nachdenken zu haben ist ja auch nicht schlecht. Ist ja nur für eine Woche, auch wenn mir diese miesgelaunte Faith jetzt schon auf die Nerven geht.

»Her mit euren Telefonen.« Tara öffnete eine kleine Stofftasche. Franziska sah Faith und Ruby fragend an. Ruby nickte, Faith schoss ihr nur einen bösen Blick zu. »Ja, Franziska, ich meine es ernst. Wir wollen ganz aussteigen.«

»Okay.« Am liebsten hätte sie um einen letzten Anruf bei Riley gebeten, aber irgendwie kam ihr das albern vor. Also holte sie ihr Smartphone heraus und legte es in den Beutel. Eine Woche ohne Facebook, Instagram und WhatsApp würde sie ja wohl überstehen, oder?

Nachdem sie die Telefone im Wagen eingeschlossen hatte, prüfte Tara, ob alle genug Wasser dabeihatten, zurrte Franziskas Rucksack fester und dann ging es los.

»Wie lange laufen wir …?«, begann Franziska, aber stoppte, nachdem Tara den Zeigefinger vor die Lippen legte.

Jetzt, da sie schweigen sollte, fielen Franziska immens wichtige Fragen ein, die sie vor dem Beginn der Wanderung stellen wollte. Wie lange wären sie pro Tag unterwegs? Wo würden sie schlafen? Was wäre, wenn eine von ihnen einen Unfall hätte?

Auf die Antworten musste sie bis zum Abendfeuer warten, wann immer das auch wäre. So ein Mist, dass sie nichts vom Camping hielt und nicht bei den Pfadfindern oder etwas Ähnlichem gewesen war. Egal, wie lange sie zur gleißenden Sonne hochschaute, Franziska gewann keine Vorstellung davon, wie spät es war.

Das nächste Mal bereite ich mich besser vor!

Vielleicht gehörte das zu der spirituellen Erfahrung.

Da keine der Frauen etwas sagte, verharrte auch Franziska im Schweigen. Die leuchtend gelben Blüten der Silber-Akazie zogen Franziskas Aufmerksamkeit auf sich. Die Akazie war einer der wenigen Bäume, die sie auf Anhieb erkannte. Obwohl sie es Caro versprochen hatte, war Franziska bisher zu faul gewesen, sich mit der einheimischen Pflanzenwelt zu beschäftigen. Im Gegensatz zu ihrer Freundin fand sie Blumen, Bäume und Gräser nur leidlich spannend.

Geführt von Tara wanderten sie einen steilen schmalen Pfad einen Berg hoch. Ihre Anführerin legte ein ordentliches Tempo vor, sodass Franziska bald froh war, nicht reden zu müssen. Sie brauchte ihren Atem, um nicht den Anschluss an die Frauen zu verlieren. Immer wieder griff sie nach ihrer Wasserflasche und trank. Stumpf setzte sie einen Fuß vor den anderen, nur ab und zu strich sie sich mit der Hand den Schweiß von der Stirn. Obwohl es hier im Wald relativ kühl war, brachte die Wanderung Franziska mehr ins Schwitzen, als sie erwartet hatte.

Aus dem Augenwinkel sah sie eine Bewegung zwischen dem Grün der Bäume, aber war zu erschöpft, um sich genauer damit zu beschäftigen.

Das kann ja heiter werden. Ich glaub, ich brech zusammen. Wenn Tara jeden Tag so rennt, steige ich spätestens morgen aus. Ich hätte trainieren sollen.

Ruby schien keine Schwierigkeiten zu haben, sich an den von Tara vorgegebenen Rhythmus anzupassen. Faith hingegen keuchte mit Franziska um die Wette, was dieser eine heimliche Genugtuung war. Nach zwei Stunden jedoch dachte sie nicht einmal mehr an Faiths Gehässigkeit, sondern konzentrierte sich nur darauf zu atmen.

Gehen, atmen, gehen, atmen, Wasser trinken.

Nach und nach gelang es ihr, einen eigenen Rhythmus zu entwickeln, der allerdings ihre ganze Konzentration forderte. *Tara hat recht, durch das Gehen bekomme ich den Kopf leer. Aber ob ich mein Herz befreien kann?*

Endlich gab Tara mit einem Handzeichen zu verstehen, dass sie hier rasten wollten. Vollkommen erschöpft ließ Franziska sich einfach auf die Erde plumpsen. Sie hätte gedacht, dass ihre Kondition besser wäre.

Den anderen schien es nicht anders zu gehen. Nachdem sie die Zelte aufgebaut und Sandwiches als Abendessen verzehrt hatten, saßen sie um das Feuer. Keine sagte ein Wort.

»Gute Nacht.« Sollte Faith sie für ein Weichei halten, Franziska war müde und wollte allein sein.

27

Australien, heute

Franziska drehte sich von links nach rechts und von rechts nach links. Egal, was sie auch versuchte, es blieb unbequem. Sie war noch nie ein Fan von Camping gewesen und hatte sich bisher allen Vorschlägen Rileys, zelten zu gehen, verweigert. Das Unkomfortabelste, auf das sie sich eingelassen hatte, waren die ausrangierten Eisenbahnwagen im Undara Nationalpark gewesen. Verglichen mit ihrem Zelt erschienen die Franziska auf einmal wie der pure Luxus.

Ich muss zur Ruhe kommen, sonst stehe ich morgen unsere Wanderstrecke nicht durch und bestätige Faith darin, dass Weiße nicht für Walkabouts *geeignet sind. Wenn ich mir noch mehr einrede, einschlafen zu müssen, bin ich gleich wieder hellwach. Was war das? Das hörte sich an wie das Rascheln einer Schlange.*

Nun war sie *hellwach*. Franziska setzte sich auf, hielt den Atem an und lauschte ins Dunkel. Aus dem zweiten Zelt war leises Schnarchen zu hören. Ja, etwas bewegte sich raschelnd um ihr Lager, aber viel zu laut und schnaufend, als dass es eine Schlange sein könnte. Gab es hier Bären?

Eilig ging Franziska im Kopf ihre zugegeben eher spärlichen

Kenntnisse der australischen Tierwelt durch. Warum wollten ihr nur die niedlichen Beutler einfallen, die Kängurus, die Wombats, die *Wallabys* und *Wallaroos* und natürlich die Koalas und *Quokkas*. Gab es keine gefährlichen Wesen an Land? Außer Schlangen und Spinnen natürlich.

Dingos. Es könnte ein wilder Hund sein. Sie tastete nach der Taschenlampe, drehte das Licht an und suchte irgendetwas, das sie als Waffe gebrauchen könnte. Doch da entfernte sich das Geräusch bereits wieder.

Franziska blieb noch eine Weile aufrecht sitzen, lauschte ins Dunkel und legte sich dann wieder hin, getragen von der Hoffnung, nun endlich Ruhe zu finden.

Sie befand sich am Rand eines dreizehnstöckigen Hochhauses. Es bedurfte nur eines Schritts, dann stünde sie so nah an der Kante, dass sie in die Tiefe sehen konnte, die sie magisch anzog. Das wusste sie, weil sie bestimmt schon einhundert Mal hier gestanden hatte. Ihre Kehle fühlte sich trocken an, ebenso ihre Lippen. Ein kräftiger Wind zauste ihre Haare, als wollte er sie zum Abgrund pusten. Mit wackeligen Beinen versuchte sie, einen Schritt nach hinten zu treten, aber dort stand eine unsichtbare Wand. So sehr sie sich auch bemühte, es gab kein Zurück.

»Das schafft sie nicht.«

»Feige, Zissa war immer schon feige.«

»Wollen wir eine Wette abschließen?«

Weil die Stimmen ihr bekannt vorkamen, drehte sie den Kopf, mühsam, als wöge er so viel wie ein Felsbrocken. Hinter ihr standen Alina und Julián, er hatte ihr den Arm um die Schultern gelegt, sie hielt seine Taille umschlungen. Beide deuteten mit den Fingern auf Franziska und wollten sich ausschütten vor Lachen.

»Was wisst ihr schon?«, rief Franziska mit aller Kraft, aber ihre Worte schienen die verdammte Wand nicht durchdringen zu können.

Euch zeige ich es.

Vorsichtig setzte sie den rechten Fuß nach vorn, bis die Spitze nur noch wenige Zentimeter vom Rand entfernt war. Einmal tief einatmen, dann folgte der zweite Fuß. Ganz, ganz vorsichtig lehnte sie sich nach vorn. Unten, in der Tiefe, winzig wie ein Spielzeug, standen zwei Menschen.

»Spring, Darling, ich fange dich auf.« Riley hielt die Arme erhoben. Meinte er ernsthaft, er wäre stark genug, sie zu halten? Er war doch nicht Superman oder Thor!

»Spring, Liebes!« Carolin winkte ihr zu, als stünde Franziska auf dem Dreimeterbrett und nicht auf diesem gigantischen Haus.

»Ich … ich kann nicht.« Als ein Windstoß sie schwanken ließ, lehnte Franziska sich weit zurück. So weit, bis sie an die Wand stieß.

Seltsamerweise konnte sie weiterhin Alina und Julian hören, die Wetten abschlossen, ob Franziska verdursten oder verhungern würde.

»Vertrau mir«, erklang Rileys Stimme und übertönte die höhnischen Worte. »Ich fange dich immer auf, wenn du mich brauchst.«

»Ich wünschte, ich könnte das glauben.« Ihr Blick verschwamm, als Tränen ihre Augen füllten. »Ich habe zu viel Angst.«

»Lass dir Zeit. Ich warte.«

Franziska hätte nicht sagen können, was sie nun antrieb, aber sie lehnte sich nach vorn, weiter und weiter, bis die Schwerkraft zuschlug und sie vom Dach zerrte. Da schloss sie ihre Augen, breitete die Arme aus und wartete auf den Aufprall.

Stattdessen trugen Aufwinde sie sanft wie ein Kissen. Vorsichtig öffnete sie die Augen und sah Riley, der langsam größer wurde. Probeweise flatterte sie mit den Armen, um zu lenken. Wie ein Blatt im Wind segelte sie hinab und setzte – leider unelegant wie ein Albatros – neben Riley auf. Er fing sie auf, als sie stolperte.

»Habe ich dir nicht gesagt, ich bin für dich da?«

Das blecherne Klappern von Geschirr weckte sie aus diesem Traum, in dem sie gern verweilt wäre. Franziska streckte sich, spürte jeden Muskel und gähnte ausgiebig.

»Guten Morgen, Schlafmütze.« Tara wirkte frisch und munter. Es war ja zu erwarten, dass sie ein Morgenmensch war. »Ruby und Faith sind am Fluss, sich waschen.«

»Ich verzichte heute drauf. Gibt es Kaffee?«

»Nur *Billy Tea*, ganz stilecht.« Tara deutete auf den Henkeltopf, in dem Wasser und Teeblätter brodelten. »Magst du einen?«

»Sehr gern.« Nachdem sie einen Schluck des belebenden Gebräus getrunken hatte, wagte Franziska, die Bitte auszusprechen, die sie seit gestern beschäftigte. »Geht es heute etwas langsamer, bitte?«

»Gut, dass du gefragt hast. Dann muss ich das nicht tun.« Ruby kam über den kleinen Hügel, strahlend vor morgenguter Laune. »Gut geschlafen? Reich geträumt?«

»Ja.« Franziska versuchte, sich zu erinnern, aber der Traum verschwand immer mehr im Nebel. »Und du?«

»Alles super.« Ruby zwinkerte ihr zu. »Abgesehen vom Muskelkater und den Steinen als Bett.«

»Wie lange wollen wir hier noch sitzen?« Wie Franziska schien Faith kein Morgenmensch zu sein oder sie war immer mies gelaunt. »Ich habe bereits gepackt.«

»Wir sind nicht auf der Flucht.« Leichter Tadel klang in Taras Stimme. »Franziska, für dich habe ich stilecht Wurzeln gekocht. Faith und Ruby, Eier mit Speck?«

Wurzeln? Hoffentlich sind die nahrhaft genug für die Wanderung, die mir bevorsteht!

Dann schaute sie Franziska an: »Heute gilt die Kein-Worte-Regel nicht mehr. Wenn dir Atem zum Sprechen bleibt, darfst du reden.«

»Schau'n wir mal.«

Endlich legte Tara eine Verschnaufpause ein. Prustend kam Franziska auf der Bergkuppe an. Mit dem Handrücken wischte sie sich den Schweiß von der Stirn und fragte sich, ob ihr jemand Steine in den Rucksack gepackt hatte. Er kam ihr mindestens doppelt so schwer vor wie zu Beginn der Wanderung. Selbst die unglaubliche Aussicht lenkte sie nur einen Moment von ihren schmerzenden Muskeln ab.

»Du schaust zur falschen Seite.« Leichter Spott schwang in Taras Stimme mit. Wie konnte es nur sein, dass die viel ältere Frau entspannt atmete und ihren Rucksack locker trug? »Tatatada. Der *Crows Nest Falls.*«

»Wow!« Franziska blieb der Mund offen stehen. Der Ausblick war die Anstrengung wert. Gewaltige Granitbrocken rahmten wie ein Diorama einen olivfarbenen See ein, der von Eukalyptusbäumen gesäumt war. Zwischen dem Grün der Pflanzen schimmerte immer wieder das Grau von Felsen auf. Vorsichtig beugte Franziska sich über die Granitsteine und sah den Wasserfall, der leider nur ein schmales Rinnsal war.

»In der Regenzeit ist das alles spektakulärer, aber dann sind hier auch mehr Menschen.« Tara kniete sich neben Franziska. »Faith und Ruby warten bestimmt schon auf uns. Auf geht's.«

Kurz überlegte Franziska, um Aufschub zu bitten, aber sie fürchtete, dass ihre Muskeln sich weigerten, weiterzugehen, sollte sie erst einmal sitzen. Also biss sie die Zähne zusammen und folgte Tara, die mit großen Schritten den steilen Pfad nach unten trabte.

Von Nahem wirkte der See nicht mehr olivfarben, sondern so klar, dass sich die Eukalyptusbäume und bräunlich-grauen Felsbrocken in ihm spiegelten. Ruby und Faith saßen auf einem Stein, hatten Schuhe und Strümpfe ausgezogen und kühlten die bloßen Füße im Wasser. Begeistert von der Aussicht auf Erfrischung beschleunigte Franziska ihre Schritte, nahm den Rucksack ab und zog Schuhe und Strümpfe aus. Vorsichtig streckte sie ihre Zehen ins Wasser, das angenehm warm war. Sie bückte sich, krempelte die Jeans hoch und watete tief in den flachen See hinein.

»Pass auf die Krokodile auf!«, rief Faith.

Panisch hetzte Franziska ans Ufer. Das Wasser spritzte hoch und durchnässte ihre Hose, was ihr vollkommen egal war. Nur raus aus dem Teich! Keuchend blieb sie stehen, beugte sich nach vorn und stützte die Hände auf den Oberschenkeln ab.

»Faith, das ist nicht lustig«, sagte Tara. »Franziska, hier gibt es keine Alligatoren.«

Zorn kochte in Franziska hoch, Wut auf Faith, die sie aus irgendwelchen Gründen ständig piesackte, und Ärger darüber, dass sie darauf reingefallen war. Wie eine Anfängerin hatte sie panisch reagiert, ohne nachzudenken.

Ohne Faith einer Antwort zu würdigen, stapfte Franziska wieder in den See, watete noch weiter hinein, bis das Wasser ihr über die Knie reichte. Ihre Jeans war ohnehin durchnässt und würde in der Sonne sicher schnell trocknen. Langsam ging sie weiter, um eine Biegung, sodass sie Faith und deren hämisches Grinsen nicht mehr sehen musste.

»Ich fasse es nicht.« Franziska schnaubte. »Nicht auch noch ihr!«

Dem granitfarbenen Felsen ihr gegenüber hatten Erosion und Sonne Muster verpasst, die einem breiten Grinsen ähnelten. Vielleicht wollte ihr das Land damit sagen, dass sie das

Leben und vor allem sich selbst nicht so ernst nehmen sollte. Franziska zog die Kamera aus ihrer Hosentasche und fotografierte die Felswand, die eingebettet war in grün und silbrig schimmernde Eukalyptusbäume.

Wie eine Stromschnelle ergoss sich weiß sprühende Gischt über den graubraunen Felsen. War das Schiefer?

Auch wenn sie sich über Faith geärgert hatte und jeden Muskel in ihren Beinen zu spüren schien, überkam sie inmitten dieser traumhaften Landschaft eine tiefe Ruhe. Sie atmete ein und aus, fühlte sich seit Langem endlich wieder mit sich im Reinen.

Das hielt sie allerdings nicht davon ab, panisch zu quieken und zur Seite zu hüpfen, als sich das Wasser neben ihr kräuselte und ein dunkler Schemen davonhuschte. Als sie sich gefangen hatte, glitt ein Lächeln über ihr Gesicht.

»Heute muss mein Glückstag sein«, sagte Franziska zu sich selbst.

»Ein Schnabeltier. Sie sind selten.«

Irgendwie war es Ruby gelungen, sich ihr lautlos zu nähern. An ihren *Outback*-Überlebens-Fähigkeiten musste Franziska wohl dringend arbeiten.

»Gut, dass du kein Alligator bist.«

»Wir Menschen sind für *Freshies* eine größere Bedrohung als sie für uns.« Ruby versank in Betrachtung der Klippen vor ihr. »Auf den ersten Blick sieht man nur grün und grau, aber dann …«

Nun schaute auch Franziska genauer hin. Obwohl sie nicht über das Auge einer Künstlerin verfügte, entdeckte sie auch weitere Farben. Die Felsen waren nicht nur hell- und dunkelgrau gefärbt, sondern wiesen an einigen Stellen auch orangefarbene Streifen auf. Zwischen den Eukalyptusbäumen schimmerten weiße und zartgelbe Blüten auf.

»Willst du kein Bild machen?«

»Ich bewahre die Erinnerung im Herzen. Dort ist sie lebendiger als jedes Foto.«

28

Australien heute

Immerhin führte die weitere Wanderroute sie nicht wieder einen steilen Berg hinauf, sondern durch einen Wald, dessen silbrige Eukalyptusbäume märchenhaft schimmerten. Allerdings gefiel Franziska das Rascheln in den Farnen nicht. Immer wieder hüpfte sie zur Seite, was bei Faith jedes Mal ein spöttisches Grinsen hervorrief.

»Pst.« Das Wort war kaum hörbar. Tara hob den Zeigefinger an ihre Lippen und deutete nach vorn.

Halb versteckt hinter einem schräg stehenden Stamm, dessen Rinde abgeschält war, hockte ein rotbraunes Känguru mit auffallend schwarzem Schwanz. Seine Ohren zuckten nervös, aber es bewegte sich nicht. So vorsichtig wie möglich holte Franziska ihre Kamera hervor, aber das Geräusch war dennoch zu laut und das Beuteltier hüpfte mit großen Sprüngen davon.

»Ein Felskänguru«, flüsterte Faith. Ein überaus seltenes Lächeln zeigte sich auf ihrem Gesicht, was sie Franziska beinahe sympathisch machte. »Jetzt fehlt mir nur noch ein Schnabeltier.«

Einen Moment lang fühlte Franziska sich versucht, ihr unter die Nase zu reiben, dass ihr dieses ungewöhnliche Säugetier vorhin über den Weg gelaufen war. Aber um des lieben Friedens willen versagte sie sich diesen Triumph.

»Ich habe noch nie einen Ameisenigel gesehen«, sagte sie stattdessen. »Die soll es hier geben, nicht wahr?«

»Die gibt es wie Sand am Meer. Man muss schon blind sein, um sie zu übersehen.«

Ich hätte ihr das mit dem Schnabeltier doch sagen sollen. Nein, ich werde mich nicht mit ihr streiten. Das will sie ja nur.

Es kam Franziska vor, als beobachtete Tara sie aufmerksam und sie lächelte ihre Wanderführerin an. Taras Gesicht blieb unbeweglich.

Habe ich etwas falsch gemacht? Irgendwie passe ich nicht in die Gruppe. Von spiritueller Erkenntnis bin ich meilenweit entfernt und ich kann nicht dafür garantieren, dass ich Faith nicht eine scheuere, wenn sie mir weiter so blöd kommt.

Nein, ich will nicht wieder davonlaufen. So wie bei Julian und Alina. Diese Reise halte ich durch, egal, was sich Faith einfallen lässt. Bestimmt ärgert sie sich viel mehr, wenn ich ruhig und freundlich bleibe.

Obwohl Tara langsamer gegangen war, wäre Franziska beinahe im Stehen eingeschlafen, als sie endlich ihren Rastplatz erreichten. Ihr Weg führte sie nach Süden, in Richtung Lockyer Nationalpark.

Heute Abend lagerten sie noch im *Crows Nest.* Während sie das Zelt aufbaute und ihren *Swag* ausrollte, kämpfte Franziska gegen ihre Müdigkeit an, aber das Gähnen wollte einfach nicht verschwinden. Sie war Tara unendlich dankbar, weil diese sich um alle Mahlzeiten kümmerte. Selbst beim besten Willen hätte Franziska das nicht geschafft.

Nachdem sie gegessen hatten, hingen alle ihren Gedanken nach, bis Ruby und Faith aufsprangen, um etwas fürs morgige Essen zu suchen.

Kurz überlegte Franziska, ob sie die friedvolle Stimmung stören sollte, aber sie wollte unbedingt mehr über Amber-Auguste erfahren.

»Frag schon, was du uns fragen willst.« Tara begleitete ihre Worte mit einem Kopfschütteln. »Man sieht dir an, wie Gedanken durch deinen Kopf jagen wie Dingos.«

»Ist das, was du mir zeigen willst, an einem heiligen Ort?« Ein Blick auf Tara, die vollkommen zufrieden zu sein schien, ließ sie zögern. »Was ist das überhaupt?«

»Was die Weißen lange nicht begriffen haben oder nicht begreifen wollten, war, wie wichtig uns unsere heiligen Stätten sind. Nur weil wir nicht Gebäude aus Stein errichten, bedeutet das nicht, dass wir keine geweihten Orte haben.«

Tara schaute Franziska an, die nur nickte. Sie wollte nicht damit herausplatzen, dass sie darüber gelesen hatte und wusste, dass es zu Kämpfen zwischen Siedlern und Ureinwohnern um diese Orte gekommen war.

»Unsere Überlieferung soll in unseren Kindern weiterleben. Sie sollen lernen, Pflanzen und Tiere zu kennen.« Tara strich sich eine graue Locke aus der Stirn. »Auf dieses Wissen kommt es an, nicht auf das, was man sich anliest.«

Etwas in Franziskas Miene musste sie verraten haben, musste ihre Skepsis gezeigt haben, denn Taras Blick verdüsterte sich.

»Du kannst das nicht verstehen. Dein Leben war ein anderes.«

»Es tut mir leid. Ich wollte …«

»Schon gut. Jedes Denken hat seine Berechtigung, solange es anderem nicht die Luft nimmt.«

»Kann ich etwas von eurem Wissen erwerben oder ist es dafür zu spät?«

»Beobachte die Bäume, die Tiere, lerne von ihnen.«

»Das verstehe ich nicht. Sorry.«

»Wir haben eigene Songs für jedes Lebewesen – für Ameisen, für Maden, auch für Beeren und Gräser. Wir tanzen und singen für sie und ein Jahr später, nach der Regenzeit, ernten wir die Früchte unserer Lieder.«

»Lebst du wirklich nach den alten Gebräuchen?« Franziska konnte sich nur schwer vorstellen, wie Tara Songs für Insekten sang. »Wohnst du im Busch?«

»Stell nicht so viele Fragen.« Tara lächelte, aber ihre Augen blieben ernst. »In unserer Kultur lernt man durch Zuhören. Man lauscht dem, was die Älteren sagen, und erhält so das Wissen, das nötig ist, um im Einklang mit dem Land zu leben.«

»Aha.« Etwas Klügeres fiel Franziska nicht ein.

»Ihr Weißen denkt zu viel, ihr grübelt über jede Frage unendlich nach, bis sich so viele Pfade für euch auftun, dass ihr keinen mehr beschreiten mögt.« Taras Lächeln milderte die bitter schmeckenden Worte ab. »Was beschäftigt dich am meisten?«

»Ich bin nicht glücklich. Ich weiß nicht, ob ich Deutsche bin oder Australierin oder etwas ganz anderes.«

»Was sagt dein Herz?«

»Ich weiß nicht, ob ich ihm vertrauen kann.«

»Ich weiß. Nun geh schlafen und hör auf deine Träume.«

»Gute Nacht.«

Hör auf deine Träume. Warum sollten die mehr wissen als mein waches Ich? Letztlich sind sie nichts anderes als mein Unbewusstes, das nachts den Tag verarbeitet. Ganz zu schweigen davon, dass ich mich am Morgen nur dunkel erinnere und schnell vergesse.

Während Franziska versuchte, ein Foto des Schnabeltieres zu knipsen, hörte sie hinter sich Bewegungen im See.

Dieses Mal schleicht sich Ruby nicht an mich heran.

»Erwischt!« Schnell drehte sie sich um, das Wasser spritzte auf und funkelte in den Farben des Regenbogens. »Wer sind Sie?«

Vor ihr stand eine ihr unbekannte Frau, eine Aborigine. Wie Ruby war sie eher klein und äußerst rundlich, aber das vergaß man, sobald man ihr in die Augen sah. Dunkel, tief und voller Weisheit erschien ihr Blick. Sie trug ein buntes Kleid und eine schwarze Feder als Schmuck.

»Wer sind Sie?«, wiederholte Franziska, obwohl sie die Antwort ahnte.

»Burilda.«

»Die Heilerin? Die auf *Amber's Joy* gelebt hat?«

»Für uns ist Heimat, wo man geboren wurde.« Die Aborigine-Frau musterte Franziska so durchdringend, dass diese sich fühlte, als blickte man auf den Grund ihrer Seele. »Unser Geist findet keine Ruhe, wenn man ihn seinem Land nimmt.«

»Es tut mir so leid, was Amber-Auguste getan hat.«

»Glaube nicht immer dem Anschein.« Burildas Lachen war so offen und breit, dass Franziska ebenfalls lächelte. »Ihr Weißen seid nicht so eng an euer Land gebunden wie wir.«

»Aber in Brisbane fühle ich mich so deutsch, so wenig australisch.«

»Selbst Menschen, die im Land geboren wurden, fühlen sich manchmal fremd. Das ist Leben.«

»Aha.« Was hätte Franziska auch antworten sollen?

»Wichtiger ist die Familie.« Burilda flüsterte beschwörend, sodass sich Franziska vorbeugen musste, um sie zu verstehen. »Familie sind die Menschen, die du in dein Leben lässt.«

»Du bist nicht zufällig mit Sam, dem *Song-man*, verwandt?«

Burildas Lächeln wurde breiter. Hinter ihnen platschte es, als wäre etwas Großes ins Wasser gesprungen. Etwas berührte ihre Schulter. Als Franziska sich danach umdrehte, sah sie aus dem Augenwinkel, wie die Aborigine-Frau verblasste.

»Halt, ich habe noch so viele Fragen.«

»Jeder von uns hat Fragen«, sagte Ruby fröhlich, die Franziska an der Schulter berührt hatte. »Das klingt nach einem spannenden Traum.«

»Ja, das war er.« Franziska gähnte und setzte sich auf. War die Nacht wirklich schon vorbei?

Nachdem sie gefrühstückt und sich in einem Bachlauf erfrischt hatte, ging es weiter. Inzwischen hatte sie eine Ahnung, wohin Tara sie führte. Zum Lockyer Nationalpark, einem unerschlossenen Gebiet, in dem das Wandern gefährlicher war als im *Crows Nest*. Während sie mechanisch einen Fuß vor den anderen setzte, versuchte sie, den Traum der vergangenen Nacht zu beleben, aber er löste sich auf wie Nebel in der Sonne.

Morgen mache ich mir sofort nach dem Aufwachen Notizen. *Falls Tara recht hat und die nächtlichen Geschichten etwas bedeuten, ist es blöd, sie zu verlieren.*

Bis auf die Träume, die sie leider vergessen hatte, wartete Franziska auf eine Erleuchtung oder Eingebung oder was auch immer. Das Einzige, was sie bisher entwickelte, war Muskelkater. Und einen Hass auf die Fliegen, die es auf sie abgesehen hatten. Das Insektenmittel, das sie in einem Supermarkt gekauft hatte, schien die nervtötenden Biester eher anzuziehen, als abzuschrecken. Immer wieder wedelte sie mit der Hand vor dem Gesicht, was aber nur kurzfristige Erleichterung brachte.

»Gibt es keine Rituale oder Mittel gegen die Fliegen? Wie haltet ihr das nur aus? Machen euch die Biester nicht wahnsinnig?«

Wieder wechselten die Frauen einen Blick des Erstaunens. Dabei konnte Franziska beim besten Willen nicht erkennen, was an ihrer Frage seltsam war. Je länger sie unterwegs waren, desto mehr wuchs ihr Unmut. Sie konnte sich des Eindrucks nicht erwehren, dass die Aborigine-Frauen sie für naiv, verwöhnt und unwissend hielten. Vielleicht ärgerte sie sich auch deshalb so sehr, weil die Wanderung sie mehr an ihre Grenzen brachte, als sie erwartet hatte.

»Du kannst den *Aussie-Gruß* vollführen oder sie akzeptieren.«

»Seit zwei Tagen wedele ich mit Händen und Zweigen, das scheint die Fliegen nicht zu stören.«

»Wenn du es nicht ändern kannst, nimm sie hin. Sie haben das gleiche Recht hier zu sein wie du.«

In dem Moment ertönte wieder das charakteristische Surren. Franziska hob die Hand, aber ließ sie dann sinken.

Etwas hinzunehmen, hört sich erst einmal einfach an. Wenn das Etwas jedoch in deine Augenwinkel krabbelt und versucht, in Nase und Ohren zu fliegen, wird Nichtstun eine echte Herausforderung. Ich kann es schaffen. Wenn es Tara, Faith und Ruby gelingt, sollte ich es auch können.

Da flog etwas Winziges in ihre Nase und sie begann, sich hektisch mit den Händen übers Gesicht zu streichen. Vom Hinnehmen war sie noch weit entfernt. Nicht einmal der atemberaubenden Landschaft gelang es, Franziskas Laune zu verbessern. Sie hasste die Fliegen, sie hasste den staubigen Weg und sie hasste es, sich auf dieses Abenteuer eingelassen zu haben. Bisher hatte sie weder einen Schritt auf dem Weg zu einem besseren Menschen gemacht noch etwas über Amber-Auguste erfahren.

Ich gebe nicht auf, ich lasse mich weder von Insekten noch Hitze noch Staub vertreiben. Ich muss darauf vertrauen, dass ich am Ende wenigstens etwas über Amber-Auguste erfahre, wenn ich schon nicht erleuchtet werde.

29

Australien heute

Obwohl sie müde war, kam es Franziska so vor, als hätte sich ihr Körper an die tägliche Anstrengung gewöhnt und sie wäre jetzt in der Lage, mit den Frauen zu reden.

Ich muss endlich das Thema Amber-Auguste angehen. Ich darf nicht weiter so tun, als wüsste ich nicht, welche Gräueltaten sie zu verantworten hat. Sicher weiß Tara darüber Bescheid.

Doch statt ihren Überlegungen zu folgen, begab sie sich lieber auf die sichere Seite und fragte nach etwas Nebensächlichem.

»Ich habe gelesen, dass Spinifexgras so scharf ist, dass es einem die Füße zerschneidet.« Obwohl Franziska vor Gähnen kaum ein Wort herausbrachte, brannte ihr die Frage auf den Nägeln, seitdem sie das Buch über den *Walkabout* gelesen hatte. »Warum haben eure Vorfahren keine Schuhe aus Leder gemacht, um sich zu schützen?«

Die Antwort der Frauen überraschte sie. Die drei wechselten einen Blick und lachten laut auf.

»Hast du schon mal Spinifex gesehen?«, fragte Tara schließlich.

»Nur auf Bildern«, musste Franziska eingestehen.

»Das Gras wächst in Büscheln oder Inseln im *Outback*. Rundherum ist rote Erde.« Tara runzelte die Stirn. »Warum sollte irgendjemand auf die verrückte Idee kommen, auf messerscharfem Gras zu laufen, wenn man ihm einfach aus dem Weg gehen kann. Du hast auch den Roman dieser Amerikanerin gelesen, den sie als wahre Geschichte verkauft hat.«

Franziska presste die Lippen zusammen und nickte. Sie hatte das Buch vor zehn Jahren verschlungen und war fasziniert von der Erzählung gewesen. Obwohl sie inzwischen wusste, dass es eine erfundene Story war, hatte sie gehofft, dass wenigstens ein paar Details stimmten.

»Wenn es nur *das* wäre.« Wieder mischte sich die immer wütende Faith ein. »Diese Frau verkauft ihre Lügen als unser Wissen und verdient Millionen auf unserem Rücken.«

»Lass uns nicht von ihr reden«, bat Ruby. »Das bringt nur miese Stimmung. Ich möchte die Natur und meine Verbindung mit unserem Land nicht durch Gedanken an sie beschmutzen.«

»Entschuldigung«, flüsterte Franziska. »Ich … ich wollte euch nicht verärgern.«

»Schon gut.« Tara strich ihr über den Unterarm. »Aber lass uns Rubys Vorschlag folgen und diese Frau vergessen.«

Sobald ich wieder in Brisbane bin, entsorge ich den Roman ins Altpapier. Ich will nicht riskieren, dass irgendjemand anders ihn liest. Warum muss ich immer Fragen stellen, die mich dumm dastehen lassen? Ab jetzt höre ich nur noch zu, so wie Tara es mir geraten hat. Nein, eine Frage habe ich noch. Aber danach werde ich schweigen und abwarten, was die drei zu erzählen haben.

»Ich weiß es zu schätzen, wie sehr du dich bemühst«, Ruby stupste sie spielerisch an, »aber man kann dir ansehen, dass du noch viele Fragen hast.«

»Ich wollte in Ruhe den alten Pfaden folgen und nicht Auskunftsbüro für eine *Migaloo* spielen«, zischte Faith.

Franziska biss sich auf das Innere der Wange, um die passende Antwort zurückzuhalten. Sicher würden sich Ruby und Tara auf Faiths Seite schlagen und sie fühlte sich ohnehin schon als Außenseiterin.

»Frag, Franziska. Wie in einem Märchen gewähre ich dir drei Fragen.« Tara schnalzte mit der Zunge. »Eine hast du gestellt, zwei bleiben dir noch. Also überlege gut.«

»Was hat es mit der Traumzeit auf sich?« Franziska hatte so Unterschiedliches darüber gelesen, dass sie überhaupt keine Vorstellung davon entwickeln konnte.

»Heute sagen wir lieber *Dreaming* als *Dreamtime*, weil die Ahnen und ihre Legenden leben.« Ruby lächelte ihr zu. »Besuch mich in meiner Galerie und ich zeige es dir mit meinen Bildern.«

»Danke. Sehr gern.«

»Unsere Legenden des *Dreaming* halfen unseren Vorfahren, Orientierung zu finden in einem Land, das weitgehend gleich aussieht.« Tara lächelte Franziska zu. »Stell dir die Geschichten als Landkarten vor, die wichtige Punkte verbinden.«

»Ich dachte, die Traumzeit erzählt von der Erschaffung der Welt.« Möglicherweise lag es an der Erschöpfung, dass es Franziska schwerfiel, Taras Worte zu begreifen. »Die Regenbogenschlange durchstreifte das Land und schuf Menschen, Tiere, Seen und Berge.«

»War ja klar, dass du nur *Warrajum* kennst. Die kann man schön bunt ausmalen.« Was stimmte mit Faith nicht, dass sie Franziska stets und ständig angreifen musste? »Niemand von euch beschäftigt sich ernsthaft mit *Tjukurrpa*, dem *Dreaming.*«

»Viele von unseren Leuten auch nicht.« Taras Tonfall klang tadelnd und gleichzeitig resigniert. »Unsere Legenden und unsere Ahnen gehen verloren, wenn wir sie nicht weitertragen.«

»Sind Magie und Rituale nicht nur etwas für Männer?« Franziska gähnte verhalten. Obwohl sie neugierig war, spürte sie den Tag in ihren Knochen und vor allem in ihren Muskeln, die wegen der ungewohnten Anstrengung protestierten. »Sam ist der *Song-man.*«

Die Frauen wechselten Blicke, die Franziska als lautlose Abstimmung darüber interpretierten, wie weit man ihr trauen konnte.

»Warum sollen nur Männer Zugang zur spirituellen Welt haben?« Tara hob die Hände. »Bei euch Weißen ist es so in der Kirche, aber bei uns haben alle Menschen Wissen, das sie teilen.«

»In der evangelischen Kirche können auch Frauen Pastorin werden«, widersprach Franziska.

»Aber sie tun das Gleiche wie die Männer. In unserer Welt gibt es Rituale, die Männer pflegen, und Geschichten, die nur sie kennen. Aber es gibt auch viele, von denen sie nichts wissen.«

»Stimmt es, dass die Aborigine-Frauen den Anthropologen Märchen über das *Dreaming* erzählt haben?«

Ja, es war eine Frage mehr, als sie vereinbart hatten, aber die ergab sich aus der vorherigen und zählte daher eigentlich nicht.

»Das mussten sie tun«, mischte sich Ruby ein. »Die weißen Männer haben unsere Frauen einfach nicht in Ruhe lassen wollen. Sie konnten nicht begreifen, dass es Rituale *nur* für Frauen sind und dass man nicht mit Männern über sie spricht.«

Tara grinste breit, während Faith die Augen rollte, als fände sie es unglaublich, dass Franziska in diese Geschichte eingeweiht wurde. Faith schaffte es, dass Franziska ihr am liebsten die Zunge herausgestreckt hätte, aber noch hielt sie sich zurück.

»Also mussten unsere Vormütter sich etwas ausdenken, damit sie ihre Ruhe vor den aufdringlichen Forschern hatten.« Tara zwinkerte ihr zu. »Denn die wollten alle unsere Geheimnisse erfahren.«

Das war Franziskas Stichwort. Konnte sie es wagen, dieses dunkle Kapitel aus Australiens Geschichte anzusprechen? War es nicht zu früh? Sie kannte die Frauen kaum. Würden Tara, Ruby und Faith ihr vorwerfen, was Franziskas Ururgroßtante den Vorfahren der Aborigines angetan hatte?

Das war vor langer Zeit. Amber-Auguste ist nicht einmal eine direkte Verwandte von mir. Warum also sollte ich mich schuldig fühlen für Taten, die sie und andere Deutsche hier in Australien verübt haben? Weil das, was sie getan haben, so unglaublich unmenschlich ist, dass ich mich dafür schäme, Amber für einen guten Menschen gehalten zu haben.

Ich möchte einfach nicht glauben, dass die Mutter von Catherine und Victoria eine üble Frau *war. Aber war sie das wirklich? Sie war eine Frau ihrer Zeit, aufgewachsen in dem Glauben, dass die weißen Menschen die einzig wahren Menschen waren.*

Ja, auch wenn das stimmt, entschuldigt es nicht, was sie für eine Schuld auf sich geladen hat.

»Eine letzte Frage habe ich noch. Ist das okay, obwohl ich meine drei verbraucht habe?«

»Natürlich gelten Regeln nicht für die Besitzerin von *Amber's Joy*«, giftete Faith. »Frag, so viel du willst.«

»Hast du ein Problem mit mir?« Normalerweise wäre Franziska dem Konflikt ausgewichen, aber sie war müde, fühlte sich fehl am Platz und war einfach nur genervt. »Dann spuck's aus und hör auf mit den ständigen Sticheleien.«

»Ja, habe ich, aber ich habe hier nichts zu sagen.« Faith warf Tara einen Blick zu, den Franziska nicht zu deuten wusste. »Ich geh schlafen. Bis morgen.«

»Gute Nacht.« Etwas in Taras Tonfall ließ Faith anhalten. Sie wandte sich um und schien noch etwas sagen zu wollen, aber dann ging sie in ihr Zelt.

»Es hat nichts mit dir zu tun«, sagte Ruby. »Sondern mit ihr selbst.«

»Danke, aber das wirkt anders.« Franziska erhob sich, was ihre Muskeln mit Schmerz quittierten. Jetzt wollte sie nicht mehr über Amber-Auguste reden.

»Wie schön, dass du dich gut um meine beiden Lieblinge kümmerst.«

»Ella?« Franziskas Stimme klang ungläubig. »Du bist tot.«

»Das musst du mir nicht erzählen.« Ihre Urgroßtante lachte leise.

Franziska sah sich um. Gemeinsam mit Ella saß sie auf der breiten Veranda des Hauses in Paddington. Wie bei ihrer ersten Begegnung blühten leuchtend blaue Jacarandabüsche und tiefrote Hibiskusbäume in gewaltigen Tontöpfen. Ella saß auf der weißen Holzbank, Ebony auf dem Schoß, während ihre linke Hand Peach streichelte, die neben ihr lag und laut schnurrte.

Ein elegantes dunkelblaues Kleid umschloss Ellas schmale Gestalt, selbst auf die Perlenkette hatte sie nicht verzichtet.

»Franziska.« Nun klang ihre Urgroßtante ungewohnt ernst. Ebony gab einen leisen Laut der Empörung von sich, wohl weil Ella sie nicht mehr streichelte. »Ich wollte dir mit *Amber's Joy* keine Last auferlegen.«

»Das hast du nicht. Es ist nur … je mehr ich über Amber erfahre, desto mehr fühle ich mich schuldig.«

»Du hast keinen Anteil an dem, was meine Ahnen falsch gemacht haben.«

Seltsam, dass sie diesen Aborigine-Begriff gebraucht.

»Ich profitiere aber von ihren Verbrechen.«

Da beugte Ella sich vor, was Ebony dazu brachte, von ihrem Schoß zu hüpfen und im Haus zu verschwinden. Ella nahm Franziskas Hände in ihre.

»Was immer du auch tust, meine Liebe, dein Herz wird dir den richtigen Weg weisen.«

Im Halbschlaf tastete Franziska nach ihrem Smartphone, um sich den Traum zu notieren, aber war zu müde, um intensiv zu suchen. Dann fiel ihr ein, dass sie ihr Telefon nicht dabeihatte.

Wenn ich nur so sicher sein könnte wie Ella, dass ich die richtigen Entscheidungen treffe. Wenn ich nur meinem Gefühl glauben könnte, dass Amber-Auguste keine Aborigines ermordet hat.

30

Australien 1876

Nach einer Zeit, die ihr unendlich vorkam, wagte Auguste es, die Augen zu öffnen. Wollte der Schwarze sie nicht töten oder zögerte er seine Tat hinaus, als besondere Folter für sie? Aus seiner Sicht hatte sie das sicher verdient, denn sie gehörte zu den Menschen, die seine Familie ermordet hatten. Woher sollte er wissen, wie sehr sie die Tat von Lennsing und Dalman verabscheute?

»Bitte, bitte, lassen Sie mich gehen.« Sie schämte sich nicht für die Tränen, sondern hoffte, dass sie den Mann erweichen konnte. »Es tut mir entsetzlich leid.«

Erneut kam von ihm eine Antwort, die sie nicht verstand, begleitet von einem Seufzer. Er schien ebenso unglücklich zu sein wie sie, dass sie einander nicht verstehen konnten. Jedenfalls nicht mit Worten.

Seine Hand berührte ihre. Auguste zögerte einen Augenblick. Wenn sie die Geste richtig verstand, wollte er, dass sie ihm folgte. Blieb ihr eine andere Wahl? Schlimmstenfalls könnte der Stamm sich an ihr für die Morde rächen wollen, aber allein hier im Hinterland würde sie sicher sterben. Also umschlossen ihre Finger seine Hand und sie stolperte hinter ihm her ins Unbekannte.

Inzwischen war es nahezu dunkel und sie musste sich darauf konzentrieren, nicht zu stolpern. Sie meinte, zwischen den Bäumen ein Feuer schimmern zu sehen, aber das konnte auch der Wunsch sein, endlich Sicherheit zu gewinnen.

Plötzlich erklangen Laute, eine Mischung aus Singen und Wehklagen, so traurig, dass es Auguste ins Herz schnitt. Auch der Schwarze wirkt niedergedrückt, seine Schritte verlangsamten sich. Sie passte sich ihm an, gepeinigt von der Furcht, was sie wohl erwarten würde. Lauter und lauter wurden die Klagegesänge, bis sich vor ihnen eine Lichtung öffnete. Ein kleines Feuer brannte. Hier lagerte der Clan, dem sie schon vorher begegnet war. Als ihr Retter und sie die Lichtung betraten, verstummten die Lieder. Augustes Blick glitt hin und her, sie versuchte herauszufinden, wie vielen Menschen sie gegenübertreten musste.

Sie zählte vier Männer, sechs Frauen und vier Kinder. Zu ihrer Überraschung hatte eines der Kleinen helles Haar, wohl von der Sonne gebleicht. Nun, wo sie sich etwas beruhigt hatte, schaute Auguste sich die Gruppe genauer an. Die Hautfarben variierten von einem dunklen Braun bis zu einem tiefen Schwarz, die Haare waren bei manchen lockig, bei anderen kraus und wieder bei dritten fast glatt. Nur die breiten Nasen und kräftigen Kinnpartien waren allen gemeinsam. Sie erinnerten an Neandertaler, deren Abbilder Amber im Museum für Völkerkunde gesehen hatte.

Dunkle Augenpaare unterzogen sie einer Musterung, aber die Gesichter ließen nicht erkennen, ob Auguste ihre Zustimmung erhielt. Schweigend standen sie sich gegenüber. Endlich trat eine Frau, rundlich und nur wenig größer als Auguste auf sie zu. Ihre vollen Brüste wippten bei jedem Schritt. Sie griff nach Augustes Hand, sagte etwas in ihrer Sprache und zog Auguste hinter sich her. Aus Blättern waren provisorische Hütten errichtet. Durch Gesten gab die Frau ihr zu verstehen, dass Auguste dort ihren Schlafplatz haben würde.

Auguste nickte zum Zeichen, dass sie verstanden hatte, aber die Frau hatte sich bereits umgewandt und kehrte zu ihrer Familie zurück. Inzwischen hatten die Ureinwohner wieder zu singen begonnen. Mit vor Angst geweiteten Augen beobachtete Auguste, wie einer der Männer ein Messer aus Stein hob. Hatte nun ihr letztes Stündlein geschlagen? Wollten diese Schwarzen sie töten, um sie zu verspeisen? Doch der Mann zog sich das Messer über die Stirn, bis Blut hervortrat, das ihm in die Augen und über die Wangen lief. Schwankend stand er auf und bewegte sich in einem langsamen Rhythmus.

Die Frau, die sie zur Hütte geleitet hatte, drehte sich um und machte eine wegwerfende Geste mit beiden Händen. Auguste begriff, dass sie diese Zeremonie nicht sehen sollte. Also wandte sie sich ab und legte sich auf ein Lager aus Farnblättern.

Obwohl ihr Kopf schmerzte und sie sich nichts sehnlicher wünschte, als zu schlafen, lag Auguste wach und lauschte ins Dunkel. Die Gesänge und Klagerufe waren verstummt, aber sie meinte die Gegenwart der Schwarzen in den anderen Hütten zu spüren.

Sie ängstigte sich, dass einer der Männer sie aufsuchen, überfallen und ihr Unaussprechliches antun würde. Sicher, die kleine Gruppe – war es ein Stamm oder eine Familie? – hatte sie aufgenommen und ihr einen Schlafplatz gewährt, aber Auguste fürchtete immer noch Rache für die Toten.

Eigentlich müsste sie den Menschen vertrauen, denn sie waren ihr nur mit Freundlichkeit begegnet, obwohl ihnen bewusst sein musste, dass Auguste zu denjenigen gehörte, die ihre Familienmitglieder ermordet hatte. Oder – und für diesen Gedanken schämte sie sich – sollte Professor Lennsing recht damit behalten, dass diese Menschen nicht begreifen konnten, was ihnen geschehen war? Verstanden die Eingeborenen den

Zusammenhang zwischen Auguste und den Schüssen nicht? War es ihnen vielleicht gar nicht möglich zu erkennen, dass der Knall der Gewehre und der Tod ihrer Familie miteinander zusammenhingen?

Ich bin nicht besser als Lennsing und Dalman. Weil diese Menschen mir das Leben gerettet haben, halte ich sie für naiv und dumm. Ich sollte ihnen dankbar sein und mich nicht über sie erheben. Und ich muss damit aufhören, mir sinnlose Sorgen zu machen. Wenn sie mir ein Leid hätten zufügen wollen, hätten sie mich einfach im Lager liegen lassen.

Obwohl sie sich zu beruhigen versuchte, kam es ihr wie eine kleine Ewigkeit vor, bis sie endlich einschlafen konnte.

Als sie eine Berührung an der Schulter spürte, wachte Auguste schlagartig auf und schlug panisch um sich, noch bevor sie die Augen geöffnet hatte. Seltsame Laute ertönten, die sie nicht verstand. Endlich hob sie die Lider und schaute in ein braunes Gesicht mit flacher Nase, lächelndem Mund und freundlichen dunklen Augen. Es kam ihr bekannt vor – war das die Schwarze, die sie gestern zur Hütte geführt hatte? Sie trug nur wenig Stoff um die Hüften, sodass Auguste erneut einen Blick auf ihre schweren Brüste werfen konnte. Sofort schaute sie weg. Das schickte sich nicht. Die Frau kommentierte das mit einem Lachen, als hätte sie genau begriffen, warum Auguste ihren Kopf so schamhaft senkte. Daraufhin hob Auguste den Blick, ließ ihn lange auf den Brüsten ruhen und sah der Eingeborenen ins Gesicht.

Deren Lächeln war noch breiter geworden, als bereitete Auguste ihr viel Vergnügen. So viel älter als Auguste mochte sie nicht sein, aber ihr Körper sprach von den Entbehrungen, die Mutterschaft und Wanderungen in diesem wilden Land mit sich brachten.

»Burilda.« Sie deutete auf sich.

»Auguste.« Nun war der Höflichkeit wohl genug getan, denn die Schwarze, Burilda musste ihr Name sein, sagte etwas in herrischem Ton. Auguste verstand, dass sie ihr folgen sollte. Am Feuer saßen zwei Frauen, die eine Art Brot buken. Der Geruch ließ Augustes Magen vernehmlich knurren. Wann hatte sie das letzte Mal etwas gegessen?

Burilda bedeutete ihr, sich hinzusetzen, und reichte ihr ein breites Palmblatt, auf dem ein undefinierbarer Brei lag. Gerade, als Auguste ihn probieren wollte, spürte sie eine Berührung und schrie erschreckt auf.

Der Verursacher, ein vorwitziges Kind, das an ihrem Kleid gezupft hatte, lachte lauthals auf. Die Frauen am Feuer stimmten mit ein, sodass Auguste nichts übrig blieb, als gute Miene zu machen und die Kinder zu ignorieren, die weiterhin an dem Stoff zogen.

Der Brei schmeckte ähnlich wie Kartoffeln, mit Salz und Butter wäre er sicher lecker gewesen. Der Hunger brachte sie dazu, sich mit den fehlenden Gewürzen abzufinden. Auch das Brot, das heiß aus der Asche kam, schlang sie herunter wie ein hungriger Wolf. Nachdem sie Hunger und Durst gestillt hatte, versuchte sie, den Frauen begreiflich zu machen, was ihr Ziel war.

»Bitte, ich muss zurück nach Brisbane. Bris-bane«, flehte Amber, aber sie stieß nur auf Unverständnis, das sich deutlich auf den Gesichtern um sie abzeichnete. Warum nur hatten weder die angeblichen Wissenschaftler noch Dorothea Aurich sich je bemüht, die Sprache der Eingeborenen zu lernen?

Sie musste mit den Schwarzen zu einer Verständigung kommen, damit sie nach Brisbane zurückkehren konnte. Dort würde sie der Welt alles über die Machenschaften der feinen Herren Wissenschaftler erzählen. Aber dafür musste sie zurück in die Zivilisation.

Wer weiß, wie lange ich mit diesen Menschen leben muss. Ob sie erwarten, dass ich einen von ihnen zum Mann nehme?

Sie musterte die spärlich bekleideten Männer, die sich ebenfalls um das Feuer versammelt hatten und die Brote miteinander teilten. Selbst mit viel Fantasie konnte sie sich nicht vorstellen, mit einem von ihnen ihr Leben zu teilen.

Warum nur musste ich unbedingt mit auf die Expedition gehen? Ich hätte Joseph Wagners Werben nachgeben sollen. Er ist ein guter Mann, aber das reichte mir ja nicht. Ich wollte mehr in meinen Leben – und wohin hat mich mein Eigensinn geführt?

Obwohl sie dagegen ankämpfte, entrang sich ihr ein Schluchzen. Es war zu bitter, was das Schicksal ihr angetan hatte. Und alles nur, weil sie ihrer Schwester das Glück mit Felix nicht gegönnt hatte. Stumm und unter Tränen leistete sie Sophie Abbitte. Warum nur hatte sie sich nicht für ihre Schwester freuen können, sondern hatte deren Glück durch ihre überstürzte Abreise getrübt?

Es fühlte sich bitter an, der Wahrheit ins Auge zu sehen. Auguste hatte sich immer für einen guten Menschen gehalten, voller Rücksicht und Freundlichkeit. Hier im Busch, umgeben von Fremden, mit denen sie sich kaum verständigen konnte, musste sie sich eingestehen, dass auch sie Schwächen und Fehler hatte.

»Aber«, murmelte sie vor sich hin. »Immerhin bin ich für diese Menschen eingetreten und wäre beinahe für sie gestorben. Ich werde einen Weg finden, mich mit ihnen zu verständigen.«

Irgendwann einmal musste der Stamm doch in der Nähe eines Dorfes oder wenigstens einer Farm lagern, was ihr die Gelegenheit geben würde, endlich wieder Menschen ihrer Sprache und Kultur zu begegnen. Bis dahin musste sie eben versuchen, sich anzupassen, und einige Worte dieser in ihren Ohren seltsamen Sprache lernen.

Einer der Männer, ein Alter mit grauen Haaren und frischen Schnitten auf Stirn und Wangen sagte etwas. Sofort erhoben sich alle, ein Mann löschte das Feuer, die Frauen sammelten die Brote und Blätter ein und sie begaben sich auf eine Wanderung. Auguste blieb nichts anderes übrig, als sich ihnen anzuschließen.

Es kam ihr vor, als versuchten die Eingeborenen, so unauffällig wie möglich zu schleichen. Möglicherweise weil sie fürchteten, dass sie erneut angegriffen würden oder vielleicht war es einfach ihre Art und Weise, sich zu bewegen.

Bald hatten sie den Wald verlassen und huschten geduckt über eine grasbewachsene Ebene. Die Sonne stand hoch am Himmel. Augustes schweres Kleid war durchnässt vom Schweiß. Die Stiefel, zum Reiten besser geeignet als dafür, Wege zu Fuß zurückzulegen, drückten und engten ihre Füße ein, aber Auguste stolperte weiter. Wenn sie den Anschluss an die Gruppe verlor, wäre sie auf sich allein gestellt und verloren.

Mit der Sonne kamen die Fliegen, kleine Plagegeister, die es besonders auf sie abgesehen hatten. Hatte Auguste sie zu Beginn noch mit Handwedeln zu vertreiben versucht, so gab sie das bald auf und folgte dem Beispiel der Schwarzen, die dieses Übel mit stoischer Ruhe ertrugen. Mit weiten Schritten gingen sie voran, als wüssten sie genau, wohin der Weg sie führen würde. Selbst die Kinder unterwarfen sich diesem Rhythmus.

Auguste versuchte, von einer der Frauen zu erfahren, wohin die Familie reisen wollte, aber sie erhielt nur ein Lächeln, egal wie sehr sie sich bemühte. Also passte sie ihre Schritte an, senkte den Kopf und konzentrierte sich darauf, regelmäßig zu atmen, ohne dabei eine Fliege zu verschlucken.

Endlich hielt die Gruppe an. Die Frauen erbauten ein provisorisches Lager, die Männer verschwanden in dem kleinen Wald, der in einiger Entfernung zu sehen war. Wie gerne wäre Auguste ihnen gefolgt, erhoffte sie sich von den Bäumen doch Schatten und Frische. Aber sie blieb bei den Frauen und versuchte zu helfen, was ihr ein freundliches Nicken einbrachte.

Burilda entzündete ein Feuer – mit zwei Stöcken, die sie

aneinander rieb. Genauso wie Auguste es versucht hatte, ohne dass es ihr gelungen war. Neugierig beobachtete sie die Frau, die das wohl spürte, denn sie hob ihren Kopf und winkte Auguste zu sich heran.

Dann folgten wieder Laute, die Auguste nicht verstehen konnte, aber die Aufforderung und die Gesten ließen sich nicht missverstehen.

»Niemals«, sagte sie daher und deutete mit der Hand auf ihre Brust, die noch immer von weißem Stoff bedeckt war, der allerdings Schmierflecken von rotem Sand und grünem Gras zeigte. Außerdem entdeckte sie mehr und mehr Risse, die sie nun wohl nicht mehr flicken konnte. Aber sie wollte ihre zarte helle Haut auf keinen Fall dieser sengenden Sonne aussetzen. Und sie war nicht bereit, ihre Erziehung und die Scham der Hitze zu opfern.

31

Australien 1876

Zu Augustes Erleichterung schienen die Schwarzen, die sich *Murri* nannten, nicht die Absicht zu hegen, sich an ihr zu rächen. Die Ureinwohner teilten das Essen mit ihr, boten ihr Schlafgelegenheiten und erwarteten nichts dafür im Gegenzug. Jeden Morgen befürchtete Auguste, dass sie allein zurückgelassen wäre, doch die Menschen nahmen sie mit auf ihre Reise, als gehörte sie zur Familie.

Obwohl Auguste sich intensiv bemühte, blieb ihr die Sprache der Menschen verschlossen. Daher redete sie mit Händen und Füßen, wobei Burilda diejenige war, die überwiegend mit ihr sprach. Die Männer und auch die anderen Frauen hielten Abstand zu Auguste, während die Kinder sie immer wieder neugierig beäugten. Die Kleinen riefen etwas wie »miegaloh« und machten sich einen Spaß daraus, sich an Auguste anzuschleichen, um sie zu berühren.

Trotz der Fröhlichkeit der Kinder schwebte Trauer wie eine dunkle Wolke über der Gruppe. Aus Gesten und Beobachtungen hatte Auguste geschlossen, dass Lennsing und Dalman die ermordeten Schwarzen mitgenommen hatten. Die Vorstellung, dass diese Menschen ausgestopft in einem Museum stehen würden, verursachte ihr Übelkeit.

Es kam Auguste vor, als diente die Reise einer Art Begräbnis oder einem Gedenken an die Toten. An die Ermordeten, korrigierte sie sich. Jeden Abend erklangen Trauerlieder. Die Männer klagten und schnitten sich ihre Stirnen auf; die Frauen rauften sich die Haare und schlugen auf ihre Brüste. Selbst die Kinder weinten.

Noch immer konnte sie sich nicht erklären, warum die Schwarzen sie am Leben ließen. Die deutschen Siedler in Brisbane hatten so viele Schauergeschichten über die Menschen erzählt, die wild im Busch lebten. Wie kam es nur, dass die Eingeborenen ihr gegenüber so freundlich waren? Hatten sie möglicherweise nicht begriffen, dass Lennsing und Dalman ihre Freunde, ihre Familienmitglieder ermordet hatten? Fehlte ihnen das Verständnis dafür, dass Auguste Teil der Expedition war, die den Schrecken in das friedliche Leben der Menschen gebracht hatte?

Onkel Georg war davon überzeugt, dass die Australneger dem Affen näher standen als dem Menschen, dass ihnen die Intelligenz fehlte, die sie zu Menschen machen würde.

»Die Schwarzen bauen weder Häuser noch säen oder ernten sie«, hatte er voller Inbrunst gesagt. »Sie existieren wie Tiere von Tag zu Tag, von dem, was die Natur ihnen bietet.«

»Vielleicht ist das nur ein anderer Weg zu leben«, hatte Auguste einzuwenden gewagt.

»Der Mensch mache sich die Erde untertan – das ist der Wille unseres Herrgotts«, ereiferte sich Onkel Georg. »Wesen wie die Australneger kennen weder Kunst noch Kultur.«

Inzwischen war sich Auguste sicher, dass Georgs Einschätzung nichts mit der Wirklichkeit und dem Leben der Schwarzen gemeinsam hatte. Diese Menschen hatten sie aufgenommen, obwohl ihre Freunde oder Familienmitglieder ermordet worden waren. Von Weißen, mit denen Auguste gereist war und die sie zum Sterben zurückgelassen hatten.

Solch eine schreckliche Tat würden die Schwarzen nicht begehen, zu der Überzeugung war Auguste gekommen, nachdem sie die Familie beobachtet hatte. Natürlich nicht sehr offen, sondern versteckt, aus dem Augenwinkel oder mit gesenktem Kopf. Obwohl die *Murri* um ihre Toten trauerten, wirkten diese Menschen zufrieden und eins mit sich selbst. Noch hatte Auguste nicht herausgefunden, wer mit wem verwandt war und wer der Stammesführer war, aber es kam ihr vor, als hätten die Ältesten hier das Sagen.

Ich muss die Gelegenheit nutzen und mir Notizen machen. Niemals zuvor ist ein Forscher mit den Australnegern gereist. Immerhin haben sie mir mein Journal und den Bleistift gelassen. Wenn wir heute Abend rasten, werde ich erste Eindrücke festhalten, bevor ich sie vergesse.

Doch nun galt es erst einmal, den Schwarzen zu folgen und zu hoffen, dass ihr Weg sie irgendwann nach Brisbane oder an einen anderen bewohnten Ort brachte.

Nachdenklich folgte sie zwei Frauen, die Schwestern sein konnten, so ähnlich wie sie einander sahen. Eine wirkte etwas älter und trug ein Baby, wohl erst ein paar Tage alt, mit sich. Bereits in der gestrigen Nacht hatte Auguste bemerkt, dass das Kind hustete und nach Luft rang. Es schien krank zu sein. Wenn ihre Reisegefährten Auguste wenigstens ihre Tasche gelassen hätte, in der sich Medikamente befanden. Dann hätte sie dem Kleinen helfen können. So konnte sie nur beten, dass das Kind die Krankheit überlebte.

Erneut hustete der Säugling, so lange und so bellend, dass es Auguste ins Herz schnitt. Auch auf den Gesichtern der Frauen erkannte sie Sorge und Trauer. Obwohl sie die Sprache dieser Menschen nicht sprach, fühlte sie sich ihnen verbunden und wünschte, ihnen etwas geben zu können. Allerdings hatte sie keine Idee, was das sein könnte. Die Schwarzen schienen glücklich, ihnen schien es an nichts zu mangeln. Was also hätte Auguste ihnen schenken können?

Ganz zu schweigen davon, dass Auguste erst einmal in die Zivilisation zurückkehren musste, bevor sie sich Gedanken über ihr Dankespräsent machen konnte. In all der Zeit, die sie jetzt mit den *Murri* gewandert war, hatten sie weder Farmen noch Dörfer entdeckt. Die Schwarzen bewegten sich auf eigenen Pfaden, die sich nicht mit denen der Weißen kreuzten.

Kaum hatte sie diesen Gedanken gefasst, war ein lautes quietschendes Geräusch war zu hören. *Eine Farm*, dachte Auguste, *hier muss es eine Farm geben.* Ihr Herz schlug schneller bei der Vorstellung, bald auf weiße Menschen zu treffen, die ihr sicher helfen könnten, nach Brisbane zurückzukehren.

Doch das Windrad sah aus, als würde es sich seit Jahren ohne Zweck drehen. Einzelne Flügel waren abgebrochen und hatten sich mit den verbliebenen verkantet, was das ohrenzerfetzende Quietschen erklärte.

Es scheint mein Schicksal zu sein, Zeit mit den Schwarzen zu verbringen. Vielleicht kann ich Buße tun. Ich kann nur beten und hoffen, dass sie mich eines Tages zurück nach Brisbane bringen.

Mit gesenktem Kopf humpelte sie weiter. Inzwischen hatte sie die unbequemen Stiefel ausgezogen, in denen sie sich Blasen gelaufen hatte. Ihre Fußsohlen schmerzten bei jedem Schritt, als träte sie auf Messer. *So muss die kleine Meerjungfrau sich gefühlt haben. Nur habe ich dieses Schicksal nicht aus Liebe gewählt.*

Zu ihrer Verwunderung suchte die kleine Gruppe sich bereits am späten Nachmittag, als die Sonne den Horizont berührte, einen Rastplatz auf einer Lichtung neben einem Wasserloch. Wie zuvor bauten die Frauen das Lager auf und die Männer verschwanden im Wald, wohl um Fleisch für das Abendessen zu jagen.

Obwohl die Hitze drückend war, sammelten einige Frauen Holz, das sie aufschichteten; andere suchten nach Wurzeln und

Nüssen, die sie essen konnten. Nach kurzer Zeit kehrten die Jäger mit zwei Tieren zurück, die Ratten ähnelten oder Bibern. Wombat nannte man sie, wenn Auguste sich richtig erinnerte.

Auch wenn sie nicht wusste, was mit ihr geschehen würde, faszinierte es sie, so nah mit den Australnegern zu leben. Was für eine Ironie des Schicksals, dass sie das erreichte, was Lennsing und Dalman versagt geblieben war: ein tiefer Einblick in das Leben dieser Menschen.

Während Auguste die Jäger beobachtet hatte, hatte jemand das Feuer entzündet, das dunklen Rauch entwickelte, der Auguste in den Augen brannte.

Voller Würde saß dort ein dürrer Mann, dessen krauses Haar und wallender Bart nahezu weiß waren. Er war Auguste bereits aufgefallen, weil alle anderen ihn zu achten schienen. Tiefe Furchen zogen sich über seine Stirn und um seine Augen. Seine Arme wirkten dünn und zerbrechlich wie Zweige, aber dennoch strahlte er eine ruhige Kraft aus, die Auguste in den Bann schlug. Ob das der Anführer des Stammes war? Nannte man diese Eingeborenengruppe überhaupt Stamm? Wurden sie von einem Häuptling geführt oder war er der weise Mann, der Schamane?

Auf einmal erkannte Auguste ihre Arroganz und schämte sich dafür: Wie hatte sie nur glauben können, eine Forscherin zu sein, wo sie nicht einmal das Wesentliche über die Ureinwohner wusste, die in diesem Land lebten?

Als sie noch grübelte, stand der alte Mann auf und warf eine Handvoll Blätter auf die brennenden Zweige. Erneut wallte Rauch auf, begleitet vom unverkennbaren Duft des Eukalyptus. Was als Nächstes geschah, war so unvermutet, dass Auguste vor Schrecken erstarrte.

»Um Himmels willen!« Endlich löste sie sich aus dem Bann und sprang auf, um das Kind zu retten, aber eine der Frauen zog sie am Arm herunter. Folglich musste Auguste hilflos zusehen, wie der alte Mann den Säugling über das Feuer hielt.

Dann war all das Furchtbare wahr, was man sich in Brisbane über die Schwarzen erzählte. Kannibalen waren sie und fraßen ihre Kinder!

Auguste versuchte verzweifelt, die Hand abzuschütteln, die sie immer noch festhielt, aber die schmächtige Frau namens Warril hatte mehr Kraft, als sie ihr zugetraut hätte. Daher blieb ihr nur, die Augen abzuwenden und die Ohren so weit wie möglich gegen das laute Greinen des Säuglings zu verschließen. Tränen liefen ihr über das Gesicht und sie wünschte, sie hätte diese gottlosen Wesen nie getroffen.

Plötzlich erstarb das Schreien des Kindes. Stattdessen setzten monotone Gesänge ein und Warril ließ Augustes Arm los. Zornig rückte Auguste von ihr ab, bevor sie die Augen öffnete. Die Schwarzen wiegten sich im Rhythmus des Gesangs langsam hin und her.

Auguste wagte es kaum, nach dem Kleinen zu sehen. Nein! Sie blinzelte zweimal, aber das Bild veränderte sich nicht. Überrascht entdeckte sie, dass das Kind mit tiefen und ruhigen Atemzügen schlief. Scham wallte in ihr auf, weil sie das Tun der Schwarzen missverstanden hatte. Die Ureinwohner hatten es nicht töten, sondern heilen wollen. Auguste hatte das Schlimmste angenommen, weil auch sie in ihnen keine Menschen, sondern Wilde sah.

»*Maka*«, sagte der alte Mann mit ernster Miene. Er überreichte das Kind seiner Mutter und wiederholte: »*Maka.*«

Was dieses Wort wohl bedeutet? So vieles bleibt mir verschlossen, weil ich sie nicht verstehe. Aber von heute an versuche ich, nun ein besserer Mensch zu sein, mit diesen Menschen zu leben und abzuwarten, anstatt sie vorschnell zu verurteilen.

Am nächsten Morgen kam Burilda zu Auguste und reichte ihr die Hand. Die Schwarze schien eine wichtige Rolle in diesem

Stamm zu spielen, auch wenn sie jünger war als die meisten Frauen. Nur die beiden anderen, die ein dunkles Kind in einem Tragegurt mit sich führten, wirkten jünger als Burilda. Aber sobald ihre Freundin – konnte Auguste sie so nennen? – das Wort ergriff, hörten alle ihr zu.

Während die Familie zurückblieb, zog Burilda Auguste hinter sich her, tiefer in den Wald hinein. Vorsichtig setzte Auguste ihre Schritte, spähte in das Dickicht, das den Boden bedeckte und meinte, Schlangen weghuschen zu sehen. Obwohl Burilda viel schwerer war als Auguste, lief sie leichtfüßig und nahezu unhörbar zwischen den Bäumen hindurch. So flink, dass Auguste sich anstrengen musste, ihr zu folgen. Auf einmal blieb die Schwarze stehen und wandte sich zu ihr um. Sie legte den Zeigefinger der linken Hand an die Lippen.

Auguste nickte, um ihr zu verstehen zu geben, dass sie begriffen hatte. Vorsichtig und so leise wie möglich schlich sie näher, gespannt auf das, was Burilda ihr zeigen wollte. Die Eingeborene schob Auguste nach vorn und machte mit der Hand eine Bewegung, als wollte sie ein Huhn davonscheuchen.

Augustes Herz schlug schneller, ihre Beine zitterten und sie überlegte, sich an Burilda festzuklammern und diese um Verzeihung zu bitten. Aber die Eingeborene hätte sie nicht verstanden, also ergab sich Auguste in ihr Schicksal. Ihr wurde etwas leichter ums Herz, als sie Burilda hinter sich hörte, die ihr folgte. Die Vorstellung, hier alleine zurückgelassen zu werden, hatte sie in Panik versetzt.

Als sich der Wald lichtete, entdeckte Auguste, was die Schwarze ihr hatte zeigen wollen. Sie erstarrte und wich so plötzlich zurück, dass sie in Burilda hineinstolperte.

»Nein«, flüsterte sie und hob abwehrend die Hände. »Nein, nein, nein.«

Burilda neigte fragend ihren Kopf und deutete auf die Lichtung. Dann zeigte sie auf Auguste und erneut auf die Gruppe von Menschen, die dort lagerte. Lennsing, Dalman und Dorothea Aurich saßen plaudernd um ein Feuer. Sie wirkten entspannt, als hätten sie niemals Aborigines erschossen und ihre Reisegefährtin Auguste zum Sterben zurückgelassen.

Augustes Gedanken rasten. Ihre Hand klammerte sich an Burilda, ihr Blick irrlichterte von der Schwarzen zu den Weißen und wieder zurück. Ihr erster Impuls war es, keinesfalls zu den Wissenschaftlern zurückzukehren, doch nun gewann die Vernunft die Oberhand über die Angst. Sie musste eine Entscheidung treffen, eine Wahl zwischen zwei Übeln: Mit den Schwarzen reisen, ohne zu wissen, wohin der Weg sie führte, oder sich den Weißen anzuschließen, ohne zu ahnen, ob diese ihr nicht wieder ans Leben wollten. Egal, wie sie entschied, sie musste schnell sein, denn Burilda versuchte, sich aus Augustes Umklammerung zu befreien, um zu ihrem Stamm zurückzukehren.

32

Australien 1876

Augustes Herz pochte laut und schnell, als sie gemeinsam mit Burilda zum Clan zurückkehrte. Die Schwarzen schien es weder zu überraschen noch zu verwundern, dass sie diese Entscheidung getroffen hatte.

In den Tagen, die seitdem vergangen waren, hatte sie sich immer wieder gefragt, ob es die richtige Wahl gewesen war. Wie seltsam es sich auch ausnahm, sie vertraute diesen Menschen mehr als den Expeditionsteilnehmern. Wenn sie länger mit den Schwarzen leben wollte, müsste sie lernen, sich mit ihnen zu verständigen. Obwohl sie bereits viele Tage mit den Eingeborenen reiste, war es Auguste nur gelungen, einige wenige Worte der fremd klingenden Sprache für sich zu übersetzen.

Es kam ihr vor, als verständigten sich diese Menschen mehr durch Gesten und Gesänge und Tänze als mit Worten, so wie sie es gewohnt war. Nicht einmal alle Namen der Mitglieder der kleinen Gruppe kannte sie, wohl, weil Namen den Menschen nicht so wichtig waren.

Die wenigen Begriffe, die sie erhascht hatte, trug sie in ihrem Expeditionstagebuch ein, auf den letzten Seiten hatte sie sich ein Vokabelheft angelegt. In der linken Spalte erfasste sie das Wort, wie es sich für sie anhörte, in die mittlere trug sie es auf Englisch ein, die rechte Spalte blieb dem Deutschen vorbehalten.

Sie hatte versucht, von Burilda zu erfahren, wie man die Worte schrieb, indem sie mit einem Zweig in den Sand zeichnete. Aber die Schwarze hatte Auguste verwirrt angesehen und schien überhaupt nicht zu begreifen, was diese von ihr wollte. Auguste hatte ihren Namen, dann den von Burilda in den Sand geschrieben und laut ausgesprochen. Ohne Erfolg, ihre Freundin konnte oder wollte nicht verstehen, welchen Zusammenhang es zwischen Wort und Schrift gab.

Soweit Auguste es nachvollziehen konnte, lebten die Mythen und Geschichten der Eingeborenen in Erzählungen und Gesängen, in Tänzen und Ritualen. So viele faszinierende Eindrücke prasselten während der gemeinsamen Reise auf Auguste ein, dass sie sich wünschte, sie besäße ein Dutzend Bleistifte und nicht nur diesen schrumpfenden Stummel. Der Schwund ihres Schreibgeräts brachte sie dazu, sich jedes Mal zu fragen, welche ihrer Worte es wirklich wert waren, notiert zu werden.

Ich werde ja nicht alles vergessen, sobald ich wieder in der Zivilisation bin. Aber es ist so viel, was ich erlebe und lerne und immer noch nicht begreife, wie soll ich mir das alles merken?

Auch wenn sie bisher nur wenig von der Lebensweise der Aborigines verstand und immer wieder staunte, wie sie sich der Natur anpassten, hatte Auguste inzwischen Hochachtung vor ihnen gewonnen. Es kam ihr vor, als hätten die Australneger eine tiefe Verbindung zu dem Land, auf dem sie lebten. Mehr noch, als besaßen diese Menschen, die kaum Besitz hatten und anscheinend ziellos von Ort zu Ort wanderten, eine größere Zufriedenheit, als sie es je in Hamburg oder Brisbane erlebt hatte.

Sie erinnerte sich daran, dass ihr Onkel die Aborigines als Kinder bezeichnet hatte, die fröhlich und singend ihr Leben genossen, frei von jeder Verantwortung und jeder Habgier. Aber nun, da sie mit ihnen reiste, erkannte Auguste, dass die Schwarzen einfach nur anders waren. Es würde ihr wohl nie gelingen, sie ganz zu verstehen. Auguste hatte ein anderes Leben geführt, in dem so unterschiedliche Dinge Wert und Bedeutung hatten.

Selbst wenn ich den Rest meines Lebens mit dem Stamm durch das Land zöge, könnte ich nicht aus meiner Haut. Ich bliebe Auguste *Ohlendorf, die eine Zeit lang mit Eingeborenen reist, aber ich würde dadurch nicht zu einer von ihnen. So wenig wie ich Burilda zu einer Hanseatin machen* könnte, wenn sie mich nach Hamburg begleiten würde.

Die Fantasie, Burilda mit ihren Eltern gemeinsam am Tisch sitzen zu sehen, brachte Auguste zum Kichern. Sofort danach überkam sie tiefe Traurigkeit, weil sie nicht wusste, ob sie ihre Familie jemals wiedersehen würde.

Immerhin habe ich durch die furchtbare Expedition, die Angst um mein Leben und meine Wanderung mit den Schwarzen gelernt, dass ich Felix nicht wirklich geliebt habe. Ich denke kaum noch an ihn. Es war wohl nur eine Schwärmerei. Wenn ich ehrlich bin, habe ich kaum ein Dutzend Worte mit ihm gewechselt. Joseph Wagner ist ein ganz anderes Kaliber. Ob ich ihn je wiedersehe? Was er wohl davon halten wird, was mir passiert ist?

Unnötige Überlegungen. *Wenn ich eines von den Schwarzen lernen kann, dann ist es, im Hier und Jetzt zu leben, nicht immer auf die Zukunft zu hoffen.*

Als hätten ihre Begleiter Augustes Gedanken gelesen, hielten sie an. Die Frauen schichteten Zweige und trockenes Gras auf, einer der Männer rieb zwei Stöcke aneinander, bis Rauch aufstieg. In zwei Gruppen gingen Frauen in den nahen Wald, wahrscheinlich um Wurzeln und Nüsse zu sammeln. Auguste wollte ihnen folgen, aber Burilda gab ihr mit einer Handbewegung zu verstehen, dass sie auf das Feuer achten sollte.

Also blieb Auguste sitzen und beobachtete, wie die Männer sich für die Jagd vorbereiteten. Inzwischen hatte sie gelernt, dass die Aufgaben bei der Familie klar getrennt waren. Es gab Arbeiten, die nur Männer taten, und welche, die nur die Frauen verrichteten. Die Männer waren Jäger, die Frauen sammelten Pflanzen, Kleintiere und Wurzeln, wobei die Kinder sie unterstützten. Obwohl es Auguste reizte, mit den Männern auf die Jagd zu gehen, so wusste sie, dass es ihr niemals erlaubt würde.

Einer der Männer, ein schlanker Junge, vielleicht zwei Jahre jünger als Auguste, schaute auf, als spürte er ihren Blick. Er lächelte ihr zu und zeigte strahlend weiße Zähne. Viele der Schwarzen hatten ausnehmend gute Zähne. Burilda hatte Auguste Blätter zur Zahnpflege gegeben, die sie kauen sollte. Obwohl Auguste den Geschmack überhaupt nicht mochte, nutzte sie die Pflanze. Denn sie wollte sich nicht vorstellen, was geschehen würde, sollte sie Zahnschmerzen bekommen.

Erneut lachte der Junge sie an. Ein Zahn fehlte, das war ein Teil eines Rituals – jedenfalls erklärte es Auguste sich so, weil die Gebisse aller Männer an dieser Stelle eine Lücke aufwiesen, während die kleinen Kinder noch alle Zähne besaßen.

Genug davon! Verlegen senkte sie den Kopf, woraufhin die anderen Männer zu lachen begannen und dem Jungen Worte zuriefen, die Auguste zwar nicht verstehen, deren Inhalt sie jedoch begreifen konnte.

Sie schaute auf, schüttelte den Kopf und hob abwehrend die Hände, was nur dazu führte, dass die Männer noch lauter lachten und weitere Scherze machten. Manchmal fand sie es nicht so schlimm, dass sie die Worte nicht verstand.

Daher schaute sie nur weiter zu und machte sich im Geiste Notizen, die sie später in ihr Expeditionsjournal übertragen würde. Ein hochgewachsener Mann, den sie für den Anführer hielt, griff nach der *Woomera*, der Speerschleuder. Was es wohl heute Abend zu essen gab?

Der Hunger hatte Auguste gelehrt, alle Vorurteile zu überwinden. Inzwischen aß sie jedes Fleisch, unabhängig davon, ob sie das Tier früher als niedlich oder eklig betrachtet hätte. Echsen und Schlange waren für sie nur noch Nahrung, mit deren Hilfe man den Hunger besiegte.

Ob ich mich überhaupt wieder an das Leben in Brisbane gewöhnen kann?

Kritisch musterte sie ihre bloßen Füße, die schmutzig und verhornt waren. Zu Beginn hatte Auguste versucht, in ihren eleganten Lederstiefeln zu wandern, was nur zu schmerzenden Blasen geführt hatte. Glücklicherweise erwies sich Burilda als kundige Heilerin, die aus Blättern und dem Saft einer Pflanze eine kühlende Paste herstellte, die sofort den Schmerz linderte.

Auguste blinzelte, als der aufkommende Wind den Rauch des Feuers in ihre Richtung trieb. Ihr Magen knurrte vor Hunger, aber bisher waren die Männer noch nicht von der Jagd zurückgekehrt. Traurig verweilte ihr Blick auf den wenigen Wurzeln und Beeren, die die Frauen und Kinder gefunden hatten. Heute würde sie wohl hungrig zur Nacht gehen müssen.

Plötzlich erscholl rhythmischer Gesang, der auf und abschwoll wie das Meer. Immer lauter wurden die Stimmen, ein deutliches Zeichen, dass die Sänger sich dem Lager näherten. Was mochte das zu bedeuten haben? Auguste hustete und schaute dann die eingeborenen Frauen an. Diese lächelten und schwatzten aufgeregt miteinander, was Augustes Neugier anstachelte. Bevor sie jedoch etwas sagen konnte, standen die Frauen auf und begannen zu singen. Wie ein Kanon fremdländischer Laute hörte es sich für Auguste an: die tiefen Stimmen der Männer, die langsam anstiegen, gegen die hohen Stimmen der Frauen, die ihre Füße rhythmisch aufstampften.

Endlich teilten sich die Büsche und die Männer traten aus dem Grün heraus. Stolz zeichnete sich auf den Gesichtern der Jäger ab, die ein gewaltiges Känguru erlegt hatten. Mit großer Geste warfen sie das braunfellige Beuteltier auf den Boden. Die gebrochenen Augen schienen Auguste vorwurfsvoll anzustarren. Niemals würde sie dieses überaus niedliche Tier essen können, da war sich Auguste sicher. Das Knurren ihres Magens allerdings sprach eine andere Sprache.

Nachdem sie dreimal tief Luft geholt hatte, trat sie näher, um alles zu beobachten. Inzwischen hatte einer der Jäger ein Feuer entzündet. Zwei Männer ergriffen das Känguru, schnitten ihm den Schwanz ab und warfen den Körper in die Flammen. Der Geruch verbrannten Fells stieg in Augustes Nase, Rauch trieb ihr die Tränen in die Augen. Trotzdem konnte sie erkennen, wie sich der Körper des Beuteltiers aufblähte.

Gerade, als sie sich abwenden wollte, nahmen zwei Frauen das Känguru vom Feuer und schnitten ihm den Bauch auf. Zwei andere Frauen schabten mit Steinmessern das Fell ab. Anschließend legten sie das Beuteltier erneut auf das Feuer und schichteten Holz um es.

Nach kurzer Zeit stieg ein verführerischer Duft auf, der Augustes Vorhaben, auf das Fleisch zu verzichten, erneut ins Wanken brachte. Während das Tier vor sich hin garte, legten Frauen Knollen und Wurzeln in die Glut.

»*Murri.*« Burilda reichte ihr ein Stück Fleisch, das noch roh aussah. »*Murri.*«

»Danke.« Augustes Verwirrung stieg. Nannten sich die Menschen hier etwa Känguru oder hatte sie die Feinheiten der Sprache nicht verstanden?

33

Australien 1876

Während Auguste um Worte rang, mit denen sie ihre Gedanken zu Papier bringen konnte, hörte sie ein Kichern. Als sie aufsah, entdeckte sie Dumbirrbi und Kubbi, zwei Kinder des Clans, die etwa zwei Meter entfernt von ihr im Sand lagen. Die Jungen stützten ihr Gesicht auf die Hände, die Ellenbogen fest in den Staub gebohrt. Sie musterten sie mit einem kritischen Blick aus dunklen Augen. Der rechte hatte die Unterlippe vorgeschoben, was ihm ein schmollendes Aussehen verlieh. Wie schade, dass sie nicht mit ihnen reden konnte.

> *Expeditionsjournal Auguste Ohlendorf*
> *Diese Menschen teilen alles. Obwohl es ihrem Wesen fremd zu sein scheint, haben sie allerdings akzeptiert, dass mein Journal nur mir gehört.*

Auguste hielt einen Augenblick inne. Allzu viele Gedanken mussten in ihrem Buch festgehalten werden, obwohl ihr nur noch wenige Seiten verblieben und der Bleistift schrumpfte.

Einer der Männer war so geschickt mit einem Stein, wie Auguste es höchstens mit einem feinen Messer gewesen wäre. Doch selbst sein Geschick konnte nicht verhindern, dass jedes Anspitzen ihren Stift schwinden ließ.

Für die Kinder ist es am schwierigsten, ihre Händchen nicht begehrlich nach Papier und Bleistift auszustrecken. Natürlich sind sie unglaublich neugierig, ist ihnen die Schrift doch gänzlich unvertraut.

Nachdem der vorwitzige Dumbirrbi ihr vor einigen Tagen das Heft entrissen hatte, war Auguste in Tränen ausgebrochen. Daraufhin hatte ihr das erschrockene Kind ihr Journal wiedergegeben, aber dennoch eine Strafpredigt von Burilda bekommen. Ob sie seine Mutter war? Bisher war es Auguste nicht gelungen, die Verwandtschaftsverhältnisse eindeutig festzulegen. Die Kinder liefen zu unterschiedlichen Frauen, wenn sie Trost brauchten oder ihnen etwas zeigen wollten. Fast wirkte es, als würden alle gemeinsam die Kleinen erziehen.

Vorsichtig setzte sie den Stummel auf, der gerade einmal so lang war wie ihr Daumen. Sicher hätte sie ihre Erlebnisse und Erfahrungen auch in ihrem Kopf aufheben können, aber irgendwie – das hatte sie sich eingestanden – hoffte sie immer noch, eines Tages in die Zivilisation zurückzukehren und mit ihrer Geschichte Aufmerksamkeit zu bekommen. Doch nicht allein die Suche nach Ruhm trieb sie an: Auguste wollte erreichen, dass den Aborigines Gerechtigkeit widerfuhr, dass die weißen Siedler und Professoren verstanden, was für wunderbare und einzigartige Menschen die Australneger waren.

Da die Schwarzen nicht für sich selbst sprechen konnten, musste Auguste ihr Sprachrohr werden, ihre Worte und Weisheiten in eine Welt hinaustragen, die den Eingeborenen nicht einmal das Menschsein zugestanden.

Ist es vermessen, wenn ich das plane? Nur weil das Schicksal mich zu diesem Stamm geführt hat, spiele ich mich als die Jeanne d'Arc der Australneger auf.

Es darf einfach nicht so weitergehen, dass Forscher und Farmer die Aborigines abschießen wie Kängurus und Koalas.

Ich muss zurück in meine Welt, muss meine Geschichte erzählen und hoffen, damit Gerechtigkeit und Frieden für meine Retter zu erlangen.

»*Balka*!« Burilda hielt ihr eine Hand entgegen. Dieses Wort hatte Auguste mit »steh auf!« übersetzt.

Auguste schüttelte den Kopf und zeigte auf ihre Füße. »Au, au, au.« Sie untermalte die Laute mit einem schmerzverzerrten Gesicht, aber die Eingeborene grinste nur und zog sie hoch. Gemeinsam mit den anderen Frauen wanderten sie auf die Ebene. Das Gras fühlte sich angenehm weich unter Augustes Füßen an, ein warmer Wind strich über ihre Haut.

Unter Anleitung von Burilda sammelte Auguste Grassamen, was sich als schwieriges und zeitraubendes Unterfangen erwies. Auguste bewunderte die Geduld und Gelassenheit, mit der die Eingeborenenfrauen dieser Tätigkeit nachgingen. Immer wieder fühlte sie sich versucht aufzugeben, weil der Wind ihr die Samen aus der Hand wehte. Aber diese Blöße wollte sie sich nicht geben. Außerdem fand sie es an der Zeit, ihren Teil zu den Mahlzeiten der Familie beizutragen.

Stolz brachte sie ihre Ausbeute zu Burilda, die freundlich nickte und Auguste anerkennend auf die Schulter klopfte, obwohl sie einen viel größeren Haufen an Grassamen gesammelt hatten.

Abends würden die Frauen die Samen zu einem hellen Mehl zermahlen, das sie mit Wasser vermischten und in der Asche zu einer Art Brot ausbuken. Dieses Vorgehen hatte Auguste schon mehrfach beobachtet.

Eine Mutter verstaute die gesammelten Samen in einer ihrer Pflanzentaschen, die sie *Dili* nannten. Bisher hatte Auguste noch nicht herausfinden können, wie dieses *Dili*-Gras aussah.

Gedankenverloren hinkte sie an einer Pflanze vorbei, die aussah wie hochgewachsenes Gras mit gelblichen Blüten, nicht viel anders als andere Gräser, an denen die Frauen bisher achtlos vorbeigegangen waren. Doch hier blieben die Schwarzen stehen und begannen, Blüten und Gräser zu pflücken.

»*Dili*«, sagte Burilda und deutete auf den Beutel, den sie um ihre Hüfte geschlungen hatte. »*Dili.*«

»*Dili*«, wiederholte Auguste und zeigte auf das Gras, stolz, dass sie verstanden hatte, was ihre Freundin ihr sagen wollte.

Eifrig machte sie sich daran, ebenfalls Gras zu ernten und ihre Ausbeute in Burildas *Dili*-Beutel zu legen. Die Schwarze nickte ihr zu und reichte Auguste ein Stück Gras. Auguste nahm es in die Hand, unschlüssig, was damit zu tun wäre. Burilda lachte lauthals auf und nahm sich ebenfalls ein Gras, das sie sich in den Mund schob. Also versuchte es auch Auguste; gierig sog sie die Feuchtigkeit aus der Pflanze.

Als die Kinder zurückkehrten, grinsten sie breit. Sie streckten ihnen die Hände entgegen, auf den Handflächen lagen rote Früchte, die Auguste an Himbeeren erinnerten. Allerdings kleiner und von einem tieferen Rot. Ob sie die Frucht vertragen würde? Mit spitzen Fingern griff Auguste nach einer Beere, die ein Junge ihr entgegenhielt. Sie schmeckte Süße und Frische und sagte: »Ah«, was die Kinder zum Lachen brachte. Der Junge griff nach Augustes Hand und zog sie hinter sich her, bis zu einem Busch, an dem die Beeren wuchsen.

Dumbirrbi kam angerannt und rief ihnen etwas zu. Vor Aufregung überschlugen sich seine Worte und er bekam Schluckauf, was die Frauen zum Lachen brachte. Aber unerwartet eilig standen sie auf, sodass auch Auguste sich erhob. Gemeinsam folgten sie dem Kleinen, der voraneilte, immer wieder stehen blieb und über die Schulter blickte, wo sie denn nur blieben. Endlich blieb Dumbirrbi stehen und deutete auf den Boden. Nun schwatzten auch die Frauen miteinander, Auguste konnte die allgemeine Aufregung fast mit Händen greifen. Burilda richtete den Blick auf den Boden, wo Auguste nach längerem Starren mehrere Ameisen mit gelben Streifen auf dem Rücken erblickte. Die Insekten huschten über Erde und Ästchen, an Grashalmen vorbei, bis sie in einem kaum sichtbaren Loch im Erdreich verschwanden.

»Was ist dort?«, fragte sie Burilda, die ihr mit einem Wort antwortete, das Auguste noch nie gehört hatte.

Zwei der Frauen suchten nach größeren Stöcken und begannen, mit deren Hilfe den Boden umzugraben. Auch Auguste holte sich ein Stück Holz und stieß es in die rotbraune Erde. Überrascht stöhnte sie auf. Der Untergrund war fester, als sie erwartet hatte.

Das erste Holzstück brach Auguste ab, woraufhin ihr Burilda mit einem Kopfschütteln ein anderes Holz reichte. Mit diesem Stock, deutlich härter als der erste, gelang es Auguste, kleine Stücke der Erde auszugraben, die hart wie festgebackener Lehm war.

Burilda nahm ihr das Holz aus der Hand und demonstrierte eine Grabetechnik, die weniger kräftezehrend wirkte. Auguste nickte, nahm sich den Stock und folgte Burildas Anleitung. Bereits nach kurzer Zeit lief ihr der Schweiß in die Augen, den sie mit dem Handrücken abwischte. So sehr sie sich auch abmühte, sie konnte nur wenig Erde bewegen, während die anderen Frauen bereits eine Grube ausgehoben hatten. Zu Augustes Überraschung setzten sie sich auf den Rand der Mulde und hoben die Erde nun im Sitzen aus. Endlich stieß eine von ihnen einen Begeisterungsruf aus und winkte die anderen heran. Auguste beendete ihre Ausgrabung und lugte über Burildas Schulter. Nun konnte sie die Freude der Frauen verstehen, hingen dort unter der Erde Bernsteinperlen. Konnte das wirklich sein? Bernstein wuchs doch nicht unterirdisch, vor allem nicht in dieser regelmäßigen Tropfenform. Neugierig beugte sie sich tiefer und schreckte mit einem Aufschrei zurück.

Igitt! Das waren keine Schmucksteine, sondern Ameisen.

Winzige Insekten mit gewaltigen, goldgelb glänzenden Hinterleibern. Während Auguste sich schüttelte, drängte sich Kubbi, ein kecker Junge, an ihr vorbei, griff mit der Hand in die Höhle, pflückte sich Ameisen und schob sie sich in den Mund. Von Ekel geschüttelt, wandte Auguste sich zur Seite. Sie musste sehr an sich halten, um ihr Frühstück nicht von sich zu geben.

Da spürte sie eine Hand auf ihrer Schulter. Sie drehte sich um und schloss sofort angewidert die Augen. Burilda hielt ihr eine Handvoll dieser seltsamen Insekten entgegen. Erneut stupste die Schwarze Auguste an. So lange, bis sie die Augen öffnete.

Burilda nahm ein zappelndes Insekt und biss ihm das bernsteinfarbene Hinterteil ab. Dann lächelte sie und strich sich über den Bauch.

Voller Abscheu schüttelte Auguste den Kopf.

»Ich dachte, es wäre Bernstein. Amber«, sagte sie und hob die Hände, um ihren Irrtum kenntlich zu machen.

»Du Amber.« Burilda nickte eifrig. »Du Amber.«

»Nein, nein«, wehrte Auguste ab, aber die anderen Frauen fielen in Burildas Lachen und Worte ein.

»Amber. Amber. Amber«, erklang es von allen Seiten.

Warum nicht? Warum nicht das alte Leben hinter sich lassen und hier neu beginnen, mit einem anderen Namen? Möglicherweise wussten die Eingeborenen ja mehr als sie. Vielleicht hatte der Name eine starke Bedeutung und vielleicht, das war Augustes größte Hoffnung, würde ihr neuer Name sie zu einem Teil dieses Clans machen.

34

Australien, heute

Ich kann nicht mehr, ich kann nicht mehr, ich kann nicht mehr, schien der Rhythmus von Franziskas Schritten zu sagen. Seit einer gefühlten Ewigkeit setzte sie nur noch automatisch einen Fuß vor den anderen, nahm weder die Schönheit der Landschaft wahr noch die Frauen, mit denen sie reiste. Alles, was sie fühlen und denken konnte, bezog sich darauf, weiterzugehen, nicht aufzugeben, sich nicht einfach auf die graubraune Erde sinken zu lassen und die Augen zu schließen.

Schweiß tropfte ihr von der Stirn, sammelte sich zwischen ihren Brüsten, rann den Bauch herunter und lief ihr die Beine entlang in die festen Schuhe. Es kam ihr vor, als würde sie alles ausschwitzen, was sie je in ihrem Leben getrunken hatte. Der Gedanke ließ sie nach der Wasserflasche greifen. Auch wenn das Getränk warm war und abgestanden schmeckte, wünschte sie sich mehr und mehr. Nur mit äußerster Disziplin hörte sie auf, gierig zu schlucken, damit ein Rest Wasser in der Flasche verblieb. Schließlich wusste sie nicht, wann sie ihren Vorrat das nächste Mal auffüllen konnte.

Inzwischen war sie sogar zu erschöpft, um die lästigen Fliegen wegzuwedeln. Sollte es das Ziel dieser Reise sein, sie zu einer stoisch alles erduldenden Frau zu machen, dann war es ein voller Erfolg. Von Erleuchtung oder spirituellem Wachstum hingegen war sie so weit entfernt wie der Uluru vom Meer.

Jetzt ist es genug. Ich gebe auf und gestehe ein, dass ich nicht stark genug für diesen Walkabout *bin.*

Franziska verlangsamte ihre Schritte, ihre Füße stolperten, als würde eine Änderung des Rhythmus sie aus einem fragilen Gleichgewicht bringen.

»Dort hinten rasten wir.« Taras Stimme klang gelassen und ruhig, während Franziska bei jedem Schritt keuchte. »Du musst nur noch ein wenig durchhalten.«

Ich kann nicht mehr, ich kann nicht mehr, ich kann nicht mehr.

Sie wagte nicht einmal, aufzuschauen, wie weit der Rastplatz entfernt sein mochte.

Tara verlangsamte ihre Schritte, bis sie neben Franziska ging. Der Pfad war steil und schwierig zu beschreiten. *Lockyer* gehörte zu den Nationalparks, die weitgehend unerschlossen waren, was sich in herausfordernden Wegen auswirkte.

»Danke, Tara.«

»Wofür?«

»Dafür, dass du die Wanderung in *Crows Nest* begonnen hast. Das hat mir Zeit gegeben, mich an Bergpfade zu gewöhnen.«

»Für dich hoffe ich, dass du die Zeit genutzt hast, den Bäumen zu lauschen.«

»Ich habe es versucht. Ehrlich.«

»Aber du glaubst nicht daran, dass Pflanzen zu dir sprechen, nicht wahr? Das passt nicht in deine Welt.«

Franziskas Wangen brannten, weil sie sich durchschaut fühlte. War es so offensichtlich, wie wenig sie davon hielt, von Pflanzen zu lernen?

»Dann höre auf deine Träume.«

Bevor Franziska etwas sagen konnte, marschierte Tara mit

großen Schritten voran und sie blieb allein. *Ich kann nicht mehr. Ich kann nicht mehr. Ich kann nicht mehr.*

»Halte durch. Morgen erreichen wir unser Ziel.« Nun hatte Ruby sich zurückfallen lassen, bis Franziska zu ihr aufgeholt hatte. »Hast du deins erreicht?«

»Ich weiß nicht«, antwortete Franziska nach kurzem Überlegen. »Eigentlich kann ich nicht einmal sagen, was ich mir von dem *Walkabout* erhofft habe. Und du?«

»Ich spüre viele Bilder in mir.« Rubys Gesicht schien zu leuchten. »Und eine stärkere Verbindung zu dem Land und meinen Ahnen.«

Franziska empfand Neid, weil ihre Begleiterin überaus glücklich und zielstrebig wirkte. Ebenso wie Tara schien Ruby ihren Weg gefunden zu haben, während Franziska sich als Suchende fühlte. Was war mit Faith, fragte sie sich da. Hatte sie ihre Ziele erreicht und war zufriedener als zu Beginn der Reise? Nein, den Eindruck vermittelte sie nicht. Faith schien jemand zu sein, die immer kämpfen musste, die sich stets an jemandem abarbeitete und sich daher selbst im Weg stand.

Bin ich mehr wie Faith, als ich mir eingestehen möchte?

»Ist das *Dreaming* Thema aller deiner Bilder?«

»Ich will unsere Geschichten am Leben erhalten«, sagte Ruby. »Ohne unsere Überlieferungen stirbt unsere Kultur. Ich kann nur einen kleinen Beitrag leisten, aber das ist mir wichtig. So vieles ist verloren.«

Franziska wusste nichts zu sagen und hörte einfach nur zu.

»Die meisten Weißen verstehen nicht, was die Traumpfade für uns bedeuten.« Ruby wirkte nachdenklich. Ihre Worte kamen zögernd, als überlegte sie, inwieweit sie Franziska vertrauen konnte. »Wenn Weiße durch Bergbau oder Straßen einen unserer heiligen Orte zerstört haben, ziehen wir in eine Stadt der Weißen.«

»Warum bleibt ihr nicht dort?«

»Wir können es nicht ertragen, den zerstörten Ort weiter zu

sehen. In den Städten gibt es jedoch nichts, für das wir singen können. Wir werden lebende Tote.«

Rubys Stimme klang so traurig, dass Franziska fast die Tränen kam. Auch wenn es ihre Entscheidung gewesen war, Hannover zu verlassen, um in Brisbane zu leben, fühlte sie sich oft heimatlos und entwurzelt. Aber ihr blieb immer die Möglichkeit, nach Hause zurückzukehren, während die Ureinwohner ihre heiligen Stätten für immer verloren hatten.

»Deshalb werden so viele unserer Leute krank«, mischte sich Faith ein. Franziska hatte nicht bemerkt, dass sie Ruby und ihr zugehört hatte. Zum ersten Mal wirkte sie nicht nur wütend, sondern niedergeschlagen. »Ich sehe es im Krankenhaus jeden Tag. Drogen, Alkohol, psychische Probleme. Viele von uns bringen sich um.«

Franziska wagte kaum zu atmen, weil sie Faiths Aufmerksamkeit – und damit gewiss deren Zorn – nicht auf sich ziehen wollte.

»Unsere Leute leiden an Diabetes und Nierenkrankheiten, weil sie Lebensmittel der Weißen essen und ihre Vergangenheit verleugnen.« Nun schlich sich wieder die Wut in Faiths Stimme ein. »Am schlimmsten geht es denen der *Stolen Generation*.«

Darüber hatte Franziska gelesen und nicht fassen können, zu welchen Grausamkeiten Menschen unter dem Mäntelchen guter Taten fähig waren. Die australische Regierung hatte in den 1930er und 1940er Jahren Kinder zwischen Aborigines und Weißen ihren Familien entrissen und in Heime, oft christliche Missionen, oder zu Pflegeeltern gegeben. Ziel dieser Entführungen war es, die Kinder zu »Weißen« zu erziehen. Erst im Jahr 2008 entschuldigte sich der australische Premierminister Kevin Rudd für diese Politik.

»Ihr Weißen wolltet uns zu Weißen machen. Aber wir sind nicht wie ihr. Wir wissen, woher wir kommen, wer unsere Ahnen sind. Ihr sucht noch.« Obwohl ihre Worte harsch waren, klang Faith eher verzweifelt als wütend. Sie richtete sich auf. »Wir verlangen Respekt. Respektiert unsere Kultur, wir wollen nicht werden wie ihr.«

Obwohl alles in Franziska danach schrie, sich gegen diese Vorwürfe zu verteidigen, schwieg sie. Ja, es war unfair, dass Faith sie angriff, schließlich war Franziska weder Britin noch war ihre Familie in Australien heimisch. Aber sie profitierte von dem Land, das einmal den Ureinwohnern gehört hatte. *Amber's Joy* war einfach am Lark Hill erbaut worden, ohne einen Vertrag mit den Aborigines zu schließen, die dort lebten und wanderten.

»Unsere Leute haben eine kürzere Lebenserwartung als die Weißen.« Nun wirkte Faith eher müde als wütend. Ihre Stimme war so traurig, dass Franziska voller Mitgefühl war. »Diabetes gibt es bei uns viermal häufiger.«

»Das wusste ich nicht.« Franziska hatte gelesen, dass die Ureinwohner häufiger arbeitslos waren, überproportional häufig im Gefängnis saßen und in baufälligen Hütten wohnten.

»Warum überrascht es mich nicht, dass du es nicht weißt?« Faith beschleunigte ihre Schritte und beraubte Franziska einer Antwortmöglichkeit.

»Auch wenn sie höflicher sein könnte, ihre Worte sind wahr.« Ruby stieß einen Seufzer aus. »Es wird lange brauchen, bis alle Wunden verheilt sind.«

Schweigend wanderten Franziska und sie weiter, bis sie auf einer Lichtung ankamen, die Tara als Rastplatz ausgewählt hatte.

Nachdem sie sich einfach fallen gelassen hatte, lag Franziska mit geschlossenen Augen auf dem harten Boden und wünschte sich in ihr klimatisiertes Zimmer. Nur mit halbem Ohr lauschte sie, wie Tara die Aufgaben verteilte. Auch wenn sie am liebsten für Wochen geschlafen hätte, ließ ihr Stolz nicht zu, dass sie bei den Tätigkeiten außen vor gelassen wurde. Franziska öffnete die unendlich schweren Lider. Ihr gegenüber saß Faith und atmete schwer. Mit Genugtuung stellte Franziska fest, dass die Aborigine-Frau unter der Wanderung ebenso zu leiden schien wie sie. Tara und Ruby hingegen wirkten, als könnten sie nach einer winzigen Pause sofort weitermarschieren und die nächsten Kilometer hinter sich lassen.

»Was kann ich tun?« Mühsam richtete Franziska sich auf, stützte die verschwitzten Hände auf den Grasboden, der sich weich und federnd anfühlte.

»Hol Feuerholz«, sagte Tara. »Wir bauen danach die Zelte auf.«

»Ist Camping hier nicht verboten?«

»Ich habe eine Sondererlaubnis.«

Während sie nach Holz suchte, wunderte sich Franziska erneut, wie es Tara gelang, anderen Wanderern auszuweichen. Bisher hatten sie keine Touristen gesehen, obwohl der Lockyer Nationalpark ein beliebtes Reiseziel war. Tara schien Wege zu kennen, die den Reiseführern vollkommen unbekannt waren. Spannend, dass dies in der heutigen Zeit, wo die ganze Welt vermessen und durch Satelliten beobachtbar war, noch möglich schien.

Jede Bewegung schmerzte, aber Franziska wollte nicht aufgeben und spazierte tiefer ins Unterholz, um brennbare Zweige zu finden.

»Wir können ihr nicht trauen«, hörte sie ein gezischtes Flüstern, als sie auf den Lagerplatz zukam. »Ich will sie nicht in die Höhle mitnehmen. Zeigen wir ihr etwas anderes.«

Sofort blieb Franziska stehen, hin- und hergerissen zwischen Neugier und schlechtem Gewissen, weil man nicht lauschte. Aber sie hatte Faiths Stimme erkannt und war sich sicher, dass die Frau Franziska mit dem gezischten und unfreundlich betonten »sie« meinte. Das gab ihr das Recht zu lauschen, nicht wahr?

»Franziska hat Ellas Vertrauen gewonnen und Sam hat sie für die Reise ausgewählt. Bist du klüger als der *Song-man*?«

Auch wenn Tara leise sprach, erkannte Franziska deutlich die Schärfe in ihrem Tonfall. »Möglicherweise bist du *diejenige*, die noch nicht bereit für die *Barbang*-Höhle ist.«

»Ich werde dir nicht mehr widersprechen. Aber wenn sie unser Geheimnis verrät, solltest du dich daran erinnern, dass ich dich gewarnt habe.«

»Geh und suche nach Wurzeln. Sie werden unser Essen bereichern.«

Franziska lauschte, bis sich die Schritte entfernt hatten, dann wollte sie ihren Weg fortsetzen, als sie eine Stimme aufhielt.

»Du bist nicht so leise, wie du meinst.« Ein feines Lachen begleitete Taras Worte. »Komm schon heraus. Im Gebüsch können sich *Dwyer's Snakes* verbergen.«

Mit einem erschrockenen Quietschen stürmte Franziska aus dem Unterholz. Ihr Herz raste, ihr wurde beinahe übel von der Vorstellung, wie nahe sie einem Schlangenbiss gewesen sein konnte.

»Ich wollte nicht lauschen«, sagte sie kleinlaut. Sie wagte es nicht, Tara anzublicken. »Aber was Faith über mich gesagt hat, das … das stimmt nicht. Ich würde nie herumerzählen, wo die Höhle ist.«

Nachdem sie die Worte hervorgestoßen hatte, sah sie auf. Tara schaute sie nur schweigend an.

»Ich könnte es außerdem nicht verraten, weil ich den Weg niemals finden würde«, stieß Franziska hervor und ärgerte sich gleich über die entschuldigenden Worte. Hieß es nicht: Wer sich verteidigt, klagt sich an?

»Faith ist wütend auf die ganze Welt, sie meint nicht dich.«

»Es hörte sich aber sehr danach an.«

»Faith gibt den Weißen die Schuld am Unglück unserer Leute. Das ist leichter, als den eigenen Fehlern ins Auge zu schauen.«

»Ich … also wenn es falsch ist oder du dir Sorgen machst, dann verzichte ich auf die Höhle.« Auch wenn Franziska unglaublich gern erfahren hätte, welche Spuren von Amber dort zu finden waren. Vielleicht konnte sie Tara ja davon überzeugen, ein paar Bilder mit der Kamera zu schießen.

»Wir sind die Hüter der Erde.« Tara schaute Franziska unverwandt an. »Unsere Aufgabe ist es, das Land so zu bewahren, wie es uns die schöpferischen Ahnen überließen. Wir haben nicht darüber zu bestimmen, wem es gehört.«

»Aber Faith hat recht, ich bin keine von euch.«

»Was soll das? Du hast genauso viel oder so wenig Recht darauf, die Höhle zu besuchen, wie Faith.« Taras Blick wurde ernst. »Dort finden sich nicht nur Zeugnisse unserer Vorfahren, sondern auch deiner.«

Sollte Franziska die Wahrheit sagen oder die Chance nutzen, ihre Neugier zu befriedigen? Auch wenn es schwierig war, entschied Franziska sich für Ehrlichkeit.

»Amber und ich sind nur sehr, sehr weitläufig miteinander verwandt. So wie Ella und ich auch.«

»Es gibt mehr als die Verwandtschaft des Blutes.« Tara lächelte und deutete auf ihre Brust. »Die Verwandtschaft des Herzens ist wichtiger und ehrlicher.«

»Das ist leicht gesagt, aber schwer umzusetzen.«

»Du musst nur auf dein Herz hören.«

Bevor Franziska einen weiteren Einwand erheben konnte, hörte sie es hinter sich rascheln. Sie hätte sich am liebsten auf die Zehenspitzen gestellt.

»Gibt es hier wirklich Schlangen?«

»Bestimmt, aber sie sind nachtaktiv.«

Das machte ihr nicht unbedingt Mut. Heute Nacht würde sie bestimmt nicht einschlafen können.

35

Australien, heute

»Du hast gesagt, ihr hütet die Erde, die euch die schöpferischen Ahnen überlassen haben«, fragte Franziska später, als sie mit Tara allein war. Ruby und Faith suchten nach einem See, um zu schwimmen, was Franziska in der Dämmerung äußerst unheimlich fand.

»Unser Land begründet unsere Identität und schafft unser spirituelles Zuhause.« Auf einmal wirkte Tara ernst. »Für uns ist das Land viel mehr Heimat, als Weiße sich vorstellen können. Wenn wir unsere Traumpfade verlieren, verlieren wir unser Leben.«

»Kann man nicht das Land wechseln? Ich bin von Deutschland nach Australien gekommen, um hier zu leben.«

»Und du suchst jetzt nach deiner Heimat, nicht wahr? Weder hier noch dort. Pass auf, dass es dir nicht geht wie Bennelong.«

Da Franziska sich mit der Geschichte der Ureinwohner beschäftigt hatte, sagte ihr der Name etwas. Bennelong war ein Aborigine gewesen, der Ende des 18. Jahrhunderts zwischen den Ureinwohnern und den Briten hatte vermitteln wollen.

Der damalige Gouverneur Phillip wählte Bennelong aus und nahm ihn gefangen. Nach seiner Flucht kehrte der Aborigine freiwillig zurück und lebte mit Phillip, kleidete sich wie ein Brite und reiste sogar nach England. Allerdings hatte er als Schwarzer nie wirklich eine Chance, Teil der britischen Gesellschaft zu werden. Zurückgekehrt nach Australien musste er erleben, dass sein Clan ihn ebenfalls ablehnte, weil er zu britisch war. Aus Verzweiflung verfiel Bennelong dem Alkohol und starb einsam.

»Ich werde wohl eine Entscheidung treffen müssen.« Franziska seufzte. Sie hasste Entscheidungen, weil sie immer das Gefühl hatte, exakt die falsche Wahl getroffen zu haben. »Am besten mache ich mir eine Liste, was für welches Land spricht.«

»Nein!« Taras Ausruf war so laut, dass Franziska ihre Wasserflasche fallen ließ. Das kostbare Nass ergoss sich über den Boden, bis es ihr endlich gelang, das Gefäß zu greifen.

»Was soll das?« Wäre sie nicht so erschrocken, hätte sie es bestimmt nicht gewagt, Tara anzuschnauzen.

»Ihr Weißen.« Tara gestikulierte wild mit den Händen. »Werdet ihr es nie begreifen?«

»Was?« Wenn sie für dumm erklärt wurde, dann musste sie auch nicht mehr höflich sein.

»Wichtige Entscheidungen trifft man mit dem Herzen.« Tara legte ihre Hand auf Franziskas Brust. »Du musst spüren, wohin du gehörst. Lass deinen Kopf sich nicht einmischen.«

»Aber …« Franziska stockte. Sie konnte Tara nur noch verschwommen sehen, weil ihr die Tränen kamen. »Kann ich meinem Herzen trauen? Manchmal weiß ich nicht, was ich fühle.«

»Haben dir deine Träume nichts gesagt?«

»Ich erinnere mich nur bruchstückhaft an sie.«

»Gib ihnen Zeit. Wenn du sie brauchst, werden sie zu dir sprechen.«

Morgen würden sie die Höhle besuchen und dann näherte sich das Ende ihrer gemeinsamen Zeit. Wenn Franziska auch heute wieder davor zurückscheute, Amber-Augustes Schuld zu benennen, würde sie nie die Wahrheit erfahren. Ärgerlich war nur, dass ausgerechnet jetzt Ruby und Faith zurückkehrten. Nun, dann musste sie sich eben allen drei Frauen stellen.

»Ich … ich trau mich kaum, es anzusprechen, aber wisst ihr, dass Amber mit Dorothea Aurich gereist ist?« Franziska räusperte sich. »Ich fürchte, sie hat auch etwas mit Grabräuberei zu tun.«

Warum fiel es ihr so schwer, die bittere Wahrheit anzusprechen? Warum sprach sie von Leichenraub, wenn sie eigentlich Mord hätte sagen müssen? Noch immer hoffte sie, dass Amber unschuldig war, dass sie ein besserer Mensch gewesen war als die meisten ihrer Zeitgenossen.

»Wir wissen, dass der *Thief of Ancestors* die Gebeine unserer Ahnen ihrer Heimat entrissen hat.« Tara nickte. »Nun stehen sie in Museen oder lagern in Archiven in der ganzen Welt.«

»Weiße Forscher haben unsere Ahnen zu einem furchtbaren Schicksal verdammt.« Wie immer klang Faith wütend, was Franziska nur zu gut verstehen konnte.

»Wenn …«, Franziska leckte sich über die trockenen Lippen. Es fiel ihr schwer, die richtigen Worte zu finden. »Wenn die Gebeine eurer Toten ihren Gräbern entrissen wurden, dann …«

»Ja, sie finden keinen Frieden.« Tara schaute zu Boden. »Erst wenn sie wieder zu ihrem Land zurückgebracht werden, können sie ruhen.«

»Tausende unserer Vorfahren sind gestohlen worden.« Über Rubys Gesicht lag ein dunkler Schatten. »Noch immer weigern sich Museen und Universitäten, uns unsere Toten zurückzugeben.«

»Was kann ich sagen?« Franziska hob hilflos die Hände. »Es tut mir leid.«

»Es ist nicht deine Schuld«, flüsterte Tara. Sie legte Franziska eine Hand auf die Schulter. »Lasst uns schlafen gehen. Morgen erwartet uns ein langer Tag.«

Auch Caro und Riley hatten ihr versichert, dass Franziska unschuldig wäre, aber erst durch Taras Worte fühlte sie sich besser. Nun, wo sie das heikle Thema bereits angesprochen hatte, wagte Franziska es, die Frage zu stellen, die sie in keiner Recherche hatte beantworten können.

»Warum wanderte der Clan so weit im Norden? Ich dachte, die *Yaggera* lebten bei Brisbane und auf Moreton Island?«

»Sie kamen von dem Bunya Nuss-Fest. Einem großen Zusammentreffen vieler Clans, das alle drei Jahre stattfand.«

Mehr musste Tara nicht sagen. Franziska verstand auch so, wie furchtbar es für die Familie gewesen sein musste. Nichtsahnend befanden sie sich auf dem Heimweg, erfüllt von Freude über das Wiedersehen mit Freunden. Franziska sah sie förmlich vor sich, die Gruppe von Menschen, die an einem *Billabong* rasteten, bevor sie weiter friedlich ihrer Wege ziehen wollten. Wie ein Blitz hatten die Schüsse Menschen der Familie gefällt. Obwohl sie dagegen ankämpfte, traten Tränen in Franziskas Augen. Auch wenn das Furchtbare vor mehr als 100 Jahren geschehen war, empfand sie tiefes Mitgefühl mit den Aborigines, die unendlich viel Grauen erfahren mussten. Sie fand keine Worte, die ihre Gefühle ausdrückten. Daher schwieg sie.

»Morgen früh wandeln wir auf den Spuren unserer Vorfahren.« Tara schaute jede von ihnen. »Daher werden wir heute ein Reinigungsritual vollziehen und früh schlafen gehen. Achtet darauf, welchen Weg euch die Träume weisen.«

Sie holte Blätter und Kräuter aus ihrer Tasche und warf die Pflanzen ins Feuer. Ein scharfer beißender Geruch und Rauch hüllten Franziska ein. Sie hustete, was nur noch mehr Qualm in ihre Lungen führte.

»Entspann dich«, riet ihr Ruby. »Atme tief ein und aus.«

Obwohl sie vollkommen erschöpft war, fand Franziska nicht in den Schlaf. Zu wild kreisten die Gedanken in ihrem Kopf. Immer wieder fragte sie sich, ob sie Tara zustimmte, dass es nicht die Blutsverwandtschaft war, auf die es ankam. Bevor sie eine Entscheidung treffen konnte, brodelte die Aufregung darüber hoch, was sie wohl morgen zu sehen bekäme. Darauf folgte Sorge, ob sie nicht wieder einmal ihre Erwartungen zu hoch schraubte, was nur dazu führen würde, dass sie enttäuscht wäre. Unruhig wälzte sie sich von einer Seite auf die andere, bemüht, möglichst wenig Lärm zu machen, um die anderen Frauen nicht zu wecken, die – wenn man nach dem leisen Schnarchen ging – bereits auf den Pfaden der Träume wandelten.

Irgendwann musste sie wohl eingeschlafen sein, denn sie schrak hoch, als Ruby sie an der Schulter berührte. Einen Moment meinte sie, noch zu träumen, aber dann erwachte sie. Die Erinnerung an den Traum verblasste, bevor Franziska ihn zu fassen bekam. Obwohl sie sich gestern davor gefürchtet hatte, spürte sie eine tiefe Enttäuschung, als hätte ein Traum ihr wirklich bei der Bewältigung ihrer Probleme helfen können. Vielleicht musste sie sich damit abfinden, dass es keine einfachen und schnellen Lösungen gab, sondern sie einen Schritt nach dem nächsten gehen musste. So wie auf dem *Walkabout*, der sich nun seinem Ende näherte.

Auch wenn ihre Muskeln schmerzten und sie sich unglaublich auf eine Badewanne und ein weiches Bett freute, bedauerte sie es auch, dass dieses Abenteuer nur noch kurze Zeit andauern würde. Irgendwie war es befreiend gewesen, einfach nur zu wandern, sich darauf zu konzentrieren, einen Fuß vor den anderen zu setzen, ohne dass die Gedanken immer wieder um das Gleiche kreisten.

Als Tara das Zeichen zum Anhalten gab, schaute Franziska auf ihre Uhr. Nicht einmal zwei Stunden waren sie gewandert. Vor ihr erhob sich eine massive Felswand, die von grünen Ranken bewachsen war. Hatte Tara es sich anders überlegt und wollte Franziska nun doch nicht die Höhle zeigen?

»Komm.« Ihre Führerin drückte Franziska eine Taschenlampe in die Hand und hielt einen Vorhang aus Schlingpflanzen zur Seite, sodass Franziska durch eine schmale Öffnung schlüpfen konnte.

Ein wenig unheimlich war es schon, tiefer und tiefer den schmalen Gang in die Höhle hineinzugehen. Franziska konnte nur einen schmalen Streifen des Weges erkennen, erhellt von den Taschenlampen. Immer wieder blieb Tara stehen und deutete auf Zeichnungen an den Wänden.

»Das hier hat meine Großmutter gemalt.«

Ein Känguru wurde von einer gewaltigen Welle verschlungen. Franziska fragte sich, ob das wirklich geschehen war oder ob das Bild eine Allegorie – für was auch immer – darstellte. Wenn das Gemälde von Taras Großmutter geschaffen worden war, konnten sie nicht mehr weit von dem entfernt sein, was sie als Ambers Vermächtnis ansah. Ob ihre Ururgroßtante wohl auch etwas gezeichnet hatte? Oder hatte sie Worte niedergeschrieben, um über die Zeit hinweg zu ihr zu sprechen? Mit jedem weiteren Schritt wuchs Franziskas Aufregung und sie meinte, dass ihr Herzklopfen den Hall ihrer Schritte übertönte.

»Hier ist Ambers Vermächtnis.« Tara blieb stehen. Sie nickte Franziska zu. »Wir gehen weiter, näher zu unseren Ahnen, doch dein Weg endet hier.«

»Danke.« Franziska war bemüht, sich ihre Enttäuschung nicht anmerken zu lassen. Im Licht der Taschenlampe sah sie einen Handabdruck und daneben eine Gruppe von Strichmännchen.

Was habe ich erwartet? Dass Amber ein zweiter Picasso war? Dass sie alle ihre Erlebnisse ihrer Zeit bei den Aborigines wie in einem Comic-Strip aufgezeichnet hat? Nur weil viele Fragen offen sind, habe ich alle meine Hoffnungen auf diese Höhle gesetzt. Was mache ich nun?

Tara hatte ihr auf freundliche, aber bestimmte Art zu verstehen gegeben, dass Franziska nicht weitergehen durfte, dass alles, was nun kam, nicht für ihre Augen bestimmt war. Was ihre Neugier natürlich immens anstachelte, aber sie respektierte Tara zu sehr, als dass sich Franziska über deren Anordnung hinweggesetzt hätte. Was also blieb ihr zu tun?

Sie konnte nur warten und hoffen, dass die anderen Frauen nicht allzu tief in die Höhle gingen und dort nicht ewig lange blieben. Einen Moment überlegte sie, ob sie nicht einfach zurückgehen und draußen warten sollte. Das erschien ihr eine angenehmere Vorstellung, als hier im Dunkeln zu stehen wie bestellt und nicht abgeholt.

Bin ich denn blöd? Auch wenn ich mir mehr erhofft hatte, stehe ich hier vor Ambers Nachlass, vor ihrem Vermächtnis, das über die Zeit mit mir spricht. Tara würde sagen, dass ich nur schauen und zuhören muss, um die Wahrheit zu erkennen. Dass sich hinter dem Bild im Stein der Traum verbirgt, der es geschrieben hat.

Vorsichtig trat Franziska näher, legte ihre Handfläche auf den Handabdruck und zeichnete mit dem Zeigefinger der anderen Hand die Linien der Figuren nach. Was sie auf den ersten Blick für Strichmännchen gehalten hatte, entpuppte sich bei längerem Hinsehen als detaillierte, allerdings stilisierte Zeichnung. Eine helle Frauenfigur, die sich zwischen anderen Figuren befand.

Franziska schaute intensiver und erkannte nun, dass die anderen Figuren sich in eine dunkle und eine weiße Gruppe aufteilten. Die einzelne Frau schien sich zwischen beiden zu bewegen und keiner von ihnen anzugehören. Sollte das Amber sein? Sah sie sich als Wanderin zwischen den Welten oder interpretierte Franziska etwas in dieses Bild, was sie selbst gern sehen wollte? Fühlte sie sich deshalb mit Amber-Auguste verbunden, weil sie ebenfalls nirgendwo zu Hause war? Mit den Fingern strich sie über die Zeichnung, vorsichtig, um das jahrhundertealte Kunstwerk nicht zu zerstören.

»Hier treffen wir uns also, Amber-Auguste. Über die Jahrhunderte hinweg.« Franziskas Stimme brach. »Je mehr ich von dir erfahre, desto weniger kann ich glauben, dass du eine kaltblütige Forscherin und Mörderin warst.«

Sie spürte einen Kloß im Hals und sah die Figuren nur noch verschwommen. Langsam rutschte sie an der Wand hinab auf den Boden. Nach kurzer Überlegung stand sie wieder auf und setzte sich dem Bild gegenüber. Sie richtete den Lichtstrahl auf die Handabdrücke und versuchte, sich vorzustellen, wie diese zustande gekommen waren. War Amber-Auguste allein hier gewesen? Wie hatte sie die verborgene Höhle entdecken können?

Ein Gedanke kam ihr, nahezu unglaublich, aber er schien die einzig logische Erklärung zu sein: Aborigine-Frauen hatten sie begleitet.

»Ich habe immer noch viele Fragen an dich, Amber-Auguste«, flüsterte Franziska. »Aber ich muss mich wohl damit abfinden, die Antworten nie zu erhalten.«

»Jede Frage gebiert nur noch mehr davon«, neckte Tara sie.

Franziska war so in ihren Gedanken versunken, dass sie nicht bemerkt hatte, wie ihre Reisegefährtinnen sich näherten. Ruby, Faith und Tara hatten einen träumerischen, nahezu entrückten Ausdruck auf den Gesichtern. Es sah aus, als hätten sie eine ähnlich tief greifende Erfahrung wie Franziska gemacht. Während Ruby und Faith dem Ausgang zustrebten, hielt Tara Franziska fest.

»Hast du überhaupt keine Antwort gefunden?«

Franziska schwieg einen Moment und horchte in sich hinein.

»Mein Herz weiß, dass Amber ein guter Mensch war.« Sie seufzte. »Mein Kopf wird akzeptieren müssen, dass ich niemals alles über die Vergangenheit erfahren werde.«

Taras Antwort bestand in einem geheimnisvollen Lächeln, das einem *Song-man* Ehre gemacht hätte.

»Dieser Ort ist unbeschreiblich«, sagte Franziska. »Fürchtet ihr nicht, dass Touristen ihn finden?«

»Es ist nur eine Frage der Zeit, bis die Höhle entdeckt wird.« Tara hob die Hände. »Aber das macht nichts. Wichtig ist nicht, was der Stein festhält. Wichtig ist, was dein Herz behält.«

Franziska nickte.

»Aber ich weiß, dass für euch Weiße das geschriebene Wort große Bedeutung hat.« Auf Taras breitem Gesicht entwickelte sich ein verschmitztes Lächeln. »Daher habe ich eine Überraschung für dich.«

»Was ist es?«

»Du wirst dich bis zum Ende unseres *Walkabouts* gedulden müssen. Geh schon einmal. Ich muss noch etwas holen.«

36

Australien 1877

Ob wir bereits das neue Jahr haben?, fragte sich Amber. *Weihnachten ist gewiss vorbei, wenn ich mich nicht verzählt habe. Ohne Kalender ist es schwer, den Überblick zu behalten, wie viel Zeit vergangen ist.*

Auch wenn es sich Amber nur ungern eingestand, langweilte sie sich. Die Gleichförmigkeit der Wanderung mit den *Murri* erinnerte sie an die Schiffsreise, die auch wenig Abwechslung geboten hatte. Das Leben mit den Eingeborenen bestand aus Wandern, Sammeln, Kochen, Essen und Schlafen.

Jedenfalls für sie – immer stärker gewann Amber den Eindruck, dass die Schwarzen viel Zeit mit mystischen Erzählungen, Gesängen und Tänzen verbrachten. In einer Welt, die ihr verschlossen blieb. Manchmal kam sie sich vor wie eine Dienstmagd, weil sie nur niedere Aufgaben übernehmen konnte.

Dorothea Aurich wäre sicher begeistert von dieser Reise und den vielen Pflanzen, die die Schwarzen kannten und als Mahlzeiten, Medizin oder sogar Gift nutzten. Amber hingegen wusste nur den Namen weniger Gewächse – und sie ahnte nicht deren Verwendungsmöglichkeiten. So wie heute. Gemeinsam mit den Frauen hatte sie eine Silber-Banksie geerntet. Was die Schwarzen wohl damit vorhatten? Die *Murri* sammelten die Blüten und brachen einige der geschwungenen Äste ab.

Nachdem sie wieder an ihrem Lager angekommen waren, gab eine der älteren Frauen die gelblich schimmernden Blüten in Wasser. Eine getrocknete Blüte zog sie auseinander, bis sie eine Art Pinsel bildeten. Die Äste gab sie den Männern, die daraus Bumerangs formten. *Barengun* lautete das Wort in ihrer Sprache für dieses Werkzeug.

Auch wenn sie nur wenige Worte verstehen konnte, hatte Amber begriffen, über wie viel Wissen diese Menschen verfügten. Wissen, welche Pflanzen essbar waren oder welche man erst einer komplizierten Prozedur unterziehen musste, um sie genießbar zu machen. Wissen, wo Wasser und Nahrung zu finden waren. Und nicht zu vergessen, Wissen über ihre heiligen Orte, zu denen sie zielgerichtet wanderten.

Wie überaus schade, dass niemand sich die Mühe gemacht hat, mit diesen Menschen zu reden und von ihnen zu lernen. Ludwig Leichhardt hätte wohl nicht sterben müssen, wenn er Schwarze um Hilfe gebeten hätte. Falls ich je nach Brisbane zurückkehre, werde ich die Australier davon überzeugen, mit den Schwarzen besser umzugehen.

Obwohl sie ihre Retter inzwischen lieb gewonnen hatte und von ihnen fasziniert war, vermisste Amber die Segnungen der Zivilisation: Badewannen und Bibliotheken – das wünschte sie sich am meisten. Und die Möglichkeit, ein Gespräch zu führen, bei dem sie mehr verstand und besser verstanden wurde.

Sie musste wohl anerkennen, dass sie keine Forscherin war, die ihr Leben dem Studium fremder Völker widmete, sondern eine Frau, die hoffte, dass dieses Abenteuer bald endete.

Nur kurz war der Wolkenbruch gewesen, die Feuchtigkeit verdunstete bereits wieder in der Sonne. Allerdings zeichnete sich ein wunderschöner Regenbogen am Himmel ab, was Amber als gutes Omen wertete.

Den ganzen Tag lang war eine Aufregung unter den Schwarzen zu spüren gewesen. Auf der Wanderung und auch bei der Suche nach Nahrung redeten die Frauen mehr miteinander als sonst, Worte schwirrten zwischen ihnen wie die allgegenwärtigen Fliegen. Was mochte das nur zu bedeuten haben? Irgendwie fühlte es sich an, als erwarteten sie eine Zusammenkunft mit anderen oder ein großes Fest.

»Was passiert?«, fragte sie Burilda und malte einen Kreis mit ihrem Arm, der alle Schwarzen einschloss.

Als Antwort hob ihre Freundin den Zeigefinger zum Mund und schüttelte den Kopf.

»Bitte.« Amber verschränkte die Hände und setzte einen flehenden Blick auf.

Burilda seufzte, aber zeichnete mit einem Stock eine große Schlange in den Sand. Dann deutete sie auf den Regenbogen, der bereits verblasste. Es dauerte einen Moment, bis Amber verstand.

»Ah, die Regenbogenschlange«, sagte sie und deutete ebenfalls erst in den Himmel und dann auf die Erde. Joseph Wagner hatte ihr darüber erzählt.

»*Warrajum*«, bestätigte Burilda mit einem Nicken.

Heute Abend also würde es einen Tanz zu Ehren der Regenbogenschlange geben. Amber wünschte sich, sie könnte die Sprache der Schwarzen besser verstehen, um mehr über deren ungewöhnlichen Glauben zu erfahren. Aber es schien dem Clan nicht wichtig zu sein, ob Amber ihre Worte verstand. Die Frauen hatten sich eine Art Zeichensprache angewöhnt, um sich mit Amber zu unterhalten, und bei den fröhlichen Kindern genügte ein Lächeln, das diese begeistert erwiderten. Je länger sie mit diesen Menschen reiste, desto mehr wuchsen sie ihr ans Herz. Das waren die Augenblicke, in denen Amber für immer mit den *Murri* wandern wollte, in denen sie es sich nicht ausmalen konnte, wieder nach Brisbane zurückzukehren.

Bereits früh am Tag schlugen sie ihr Lager auf, obwohl die Männer noch nicht von der Jagd zurückgekehrt waren. Zwei der Frauen rührten Fett und etwas, das aussah wie Asche, in einer Holzschale zusammen. Amber wandte sich ab und suchte nach ihrem Journal. Inzwischen war der Bleistift nur wenig länger als ihr Daumennagel und sie fürchtete, dass ihm nur wenig Zeit blieb. Dabei gab es noch so viel zu entdecken und aufzuschreiben. So wie jetzt, wo die Frauen einander die Körper mit Symbolen verzierten.

Amber beobachtete, wie Burilda voller Konzentration hellgrauen Schlamm in komplizierten Mustern auf Gesicht und Körper einer anderen Frau auftrug. Mit einem Pinsel, der aus einem Grasbüschel geformt war, gelangen ihr überaus feine Striche. Fasziniert trat Amber näher. Was die Formen und Zeichen wohl zu bedeuten hatten?

Sicher musste es etwas Wichtiges sein, sonst wäre Burilda nicht so in ihrer Arbeit versunken. Nach und nach kamen weitere Frauen der Familie hinzu, die einander ebenfalls geschickt mit Punkten und Linien verzierten.

Wie so oft konnte Amber die Geduld dieser Menschen nur bewundern. Konzentriert trugen sie ihre Malereien auf, als vollbrächten sie eine geheiligte Handlung. Vielleicht war es das auch – noch immer wusste Amber zu wenig vom Glauben dieser Menschen, um das erkennen zu können.

»Wofür?«

»*Corroboree*«, wiederholte Burilda mehrfach, als wollte sie sicherstellen, dass Amber sie verstand. »*Corroboree.*«

»Karobari«, sagte Amber, enttäuscht darüber, dass sie keine

Bemalung erhalten hatte. Immerhin – so versuchte sie, sich zu trösten – bedeutete das auch, dass sie ihren Oberkörper nicht entblößen musste. Inzwischen trug sie nur noch ihr Unterkleid, aber niemals hätte sie ganz auf Kleidung verzichtet wie die Eingeborenen.

Nachdem die Männer, die ebenfalls Bemalungen aufgetragen hatten, zu ihnen zurückgekehrt waren, setzten sich alle ums Feuer. Die Männer auf einer, die Frauen auf der anderen Seite.

Langsam und rhythmisch schlugen die Frauen Holzstöcke aufeinander. Einer der älteren Männer begleitete dies mit seltsamen Tönen aus einem ausgehöhlten Ast, den sie *Didgeridoo* nannten. Die anderen Männer begannen zu singen und standen auf, um zu tanzen. Ihre Füße stampften die Erde, getragen von dem Rhythmus, den die Stöcke ihnen vorgaben. Zu ihrer Überraschung bemerkte Amber, wie sie sich bewegte, unterstützt von der Melodie, die ihr so fremdartig erschien. Die Männer veränderten nun ihren Tanz, beinahe erschien es Amber, als führten sie eine Pantomime auf, in der sie von der Jagd erzählen.

Als die Frauen zu tanzen begannen, wandten sie sich immer wieder Amber zu und drehten dabei die Hände übereinander. Auf ihren Gesichtern lag ein Ausdruck von Traurigkeit, was Amber verwunderte, schließlich feierten sie ein Fest. Schlagartig erkannte sie die Bedeutung dieser Zeremonie. Es war nicht nur eine Feier für die Regenbogenschlange, es war ein Fest des Abschieds für sie. Wie hatte sie nur so blind sein können?

In den letzten Tagen hatte es immer wieder Gesten gegeben, die Amber als jene des Abschieds interpretiert hatte. Vor allem die Kinder suchten beständig ihre Nähe und schauten sie oft mit traurigen Augen an. Auch heute lagerten sie bei ihr, strichen über ihr Haar und murmelten etwas, was Amber nicht verstand, aber sehr wohl begriff.

»Ich werde euch auch vermissen.« Tränen traten in ihre Augen. »Wie soll ich ohne euch leben?«

»Amber!« Burilda schüttelte den Kopf. Sie zog Amber mit sich in den Kreis der tanzenden Frauen. Gemeinsam stampften sie die Erde und wiegten sich in dem Takt, den ihnen Stöcke und Gesänge vorgaben.

Expeditionsjournal Amber Ohlendorf
Mein Herz blutet, denn mein Abschied naht, aber mich erwartet noch eine große Ehre, wenn ich die Gesten richtig interpretiere. Burilda und die anderen Frauen wollen mich zu einem heiligen Ort bringen, der nur Frauen bekannt ist. Es gibt Orte und Rituale für Männer und welche für Frauen. Beiden ist es bei Strafe verboten, die Mysterien der anderen zu erforschen. Aber es gibt auch Rituale und Feiern, die Frauen und Männern offenstehen. Wenn ich es richtig verstehe, dienen die Tänze und Gesänge dazu, die Legenden der Vorfahren zu erzählen.
Dieses Volk kennt keine Schrift, sondern gibt seine Mythen und Mysterien durch Tanz, Geschichten und Gesang von Generation zu Generation weiter. Und wohl auch durch Zeichnungen, denn sie wollen mir eine Höhle zeigen, die für die Frauen von außerordentlicher Bedeutung ist.
Ich fühle mich geehrt, aber auch eingeschüchtert, denn sie haben mir das Versprechen abgerungen, nie von diesem Ort zu erzählen.

Erneut legte Amber den Stift zur Seite. Konnte sie dem Reisejournal anvertrauen, dass sie sich ängstigte? Denn sie hatte nicht nur ihr Ehrenwort geben müssen, indem sie ihre Hand aufs Herz presste, sondern war mit einem Fluch bedroht worden, sollte sie einem Mann oder einer weißen Frau die heilige Höhle zeigen. Jedenfalls hatte sie die Gesten der alten Frau, wohl einer Schamanin, so verstanden. Seitdem schwankte sie zwischen Belustigung, weil sie selbstverständlich nicht an die Macht von Flüchen oder Magie glaubte, und Sorge, weil sie auf ihrer Reise einiges erlebt hatte, was diese Gewissheit ins Wanken gebracht hatte.

Selbst wenn es die Drohung nicht geben würde, würde sie niemals das in sie gesetzte Vertrauen missbrauchen und eine wichtige Kultstätte verraten. Wofür auch? Wenn die Reise mit diesen wundervollen Menschen sie eines gelehrt hatte, so dies: Ruhm und Besitz machten nicht glücklich, sondern zutiefst unglücklich, denn je mehr man davon besaß, desto mehr wollte man haben.

Wahres Glück ergab sich aus dem Einssein mit der Natur, mit den Menschen der Familie und aus der Freude an kleinen Dingen, aus dem Wissen, dass man die Weisheit und Liebe der Vorfahren mit sich trug und weitergeben konnte.

Bevor sie diese Gedanken zu Papier bringen konnte, spürte sie Burilda nahen. Die Verbundenheit zur Aborigine-Frau war seit der Abschiedszeremonie so intensiv geworden, dass Amber sich nicht umschauen musste, um zu sehen, wer sich ihr leise näherte.

»*Balka.*« Burilda musterte sie intensiv, sodass es Amber vorkam, als könnte die Frau bis in die Tiefe ihrer Seele blicken.

Die Schwarze umarmte sie so voller Zuneigung, dass Amber als Antwort nur nickte. Sie spürte, wie Rührung ihren Hals zuschnürte, und erwiderte die Umarmung.

Zwei Frauen erwarteten sie am Rand des Lagers: Gadam, die Amber als stille, aber freundliche Frau kannte, und Warril, in deren Blick Amber Misstrauen und Zorn erkannte. Seit dem Heilungsritual für den Säugling stand Warril Amber ablehnend gegenüber. Warum nur hatte Burilda von allen Frauen des Stammes ausgerechnet sie ausgewählt?

Wenn Amber es richtig verstanden hatte, würden sie einen langen Fußmarsch machen. Da hätte sie lieber Gesellschaft gehabt, die sie mochte. Andererseits würde Burilda sich etwas dabei gedacht haben – ihre Freundin sah oft mehr als die meisten anderen Menschen. Amber war sich sicher, dass Burilda einmal eine bedeutende Rolle für den Stamm einnehmen würde. Ob es ihr möglich sein würde, eine Freundschaft mit der Aborigine-Frau zu pflegen, wenn Amber erst wieder in der Welt war, in die sie gehörte?

37

Australien 1877

Schweigend gingen sie hintereinander wie Perlen auf einer Schnur, drei schwarze und eine weiße. Burilda führte die Gruppe an, Warril ging am Schluss. Ab und zu verschwand sie im Unterholz, leise hörte Amber sie rascheln und fragte sich, was Warril wohl tat. Erst beim dritten Mal kam ihr die Eingebung: Die Aborigine-Frau prüfte, ob ihnen jemand folgte.

Endlich gab Warril Burilda ein Zeichen, worauf diese in einen von Farnen und Gräsern überwachsenen, kaum sichtbaren Pfad einbog. Kein Vogellaut war zu hören, nur das sanfte Tappen ihrer Füße auf dem Waldboden. Amber fühlte eine Mischung aus Neugier, Sorge und Ehrfurcht. War sie es wirklich wert, diesen heiligen Ort zu sehen?

Wären Burilda und Gadam nicht plötzlich hinter einem Vorhang aus Schlingpflanzen verschwunden, Amber hätte den Eingang zur Höhle niemals entdeckt. Mit pochendem Herzen und schweißfeuchten Handflächen folgte sie den beiden Frauen. Im Innern der Höhle war es so dunkel, dass Amber in Panik geriet. Ihr Atem ging schneller, ihr Herz galoppierte, aber sie konnte keinen Muskel rühren.

Ein seltsames Geräusch ließ ihre Angst bis in den Magen fahren. Erst als Burilda einen brennenden Ast hob, erkannte Amber den Laut als das Reiben von Holz auf Holz. Sie stieß ein nervöses Lachen aus, peinlich berührt von ihrer Panik. Der Ton hallte schauerlich von den Wänden wider. Warril reichte Amber eine Fackel und bedeutete ihr, ihr zu folgen. Im flackernden Licht der Fackeln konnte Amber Bilder erkennen: weiße und rote Zeichnungen von Menschen und Tieren, dazwischen Handabdrücke. Sie entdeckte Kängurus und Schlangen, riesige Vögel, die aussahen wie Dinosaurier, und Wellenlinien, die wohl eine Flut darstellten.

Amber setzte ihren bloßen Fuß tastend auf, fürchtete sich vor Schlangen oder Skorpionen, die sich im Dunkeln verbergen mochten, aber weil die anderen Frauen bedenkenlos weitergingen, folgte sie ihnen.

Je tiefer sie ins Innere der Höhle gelangten, desto verblichener wirkten die Bilder, die im flackernden Licht der Fackeln zu tanzen schienen. Wie alt diese Zeichnungen wohl waren? Wie viele Tausende von Jahren gab es diesen heiligen Ort bereits, nur den Frauen der Schwarzen bekannt?

Amber hielt den Atem an. Sie spürte eine tiefe Verbundenheit mit der Höhle, die einen Zauber ausstrahlte, wie sie ihn noch nie in ihrem Leben erlebt hatte. Selbst in der großen Hamburger Kirche St. Michaelis hatte sie so etwas nicht empfunden.

Burilda berührte ihren Arm, als spürte sie, wie ergriffen Amber war. Weiter und weiter, tiefer und tiefer zogen sie ins Innere der Höhle. Endlich blieb ihre Freundin stehen, während Gadam und Warril weitergingen. Burilda ergriff Ambers Hand und bestrich sie mit weißer Farbe. Nachdem auch Burilda ihre Hand bemalt hatte, pressten beide Frauen gemeinsam die Handflächen auf den kühlen Stein. Sie lächelten einander zu, in wortlosem Einverständnis.

Burilda reichte Amber einen Graspinsel und Farbe.

»Was soll ich denn malen? Ich habe kaum Talent.«

Ihre Freundin nickte nur und deutete an die Felswand. Nach kurzem Überlegen versuchte Amber, ihren Empfindungen mit Strichmännchen Ausdruck zu verleihen. Schön war es nicht, aber es drückte ihre Gefühle aus.

Burilda griff nach Ambers Hand und wollte sie hinter sich her zurück zum Ausgang ziehen. Doch Amber bedeutete ihr durch eine Handbewegung, dass sie noch etwas zu erledigen hatte.

»Hier endet unsere gemeinsame Reise«, flüsterte sie. Schweren Herzens hatte sie sich zu diesem Entschluss durchgerungen. »Es ist besser so.«

Mit einem Grabstock stieß sie in die Erde, bis sie eine Grube ausgehoben hatte, die groß genug sein sollte, um alles aufzunehmen, was Amber vergraben wollte.

Burilda beobachtete dies alles und nickte bestätigend, nachdem Amber die Erde festgestampft hatte.

Sie stellten sich in einem Kreis um Amber herum auf, die Männer auf der rechten Seite, die Frauen auf der linken. Auf allen Gesichtern entdeckte Amber eine tiefe Traurigkeit, die sie ebenfalls spürte. Vielleicht musste der Abschied nicht jetzt sein. Sie konnte doch noch ein paar Tage oder sogar Wochen mit den *Murri* reisen.

Nein, ich weiß genauso gut wie sie, dass unsere gemeinsame Reise hier und heute endet. Ich werde sie vermissen.

Während die Männer leise und traurig sangen, kam jede Frau und nahm Amber zum Abschied in die Arme. Bei der ersten hatte sie ihre Tränen noch zurückhalten können, doch als die zweite Frau sie an sich drückte, konnte Amber nicht mehr an sich halten und brach in lautes Schluchzen aus. Ihre Tränen tropften auf Haare und Schultern der Schwarzen, von denen sie sich verabschiedete, und vermischte sich mit deren Tränen.

Schlimmer noch war der Abschied von den Kindern, die ruhig gewartet hatten, bis alle Frauen – bis auf Burilda – Amber umarmt hatten. Die Kleinen klammerten sich an Ambers Beine, weinten und jammerten, schnatterten auf sie ein und schienen sie nicht gehen lassen wollen.

Erst ein Machtwort von Burilda brachte die Kinder dazu, sich von Amber zu trennen.

»Danke«, sagte sie. »Auch wenn ihr mich nicht versteht, ich werde euch immer dankbar sein. Ich … ich …«

Sie konnte nichts mehr sagen, überwältigt von Rührung und Abschiedsschmerz. Da griff Burilda nach Ambers Hand und zog sie hinter sich her auf einen schmalen Weg, der zwischen Bäumen und Unterholz kaum sichtbar war. Amber blieb stehen, um sich umzudrehen und den Kindern ein letztes Mal zu winken, aber Burilda schüttelte den Kopf und zog sie weiter.

Mit tränenverschwommenem Blick stolperte Amber hinter ihrer Freundin her, bemerkte es kaum, als der Wald einer flachen Ebene wich, die tiefgrün war. An einzelnen Stellen standen Lämmer wie Wölkchen. Wo Schafe grasten, gab es auch Menschen.

Amber blieb stehen und holte tief Luft. Nun also änderte sich ihr Leben erneut. Ob es noch jemanden gab, der auf sie wartete, der hoffte, dass sie lebte? Was würden Lennsing und Dalman sagen, wenn sie unvermutet in Brisbane auftauchte? Der Gedanke an Rache gab ihr die Kraft, sich von Burilda zu trennen.

»Du warst mir eine gute Freundin«, sagte sie. »Ich wünschte, ich könnte das in deiner Sprache sagen. *Yuingin*. You will always be my friend.«

»And you mine«, antwortete Burilda und grinste breit.

»Du … du sprichst Englisch«, antwortete Amber in dieser Sprache. »Warum …?«

»Viel reden nicht gut. Du mit Herzen denken lernen.« Burilda nahm Ambers Hand und legte sie auf ihre Brust an die Stelle des Herzens. »Mit Herz sehen und hören besser.«

»Woher kannst du Englisch?«

»Eine Zeit leben in *Miangin*, du nennen Brisbane. Nicht gut.«

»Wenn du in Brisbane bist, such mich. Ich werde warten.«

»Den Rest des Weges du allein gehen.« Burilda nahm Amber in ihre Arme. Sie überreichte ihr etwas, das Amber erst auf den zweiten Blick als ihr altes Kleid erkannte. »Vertrau deinen Träumen. Sie sind Nachrichten der Ahnen.«

»Danke.« Mehr brachte Amber nicht heraus. Jedes weitere Wort hätte nur dazu geführt, dass sie in Tränen ausgebrochen wäre und sich an Burilda geklammert hätte.

»Wir finden dich, wenn du uns brauchst.«

Amber hätte ihr noch vieles sagen wollen, aber fand weder die Worte noch die Kraft, ihre Gedanken auszudrücken.

»Geh.« Burilda drehte Amber um, sodass diese auf die Straße vor sich sah. Ein Weg, der zu einer Stadt führte. Was sie dort wohl erwarten mochte? Ob es noch Menschen gab, die auf sie warteten? Wie ging es Onkel Georg? Scham überkam sie, weil sie in den vergangenen Wochen nicht einen Gedanken an ihn verschwendet hatte.

»Ich …«, begann sie und drehte sich Burilda um, die ihr so lieb geworden war, doch die *Murri* war verschwunden, als hätte der Busch sie verschluckt. Eine Weile blieb Amber noch stehen, versuchte, in der Ferne ihre Freundin auszumachen, gab dieses Vorhaben aber schließlich auf.

38

Australien, heute

Haben deine Träume dir einen Pfad verraten?«, fragte Tara. »Kennst du den Weg aus deinem Dilemma?«

Franziska schüttelte den Kopf. Wahrscheinlich gab es keine einfache Lösung für sie, sondern Anstrengungen und harte Arbeit, wenn sie Riley nicht verlieren wollte. Dass sie ihn nicht einmal hatte anrufen können, hatte ihr überdeutlich gezeigt, wie sehr sie ihn vermisste, aber dennoch …

»Ich habe das Vertrauen in Riley verloren«, sagte sie schließlich mit müder Stimme. »Mein erster Freund hat mich mit meiner Schwester betrogen und seitdem …«

»Wie soll Riley dir beweisen, dass er dein Vertrauen verdient?« Tara blieb stehen. Sie stemmte die Hände in die Hüften und schüttelte den Kopf. »Versteht ihr Weißen denn nicht, dass Vertrauen ein Geschenk ist? Du gibst es ihm freiwillig oder gar nicht.«

»Aber …«, begann Franziska, aber schwieg dann. Sollte es so einfach sein?

»Wenn du es ihm nicht schenkst, kann nichts auf der Welt dich dazu bringen, ihm zu glauben.«

»Ich habe Angst, es ist zu spät. Ich habe zu viel zerstört.«

»Oder du fürchtest dich weiter davor, dich auf ihn zu verlassen.«

»Oder das.«

»Was sagen deine Träume?«

»Ich erinnere mich am Morgen, aber sobald ich sie halten will, verschwinden sie wie Nebel in der Sonne.«

»Vielleicht solltest du weniger versuchen, etwas festzuhalten, sondern mehr loslassen und vertrauen.«

Als sie das Auto sah, blieb Franziska stehen, als würde sie gegen eine Mauer prallen. Plötzlich stand der Traum, an den sie sich heute Morgen nur verschwommen erinnert hatte, in aller Deutlichkeit vor ihr. Sie hatte von ihrer Mutter geträumt, von dem verhängnisvollen Tag, an dem ihre Eltern ins Auto gestiegen waren, das in den furchtbaren Unfall verwickelt wurde.

»Franziska, ist alles in Ordnung?« Wie durch Watte hörte sie Taras Stimme.

»Ja. Nein, ich erinnere mich.« Franziska taumelte unter dem Ansturm der Gefühle. Wenn Tara sie nicht mit schnellem Griff gefasst hätte, wäre sie wahrscheinlich gestürzt.

»Geht schon einmal zum Wagen. Wir kommen gleich.«

Tara legte ihren Arm um Franziskas Taille und führte sie zur Seite, wo eine Bank für Besucher wartete. Nachdem sie sich gesetzt hatte, gab Franziska ihren Emotionen nach und weinte. So lange und intensiv wie früher, als sie ein Kind gewesen war. Tara strich ihr über die Schulter, aber sagte kein Wort, wofür ihr Franziska unendlich dankbar war. Jedes Wort des Trostes hätte sich falsch angefühlt.

»Danke«, flüsterte sie, nachdem sie ihre Fassung wiedergewonnen hatte. »Ist es immer so intensiv?«

»Du hast nicht daran geglaubt, dass die Reise dir eine Erkenntnis bringt.« Taras Worte waren eine Feststellung, keine Frage. »Aber die Ahnen kenne Wege, zu dir zu sprechen.«

»Meine Mutter …« Erneut blieb Franziska die Stimme weg. Immer wieder öffnete sie den Mund, aber sie fand keine Worte.

»Es ist dein Traum. Du musst ihn nicht mitteilen.«

»Sie hat gesagt, sie liebt mich.« Franziska wollte darüber reden, wollte ihr Erlebnis teilen, damit sie es nicht wieder vergaß. »Und dass sie mir vertraut, dass ich meinen Weg finden werde.«

»Eine weise Frau, deine Mutter.«

»Ich vermisse sie so sehr. Immer noch.«

»Sie ist bei dir.« Tara deutete auf Franziskas Brust. »In deinem Herzen. Du musst es nur zulassen, sie zu hören. In den Träumen spricht sie zu dir.«

Das ist mir zu esoterisch. Jedenfalls hätte ich das gestern noch gesagt. Aber heute, nach diesem Traum – kann ich da wirklich bestreiten, dass es mehr gibt, als ich mit dem Verstand begreife?

»Du musst keine Entscheidung treffen«, sagte Tara, als könnte sie Franziskas Zweifel lesen. »Die Ahnen werden weiter zu dir sprechen, auch wenn du ihnen nicht glaubst.«

»Warum bist du so freundlich zu mir? Warum hasst du mich nicht, weil ich weiß bin, so wie Faith mich ablehnt?«

»Hass macht nur dein Leben düster. Ich versuche, den Menschen zu sehen, nicht die Farbe seiner Haut.«

»Trotzdem fühle ich mich schuldig.« Franziska schaute Tara an, die lächelte. »Obwohl ich nicht einmal in Australien geboren wurde. Aber ich lebe von Geld, das aus Ausbeutung basiert. Klingt das blöd?«

»Nein. Aber Amber und ihre Familie waren gute Menschen.«

»Trotzdem haben sie euch das Land weggenommen.«

»Das ist ein Konzept, das nur ihr Weißen kennt.« Taras Lächeln milderte den sanften Spott. »Man kann Land nicht besitzen. Das Land besitzt uns, es nährt uns, es zeigt uns die Traumpfade.«

Noch viele Fragen gingen Franziska durch den Kopf, aber zum ersten Mal stellte sie nicht eine davon, sondern stand auf.

»Ruby und Faith warten.« Tara griff in ihre Tasche. »Das gehört dir. Nutze es, wie es dir richtig erscheint.«

Franziska hatte sofort zu lesen begonnen, nachdem sie neben Ruby auf die Ladefläche geklettert war. Vorsichtig nahm sie Taras Geschenk in die Hände. Was für ein Schatz! Unglaublich, dass das Notizheft nicht unter ihren Händen zerfiel. Ja, Franziska hätte es in ein Museum bringen müssen, wo man es konservieren und sehr sorgfältig behandeln würde. Aber ihr Gefühl sagte ihr, dass Amber-Auguste das nicht gewollt hätte. Wenn es ihrer Ururgroßtante wichtig gewesen wäre, ihre Gedanken der Wissenschaft zugänglich zu machen, dann hätte sie das Heft nicht vergraben.

»Komm, wir sind da und du wirst gleich abgeholt.« Taras Stimme zog Franziska aus der Versunkenheit, in die sie Ambers Notizbuch geführt hatte. »Die Worte laufen dir nicht weg.«

»Willst du das Heft nicht an dich nehmen?« Obwohl sie höchstens die Hälfte hatte lesen können, die Schrift war verblasst und schwer zu entziffern, war Franziska bereit, Ambers Nachlass den Aborigines zu überlassen. »Amber hat es schließlich in eurer Höhle verborgen.«

»Sie lebt in unseren Träumen und Geschichten.« Tara reichte ihr das Heft zurück. »Das hier hat auf dich gewartet.«

»Danke. Ich werde verantwortungsvoll damit umgehen.«

Mit leisem Bedauern verpackte sie das kostbare Schriftstück sorgfältig in ihrem Rucksack.

»Ich freue mich am meisten auf ein ausgiebiges Bad«, sagte sie inbrünstig. »Mit einem Cappuccino und einem Buch.«

»Ich gönne mir eine Gesichtsmaske und schaue mir all die Serienfolgen an, die ich verpasst habe.« Faith zwinkerte Franziska überraschend fröhlich zu. »Dabei leere ich einen Riesenbecher ›Salty Pistachio Praline‹ von ›Serendipity Icecream‹.«

»Stimmt, das ist besser als ein Cappuccino.«

»Ihr denkt nur an sinnliche Freuden«, mischte sich Ruby ein. »Ich freue mich, wenn ich meinen Mann wieder in die Arme nehmen kann.«

»Na, wenn das nicht sinnlich ist«, sagte Tara trocken. »Ich besuche als Erstes mein Pony.«

Während sie weiter planten, wie sich die Rückkehr nach Marburg und Brisbane gestalten würde, bog ein dunkler *Ute* auf den Weg ein. Die Silhouette des Fahrers kam Franziska verdammt bekannt vor. Ihr Herz tat einen kleinen Hüpfer – konnte das wirklich sein?

»Wo ist dein Vater?« Franziska kuschelte sich tiefer in Rileys Arm. »Obwohl es wohl besser ist, wenn ich erst einmal dusche, bevor ich ihn treffe.«

»Er ist übers Wochenende in Brisbane. Wir haben das Haus für uns.« Riley küsste ihre Stirn. »Allerdings hätte ich nichts dagegen, wenn du dich duschst. Lange und ausgiebig.«

»Du würdest auch nicht nach Rosen riechen, nach Tagen in der Wildnis.«

»Hast du eine Schlange gesehen?«

»Nur Kängurus, Koalas und ein Schnabeltier. Und viel Natur, das reicht erst mal für lange Zeit.« Sie küsste ihn. »Lass uns dort einmal gemeinsam wandern. Es ist einfach unbeschreiblich schön.«

Riley schwieg. Sein Blick war so ernst, dass sie den Mund öffnete, um etwas zu sagen. Irgendetwas, das die Spannung zwischen ihnen mildern konnte, aber sie schloss ihn wieder.

»Bist du …« Nervös leckte er sich die Lippen. »Bist du weitergekommen? Hast du einen Weg gefunden?«

Nun war es an ihr zu schweigen. Wie konnte sie ihm begreiflich machen, was sie erfahren hatte? Der *Walkabout* und alles Drumherum erschien ihr irgendwie wie etwas, das nur ihr gehörte, aber gleichzeitig wünschte sie sich nichts mehr, als es mit ihm zu teilen.

»Ich hoffe es«, sagte sie schließlich. »Ich bin an meine Grenzen gestoßen und habe lernen müssen, dass nichts einfach ist. Aber ich bin sicher, wir können es schaffen. Gemeinsam. Du und ich.«

»Was ist das für ein Heft?«

»Ambers Notizbuch. Ihr Reisebericht.« Noch immer konnte Franziska kaum glauben, dass Tara ihr die Kostbarkeit überlassen hatte. »Ist es okay, wenn ich noch ein wenig lese?«

»Nur wenn du vorher duschst. Ich koche für uns.«

Nach der Dusche und einem ausgiebigen Essen hatten sie sich geliebt. Riley war eingeschlafen, aber Franziska kam nicht zur Ruhe. Seltsamerweise war ihr die Matratze zu weich und sie wünschte sich ihr Zelt zurück. Stattdessen schlüpfte sie vorsichtig aus dem Bett, nahm das schmale Heft und kochte sich einen Tee. Sie setzte sich an den Küchentisch zog das linke Bein unter ihr Gesäß und versank in der Geschichte.

Expeditionsjournal Amber Ohlendorf
Niemand in Brisbane, kein weißer Mensch wird es mir glauben, aber ich spüre, dass sich meine Reise mit den Murri ihrem Ende nähert. Damit ich nicht in Versuchung komme, mein Wissen preiszugeben, werde ich mein Journal schweren Herzens in der geheiligten Höhle vergraben. So werde ich ein Teil der Geschichte dieser Familie sein, die mir mehr Zuneigung und Freundlichkeit zukommen ließ als meine eigene.
Es fühlt sich bitter an, gehen zu müssen. Vor wenigen Wochen noch habe ich mir nichts sehnlicher gewünscht. Jetzt möchte ich weinen und mein Schicksal ändern.

Ambers Schlusssätze zeigten Franziska, wie richtig sie mit ihrer Einschätzung lag, das Buch nicht öffentlich zu machen. Über die Zeit hinweg fühlte sie sich der Frau verbunden, die mit den Aborigines gelebt und deren Welt zu schätzen gelernt hatte. Ob es Amber schwergefallen war, sich wieder in die Welt des weißen Australiens einzufinden? Warum aber hatte sie nicht für die Rechte der Ureinwohner gekämpft, so wie sie es sich vorgenommen hatte?

Nirgendwo hatte Franziska einen Bericht über die deutsche Frau gefunden, die ihr Leben dem Kampf für die Rechte der Aborigines gewidmet hatte. Allerdings waren nur wenige schriftliche Dokumente der damaligen Zeit erhalten geblieben. Etliche waren Sturmfluten zum Opfer gefallen, aber eine derart besondere Geschichte wie die von Amber müsste doch die Runde gemacht haben. Selbst wenn sich keine schriftlichen Nachweise fanden, gab es bestimmt Erzählungen. Nicht nur die Ureinwohner sammelten ihre Legenden und Bräuche – auch bei den weißen Australiern gab es Geschichten von den Vorfahren, die immer wieder erzählt wurden. Sagen über *Bushranger* wie Ned Kelly kamen ihr in den Sinn oder die traurige Ballade »Waltzing Matilda«, die Banjo Paterson geschrieben hatte.

Wenn sich nirgends eine Spur von Ambers Kampf für die Aborigines fand, ließ das nur einen Schluss zu: Amber hatte ihr Vorhaben aufgegeben! Aber warum?

39

Australien 1877

Auf einmal schamhaft suchte Auguste sich einen Busch, als hätte sie mit dem Kleid, das Burilda ihr überreicht hatte, auch ihre Erziehung und ihre Auffassung von Sittlichkeit zurückgewonnen. Als sie sich das Kleidungsstück überstreifte, das die Aborigine-Frauen gewaschen und geflickt hatten, fühlte sie sich unwohl. Sie zog und zuppelte, aber es wollte nicht sitzen und kratzte auf ihrer Haut. Am liebsten hätte sie es sich sofort wieder ausgezogen, aber allein die Vorstellung, wie sie unzureichend bekleidet in die Stadt ging, brachte sie zum Lachen. Schlimm genug, dass sie keine Schuhe trug.

Wenn sie sich für die Rechte der Ureinwohner stark machen wollte, musste sie dafür sorgen, dass man sie ernst nahm. Dazu gehörte leider auch, sich zu kleiden, wie man es von einer Dame erwartete. War sie mutig genug, ihre Geschichte zu erzählen und Lennsing und Dalman des Mordes anzuklagen? Mit dem weißen Kleid kam auch Angst zurück, die sie überwunden geglaubt hatte.

Sie musste heute nichts beweisen, sondern alles so angehen, wie sie es von den *Murri* gelernt hatte: einen Schritt nach dem nächsten, im Vertrauen auf die Menschen und das Schicksal und die Ahnen.

Dinge wie diese darf ich niemals sagen, wenn ich wieder unter Weißen lebe. Kann ich mich überhaupt *noch anpassen? Ich bin nicht mehr die Frau, die vor Monaten zu einem Abenteuer aufgebrochen ist. Ich bin nicht mehr Auguste, sondern Amber, hoffentlich etwas klüger und weiser, mit einem Ziel, das mir die Kraft geben wird, alles durchzustehen.*

In der Ferne sah Amber Funkeln tanzen, in der vibrierenden Luft lag ein süßlich-verbrannter Geruch. Sollte sie in ein Buschfeuer geraten sein?

Nein, das musste das Zuckerrohr sein, von dem ihr Joseph Wagner erzählt hatte.

Ob ich ihn wiedersehe? Was wird er wohl von meinem Abenteuer halten? Wird es mir gelingen, die Menschen auf meine Seite zu ziehen?

Während sie ihren Gedanken nachhing, war sie der Ansammlung kleiner Holzhäuser näher gekommen, die man selbst mit gutem Willen nicht als Stadt bezeichnen konnte. Auch wenn es sich für sie fremd anfühlte, wieder in geschlossenen Räumen zu leben, musste Amber sich eingestehen, dass die Aussicht auf ein warmes Bad mit duftender Seife einiges für sich hatte. Ob sie das hier finden würde?

Wahrscheinlich musste sie erst nach Brisbane reisen, um die Segnungen der Zivilisation zu genießen. Hoffentlich war die Stadt nicht allzu weit entfernt. Während der Wanderungen hatte sie die Orientierung verloren und wusste nicht, wohin der Weg sie geführt hatte.

Endlich erreichte sie das erste Haus, aus Holz und auf Stelzen gebaut, um dem Wetter standzuhalten. Eine magere Frau stand vor der Tür, wohl neugierig, wen es in den kleinen Ort verschlagen hatte. Amber blieb stehen, schlagartig scheu und unsicher, was sie den Menschen sagen wollte, welche Geschichte sie erzählen sollte. Musste sie sich dieser Fremden erklären?

»G'day«, sagte sie, nachdem sie das Haus erreicht hatte. »Mein Name ist Amber Ohlendorf. Ich muss nach Brisbane, wer kann mir da helfen?«

»Sie sind Fräulein Ohlendorf?«, antwortete ihr die Fremde auf Deutsch und starrte sie mit großen Augen an, als wäre Amber ein Buschgespenst. »Alle nahmen an, Sie seien tot!«

»Sie haben von mir gehört? Was denn?«

»Kommen Sie herein. Ich koche uns Kaffee.«

»Danke.« Während Amber der Frau ins Innere des Hauses folgte, kreisten ihre Gedanken. Was mochten Lennsing, Dalman und Dorothea Aurich wohl erzählt haben, dass es bis in diese Einöde vorgedrungen war? »Könnte ich nur ein Glas Wasser haben?«

»Ich bin Maria Kerr.« Die Frau reichte Amber das Getränk. »Es hieß, Eingeborene hätten Sie getötet.«

»Nein, sie haben mich gerettet.« Sorgsam trank sie das frische Wasser, genoss seine Kühle. Was wollte sie Frau Kerr anvertrauen? »Was haben Sie noch gehört?«

»Ihre Reisegefährten haben eine Woche nach Ihnen gesucht, aber keine Spur gefunden.«

Was für eine Dreistigkeit die drei besitzen! Sie haben wohl geglaubt, mein Schicksal wäre besiegelt. Na, die werden sich wundern, wenn ich plötzlich in Brisbane erscheine wie Phönix aus der Asche.

»Weilen der Professor und sein Assistent noch in Brisbane oder schon auf dem Weg nach Hamburg? Haben Sie zufällig etwas von meinem Onkel, Georg Ohlendorf, gehört?«

»Tut mir leid.« Die Farmerin schüttelte den Kopf. »Wir sind hier weit im Hinterland. Aber vielleicht kann Ihnen Joseph weiterhelfen.«

Konnte das sein? Sofort fiel Amber der eine Mann ein, der diesen Vornamen trug. Ihr Herz schlug plötzlich schneller und verlegen senkte sie den Blick, als könnte ihr Gegenüber ihre Gedanken lesen.

»Joseph Wagner?« Sie wagte kaum, seinen Namen zu flüstern, als würde sie damit böse Geister herbeirufen.

»Sie kennen ihn? Ja, er hat sich sehr an der Suche nach Ihnen beteiligt.«

»Wir haben uns in Brisbane kennengelernt. Bitte bringen Sie mich zu ihm.«

»Erst einmal mache ich Sie vorzeigbar. Ein paar Schuhe habe ich noch übrig.«

»Vielen Dank. Ich werde sie später bezahlen.«

Frau Kerr schüttelte den Kopf. »Hier im Hinterland müssen wir uns gegenseitig helfen.«

Nachdem Amber sich gewaschen, ihre Haare frisiert und Schuhe angezogen hatte, fühlte sie sich immer mehr wie Auguste Ohlendorf, nicht mehr wie Amber. Als wäre die Zeit mit den *Murri* nur ein Traum, der in ihrer Erinnerung langsam verblasste. Nein! Das durfte sie nicht zulassen. Sie hatte sich geschworen, den Menschen zu helfen und ihr Schicksal zu verbessern.

»Jetzt sehen Sie wieder menschlich aus.« Stolz musterte die Farmerin ihr Werk und reichte Amber einen Handspiegel, damit diese sich darin betrachten konnte. »Ihre Haut wird bestimmt aufhellen, wenn Sie sich nicht mehr der Sonne aussetzen.«

»Ich kann mich so leiden.« Das war gelogen. Wie sie jetzt aussah, mochte sie sich nicht. Das Haar hochgesteckt, eingezwängt in ein Kleid und Schuhe, fühlte sie sich, als wollte man sie in ein anderes Leben pressen. »Danke für Ihre Hilfe. Aber ich muss dringend mit Herrn Wagner sprechen.«

Ob Joseph Wagner kommen würde? Ob er sich überhaupt noch an sie erinnerte? Immer wieder schaute Amber zum Horizont, verengte die Augen, aber niemand war zu sehen.

»Mein Mann wird ihn holen lassen.« Frau Kerr strich ihr beruhigend über die Schulter, eine Berührung, die Amber unangenehm war. »Er ist sicher auf dem Feld. Jetzt ist Erntezeit.«

Daran hatte Amber nicht gedacht. Das erklärte auch das Feuer, das sie gesehen hatte. Es war eine dumme Idee, auf einen Mann zu setzen, den sie nur wenige Male getroffen hatte. Mit einem Seufzen wandte Amber sich ab. Vielleicht wäre Herr Kerr so freundlich, sie nach Brisbane zu bringen. Onkel Georg würde ihn sicher für seine Mühe entschädigen.

»Schauen Sie.« Frau Kerr fasste Ambers Ellenbogen. Was war nur mit dieser Frau, dass sie sie ständig anfasste?

Langsam drehte Amber sich um. Am Horizont, beleuchtet vom Feuer der brennenden Zuckerrohrfelder, erspähte sie einen Reiter, der schnell näher kam.

Ihr Herz tat einen Hüpfer, gleichzeitig wagte sie es nicht, ihre Hoffnung zu stark anwachsen zu lassen. Wahrscheinlich war es nur ihr Gastgeber, der zurückkehrte, um ihr zu sagen, dass Joseph Wagner nicht kommen würde.

Doch schon war er so nahe, dass sie den Reiter erkannte.

Er war es!

Joseph Wagner war wirklich und wahrhaftig hier!

Sie schürzte ihr Kleid und lief auf ihn zu. In vollem Galopp sprang er vom Pferd, stolperte, fing sich und eilte ihr entgegen.

Sie flog in seine Arme und fühlte sich unglaublich geborgen. Einen Augenblick lang schloss sie die Augen und wünschte sich, dass sie den Moment für immer ausdehnen könnte.

»Fräulein Ohlendorf«, flüsterte er und strich ihr über das Haar, sanft wie der Flügelschlag eines *Loris*. »Ich … ich kann nicht in Worte fassen, was mir dieser Moment bedeutet.«

Von Rührung überwältigt konnte sie nichts sagen. Sie löste sich aus seinen Armen, um ihn anzusehen, um sich zu vergewissern, dass er es wirklich war.

Joseph sah unfassbar erschöpft aus. Seine Augen lagen tief in den Höhlen, sein Gesicht war dunkel verbrannt von der

Sonne, tiefe Linien hatten sich in die Haut eingegraben. Amber erschrak. War er etwa krank? Die Sorge musste sich in ihrer Miene gezeigt haben, denn er lächelte beruhigend.

»Jetzt ist Erntezeit.« Er fuhr sich mit dem Handrücken über die Stirn. Blasen und Schnitte zierten das Handinnere wie ein fremdartiges Muster. »Da bleibt keine Zeit für anderes.«

Obwohl er lächelte, erkannte sie die tiefere Bedeutung seiner Worte.

»Haben Sie meinetwegen das Feld verlassen?« Sie musste schlucken und kämpfte gegen Tränen an. »Das tut mir leid. Ich weiß, wie wichtig Ihnen das ist.«

»Wir sind fast fertig. *No worries.*« Seine Zähne erstrahlten weiß in dem dunklen Gesicht. »Der Boss hat mich gehen lassen.«

Vor Erleichterung, ein vertrautes Gesicht zu sehen, eine vertraute Stimme zu hören, kamen ihr die Tränen.

»Ich … ich weiß doch, wie wichtig es Ihnen ist, genug Geld für eine eigene Farm zu bekommen.« Das Schluchzen erstickte ihre Worte beinahe. »Ich will nicht schuld daran sein …«

»Alles wird gut.« Vorsichtig, als fürchtete er, dass sie ihn zurückweisen würde, legte er den Arm um ihre Schulter. »Letzte Woche habe ich eine Farm gekauft. Sie ist am Lark Hill.«

»Lerchenhügel – das klingt schön. Ich würde sie gern sehen.« Als sie schniefte, reichte er ihr ein Taschentuch, was sie wieder zum Weinen brachte.

»Entschuldigen Sie, dass ich Ihnen kein sauberes Stück Tuch reichen kann. Während der Ernte ist alles voller Staub.«

Ihre Tränen hinterließen helle Spuren in dem Stoff. Wahrscheinlich hatte sich der Staub auf ihr Gesicht gelegt, aber das scherte Amber nicht.

»Wissen Sie, wie es meinem Onkel geht?«

»Er ist nach Hamburg zurückgereist. Die Sorge, dass er Ihren Tod verschuldet hat, trieb ihn schier in den Wahnsinn.«

»Der arme Georg. Ich muss sofort eine Nachricht an meine Familie schicken.«

»In Brisbane ist es möglich, ein Telegramm zu senden.« Joseph Wagner öffnete den Mund, als wollte er ihr noch viele Fragen stellen. Doch er sagte kein weiteres Wort.

»Wie komme ich am schnellsten in die Stadt?«

»Ich kann Sie fahren und Sie erzählen mir, was geschehen ist.«

»Wann können wir aufbrechen?«

Nun, wo Amber von dem Schrecken wusste, den sie ihrem Onkel und sicher auch ihrer Familie bereitet hatte, hielt es sie nicht mehr in Marburg.

»Sie sollten eine Nacht schlafen. Morgen früh nach Sonnenaufgang hole ich Sie ab.«

»Gibt es hier ein Hotel? Ich habe kein Geld.«

»Die Kerrs nehmen Sie bestimmt gern auf.«

Früher hätte Amber sich geziert, hätte gesagt, dass sie das nicht annehmen könnte. Heute war sie den Farmern einfach nur dankbar für ihre Gastfreundschaft.

Nach einem für ihren Gaumen gewöhnungsbedürftig schmeckenden Abendessen aus Brot und Käse, bei dem sie nur wenig über ihre Abenteuer berichtet hatte, ging sie früh schlafen.

Unruhig wälzte sie sich auf dem Bett hin und her. Es fühlte sich ungewöhnlich weich an, sodass sie keine Liegeposition finden konnte. Ihr fehlte der Himmel mit Sternen. Stattdessen starrte sie im Halbdunkel an die Decke und fragte sich, ob die Weißen in Australien ihr wohl glauben würden. Das Farmerehepaar hatte sie nur großäugig angesehen und wenig gesagt. Aber auf ihren Gesichtern ließ sich ablesen, wie sehr sie Amber bedauerten, die in die Hände von Wilden gefallen war.

Wie versprochen holte Joseph Wagner sie im Morgengrauen ab. Amber bedankte sich bei Maria und Christian Kerr für ihre Gastfreundschaft, war aber dennoch froh, diese Menschen verlassen zu können.

Joseph Wagner bot ihr an, neben ihm auf dem Kutschbock zu sitzen, was sie dankbar annahm. Er sah nach vorn, als hätte er wilde *Brumbys* anstelle des wohlerzogenen kräftigen Fuchses vor sich. Auch sie blickte auf ihre Hände, die sie im Schoß des Kleides verschränkt hielt.

»Wollen Sie mich gar nichts fragen?« Amber schaute ihn an. »Die Kerrs konnten sich kaum beherrschen, alle Details zu erfahren.«

Joseph Wagner wandte sich ihr zu und lächelte. »Ich möchte nur das hören, was Sie mir erzählen wollen.«

»Sind Sie nicht neugierig?«

»Natürlich, aber …« Erneut schaute er wieder auf den Pferderücken, zog die Zügel etwas zurecht und rieb sich die Stirn. »Ich respektiere Sie zu sehr, als dass ich Sie drängen möchte.«

»Ich brauche Ihre Hilfe. Versprechen Sie mir, dass Sie mich unterstützen werden.«

Das war sehr viel verlangt, wie Amber wohl wusste, aber sie konnte ihm nur dann alles anvertrauen, wenn er sich bedingungslos auf ihre Seite stellte.

Er schwieg und schien intensiv zu überlegen. Möglicherweise hatte sie ihn überschätzt, hatte mehr Mut in ihm gesehen, als er wirklich aufzubringen bereit war. Vielleicht hatte sie auch seine Gefühle für sie für zu stark gehalten.

»Das ist ein gewaltiger Schwur, den Sie von mir erwarten«, sagte er schließlich und betonte jedes Wort, als wäre es bedeutungsvoll. »Ich vertraue Ihnen genug, um es zuzusagen.«

Vor Erleichterung drohte ihr Herz überzufließen und wie von selbst flog die Geschichte aus ihrem Mund. Sie begann mit dem Mord an den Eingeborenen, was ihr erneut die Tränen in die Augen trieb. Mitfühlend griff er nach ihrer Hand und drückte sie.

Als sie davon berichtete, wie sie nachts und allein aufgewacht war, stieß er einen Fluch aus, für den er sich sofort entschuldigte. Nun war es an ihr, nach seiner Hand zu greifen und die zu drücken.

Schwieriger wurde es, als sie von ihrer Zeit bei den *Murri* erzählen wollte. Für sie war es eine Gratwanderung: Sie musste Joseph Wagner begreiflich machen, was für wunderbare Menschen ihre Retter waren. Gleichzeitig jedoch fühlte sie sich verpflichtet, die Geheimnisse der Schwarzen zu würdigen und ihre Zeremonien und Rituale zu verschweigen.

»Sie hatten Glück, freundlichen Eingeborenen wie den *Yaggera* begegnet zu sein«, sagte Joseph Wagner, nachdem Amber ihre Geschichte beendet hatte. »Es sind gute Menschen.«

»Gute Menschen, die man abschießt wie Tiere.« Amber betrachtete sein Gesicht, versuchte, darin zu lesen, ob auch er einer von denen war, die den Ureinwohnern ihre Menschlichkeit absprachen. »Ich werde für ihre Rechte kämpfen.«

»Ich will Ihnen nicht zu nahe treten, aber ist das nicht Aufgabe des Stammes? Sind Sie gewählt, für die Schwarzen zu sprechen?«

Musste man dafür gewählt sein? Brauchte sie wirklich die Zustimmung, gar die eindrückliche Aufforderung der Schwarzen, um deren Sprachrohr zu werden? Nein, das konnte nicht sein, oder?

Amber leckte sich über die trockenen Lippen, fuhr sich mit den Fingern an den Mund, als wollte sie verhindern, dass ihr ein falsches Wort entkam. Sollte Joseph Wagner die Eingeborenen besser verstehen als sie? Er lebte länger in diesem Land als sie. War es anmaßend von ihr zu meinen, sie könnte für die *Yaggera* und die anderen Stämme sprechen? Nur weil sie einige Wochen mit den Schwarzen gelebt hatte, bedeutete das nicht, dass sie die Aborigines vollkommen verstand.

»Aber jemand muss das Töten aufhalten«, formulierte sie ihre Zweifel laut. »Ich weiß sicher nicht alles, aber dass diese Morde Unrecht sind, das ist gewiss.«

»Ich werde Sie unterstützen, wie ich es versprochen habe.« Wieder wandte er sich ihr zu. Er strich mit seiner Hand, rau und rot von der vielen Arbeit, durch sein dunkles Haar. »Aber ich möchte Sie nicht im Unklaren lassen, dass Sie mit Verleumdungen rechnen müssen.«

»Ich weiß«, antwortete Amber, aber sofort fragte sie sich, ob sie das ehrlich sagen konnte. »Was fürchten Sie, wird man behaupten?«

Sein Hals lief dunkel an, langsam breitete sich die Röte auf seinem Gesicht aus. Er kniff die Lippen zusammen und starrte stur geradeaus. Wäre die Situation nicht so ernsthaft und bedrohlich für sie, Amber hätte lachen müssen, wie sichtbar peinlich ihm ihre Frage war.

»Man wird Ihnen unterstellen, mit den Aborigines gelebt zu haben, einen oder gar mehreren von ihnen zum … Liebhaber gewählt zu haben.«

»Aber …«, scharf sog sie die Luft ein. »Das ist eine Lüge. Eine infame Verleumdung.«

»Ich weiß das, Sie wissen das, aber Sie kennen auch das Wort, etwas Dreck bleibt immer hängen.«

Amber konnte nichts erwidern. Im Kopf ging sie die Menschen durch, die sie in Brisbane kennengelernt hatte. Würden die freundlichen Australier wahrlich und wahrhaftig glauben, was Joseph Wagner eben angedeutet hatte?

Nein, das konnte sie sich nicht vorstellen. Und doch – je länger sie darüber nachdachte, desto mehr fürchtete sie, dass er recht behalten könnte. Kleine Gemeinschaften wie die Einwanderer in Brisbane erfreuten sich an Gerüchten, tauschten diese wie Perlen, um ihrem Alltag etwas Glanz zu geben.

»Auch wenn man mir Schlimmes nachsagen wird, ich bin bereit, diese Konsequenzen auf mich zu nehmen.« Sie setzte sich auf und schob den Unterkiefer störrisch vor. »Das bin ich den *Murri* und auch mir schuldig.«

»Ich werde an Ihrer Seite stehen, wie ich es versprochen habe«, flüsterte Joseph Wagner, aber er schaute sie nicht an.

»Danke«, antwortete sie ebenso leise. Den Rest ihres gemeinsamen Weges verbrachten sie in Schweigen.

40

Australien 1877

Sie haben mich niedergeschlagen und im Busch zurückgelassen!« Schnurstracks ging Amber auf Professor Lennsing zu, der mit großen Gesten auf eine Gruppe von bedeutsam aussehenden Männern einredete. »Sie sollten sich schämen!«

Obwohl sie sich auf ihren Feind konzentrierte, bemerkte sie deutlich, dass alle Blicke des wohl gefüllten Raumes sich auf sie richteten. Ganz bewusst hatte sie diese Gelegenheit ausgewählt, um ihren Widersacher zu konfrontieren.

Lennsing reagierte vollkommen anders, als sie es erwartet hatte. Amber hatte die Szene so oft in ihrem Kopf durchgespielt. Jedes Mal war der Professor zusammengezuckt, erbleicht und hatte sie voller Pein über seine Schande angesehen. Dann war er vor ihr auf die Knie gegangen, hatte vor allen Menschen seine Schuld eingestanden und sich entschuldigt. Letzteres mochte etwas übertrieben sein, aber mit dem, was er nun tat, hatte sie niemals gerechnet und war gänzlich sprachlos.

»Mein liebes Fräulein Ohlendorf.« Lennsing kam mit ausgestreckten Händen auf sie, ergriff ihre, bevor sie reagieren konnte, und fuhr mit volltönender Stimme fort. »Ich kann gar nicht oft genug wiederholen, wie glücklich ich bin, dass Sie gerettet wurden.«

Amber konnte ihn nur ungläubig anstarren und fand ob dieser Dreistigkeit keine Worte. Sie musste Stellung beziehen, musste den Menschen hier die Wahrheit sagen, aber Lennsing sprach bereits weiter.

»Meine Damen und Herren, bitte begrüßen Sie gemeinsam mit mir Fräulein Auguste Ohlendorf, der es nach wochenlanger Gefangenschaft wie durch ein Wunder gelungen ist, den Wilden zu entkommen.«

»Amber, ich heiße jetzt Amber«, flüsterte sie, zornig über sich selbst, dass sie nicht in der Lage schien, ihm Paroli zu bieten. »Aber …«

»Meine Gefährten und ich haben weder Mühe noch Kosten gescheut, Fräulein Ohlendorf zu suchen, nachdem die Australneger sie entführt hatten.«

Applaus brandete auf, was Amber die Tränen in die Augen trieb. Wenn sie nicht richtigstellte, was er behauptete, würden die Australier ihm glauben, dass die Aborigines verabscheuenswürdig war und den Tod verdienten.

»So … so war das nicht.« Ihre Stimme klang piepsend, kaum geeignet, die Beifallsbekundungen der Menschenmenge zu übertönen. Sie raffte ihren Mut zusammen und rief laut: »Sie haben mich zurückgelassen. Ohne die *Yaggera* wäre ich elend zugrunde gegangen.«

Nun hatte sie die Aufmerksamkeit, die sie sich gewünscht hatte. Eilig sprach sie weiter, bevor der Mut sie verließ.

»Sie haben die armen Menschen erschossen, um Trophäen zu sammeln. Für Ihren Ehrgeiz sind Sie zum Mörder geworden.«

Endlich, endlich hatte sie es geschafft. Sie hatte gesagt, was wirklich geschehen war. Die Brisbaner mussten sich auf ihre Seite schlagen, nachdem sie erfahren hatten, was für ein Halunke der Professor war.

»Ich kann verstehen, dass es für Sie so aussieht, mein liebes

Fräulein.« Unermüdlich lächelte er, während ihr die Tränen über die Wangen liefen. »Aber mein Assistent und Frau Aurich können bezeugen, wie es wirklich war.«

Siegessicher deutete er mit der Hand nach links. Nahezu wie von selbst folgte Ambers Blick dieser Geste und sie entdeckte Dorothea Aurich und Dalman, die sie beobachteten. Mit einem spöttischen Lächeln hob der Assistent des Professors sein Glas und prostete ihr zu.

Amber überkam der Wunsch, ihm ihre Faust ins Gesicht zu schlagen, aber das hätte sie nur verrückter aussehen lassen.

»Sie bestreiten also, mich niedergeschlagen und am Lagerplatz zurückgelassen zu haben.« Verzweifelt krallte sie ihre Fingernägel in die Handflächen, um ihrer ohnmächtigen Wut ein Gefäß zu geben. »Zum Sterben verurteilt, einsam im Nirgendwo.«

»Wie gesagt, für Sie muss es so anmuten. In Wahrheit jedoch haben Dalman und ich uns gegen einen Angriff der bestialischen Australneger gewehrt.«

Nein! Dermaßen dreist zu lügen, das hätte sie selbst diesem kaltblütigen Mörder nicht zugetraut. »Als Sie dazukamen, gab es den unglücklichen Zwischenfall.«

»Nachdem Sie gestolpert waren«, spann Dalman die Mär weiter, was Amber ein Schnauben entlockte, »haben wir Sie in die Sicherheit des Lagers gebracht.«

»Doch die Wilden verfolgten uns.« Lennsings Blick schien voller Traurigkeit und Reue, dass selbst Amber ihm beinahe geglaubt hätte. »Schweren Herzens mussten wir uns zurückziehen und Hilfe suchen.«

»Als wir ins Lager zurückkehrten, waren Sie verschwunden.« Es klang, als hätten sich die beiden abgesprochen, als würden sie einander Bälle zuspielen, mit denen sie erfolgreich jonglierten, während Amber diesem Taschenspielertrick nur entgeistert zusehen konnte.

»Sagen Sie wenigstens die Wahrheit«, wandte sie sich an Dorothea Aurich, die im Hintergrund geblieben war. »Lassen Sie die beiden nicht mit ihren Lügen davonkommen.«

»Frau Aurich wird nichts anderes sagen. Wie kommen Sie darauf?« Lennsing trat näher an sie heran. Amber wich vor ihm zurück. »Sie sollten sich ausruhen. Niemand hier kann sich ausmalen, was die Wilden Ihnen angetan haben.«

»Die *Yaggera* haben mich besser behandelt als Sie!«, rief Amber. Ihre Stimme überschlug sich. »Bitte, Sie müssen mir glauben. Diese Männer lügen.«

Hilflos wandte sie sich an die Umstehenden, die dieses Spektakel sichtlich genossen.

»Die Arme, kein Wunder, dass sie den Verstand verloren hat«, hörte sie. »Man sollte alle diese Wilden abknallen, wenn sie unsere Frauen rauben.«

»Was für ein mutiger Mann Professor Lennsing doch ist. Unermüdlich hat er sie gesucht. Und das ist der Dank.«

Die Worte umschwirrten sie wie die aufdringlichen Buschfliegen – egal, wie heftig sie mit der Hand wedelte, niemals würden sie verschwinden. Amber presste die Lippen so fest aufeinander, dass es schmerzte. Sie wollte den Menschen hier nicht die Genugtuung gönnen, erneut in Tränen auszubrechen und damit all denen in die Hände spielen, die sie für hysterisch hielten.

Unter Aufbietung aller Kraft, die sie in sich finden konnte, drehte sie sich um und verließ langsam den Raum. Sobald sie die Tür hinter sich geschlossen hatte, hob sie den Saum ihres Kleides und begann zu laufen.

Hinter sich hörte sie Schritte, was sie nur noch geschwinder rennen ließ. Endlich blieb sie stehen; schwer atmend stützte sie die Hände auf die Oberschenkel und rang nach Luft. Lauter ertönte der Klang der sie verfolgenden Schritte. Mit erhobenen Fäusten drehte sie sich um. »Verschwinden Sie. Ich will allein sein.«

»Fräulein Ohlendorf.« Als sie Joseph Wagners warme Stimme hörte, war es um ihre Selbstbeherrschung geschehen. Schluchzend warf sie sich in seine Arme. Er hielt sie fest, bis ihre Schluchzer versiegten.

»Sie hatten recht, Joseph Wagner aus Marburg.« Amber fühlte sich erschöpft wie nach einem Tagesmarsch durch das Hinterland. »Niemand will mir zuhören.«

»*Ich* schenke Ihnen Gehör.«

»Würden Sie mir das für den Rest unseres Lebens versprechen?«

»Machen Sie mir etwa einen Heiratsantrag?« Sein Lächeln ließ ihn jungenhafter und verschmitzter aussehen. »Aber würde das nicht mir obliegen?«

»Wie lange wollen Sie warten?« Amber wurde ernst. »Vorausgesetzt, Sie wollen mich heiraten. Die Frau, die ganz Brisbane gegen sich aufgebracht hat.«

»Nicht die ganze Stadt.« Immer noch lächelnd griff er nach ihrer Hand. »Die guten Menschen sind auf unserer Seite.«

»Ich muss Sie warnen.« Amber schluckte. Wollte sie wirklich den einzigen Menschen vertreiben, der ihr bisher zur Seite gestanden hatte? »Ich werde meine Stimme weiter für die Aborigines erheben, bis man mir Gehör schenkt.«

»Wie ich sagte, ich werde dir zur Seite stehen. Ich darf dich duzen, nun, wo wir verlobt sind?«

»Bitte, lass uns nur noch Englisch sprechen.« Amber nahm Josephs Gesicht zwischen ihre Hände. »Ich möchte meine Vergangenheit hinter mir lassen und mit dir neu anfangen.«

»As you wish, my love.«

»Eines muss ich noch tun, um mit allem abzuschließen. Einen Menschen muss ich aufsuchen.«

Obwohl Joseph ihr angeboten hatte, sie zu begleiten, suchte Amber am nächsten Morgen Dorothea Aurich allein auf. In der Nacht, die sie in einem kleinen Hotel verbracht hatte, konnte sie vor Aufregung nicht schlafen. Immer wieder hatte sie sich gefragt, ob es wirklich eine gute Idee war, an das Mitgefühl der Pflanzenjägerin zu appellieren?

»Was wollen Sie? Hatten Sie gestern nicht genug Aufmerksamkeit?« Dorothea Aurich saß auf einer Bank vor einer kleinen Hütte, eine grau getigerte Katze auf dem Schoß. »Ich werde Ihnen nicht helfen.«

»Haben Sie kein Mitgefühl mit den armen Menschen?«

»Was Sie auch sagen, das sind keine Menschen wie wir.« Dorothea Aurich sprach hastig, als müsste sie nicht nur Amber überzeugen. »Herr Pullwermann braucht die Skelette.«

»Sie wissen, was das für die Schwarzen bedeutet?«

»Lassen Sie mich zufrieden.« Die Pflanzenjägerin stand so abrupt auf, dass die Katze von ihrem Schoß sprang und davonstolzierte. »In vier Tagen verlasse ich Australien und kehre nach Deutschland zurück.«

Auf diese Art kam sie nicht weiter, überlegte Amber. Sie musste etwas finden, das eine Verbindung zwischen Dorothea Aurich und ihr ermöglichte.

»Wenn Sie wollen, nehme ich Mieze zu mir, sobald Sie nach Deutschland abgereist sind.« Sie bemühte sich um ein Lächeln. »Ich werde gut auf die Katze aufpassen und sie für Sie hüten, so lange, bis Sie wiederkommen.«

»Ach, das ist nicht nötig«, entgegnete Dorothea barsch, als hätte Amber ihr etwas aufdrängen wollen. »Das Tier kann für sich allein sorgen.«

»Aber so wissen Sie, wo Sie Ihren Liebling finden werden.«

»Es ist nur eine Katze.«

Was ist sie nur für eine Frau?, fragte sich Amber zum wiederholten Male. *Gibt es überhaupt ein lebendes Wesen, das ihr irgendetwas bedeutet?*

»Ich hatte den Eindruck gewonnen, sie sei Ihnen wichtig.«

»So, haben Sie das?« Dorothea Aurich näherte sich Amber.

»Sie haben es nie begriffen, nicht wahr? Sie können nicht verstehen, was es heißt, Forscherin zu sein.«

»Wenn es bedeutet, niemanden lieben zu können, da haben Sie recht, das kann ich nicht nachvollziehen.«

»Ich habe sie *alle* geliebt, meinen dummen Mann, meine undankbare Tochter, selbst Mieze.« Dorothea Aurich richtete ihre alterskrumme Gestalt auf, aber auch das reichte nicht an Ambers Größe heran, sodass Dorothea weiterhin zu ihr aufschauen musste. »Aber was ist Liebe, wenn es so viel Wissensschätze zu heben gilt.«

»Liebe ist alles«, konnte Amber nur flüstern. »Aber das werden Sie nie erleben.«

»Ich bin glücklich. Mein Leben ist mehr, als ich je zu hoffen wagte.« Dorothea Aurichs Stimme überschlug sich. »Ich werde nie vergessen werden.«

Obwohl sie sich geschworen hatte, dem Streit aus dem Weg zu gehen, nicht einen Disput mit der Frau zu geraten, weil diese Amber sowieso niemals verstehen konnte, hielt es Amber nicht mehr in der eingeschworenen Ruhe.

»Ein paar Motten und Pflanzen tragen Ihren Namen. Sie haben den Aborigines Tote geraubt und zugelassen, dass Lennsing und Dalman Ureinwohner kaltblütig ermordeten. Das wird von Ihnen bleiben.«

Dorothea Aurichs Antwort überraschte und erschreckte Amber, hatte sie doch mit Wut, Zorn oder vielleicht Tränen gerechnet. Stattdessen lachte ihr Gegenüber lauthals auf.

»Wen sollte das interessieren, wenn hier ein paar Halbaffen erschossen werden.« Sie trat näher an Amber heran, sodass diese automatisch einen Schritt zurückging. »War es nicht genug, was Sie in Brisbane erlebt haben? Wollen Sie Ihre Don Quichoterie weiterführen?«

Ich hätte nicht gedacht, dass sie Cervantes kennt, ging es Amber durch den Kopf, als weigerte sich ihr Verstand, an den furchtbaren Abend zu denken. Dann sammelte sie alle Kraft, die sie in sich trug, um ihrer Gegnerin den entscheidenden Schlag zu versetzen.

»Wenn die Menschen heute zu dumm oder zu kaltherzig sind, die Falschheit ihres Tuns zu begreifen«, ihre Stimme zitterte kaum, »so bin ich mir gewiss, dass unsere Nachkommen das Unrecht sühnen werden, was an den Schwarzen begangen wurde.«

»Dann bin ich schon lange tot – und Sie auch.« Ein hämisches Grinsen begleitete die Worte. »Jetzt werden Sie meine Mieze wohl ihrem Schicksal überlassen.«

Amber spürte, wie ihr Hals und ihre Wangen wärmer wurden, musste sie doch eingestehen, dass ihr dieser Gedanke gekommen war.

»Nein, das werde ich nicht. Die Katze kann ja nichts dafür, dass sie sich dem falschen Menschen angeschlossen hat.«

»Wir sind am nächsten Tag zurückgekehrt.«

»Was? Wie bitte?« Amber musste sich verhört haben.

»Ich habe insistiert, Sie zu suchen.« Dorothea Aurichs Lippen verzogen sich zu einer Andeutung eines Lächelns. »Lennsing und Dalman wollten Sie verrecken lassen, ich nicht.«

»Danke, was immer das jetzt wert ist. Helfen Sie mir, die Wahrheit zu sagen.«

»Die will niemand hören, das werden Sie noch merken.«

»Ich werde nicht aufgeben.«

»So habe ich Sie auch eingeschätzt. Jetzt gehen Sie.«

Amber nickte nur zum Abschied. Sie blickte der zerbrechlich wirkenden winzigen Gestalt von Dorothea Aurich nach, als diese schnurstracks den Hügel hinabging. Es kam Amber vor, als sähe sie die Frau zum ersten Mal so, wie diese wirklich war. Zuerst hatte Amber sie bewundert, für all das, was Dorothea Aurich geschaffen und erreicht hatte. Damals war die Forscherin ihr harsch und nahezu überlebensgroß erschienen. Nach dem furchtbaren Mord im Wald hatte Amber die Pflanzenjägerin als feige und ohne Rückgrat erlebt. In Brisbane schließlich war ihr Dorothea Aurich in den Rücken gefallen. Damals hatte sie die Frau als hässlich und krumm gesehen.

Nun, nachdem der Abschied vollzogen war, erspähte Amber nur eine winzige, müde Frau, die ihr Leben lang für etwas gearbeitet und auch gelitten hatte, das für sie die Welt war. Ihre Forschungen hatten sie nicht reich gemacht, sie von allen Menschen entfremdet und ihr ein wenig Ruhm eingebracht. Konnte das als erfülltes Leben gelten? Plötzlich verspürte Amber Mitgefühl mit der Frau, die sie hintergangen hatte. Vielleicht wäre sie ein besserer Mensch geworden, wenn sie nicht ärmlich geboren worden wäre und hätte studieren können. Obwohl, Lennsing und Dalman hatten studiert und zeigten keinerlei Mitleid mit den Eingeborenen.

»Mieze, komm, wir gehen nach Lark Hill und kämpfen von dort aus gegen das Unrecht.«

Als hätte die Katze sie verstanden, schmiegte sie sich an Ambers Unterschenkel und ließ sich brav in dem mitgebrachten Korb verstauen.

41

Australien heute

Obwohl sie kein Morgenmensch war, liebte Franziska es, zu Tagesbeginn mit Riley in der Küche zu sitzen und zu beobachten, wie er langsam wach wurde. Genau wie sie brauchte er mindestens zwei Tassen starken Kaffee, bevor er überhaupt ansprechbar war. Endlich schien sein Blick in der Lage zu sein, sich auf etwas zu fokussieren. Obwohl noch ein Rest Kaffee in der Tasse war, schenkte sie ihm nach und trommelte ungeduldig mit den Fingern auf das Holz des Tisches, während er trank.

Mit der Hand fuhr Riley sich durch die bettverstrubbelten Haare, gähnte noch einmal ausgiebig und grummelte: »Was ist so wichtig?«

»Was meinst du?«

»Du reißt mich zu einer Unzeit aus dem Bett, hämmerst auf dem Tisch herum und siehst aus wie ein *Dingo*, der ein fettes Känguru gefressen hat.«

»Ihr *Aussies* habt doch immer die charmantesten Vergleiche.« Franziska lehnte sich zurück, trank einen Schluck Kaffee und schaute Riley über den Rand der Tasse hinweg an.

Manchmal machte es sie verrückt, dass er gar nicht neugierig zu sein schien. Im Gegensatz zu ihr, sie wollte möglichst alles erfahren – sofort. Vielleicht lag das in ihrer Natur. Warum auch immer, es schien ihr nicht mehr so wichtig, für alles eine Erklärung oder Begründung zu finden. Noch immer klangen Taras Worte in ihr nach: »Denke weniger, fühle mehr. Lass dein Herz dich leiten, es findet den Weg.«

»Was ist aus Dorothea Aurich geworden?« Rileys dunkle Stimme klang müde und er unterdrückte ein Gähnen. »Hat sie ihre gerechte Strafe erhalten?«

Mit dieser Frage hatte sie nicht gerechnet, aber dann musste ihre Ankündigung eben ein bisschen warten.

»Ich bin mir nicht sicher.« Franziska hob die Hand vor den Mund und gähnte. »Das Denken dieser Frau ist mir so fremd, ich weiß nicht, was sie als Strafe betrachtet hätte.«

»Ist sie nach Australien zurückgekehrt?«

»Nein, sie ist in Deutschland geblieben. Bis zu ihrem Tod hat sie Pflanzen gesammelt und im Museum gearbeitet.«

»Ein protestantisches Leben. Da haben sich ihre Träume ja erfüllt.«

»Allerdings hat ihre Tochter ihr einen Strich durch die Rechnung gemacht.« Franziska rollte mit den Schultern, um die Müdigkeit zu vertreiben. Als Riley sich hinter sie stellte und ihren Nacken massierte, schloss sie genießerisch die Augen. »Sie hatte bestimmt die Nase voll von Mutters ständiger Bevormundung.«

Als sie die Lebensgeschichte der Tochter gelesen hatte, hatte Franziska tiefes Mitgefühl für das Kind empfunden, das von Mutter und Vater einfach bei Fremden abgegeben worden war wie ein unbequemes Gepäckstück. In den Briefen, die Meta Aurich veröffentlicht hatte, war eine tiefe Sehnsucht nach Liebe und Zugehörigkeit zu spüren, die Dorothea Aurich mit Anweisungen und Lebensweisheiten beantwortet hatte. Manchmal war es Franziska vorgekommen, als gönnte die

Forscherin ihrer Tochter kein eigenes Leben. Dorothea Aurichs Pläne allerdings, gemeinsam mit Meta alt zu werden, hatte diese zerschlagen. Das Mädchen hatte heimlich geheiratet und war mit ihrem Ehemann möglichst weit weg von Hamburg gezogen. So viel Mut hätte Franziska der in ihren Briefen arg zimperlich wirkenden Meta gar nicht zugetraut.

»Nach all dem, was du gelesen und von den Frauen gehört hast, glaubst du, dass Ambers Expedition Aborigines ermordet hat?«

Mit dieser Frage hatte sich Franziska intensiv beschäftigt, aber keine Antwort gefunden.

»Ich fürchte, dass nicht alle Skelette, die sie nach Deutschland gesandt haben, von Leichen stammten.« Sie schüttelte sich, sodass Riley seine Hände wegnahm. »Nein, mach weiter. Das tut gut.«

»Lag es an dem Auftraggeber oder an den Forschern?«

»Puuh. An allem zusammen, fürchte ich.« Franziska seufzte. »Der Geldgeber drängelte, die Wissenschaftler waren neugierig und alle waren sich einig, dass die ›Australneger‹« – Franziska malte Anführungszeichen in die Luft – »keine Menschen sind.«

»Meine Vorfahren haben bestimmt auch keine ruhmreiche Geschichte«, flüsterte Riley. Obwohl er hinter ihr stand, ahnte sie, wie sehr sein Gesicht sich verdüsterte.

»Warum muss die Entdeckung einer Welt immer mit Grausamkeit und Gewalt einhergehen?«, stellte sie die Frage, die sie schon ewig beschäftigte. »Entdeckung ist das falsche Wort, ich bin zu müde, um das treffende zu finden.«

»Unfassbar, wie lange es gedauert hat, bis die australische Regierung sich entschuldigt hat.«

»Das ist einer der Gründe, warum es sich falsch anfühlt, Ellas Geld zu nehmen.«

Ob Riley sie verstehen würde? Caro hatte Franziska für verrückt erklärt, sich gegen das Erbe auszusprechen, als sie miteinander geskypt hatten.

»Du trägst nun wirklich keine Schuld daran. Dein Teil der Familie ist schließlich in Deutschland geblieben.« Wie immer war Caro pragmatisch gewesen.

Nachdem Franziska ihrer Freundin erläutert hatte, was sie mit Ellas Erbe vorhatte, war Caro einverstanden gewesen. Erst nachdem ihre Freundin ihr zugestimmt hatte, bemerkte Franziska, wie wichtig ihr Caros Auffassung war. Neben Riley war Carolin der einzige Mensch, auf den sie sich verlassen konnte, wo sie sicher sein konnte, immer eine Schulter zum Ausheulen und eine ehrliche Meinung zu erhalten. *Vielleicht ist das die neue Familie – Menschen, die dir wichtig sind und denen du wichtig bist.*

»Darling?« Riley verstärkte den Druck seiner Finger. »Etwas Aufmerksamkeit bitte. Ich gebe mir hier Mühe, der beste Boyfriend of all time zu sein und du murmelst etwas Düsteres.«

»Ich habe nachgedacht.«

»Das ahnte ich. Hast du eine Erkenntnis gewonnen?«

»Familie sind die, die wir lieben.«

Seine Finger verließen ihren Nacken und Riley stand auf, um sich ihr gegenüberzusetzen.

»Okay.«

»Klingt wie eine Kalenderweisheit, schon klar.«

»Nein, das meinte ich nicht. Ich stimme dir zu. Ich mag auch nicht alle meine Verwandten.«

»Ich habe mir etwas überlegt. Höre es dir bitte an, ohne etwas zu sagen.«

Riley legte fragend den Kopf schief, aber nickte und trank einen Schluck Kaffee.

»Amber hat in ihrem Expeditionsjournal«, Franziska malte erneut Anführungszeichen in die Luft, »mehrfach davon gesprochen, dass sie sich für die Aborigines einsetzen will. Stattdessen hat sie Joseph Wagner geheiratet und gemeinsam mit ihm die Farm gegründet.«

Riley nickte und verschloss seinen Mund symbolisch mit

Daumen und Zeigefinger, als zöge er einen Reißverschluss darüber.

»Irgendwie fühle ich mich in der Pflicht, ihre Pläne umzusetzen.« Fragend schaute sie Riley an, der auf seinen verschlossenen Mund deutete, ihr aber ermunternd zunickte. »Ich war immer der Auffassung, Ellas Erbe nicht verdient zu haben.«

»Bullshit«, platzte Riley heraus, aber sie stoppte ihn mit einer Handbewegung. Er nickte und zog wieder Daumen und Zeigefinger über die Lippen.

»Dein Vater und du, ihr hättet mehr Anrecht darauf als ich.« Hier hob Riley die Hände und schüttelte den Kopf, aber Franziska sprach weiter. »Ich will das Geld nutzen, um Ambers Vermächtnis zu erfüllen.«

»Warum auch immer du dich schuldig fühlst, Darling, das ist Quatsch.« Riley sprang auf. »Ella hat dir das Geld vermacht, damit du zur Uni gehen kannst.«

»Andere studieren auch, ohne auf ein Erbe zurückgreifen zu können.«

»Die haben alle nach ihrem Examen einen riesigen Schuldenberg, den sie abbezahlen müssen.«

Nun sprang auch Franziska auf. Riley und sie standen sich gegenüber wie Kämpfer, die nur auf das Signal warteten, übereinander herzufallen.

»Warum soll es mir besser gehen?«

»Warum nicht?«

Sie holte tief Luft. Genau das hatte sie vermeiden wollen, einen Streit, in dem sie einander unversöhnlich gegenüberstanden.

»Riley, bitte. Vertrau mir.« Sie streckte ihre Hand nach ihm aus. Er zögerte einen Moment, aber dann griff er danach. »Möglicherweise werde ich es in zwei Jahren bereuen, aber heute fühlt es sich richtig an.«

»Was hast du vor?« Sanft zog er sie in seine Arme und gab

ihr einen Kuss auf die Stirn. »Auch wenn es mir nicht gefallen wird, ich werde dich unterstützen.«

»Ich will Ellas Geld nicht mehr.«

»Das war absehbar.« Riley holte tief Luft. »Stell es dir nicht so leicht vor, hier ohne Geld zu leben. Die Studiengebühren fressen dich auf.«

»Und für ein Stipendium bin ich nicht gut genug.« Sie zuckte mit den Schultern. »Ich habe immer gearbeitet. Irgendwie wird es sich finden.«

»Was hast du mit dem Geld vor?«

»Ich lege etwas für die Farm zurück. Keine Sorge.«

»Das meinte ich nicht. Das solltest du wissen.«

»Sorry. Wir sind beide müde. Lass uns später weiterreden.«

Sie stand auf, aber Riley hielt sie am Arm fest.

»Müde hin oder her. Du kannst mich nicht einfach so hier sitzen lassen. Nicht nach so einer Ankündigung.«

Vier Wochen später setzte Franziska mit zittrigen Fingern ihre Unterschrift unter den Auftrag an ihren Anwalt.

»Sie können es sich noch anders überlegen«, sagte Mr. Wilson freundlich. Obwohl er einen dunklen Anzug trug, sah er mit den sonnengebleichten Haaren und der gebräunten Haut aus, als wollte er nach der Arbeit auf ein Surfbrett steigen. »Es wird dauern, bis das Verfahren umgesetzt ist.«

»Danke, aber ich bin mir sicher.«

Riley drückte ihre Hand und nickte ihr zu. Gemeinsam hatten sie den Plan ausgearbeitet, seinen Vater davon überzeugt und schließlich den Termin beim Anwalt gemacht. Franziska atmete tief durch. Auch wenn sie überzeugt war, das Richtige getan zu haben, war es ein gewaltiger Schritt. Durch eine Unterschrift wurde sie von einer wohlhabenden Frau zu einer mittellosen Studentin. Nahezu alles Geld, das von Ellas Erbe übrig geblieben war, sollte in die Stiftung zur Förderung der Kultur der Ureinwohner eingehen.

Franziska hatte nur einen kleinen Teil zurückbehalten, der dazu dienen sollte, *Amber's Joy* zu modernisieren und das Erbe der Familie zu erhalten. Gemeinsam mit Andrew Chandler hatten Riley und sie überlegt, wie viel Geld nötig war. In der Diskussion hatte Franziska zum ersten Mal den Eindruck gewonnen, dass Rileys Vater ihre Ideen und Meinungen aufnahm und ernsthaft betrachtete. Die Welt konnte sich also doch ändern.

Und ihre Studiengebühren waren für drei Jahre bezahlt – darauf hatten sowohl Riley als auch sein Vater bestanden.

»Du musst das nicht tun.« Tara schaute sie prüfend an. »Es ist nicht deine Verantwortung.«

Franziska hatte die Aborigine-Frau gebeten, sie zu begleiten. Tara sollte der Stiftung ins Leben helfen und nahm daher an dem Anwaltstermin teil.

»Hast du mir nicht gesagt, ich soll auf mein Herz hören?« Obwohl es sie ängstigte, mittellos zu sein, fühlte Franziska sich vor allem frei. »Das ist das einzig Richtige.«

»Amber wäre stolz auf dich. Ruby und Faith lassen grüßen.«

»Faith auch?«

»Du hast dir ihren Respekt verdient.« Tara verabschiedete sich.

»Ella wäre auch stolz auf dich.« Riley nahm sie in die Arme. »Ich bin es ebenfalls.«

»Ein Gutes hat die Sache.« Franziska grinste. »Nun kann ich immerhin sicher sein, dass du nicht wegen meines Geldes bei mir bleibst.«

Riley schaute sie so verdattert an, dass sie lauthals auflachte. Nun musste sie nur noch eines erledigen.

»Was soll das heißen, du hast kein Geld für dieses Abwasserzeug?«

»Hallo Alina. Ich freue mich auch, dich zu sehen.«

Gestern hatte sie ihrer Schwester eine Mail geschickt, woraufhin die sofort einen Skype-Termin mit ihr vereinbart hatte. Den ganzen Tag hatte Franziska überlegt, sich davor zu drücken, aber sie wollte nicht mehr weglaufen.

»Ich muss das Haus verkaufen, wenn wir das nicht zahlen können.«

»Ich würde dir helfen, aber mein Geld ist weg.« Franziska beobachtete, wie die Information langsam bei ihrer Schwester ankam.

»Wie? Weg?«

»Ich habe eine Stiftung für Aborigines gegründet. Ellas Erbe soll denen gehören, die es verdienen.«

»Du hast sie nicht mehr alle.«

Franziska seufzte. »Es tut mir leid wegen des Hauses.«

»Das nützt mir auch nichts.« Alinas Lippen zitterten, gleich würde sie weinen. Das hatte sie schon als Kind beherrscht – weinen auf Knopfdruck.

»Vielleicht gibt die Bank dir eine Hypothek.«

»Nur weil du auf dem Ethnokitsch-Trip bist, versaust du mir das Leben.« Alinas Tränen waren wie weggeblasen. »Du bist verflucht egoistisch! Ich will dich nie wiedersehen.«

Bevor Franziska antworten konnte, hatte ihre Schwester bereits aufgelegt.

Was für ein dramatischer Abgang. Wie typisch für Alina. Nur weil sie zufällig meine Schwester ist, muss ich sie nicht mögen. Es wird sich bestimmt seltsam anfühlen, nichts mehr von ihr zu hören. Aber Schweigen ist mir lieber als Vorwürfe und Geldwünsche.

42

Australien, heute

Obwohl sie einen Job suchen musste, von dem sie ihr Leben bezahlen konnte, fühlte sich Franziska frei und beschwingt, als sie über den Campus zum Unigebäude ging. Sie hob die Hand, um Riley zu winken, der vor der Tür auf sie wartete. In dem Moment stürmte eine hochgewachsene schlanke Frau auf ihn zu, umarmte ihn und küsste ihn auf den Mund. Riley wirkte mindestens ebenso überrascht wie Franziska, die ihre Schritte beschleunigte, um zu ihm zu gelangen.

»Dich kann ich keinen Moment allein lassen, ohne dass sich sexy Frauen auf dich stürzen.«

»Oh, sorry! Ich … ich … also nicht, dass du denkst«, stotterte die Schönheit und löste sich so schnell von Riley, als hätte der ihr einen Stromstoß versetzt. »Ich … verdammt, Riley, sag du mal was.«

»Franziska, das ist Hayley, meine Cousine, die erst handelt und eigentlich nie nachdenkt.«

»Hey!« Hayley boxte Riley in die Seite. »Hallo Franziska, es wird Zeit, dass wir uns endlich kennenlernen. Ich kann dir etliches über ihn erzählen, mit dem du ihn über die nächsten hundert Jahre erpressen kannst.«

Kein Wunder, dass sie so gut gelaunt ist. Franziska musterte ihr Gegenüber verstohlen. Hayley sah aus wie das Klischee eines australischen Surfergirls. Ihre Haut war sonnengebräunt; ihre hellbraunen Haare trug sie lang. Franziska fragte sich, ob die gebleichten Strähnen darin das Ergebnis von Sonne und Meer waren oder sich einem Friseurbesuch verdankten. Ihre Oberarme waren muskulös wie die einer Beachvolleyball-Spielerin. Als sie Franziska ein strahlendes Lächeln schenkte, entblößte sie perfekte weiße Zähne.

»Hallo, freut mich. Das erklärt, warum Riley dich bisher verschwiegen hat.«

»Ich war auf Weltreise. Sollte für ein Jahr sein, aber es sind zweieinhalb geworden.« Hayley hakte sich bei Franziska ein. »Weißt du, dass er als Fünfjähriger versucht hat, ein Känguru zu reiten?«

»Ich bin auch noch hier.« Riley seufzte gespielt laut auf. »Es waren wunderbar ruhige Jahre ohne dich.«

»Ich muss in eine Vorlesung. Hast du Lust, heute Abend zum Essen zu kommen?« Franziska zwinkerte Hayley zu. »Ich möchte alles über Riley erfahren, was er mir vorenthalten hat.«

»Ist es okay, wenn ich Brandon mitbringe?«

»Oh, mein Cousinchen hat endlich einen *significant other* gefunden. Das hat mir Tante Joyelle bisher verschwiegen.«

Zu Franziskas Überraschung erstarb Hayleys Lächeln, als hätte Riley etwas vollkommen Unpassendes gesagt. Bevor es zu einem Konflikt kommen konnte, zog sie Hayley mit sich und sagte: »Klar, bring ihn mit. Dann kochen wir gemeinsam.«

»Was ist mit Hayleys Mutter?«, fragte Franziska, während sie die Möhren putzte. »Als du ihren Namen erwähnt hast, ging ihre Laune den Bach runter.«

»Ich habe keine Ahnung.« Konzentriert schälte Riley eine

Avocado. »Vorhin wollte ich Tante Joyelle anrufen, aber das erschien mir nicht richtig.«

»Wenn Hayley es uns sagen will, wird sie das tun. Kennst du Brandon?«

»Noch nie vorher von ihm gehört.« Riley zerquetschte die Avocado mit einer Gabel und würzte sie mit Salz, Pfeffer und Zitronensaft. »Wahrscheinlich ist es nichts Ernstes. Hayley ist ein Partygirl, immer unterwegs.«

»Hmmm, die Art, wie sie seinen Namen gesagt hat … Da ist mehr, glaub mir.«

»Jetzt hast du mich auf ihn neugierig gemacht.«

Wie auf Stichwort klingelte es an der Tür. Franziska und Riley wechselten einen Blick.

»Geh du«, sagte er. »Meine Hände sind noch voller Avocado und Zitrone.«

Sie konnte ihm ansehen, wie schwer es ihm fiel, nicht zur Tür zu laufen, um den Freund seiner Cousine zu begutachten. Ihr ging es ähnlich, auch wenn sie Hayley erst heute kennengelernt hatte.

Als Franziska die Tür öffnete, wäre ihr fast ein »Wow« herausgerutscht, weil Hayley und Brandon ein extrem attraktives Paar waren, nach dem sich sicher viele Menschen umdrehten.

Brandon wirkte wie das dunkle Gegenbild zu Hayley. Franziska konnte sich ihn auf einem Surfbrett vorstellen, wie er eine gigantische Welle ritt. Ebenso wie Hayley war seine Haut von der Sonne gebräunt. Seine dunklen Haare trug er an den Seiten kurz, der Dreitagebart verlieh ihm ein sexy cooles Aussehen. Auf beiden Armen waren Tätowierungen zu sehen, die aus den Ärmeln des eng anliegenden dunklen T-Shirts blitzten. Links erkannte Franziska eine Regenbogenschlange, auf dem rechten Arm zog sich ein *Dot-Painting* eines Kängurus bis zum Ellenbogen.

»Kommt rein. Das Essen ist gleich fertig. Danke«, sagte Franziska, als Brandon ihr eine Flasche Wein überreichte.

»Du bist Brandon?« Riley wischte sich die Hände am Küchentuch ab. »Ich glaub's nicht!«

»Hi Riley.« Brandon grinste breit. »Lange nicht gesehen.«

»Ihr kennt euch?« Franziska verstand nur Bahnhof.

»Von *Amber's Joy*«, erklärte Riley. »Aber wir haben uns ewig nicht mehr gesehen.«

»Das könnt ihr beim Essen besprechen«, mischte sich Hayley ein. »Ich jedenfalls habe Hunger.«

Nachdem sie am runden Tisch in der Küche Platz genommen hatten, frischten Brandon und Riley Erinnerungen an ihre Kindheit auf, während Hayley und Franziska zuhörten. Bald wechselten sie das Thema, als Franziska fragte, wo sich die beiden kennengelernt hatten.

»In Paris. Ist das nicht kitschig?« Hayley gab Brandon einen Kuss. »Obwohl wir uns auch von *Amber's Joy* kannten.«

»Damals warst du Rileys nerviges Cousinchen, das uns auf Schritt und Tritt folgte.«

»Während du mich ignoriert hast.«

»Wenn ihr in Frankreich wart, habt ihr auch Deutschland besucht?«

»Es ist mir peinlich, aber wir haben nur Munich gesehen. München und das Hofbräuhaus.« Brandon kämpfte hörbar mit dem deutschen Wort. »Und das Oktoberfest. Tolles Bier.«

»Ich wollte mir Schloss Neuschwanstein anschauen, aber er hier konnte sich nicht von der Party losreißen.«

Franziska stöhnte laut auf.

»Ich brauche noch eine Flasche Wein.« Sie schüttelte den Kopf und ließ ihn demonstrativ auf ihre Arme sinken, die sie vor sich auf dem Tisch gefaltet hatte. Dumpf murmelte sie: »Bayern ist nicht Deutschland.«

»Darling, du weißt doch, wie das mit den Weltreisenden ist.« Riley tätschelte ihr spaßig tröstend die Schulter. »Sie sehen immer nur einen Ausschnitt.«

»Aber muss es ausgerechnet das Oktoberfest sein?«

»Great Party.« Brandon schien in Erinnerung zu schwelgen. »Beim nächsten Mal fahren wir in den Norden. Versprochen.«

»Erst einmal müssen wir Jobs finden, um die nächste Reise zu finanzieren.« Hayley goss allen die Gläser voll. »Wir bleiben noch ein paar Tage in Brisbane, dann geht's ab in den Süden. Sydney oder Melbourne. Dort gibt es bessere Jobs.«

»Am liebsten würde ich die Koffer packen, wenn ich euch über die exotischen Länder reden höre.« Franziska prostete ihnen zu. »Obwohl ich auf die Spinnen, Schlangen und Ekeltiere verzichten könnte.«

»Dann ist Kambodscha definitiv kein Reiseziel für dich.« Hayley und Brandon wechselten einen Blick. Hayley schauderte. »Dort gibt es lebende Schlangen auf dem Markt zu kaufen.«

»Skorpione und Spinnen, frittiert am Spieß«, ergänzte Brandon mit einem breiten Grinsen. »Selbst mir ist da mulmig gewesen.«

»Bevor du dich in die Welt begibst, bereisen wir lieber Australien.« Riley nahm Franziskas Hand und küsste die Fingerspitzen. »Hier findest du alles: Wüste, Regenwald …«

»Spinnen, Schlangen, Krokodile, Haie«, unterbrach Hayley ihn. »Aber er hat schon recht, Franziska. Nirgends ist es so schön wie in unserem Land.«

»Riley hat erzählt, du warst auf einem *Walkabout.*« Hayley gab Brandon einen Stoß mit dem Ellenbogen in die Rippen, aber das schien ihm nichts auszumachen. »Soll ich das etwa nicht erzählen?«

»Ist okay.« Franziska hob die Hände. »Eigentlich war es nur eine Wanderung.«

»Nur eine Wanderung? Touristen!« Hayley verdrehte die Augen. »Das ist eine Riesenehre. Du ahnst nicht, wie sehr ich dich beneide. Was hast du gesehen?«

»Ich habe versprochen, nicht zu viel darüber zu reden.« Franziska überlegte kurz. »Die Reise hat uns in eine heilige

Höhle geführt, wo meine Ururgroßtante eine Wandzeichnung hinterlassen hat.«

»Erzähl.« Hayley beugte sich vor. »Brandon weigert sich, mir von den Zeremonien seines Stamms zu berichten.«

»Weil das Männer-Business ist. Und weil du eine Tratschtante bist.«

»Nur weil ich mehr mit Menschen rede als du, macht mich das nicht zur Plaudertasche.« Hayley gab ihm einen Stoß mit dem Ellenbogen. »Miteinander reden ist Frauen-Business. Apropos, Franziska, weißt du eigentlich, dass wir vor einem halben Jahr schon einmal miteinander gesprochen haben?«

Ihr Tonfall wurde plötzlich ernst. Sie verzog das Gesicht.

»Daran würde ich mich erinnern.« So sehr sie auch überlegte, Franziska fiel nicht ein, wann das gewesen sein sollte.

»Ich war ziemlich durch den Wind.« Hayley spielte mit ihrem Weinglas. Brandon legte seine Hand über ihre. »Ich hatte Mum ein Foto von Brandon und mir geschickt.«

Sie trank einen Schluck Wein und öffnete den Mund, aber brachte kein Wort heraus.

»Sie war nicht begeistert davon, dass ihre Tochter mit einem *Abo* befreundet ist.«

»Sorry, das hätte ich von Joyelle nie gedacht.« Riley wirkte sichtlich erschüttert, was Franziska nachvollziehen konnte.

»Vor Frust hab ich wohl ein bisschen zu viel getrunken.« Hayley hob die Hände. »Und dann Riley angerufen. Du warst immer Mums Liebling.«

In dem Moment fiel endlich der Groschen bei Franziska.

»Du warst das!«

»Ja, sorry, ich hätte sagen sollen, wer ich bin.«

Soll ich ihr erzählen, was für einen Ärger sie mit diesem Anruf ausgelöst hat? Dass ich deshalb Riley misstraut habe? Nein, das war mein Fehler, nicht ihrer.

Als könnte er ihre Gedanken lesen, griff Riley nach ihrer Hand und drückte sie.

»Hat Joyelle inzwischen ihre Meinung geändert?«

»Keine Ahnung.« Hayley knetete ihre Unterlippe mit den Zähnen. »Ich habe sie seitdem nicht mehr gesprochen.«

»Gib ihr eine Chance.« Riley schenkte Wein nach.

Kurz vor Mitternacht, nachdem Hayley und Brandon gegangen waren, räumten Franziska und Riley gemeinsam die Küche auf. Hatten sie wirklich drei Flaschen Wein geleert? Franziskas Kopf fühlte sich schwer an, aber sie bereute nichts.

»Hätte ich Hayley und Brandon nichts von dem *Walkabout* erzählen sollen?« Riley wirkte zerknirscht.

»Nein, das war okay. Ich habe nicht bemerkt, dass Brandon ein Aborigine ist. Ist das peinlich?«

»Brandons Vater ist ein Weißer. Deshalb gehört er in keine Welt so richtig.«

»Aber er ist bei Hayley zu Hause. Er wirkt glücklich.«

»Heute Mittag hatte ich für einen Moment Panik, als ich dich entdeckte, während Hayley mich noch in ihren Fängen hielt.« Riley räumte die Gläser in den Geschirrspüler, sodass sie sein Gesicht nicht sehen konnte. »Sorry deshalb.«

Sie wartete, bis er sich aufrichtete, und zog ihn in eine Umarmung. Ganz fest hielt sie ihn und spürte seine Wärme. Ein tiefes Gefühl von Dankbarkeit stieg in ihr auf, weil er zu ihr gehalten hatte.

»Hayley war also die Frau, die angerufen hat.« Er gähnte. »Unglaublich, oder?«

»Ich hätte es dir gleich sagen sollen. Ich weiß auch nicht, was los war.«

»Versprich mir, beim nächsten Mal sofort zu erzählen, was passiert ist.«

»Sorry, dass ich so lange brauchte zu kapieren, dass du nicht Julian bist.« Sie schmiegte sich an ihn, der Stoff seines Hemdes fühlte sich rau an ihrer Wange an. Unter ihrer Hand spürte sie seinen Herzschlag. »Danke, dass du zu mir gehalten hast.«

»Franziska, ich liebe dich. In guten und in schlechten Zeiten.«

»Ist das etwa ein Heiratsantrag?«

»Nur wenn du Ja sagst.«

»Du musst das nicht machen, um mir Sicherheit zu geben.«

»Darling!« Er rollte mit den Augen. »Ich mache das, weil ich dich liebe!«

Sie hob den Kopf, um ihn zu küssen. War ihr schwindelig vom Wein oder vor Glück?

»Ja«, sagte sie und noch einmal voller Leidenschaft: »Ja, ich will.«

EPILOG

Australien 1877

Zu Ambers Überraschung brachte Joseph ihr einen Brief aus Deutschland mit. Sie nahm das Schreiben mit zitternden Fingern entgegen. War es wieder ein Versuch ihrer Eltern, sie zurück nach Hamburg zu holen? Ihr Vater hatte ihr bereits angedroht, sich gemeinsam mit Onkel Georg auf den Weg zu machen. Aber Amber kannte Julius Ohlendorf gut genug, um zu wissen, dass er sich niemals auf die lange Reise begeben würde.

Im letzten Brief hatte ihre Mutter sie angefleht, das unzivilisierte Land zu verlassen und nach Hause zurückzukehren. »Stell dir nur vor, du wirst Tante.«

Ich kann mir Sophie nicht als Mutter vorstellen. Ob Felix und sie glücklich miteinander sind?

»Willst du das Schreiben nicht aufmachen?« Joseph schob sich den Hut aus der Stirn. »Solltest du ungewöhnlich für dein Geschlecht sein und nicht der Neugier anheimfallen?«

Obwohl sie sich bemühte, es zu unterdrücken, konnte sie das Lächeln nicht verbergen, das seine Worte bei ihr hervorriefen. Selbst die Jahre auf Zuckerrohrfarmen und unter ungehobelten *Cutters* hatten seine Sprache nicht verändert.

»Ich weiß nicht.« Sie verzog den Mund. Ihr Herz fühlte sich

an, als wollte es zerspringen. »Wann bringt ein Brief schon einmal gute Nachrichten?«

Doch letztlich siegte die Neugier und sie riss den Umschlag auf. Zwei Blätter fielen heraus, eines war mit wenigen Zeilen in einer großzügigen Handschrift beschrieben, das andere erwies sich als ein Zeitungsausschnitt mit akkuraten Kanten.

Fräulein Ohlendorf,
da mein Leben mich nicht mehr nach Australien führen wird, sende ich Ihnen auf diesem Weg einen Gruß.
Wie Sie beiliegender Zeitung entnehmen können, habe ich wissenschaftliche Meriten für meine Sammlungsarbeit in Queensland erhalten.
Streicheln Sie Mieze von mir.
Dorothea Aurich

Wie überaus typisch, dass sie nur an die Katze denkt. Amber schüttelte den Kopf. Sie las die kurze Notiz, in der über eine Ehrung von Dorothea Aurich an der Universität Hamburg berichtet wurde. *Ob das wahrhaft all die Opfer wert ist, die die Pflanzenjägerin gebracht hat? Ich wünsche es ihr.*

»Er ist von Frau Aurich«, sagte sie zu ihrem Ehemann. »Sie kommt nicht mehr zurück nach Queensland.«

»Willst du es dir wirklich anschauen?« Joseph war hinter sie getreten und umarmte sie. »Es ist kein schöner Anblick.«

Da es ihre erste Ernte war, würde Auguste es sich nicht nehmen lassen, dem Abfackeln der Felder zuzuschauen, obwohl ihr Ehemann ihr davon abriet.

»Das mag sein, aber als deine Frau möchte ich dein Leben teilen. In allen Belangen.«

»Dann komm.«

Joseph nahm sie an der Hand. Gemeinsam standen sie am Rand, während sich die *Cutter* mit brennenden Fackeln verteilten und auf Josephs Signal hin das Feuer an den Ecken des Feldes entzündeten. Einen Augenblick lang war es still, als würden die hohen Zuckerrohrstauden sich den Flammen widersetzen wollen. Dann erklang ein entsetzlich lautes Brüllen, als das trockene Blattwerk in einem Feuerball explodierte.

Konnte das Zuckerrohr dies wirklich überstehen?

Plötzlich raschelten die Stauden und eine Flut Tiere flüchtete panisch vor den Flammen. Kängurus hüpften an ihnen vorbei, so nah, dass Amber sie hätte berühren können. Winzige Eidechsen liefen um ihr Leben, selbst Schlangen konnte Amber vor dem hell erleuchteten Zuckerrohrfeld erkennen. Ihnen machten die Cutter mit Messern und Äxten den Garaus, ebenso wie den Ratten, die versuchten, den Flammen zu entgehen. Amber konnte das Gemetzel nicht ertragen und wandte sich ab.

»Ich habe dich gewarnt. Es tut mir leid, aber …«, Joseph drückte ihre Hand, »wenn wir die Ratten und Schlangen nicht töten, sind sie eine Gefahr für die *Cutter.*«

Selbst in der Nacht brannten die Felder weiter. Amber stand auf der Veranda und beobachtete, wie die Funken vor dem dunklen Himmel tanzten. An den Stellen, wo das Feuer niedergebrannt war, begannen die *Cutter* mit ihrer Arbeit. In geordneten Reihen zogen die Männer durch das Zuckerrohr, schnitten und hackten, unermüdlich, als wären sie Maschinen. Immer wieder kehrten sie an den Rand des Feldes zurück, um die Ernte auf den dort wartenden Wagen zu verstauen. *Es hat etwas von Dantes Inferno an sich,* dachte Amber. Das Feuer, die Hitze, die sie selbst hier zu spüren meinte, die Männer, deren Arbeit kein Ende zu nehmen schien. So wie ihre Aufgabe, die ihr immer mehr wie eine Sisyphusarbeit vorkam.

Einen Augenblick lang hielt Amber mit der Arbeit inne, um Mieze zu beobachten, die im Garten herumtrollte.

»Lass das!«, rief sie der Katze zu. »Wehe, du verrichtest dein Geschäft zwischen den neuen Pflanzen.«

Mit der Nonchalance, die Katzen zu eigen war, ignorierte Mieze Ambers Worte, scharrte in der rotbraunen Erde und setzte sich zwischen zwei Salatköpfe.

»Du bist genauso stur wie deine frühere Besitzerin«, schimpfte Amber, aber sie konnte der Katze nicht böse sein, die nun einem Blatt hinterherjagte. Während Amber sich ihrer Arbeit widmete, machte Mieze sich auf die Suche nach Beute. Heute Abend würden gewiss wieder kleine Echsen und Mäuse vor der Haustür liegen, sauber aufgereiht.

Nachdem sie die Wäsche aufgehängt hatte, wollte Amber sich hinsetzen und eine weitere Petition an Gouverneur Cairns schreiben. Zum zehnten Mal würde sie ihn auffordern, Gesetze zum Schutz der Schwarzen zu erlassen und die Jagd auf die Eingeborenen zu verbieten.

Zuerst jedoch musste sie das Abendessen für Joseph und die Zuckerrohrschneider aufwärmen. Amber spürte ein Glücksgefühl, wie immer, wenn sie an Joseph dachte. Obwohl sie fast ein halbes Jahr verheiratet waren, musste sie sich manchmal noch kneifen, um sich zu vergewissern, dass sie nicht träumte.

Ihre Hochzeit war eine stille Zeremonie gewesen; zur Feier hatten sie nur die nächsten Nachbarn eingeladen. Amber wusste nur zu gut, dass sie in Queensland als die »arme Weiße, die von Wilden entführt und verrückt wurde« galt. Daher hatte sie keinen Wunsch nach einem großen Fest verspürt.

Auch jetzt lebte sie zurückgezogen, achtete darauf, die Regeln guter Nachbarschaft einzuhalten, aber suchte nicht die Freundschaft zu einer der anderen Farmersfrauen. Das Leben mit Joseph war ihr genug, um glücklich zu sein. Ganz zu schweigen von der unendlichen Arbeit, die die Farm mit sich brachte. Das Haus, aus Holz gebaut, war inzwischen fertiggestellt. Amber hatte dafür gesorgt, dass Vorhänge vor die Fenster und eine Decke auf den Tisch kamen, sodass das Innere freundlich und heimelig wirkte. Joseph hatte eine Veranda gebaut und eine Bank mit eigenen Händen für sie gedrechselt. Ihr kleines Glück könnte vollkommen sein, wäre nicht Ambers Kampf für die Rechte der Eingeborenen. Dass sie überhaupt keine Erfolge erreichte, lastete schwer auf ihrer Seele.

Als sie sich nach dem Laken bückte, um es aufzuhängen, schoss ein stechender Schmerz durch ihren Rücken.

»Uff«, stöhnte sie auf und richtete sich vorsichtig auf. Was mochte das zu bedeuten haben? Eine Krankheit konnte sie sich nicht leisten, nicht hier, weit entfernt vom nächsten Arzt. Und ihre Eingeborenenmedizin half nicht gegen Rückenschmerzen.

»Du solltest vorsichtiger sein. Deine Tochter wird größer von Tag zu Tag.«

»Burilda!« Überrascht ließ Amber das Laken fallen und drehte sich zu ihrer Freundin um. Nie hatte sie gedacht, die Schwarze jemals wiederzusehen. Dann erst erfasste sie den Sinn von deren Worten. »Wie? Was? Was meinst du, meine Tochter?«

»Komm her.« Burilda zog sie zu sich heran und nahm sie in ihre Arme. Sofort spürte Amber den Frieden, den sie mit ihrer Freundin verband. »Du bist müde?«

»Ich werde gleich an den Gouverneur schreiben. Er muss ein Gesetz machen, das euch schützt.«

»Nein.« Burilda schüttelte den Kopf. Ihre dunklen Locken verdeckten ihr Gesicht. »Du kannst Herzen nicht mit Gesetz ändern.«

»Aber ich muss etwas tun. Sie dürfen euch nicht weiter ermorden.«

»Wir überleben, solange das *Dreaming* überlebt. Unsere Geschichten tragen Leben in sich.«

»Aber …«, begann Amber, doch Burilda hob die Hand, um sie zum Schweigen zu bringen.

»Nicht dein Kampf.«

»Ich will etwas tun. Ihr habt mich gerettet.«

»Hör auf Herz.«

»Deine Familie ist hier immer willkommen.« Auch wenn sie es nicht mit Joseph abgesprochen hatte, war Amber sicher, dass er einverstanden wäre. »Hier ist ein Ort, an dem ihr immer sicher sein werdet.«

Burilda nickte nur. Gemeinsam standen sie Arm in Arm und schauten über das Land. Am Horizont tauchten Reiter auf. Voran preschte ein kräftiger Brauner, getrieben von einem Mann, der seinen Hut schwenkte.

»Bleib, damit du meinen Mann kennenlernst.«

»An einem anderen Tag.«

»Warum gehst du wieder? Warum warst du hier?«

»Dein Herz hat gerufen. Es leidet wegen uns.« Burilda nahm Ambers Gesicht zwischen ihre warmen Hände. Sie rochen nach Asche und Eukalyptus »Werde glücklich. Mit Mann und Kind.«

Ebenso schnell und leise, wie sie gekommen war, verschwand Burilda im Wald hinter der Farm.

Amber, die sich fühlte, als wäre ihr eine schwere Last genommen, schürzte ihren Rock und lief ihrem Ehemann entgegen. Er sprang vom Pferd, als ahnte er, was sie ihm Wichtiges zu sagen hatte. Nun endlich hatte sie das Gefühl, dass ihre Farm zu dem werden könnte, was der Name versprach: Ambers Freude.

GLOSSAR

Abo: beleidigend gemeinte Bezeichnung für die australischen Ureinwohner

Aborigine: Mensch oder Ureinwohner, ist eine anerkannte Bezeichnung für die indigenen Stämme Australiens. Inzwischen allerdings werden eher Begriffe aus den Aborigine-Sprachen verwendet, z. B. *Murri* in Süd- und Zentral-Queensland.

Aga-Kröten: Giftige Amphibien, in den 1930er-Jahren aus Südamerika nach Australien geholt. Die Kröten sollten einen Käfer fressen, der das Zuckerrohr zu vernichten drohte. Die Aufgabe erledigten sie nicht, aber sie breiteten sich rasend schnell in Queensland aus, da natürliche Feinde fehlen.

Akubra: Hut der *Stockmen*, der australischen Cowboys, wird aus Kaninchenfilz hergestellt.

Arvo: Nachmittag, Kurzform für *Afternoon*

Aussie: Kurzform für Australier

Aussie salute: australischer Gruß, beschreibt das Wedeln mit der Hand vor dem Gesicht, um Fliegen zu verscheuchen.

Balka: »Steh auf!« auf *Yaggera*

Banksien: gehören zu den Silberbaumgewächsen. Auffallend sind Blütenstände aus Hunderten von Einzelblüten, deren Farben von Gelb bis Rot reichen.

Barbang: Großmutter auf *Yaggera*

Barengun: Bumerang auf *Yaggera*

Bellbirds: Glockenvögel mit unverkennbarer Stimme
Billabong: Wasserloch
Billy: Blecheimer mit Deckel, in dem man Wasser über offenem Feuer kocht.
Billy tea: Tee, der in einem Billy zubereitet wird.
Brekkie: Frühstück, Kurzform für *Breakfast*
Brissie: Kurzform für Brisbane und dessen Einwohner
Brumby: australisches Wildpferd
Bullroarer: flaches Holzstück, das an einer Schnur über den Kopf geschwungen wird und Töne erzeugt. Auf deutsch: Schwirrgerät
Burilda: schwarzer Schwan auf *Yaggera*
Bush tucker: auch *Bush food.* Nahrung, die in der Natur gefunden wird.
Bushranger: Gesetzloser, ursprünglich Begriff für entflohene Sträflinge.
Carpet snakes: Rautenpython, lebt oft in der Nähe von oder in Häusern und ernährt sich von Nagetieren.
Corroboree: oft mehrtägige Zeremonie der Aborigines, mit Körperbemalung, Musik, Tanz und Gesang, die auf dem *Dreaming* basiert.
Cutter: Zuckerrohrschneider
Didgeridoo: Instrument aus einem Ast, der von Termiten ausgehöhlt wurde. Das *Didgeridoo* wird traditionell nur von Männern gespielt.
Dili: *Yaggera* für Dilly-Pflanze, aus der Taschen, die sogenannten *Dilly Bags*, hergestellt werden.
Dingo: verwilderter Haushund
Dot-Painting: traditionelle Mal- und Zeichentechnik der Aborigines
Dreaming: oder *Dreamtime*, Traumzeit, die Schöpfungsgeschichten der Aborigines
Freshies: Süßwasserkrokodile
G'day: Kurzform für »*good day*«, »Guten Tag«

Grassy balds: Lichtungen in Wäldern
Gubbah: Bezeichnung der Aborigines für Weiße
Joey: Baby-Känguru
Kookaburr: Eisvogel, dessen Ruf lauten, leicht hysterischen Gelächter ähnelt.
Laid back: Beschreibung der entspannten Lebensweise in Australien
Loris: sind mittelgroße Papageien mit glänzendem Gefieder; obwohl alle Farben vorkommen, sind *Loris* meistens rot, grün oder blau.
Maka: Kleines Feuer auf *Yaggera*
Miangin: Brisbane auf *Yaggera*
Migaloo: Geist, Bezeichnung für weiße Menschen
Murri: Selbstbezeichnung der Aborigines
No drama / no worries: australische Redewendung: kein Problem; ist schon okay
Outback: Bezeichnung für das Innere Australiens; umfasst nahezu Dreiviertel des Landes.
Quokka: Kurzschwanzkänguru
Rainbow Lorikeet: regenbogenfarbener Papagei
Red Back Spider: Rotrückenspinne, die Weibchen sind giftig.
Songlines: Traumpfade, sozusagen die Landkarte der Aborigines, die durch Lieder weitergeben werden.
Song-man: Aborigine, der Lieder über den Alltag schreibt, die von Generation zu Generation weitergegeben werden.
Stockmen: australische Cowboys
Stolen Generation: vom Beginn des 20. Jahrhunderts bis in die 1970er-Jahre »entzog« die australische Regierung Kinder aus Aborigine-Familien, um sie in die Gesellschaft der Weißen zu »assimilieren«.
Swag: Schlafsack mit eingearbeiteter Unterlage, wird eingerollt auf dem Rücken getragen.
Tjukurrpa: auch *Baman*, *Alcheringa* oder *Alchuringa* sind Bezeichnungen der Aborigines für das *Dreaming*.

Ute: Geländewagen, die australische Variante des Pick-ups
Walkabout: ursprünglich ein Begriff für die Initiation junger Männer, die auf *Songlines* wanderten. Heute werden damit Wanderungen und Reisen ins *Outback* bezeichnet.
Wallaby: Kleinere Unterarten der Kängurus wie Hasen- und Buschkängurus
Wallaroo: Bergkänguru
Warrajum: Regenbogenschlange
Witchetty Grub: Larven der Holzbohrer, die sich von der Witchetty-Akazie ernähren. Sehr eiweißhaltig, werden roh oder gekocht gegessen.
Woomera: Speerschleuder der Aborigines
Yaggera: auch *Jagera*, *Yagarr*, *Yuggera*, *Yugarabul* and *Yugaapul* – Sprache und Name des Aborigine-Clans, der südwestlich von Brisbane lebte.
Yuingin: Freund auf *Yaggera*

NACHWORT: FAKTEN, FIKTION UND HINTERGRÜNDE

Auch wenn »Im Bann der Traumzeit« eine fiktive Geschichte erzählt, basiert der Roman auf Tatsachen und realen Menschen, die ich kurz vorstellen möchte. Für alle, die durch meine Geschichte mehr über das Land *Down Under* und seinen Menschen erfahren möchten, habe ich einige Literaturtipps zusammengestellt.

Die Geschichte der Aborigines

Die Morde an australischen Ureinwohnern, die aus heutiger Sicht entsetzlich erscheinen, haben sich im 18. und 19. Jahrhundert leider zugetragen. Seit der »Entdeckung« Australiens durch Kapitän Cook und die Eroberung des Landes durch britische Strafgefangene und deren Wachpersonal kam es zu Konflikten zwischen den Ureinwohnern und den weißen Siedlern. Die Europäer nahmen das Land in Besitz und zerstörten Traumpfade der Aborigines, wogegen diese sich wehrten. Seitens der Weißen gab es kaum Versuche, sich mit den Ureinwohnern zu verständigen oder deren Lebensweise nachzuvollziehen.

Für Europäer, die der Auffassung waren, dass sie an der Spitze der »Kette der Wesen« standen, waren Menschen, die als Nomaden lebten und weder Geld besaßen noch Besitz anstrebten, Wilde. Neben dem kulturellen Unverständnis taten bald handfeste wirtschaftliche Interessen, nachdem Gold und Edelsteine gefunden und die ersten Farmen gegründet wurden. Die Ureinwohner, deren Glaubenssystem besagte, dass das Land nicht den Menschen gehörte, sondern diese dem Land, standen den Expansionsbestrebungen im Weg.

Im australischen Hinterland, in dem das Gesetz der Stärkeren galt, veranstalteten einige Farmer Treibjagden auf die Ureinwohner. Nur wenige dieser Verbrechen wurden von staatlicher Seite verfolgt. Auch in den Städten fielen die Aborigines der Besiedlung zum Opfer: Alkohol und Krankheiten dezimierten die Zahl der Ureinwohner.

Darüber hinaus gab es von staatlicher Seite Bestrebungen, die Kultur und Religion der Aborigines zu zerstören und diese zu Weißen zu machen. Missionare erbauten Stationen, in denen sie Lebensmittel gegen Religion tauschten; Kinder wurden den Familien entzogen und in Missionsschulen oder Heime gesteckt. Im 20.Jahrhundert kam es zum Verbrechen der »Stolen Generation«, als der Staat Kinder mit einem weißen Elternteil ihren Familien wegnahm, um sie in die weiße Gesellschaft zu »integrieren«. Diese Politik zog sich von etwa 1910 bis 1970. Erst 2008 entschuldigte sich der Premierminister dafür.

Ab den 1960er Jahren erstarkte die Bürgerrechtsbewegung der Aborigines, die unter anderem Landrechte forderte. Im Jahr 1988 kam ein Bericht der Vereinten Nationen zu dem Fazit, dass bei der Besiedlung Australiens gegen Menschenrechte verstoßen wurde. Erst 1992 erkannte der Oberste Gerichtshof im »Mabo-Urteil« an, dass die Ureinwohner Australiens Ansprüche auf ihr Land haben. Allerdings ist das bis heute nicht in allen australischen Bundesstaaten anerkannt.

Abschließend noch ein Wort zu dem Begriff »Australneger«, den Auguste und ihre Zeitgenossen verwenden. Ich habe lange überlegt, ob ich diese Bezeichnung nutze oder nicht, da sie im heutigen Sprachgebrauch verpönt ist. Zu Augustes Zeit jedoch war dieser Ausdruck gang und gäbe und Ausdruck dessen, wie die Ureinwohner gesehen wurden, sodass ich ihn verwendet habe.

Wer mehr über die faszinierende Kultur der australischen Ureinwohner erfahren möchte, dem empfehle ich diese Bücher:

Australia walkabout. Reiseführer für das Australien der Aborigines und Torres Strait Islander. Intuitiv media. 2009

Robert Craan: Geheimnisvolle Kultur der Traumzeit. Die Welt der Aborigines. Knaur 2000

Jennifer Isaacs: Bushfood. Nahrung und Pflanzenmedizin der Aborigines. Köhnemann Verlagsgesellschaft mbH 2000

Johanna Lambert: Weise Frauen aus der Traumzeit. Das geheime Wissen der Aborigines. Knaur 1993

Eckhard Supp: Australiens Aborigines. Ende der Traumzeit? Bouvier Verlag. 2. Auflage 1994

Einen tollen Überblick über australische Politik und Geschichte bietet das Buch von Esther Blank: Australien. Ein Länderporträt. Christoph Links Verlag 2014. Es hat nur einen Nachteil – ihm fehlen Bilder des beeindruckenden Kontinents. Wunderschöne Fotos und interessante Texte finden sich in diesen Publikationen:

Traumkontinent Australien. Verlag Das Beste 1997

Australien. Reise durch ein zeitloses Land. Roff Smith. Fotografien von Sam Abell. National Geographic Society 2007

Australien. Eine Reise durch Landschaft, Kultur und Alltag. Klaus Viedebantt (Text) und Wolfgang R. Weber (Bilder). Vistapoint Verlag 2004

DEUTSCHE AUSWANDERER UND FORSCHER IN AUSTRALIEN

Wie es Onkel Georg formuliert, haben deutsche Forscher von Beginn an den australischen Kontinent erkundet. Einer der bekanntesten ist Ludwig Leichhardt, der in den 1840er-Jahren drei Expeditionen ins australische Zentrum unternahm. 1848 wagte er einen zweiten Anlauf, den Kontinent von Ost nach West zu durchqueren. Trotz guter Vorbereitung und der Erfahrung der vorangehenden Reisen sind die Expeditionsteilnehmer im *Outback* verschollen.

Neben Leichhardts Reiseberichten, die sehr detailliert Flora und Fauna beschreiben, habe ich mich bei der Recherche auf diese Bücher gestützt:

Der Australienforscher Ludwig Leichhardt. Spuren eines Verschollenen. Herausgegeben von Heike Hartmann. Essayband anlässlich der Ausstellung »›Gut möglich, dass meine Knochen für immer auf den Ebenen dieser Kolonie bleichen werden‹. Der Australienforscher Ludwig Leichhardt«, Schloss Branitz, Cottbus, 4. Mai bis 31. Oktober 2013. Be.bra Wissenschaftsverlag 2013

Hans Wilhelm Finger: Das Unmögliche wagen. Ein australisches Epos. Ludwig Leichhardt – Wanderer zwischen Traum, Wissenschaft und Anspruch. München 2002

Meine Lektorin hat mich gefragt, ob Dorothea Aurich eine reale Figur sei, weil sie so authentisch wirkt. Als sie nach ihr im Internet gesucht hat, wurde sie nicht fündig. Denn den Namen habe ich erfunden, die Biografie der Pflanzenjägerin allerdings sehr stark an die Lebensgeschichte von Amalie Concordia Dietrich, geborene Nelle, angelehnt, die von 1863 bis 1873 in Queensland lebte und reiste. Genau genommen wollte ich einen Roman über die Pflanzenjägerin schreiben, nachdem ich das erste Mal über sie gelesen hatte. Je mehr ich jedoch über Amalie Dietrich herausfand, desto weniger eignete sie sich – für mich – als Heldin. Gleichwohl fand und finde ich sie so faszinierend, dass sie eine Nebenrolle erhielt.

Amalie Dietrich (1821-1891) kam aus armen Verhältnissen und durch die Heirat mit dem Apotheker Wilhelm Dietrich zur Botanik. Ihr Mann lehrte sie die Grundlagen der Pflanzenkunde; Amalie überflügelte ihn bald, was der Ehe nicht gut bekam.

Nach dem Scheitern der Ehe gab Amalie ihre Tochter Charitas zu einer Pflegefamilie und zog mit einem Handkarren durch Deutschland, Österreich und Holland. Ihre Fähigkeiten als Pflanzenjägerin und Präparatorin verschafften ihr Bekanntheit in der Wissenschaft, was auch dem Hamburger Reeder und Kaufmann Johann Cesar VI. Godeffroy zu Ohren kam. Godeffroy plante die Einrichtung eines Museums für Natur- und Völkerkunde der Südsee. Im Roman habe ich dem Gönner den fiktiven Namen Pullwermann gegeben.

Der Briefwechsel zwischen der Pflanzenjägerin und ihrem Mäzen verdeutlicht, wie sehr der Kaufmann Amalie Dietrich dazu drängte, Skelette von Ureinwohnern für sein Museum zu finden. So fordert er sie in einem Schreiben vom 20. Januar 1865 nochmals auf, Skelette und Schädel von Eingeborenen zu sammeln, da diese sehr bedeutsam für die Völkerkunde seien. Den Briefwechsel gibt es online, in der Biografie Amalie

Dietrich, geschrieben von ihrer Tochter Charitas, deren Leben ebenso interessant ist wie das ihrer Mutter.

Charitas Bischoff: Amalie Dietrich. G. Grote'sche Verlagsbuchhandlung 1909, Online: https://gutenberg.spiegel.de/buch/amalie-dietrich-2299/1

In Australien nennt man Amalie Dietrich »Angel of Black Death«, weil sich der Mythos hält, die Pflanzenjägerin habe Morde an Ureinwohnern in Auftrag gegeben, um Skelette zu erhalten. Nachweisen konnte man es ihr bisher nicht, aber es ist belegt, dass andere Forscher Aborigines erschossen, um deren Schädel, Skelette und Haut zu verkaufen. Abnehmer waren Museen und wissenschaftliche Sammlungen aus der ganzen Welt, auch in Deutschland. Noch heute sind nicht alle Schädel und Skelette nach Australien rücküberführt worden.

Mehr über das Leben und die Sammlungen von Amalie Dietrich findet sich hier:

Australische Briefe von Amalie Dietrich. With a biographical sketch, exercises and vocabulary. Edited by Augustin Lodewyckx. Melbourne University Press 1943

Können, Mut und Phantasie. Portraits schöpferischer Frauen aus Mitteldeutschland. Herausgegeben von Annemarie Haase und Harro Kieser. Böhlau Verlag 1993

Ray Sumner: A woman in the wilderness. The story of Amalie Dietrich in Australia. New South Wales University Press 1993

Wie außergewöhnlich der Lebensweg der Pflanzenjägerin war, sieht man im Vergleich zur Rolle von Frauen im 19. Jahrhundert. Hier ist das folgende Buch eine wunderbare Quelle:

Ingeborg Weber-Kellermann: Frauenleben im 19. Jahrhundert: Empire und Romantik, Biedermeier, Gründerzeit. Beck-Verlag 1991.

Einblicke in das Leben der Hamburger Kaufleute bietet: Arne C. Wasmuth / Torsten A. Reimers: Hanseatische Dynastien. Alte Hamburger Familien öffnen ihre Alben. Die Hanse in der Europäischen Verlagsanstalt 2001.

Abschließend habe ich zwei Tipps für diejenigen, die mehr über Deutsche ins Australien erfahren möchten:

Tanja Fittkau und Lena Jung: Deutsche in Australien 1788-heute. edition DAH 2013

Wolfgang Knabe: Aufbruch in die Ferne. Deutsche Auswanderungen nach Amerika, Afrika, Asien und Australien zwischen 1803 und 1914 am Beispiel Bayerisch-Schwaben. 2. überarbeitete Auflage, Westkreuz-Verlag 1992

DANKE

Zum guten Schluss möchte ich mich bei den Menschen – und Tieren – bedanken, die »Im Bann der Traumzeit« begleitet und zu einem besseren Buch haben werden lassen.

An erster Stelle danke ich Sarah Buhr, deren Coverentwurf meine Erwartungen übertroffen hat und der Traumzeit ein wunderschönes Äußeres gibt.

Meinen Lektorinnen Katrin Rodeit und Melanie Lahmer bin ich sehr dankbar für ihren Blick für Figuren, für ihre humorvollen Anmerkungen und die Fähigkeit, inhaltliche Fehler aufzudecken.

Claudia Heinen sage ich herzlichen Dank für das Korrektorat. Ihre Kenntnisse der neuen deutschen Rechtschreibung und Kommasetzung sind beeindruckend und immens hilfreich.

Ein großes Danke an Britt Toth für ihre Unterstützung bei allen Dingen des Marketings und ihre wunderschönen Grafiken.

Natürlich haben mich die Musekater auch bei »Im Bann der Traumzeit« auf ihre eigene Art unterstützt, indem sie über die Tastatur liefen oder sich lautstark prügelten. Seit dem Herbst 2018 sorgen Pferde dafür, dass ich ein Leben neben dem Schreiben habe. Für Ablenkung und schöne Stunden danke ich Ruby, Adam, Joudi sowie Thor, Hunar und Grana.

Meinen Freundinnen schulde ich wieder einmal eine Entschuldigung, weil ich monatelang kaum ansprechbar war und gedanklich in Australien weilte.

Meinem Ehemann Matthias danke ich dafür, dass er die herausfordernde Endphase des Romans mit Geduld ertragen hat. Irgendwann wird es besser, versprochen.

Und ganz zum Schluss danke ich Ihnen und euch, den Leserinnen und Lesern meiner Geschichten.

Über Rückmeldungen durch Rezensionen oder per Mail und Facebook freue ich mich sehr.

https://www.facebook.com/ChristianeLind
www.christianelind.de

Im Schatten der goldenen Akazie

Erinnerungen bleiben, aber der Schmerz verweht mit dem Wind …

Australien, Ende des 19. Jahrhunderts. Nach dem tragischen Tod ihrer Mutter haben die besonnene Victoria und die leidenschaftliche Catherine nur einander. Nichts scheint die Schwestern trennen zu können, bis der Glücksritter Luke in ihr Leben tritt.

Gut hundert Jahre später: Nach einer tiefen Enttäuschung folgt Franziska kurz entschlossen einem Brief ihrer Großtante Ella und reist nach Australien. Gemeinsam forschen die beiden nach ihren Wurzeln und begegnen starken Frauen, weisen Aborigines und dem entbehrungsreichen Leben deutscher Einwanderer.

Vor der traumhaften Kulisse Queenslands entfaltet sich eine dramatische Familiengeschichte über mehrere Generationen.

Weitere Veröffentlichungen der Autorin

Familiengeheimnisse

Clarissa Linden: Unsere Hälfte des Himmels. 2017
Christiane Lind: Im Land des ewigen Frühlings. 2016
Clarissa Linden: Ich warte auf dich, jeden Tag. 2015
Christiane Lind: Das Haus auf der Blumeninsel. 2013

Historische Romane

Christiane Lind: Geheimnisse der Gaukler. 2019
Christiane Lind: Die Frauen von Hazelwell Manor. 2018
Christiane Lind: So weit uns Träume tragen. 2017
Christiane Lind: Die Medica und das Teufelsmoor. 2015
Christiane Lind: Die Heilerin und der Feuertod. 2014
Christiane Lind: Die Geliebte des Sarazenen. 2010

Katzengeschichten

Christiane Lind: Phillips letztes Geschenk. 2016
Christiane Lind: Endlich Schnurrlaub! Geschichten von Katzen auf Reisen. 2014
Christiane Lind: Weihnachtspunsch & Weihnachtskater. 2012